与沙共舞

令狐与无忌 著

上海文艺出版社

目录

自序　001

|第一章|　外面的世界　003
|第二章|　下马威　013
|第三章|　黑纱背后　020
|第四章|　进埃及记　028
|第五章|　爱上开罗　035
|第六章|　"旺哥"　043
|第七章|　水迷烟醉　051
|第八章|　喀土穆的夏天　059
|第九章|　雨与沙　067
|第十章|　两个投诉　075
|第十一章|　大马士革失窃案　083
|第十二章|　两顿火锅宴　091
|第十三章|　前浪倒在沙滩上　098
|第十四章|　失踪的艾哈迈德·伟　105
|第十五章|　曾子健的偶遇　112

| 第十六章 | 有内鬼 | 119
| 第十七章 | 小别胜新婚 | 126
| 第十八章 | 沙特故事 | 133
| 第十九章 | 死海边上白虎堂 | 140
| 第二十章 | 没有脚的鸟 | 147
| 第二十一章 | 严丽丽的钥匙 | 155
| 第二十二章 | 春节快乐 | 162
| 第二十三章 | 逃离乍得 | 170
| 第二十四章 | 红海惊魂 | 178
| 第二十五章 | 又丢单了 | 187
| 第二十六章 | 跳广播体操的女孩 | 194
| 第二十七章 | 又见喀土穆 | 201
| 第二十八章 | 重大事故 | 208
| 第二十九章 | 内鬼老郑 | 215
| 第三十章 | 强吻事件 | 222
| 第三十一章 | "上天涯" | 229

| 第三十二章 | 尼罗河畔　　　　　　　237
| 第三十三章 | 王海涛的眼泪　　　　245
| 第三十四章 | 他们　　　　　　　　252
| 第三十五章 | "找到那棵树"　　　　259
| 第三十六章 | 南部之旅　　　　　　267
| 第三十七章 | 老钟的陷阱　　　　　275
| 第三十八章 | 那个冬天有点冷　　　283
| 第三十九章 | "天涯"热帖　　　　　291
| 第四十章 | 婚假　　　　　　　　　298
| 第四十一章 | 因祸得福　　　　　　305
| 第四十二章 | 尼罗河论剑　　　　　313
| 第四十三章 | 苏莱曼尼亚郊外的晚上　320
| 第四十四章 | "做掉"老莫　　　　　326
| 第四十五章 | 哈吉保障　　　　　　333
| 第四十六章 | 也门之门　　　　　　340
| 第四十七章 | 友与敌　　　　　　　347

| 第四十八章 | 北京奥运夜　　　　354

| 第四十九章 | 同舟与狭路　　　　361

| 第五十章 | 少年子弟江湖老　　　368

| 第五十一章 | 天空没有翅膀的痕迹　375

| 自序 |

这是多年以前的故事,是后来所发生的一切的从前。

多年以前,突尼斯的西迪布塞是浪漫的蓝色小镇,白色茉莉花是扎成小束别在小镇男人们耳郭的装饰;也门的萨那古城是蜂蜜、咖啡、手抓羊肉与卡特叶的协奏,是明月和弯刀的辉映;叙利亚的哈马小城是古老的水车之邦,有着令人难忘的香草味冰淇淋;埃及开罗的解放广场是藏着木乃伊和黄金面罩的博物馆,是夜色里有着魅惑光影的尼罗河和河滨路上招揽游客的旧式马车;利比亚的黎波里的绿色广场是喧嚣夜晚里阿拉伯水烟的迷香。

多年以前,我所在的这家公司低调地聚焦在电信运营商的单一市场,悄悄地攻城掠地。虽然机场和车站的书店里已经可以见到高谈阔论着关于它的领袖与管理的书籍,但通信行业之外的大多数人并不知道它的名字,网络上没有"沸腾"了这个、"震惊"了那个的莫名其妙。大洋彼岸没有不厌其烦地质疑、调查、听证、否决、禁入、实体清单。

多年以前,和现在一样,我身边所遇见的有那么多张年轻的脸。他们质朴又生动,随和又倔强。他们来自中国的东西南北、大城小镇。他/她们没有鲜衣怒马,有的只是一个黑色的电脑包,以及爱着他们的人们的牵挂。

他们背着这重重的电脑包和沉沉的牵挂,走在全世界的每个角落。

他们是微不足道的小人物,亦是一个时代的亲历者和见证者,是他们自己的创造者。

我所写的并不是可以对号入座的日记，只是一本讲述走向海外的中国科技企业厮杀故事的职场小说，一本记录奋斗在别处的年轻人成长历程的青春小说，一本描绘北部非洲、阿拉伯半岛一带风土人情的风情小说。

这是本世纪最初的十年，中国企业和中国人猛然遭遇"全球化"的大时代背景下，与过往大不一样的职场、青春和风情。

小说里面的公司、人物均是"纯属虚构，如有雷同，实乃巧合"。

我坚持写完它，想要致意的不是一头大象，只是致这些年在路途上擦肩而过的那些默默前行的小蚂蚁们，致他/她们的青涩与青春，致他/她们的喜怒与哀乐，致这个不完美的世界。

一切过往，皆为序章。

| 第一章 |

外面的世界

钱旦生于 1975 年的元旦。他在每年辞旧迎新之际格外善感,又容易冲动。譬如千禧年新年钟声敲响的时候他吻了秦辛,那算是他和她在一起的第一天。

那时候他俩都在长沙,但是钱旦要在新的一年离开。他拿到了深圳一家叫"伟华"的通信设备公司的 offer,他要去深圳开始新的工作、新的生活。

钱旦精通 Unix 操作系统和 Informix 数据库,在一家银行工作,负责储蓄系统的维护。他一毕业就在单位里解决"计算机 2000 年问题"的工作组中忙碌。等到消灭了名噪一时的"千年虫",闲下来了之后他就开始胡思乱想,总想着趁年轻去看看外面的世界。

有一天在《计算机世界》报上看到了伟华公司的招聘广告,他觉得和自己的专业、经验匹配得上,就投了简历,悄悄跑去深圳面了试,面试之后半个月顺利收到了 offer。

借着满世界渲染的世纪末气氛,钱旦那一周每天都在和长沙的朋友们告别。但是,有一个人他一直拖着没有去说"再见",因为他不知道怎么与她告别?她,就是在他身边忽远忽近、若即若离的秦辛。

二十世纪最后一个太阳慢慢落山的那个钟头,钱旦和秦辛两个人在他的房间里玩跳舞毯。他说他马上要告别长沙了,要把自己珍藏的一堆打口碟赠予秦辛，特地邀请她来挑选。秦辛到了，却对他的最新版跳舞毯更有兴致，在上面跳个不停。

她穿着一条修身牛仔裤，一件灰色高领毛衣，扎着高高的马尾，她的样子像TVB里的陈慧珊。钱旦坐在一旁，痴痴望着，沉迷于她的身形、节奏、晃来晃去的高马尾中，想开口表白些什么，又不知道从何说起。

终于，音乐停了，女孩停了，转头望向他，莞尔一笑："你怎么不吭气了？你怎么坐着不动脸还变红了？"

钱旦站起来，颤抖着叫了一声："秦辛。"

窗外，楼下此起彼伏，仿佛回声一般："秦辛，钱旦，秦辛，钱旦……"

他俩走到窗口，探头一望，只见楼下停着三辆摩托，轰隆隆地响着没有熄火。曾子健骑着一辆，后座是他的女朋友诗诗，两个人仰着头，嚣张地用整栋楼都听得见的声音叫着他俩的名字。另外还有两个平时总和他们在一起玩的男生各骑着一辆，在一旁嬉笑。

曾子健比钱旦大了几个月，但两个人都是1997年本科毕业，毕业后进了同一家银行，在同一个办公室上班。他俩上班时常关起门来玩"盟军敢死队"和"FIFA"，下了班后也常厮混在一起。

钱旦奇怪："他们怎么知道你在我这里？"

"诗诗打电话给我，她讲马上世界末日了，必须见本世纪最后一面，我就要她到这里来找我。"

他俩下了楼。

秦辛看到曾子健，开心地叫道："子健，才多久没见面？你长胖些了，脸都变圆了。"

曾子健一直是个瘦子，白净的脸，看上去斯文，这段时间确实脸上多了些肉。诗诗个子不高，但身材比例很好，人总是那么活泼、快乐。她一只手捂住曾子健一边的脸，用力挤压着，开心地说："他这不是胖，是肿。他现在一天到晚想问题想得太多了，把脑袋想肿了。"

秦辛笑得合不拢嘴："你一天到晚想什么问题咯？"

曾子健仰天长叹："我一天到晚想什么问题？那还不是想怎么多赚点钱好娶老婆。你以为她蛮节省啊？我怕将来靠这点工资养不活她。"

诗诗放开他，一脚踢向他，他一闪，还是被踢中了小腿后面。

诗诗叫道："你养不活就莫娶，我是八零后咧，过了年才满二十岁，我去重新找个有钱的没问题不？你整个就是老牛吃嫩草还不知足。"

她转过身来，冲着钱旦和秦辛嚷嚷："秦辛，你是七九年的吧？我讲你们两个孤男寡女蛮般配的，什么时候在一起算哒吧？"

曾子健嘿嘿笑着说："你怎么知道他们两个现在不在一起？说不定刚才正干柴烈火，被我们打断了。"

秦辛红了脸："哎，还没吃晚饭，饿死了，我们到哪里去吃二十世纪的最后一顿晚饭去？"

几辆摩托车冲过湘江，几个人去了湖南大学旁边的堕落街，他们找了个路边摊坐下，用啤酒、唆螺、臭豆腐填饱了肚子。吃完了之后去桃子湖边吹了吹风，然后，轰隆隆冲上了岳麓山。

他们把车停在了山顶那个道观前的平台处。

诗诗多喝了一点酒，一上山就总忍不住一个人偷笑。

秦辛纳闷地问她："你笑什么？"

她把秦辛拉在一旁，捂着嘴又笑了起来："每次一来岳麓山我就想起和子健在这里'树震'的事了。"

秦辛更加好奇了："'树震'是什么？"

"天气热的时候，有个晚上他发神经非要拉着我来夜游岳麓山。我们两个走到爱晚亭旁边的时候他想起了'停车坐爱枫林晚'的诗，情难自控。"诗诗把嘴凑近了秦辛耳朵，"他就撩我，撩得我也情难自控,我们就跑到旁边的树林里面去哒,去做爱做的事情,你懂的吧?我们站着,靠着一棵大树,结果我们正起劲的时候,山下突然来了一辆车,开着大灯,本来那辆车隔得还蛮远,应该照不到我们,但是漆黑漆黑的晚上那个鬼车灯特别的亮,特别的吓人,我们两个被吓得紧紧抱在一起,紧紧贴在树上,一动也不敢动,那该死的灯还半天不灭。"

诗诗把秦辛当做最好的闺蜜,什么话都会跟她说。她说完这些,自己笑得弯下了腰,秦辛却过了足有一分钟才听懂她说的话,自己红了脸。

身后道观里的麻将又打完了一圈,随风送来稀里哗啦的洗牌声。

曾子健嚷道:"你们两个在那里讲什么那么好笑?我是觉得了无生趣,要冻死哒,我们换个地方吧?"

钱旦心里正暗自烦恼秦辛和诗诗一直黏在一起,一听要走,更急了,突然来了句:"要不你们先走,我吃多了,想走一下。秦辛,你等下陪我一起走下山去不?我们下了山在东方红广场打个的士回去就行了。"

秦辛望向他,眸子在暗夜里闪着光,没有答应也没有反对。

曾子健一声怪笑,诗诗急忙冲过来一把揪住他的后衣领,说:"你莫讨嫌啊,旦旦要我们先走我们就先走,与其大家在这里听道士们搓麻将,不如我们回去打牌,让他们两个单独谈人生。"

她朝着秦辛暧昧地挤挤眼:"小心车灯啊,晚上蛮亮的。"

摩托的马达声渐远,转眼间就只剩下了两个人。

两个人伏在石头栏杆上,凭栏远眺,暗夜里望不见湘江北去,只见到长沙城灯火点点。

秦辛轻轻哼着"My heart will go on",那恰是他第一次约她去看的电影中的歌。

钱旦望着她的侧面,听着身后道观里稀里哗啦的麻将声一圈又一圈。

秦辛开口问："诗诗讲伟华是做电信设备的，那是做电话机的还是做手机的厂子？"

钱旦解释："不做电话机也不做手机，它是和电信运营商做生意的。你要打通电话，背后需要很多设备的，伟华公司就是做背后这些设备的，它是卖设备给电信公司的。"

"那你去具体是做什么呢？"

"我去做的叫电信软件产品，学校里打的201卡，还有最近两年蛮多人用的手机神州行卡，还有短消息，还有电信的114客服之类的都是电信软件产品。"

秦辛似乎懂了："哦，你卖电话卡去了？那我将来可以找你批发201卡、神州行卡？"

钱旦痛心疾首地说："我不是去深圳倒卖电话卡去了。首先，伟华是通信设备厂家，只做背后的设备和软件系统，不会管运营商的业务怎么开展，卡怎么卖；然后，我是去做电信软件产品的技术服务，主要是负责售后的安装和维护。哎呀，太多具体的东西我也不晓得，去了才晓得。"

她声音低沉了些："具体的东西你都不晓得还一个人跑去深圳？长沙不好吗？"

他开玩笑地说："我一个人跑去深圳还不是你害的，你那么喜欢三毛、齐豫，还总是推荐给我，我爱屋及乌，听'橄榄树'听中毒了，想出去流浪了。"

"怪我？是你自己不安分的本性被呼唤出来了吧！"

"那倒也是，我总还是不甘心一辈子没出过湖南省，想趁年轻出去闯闯。我想好了，将来老了退休以后回来开个咖啡馆。"

"这个想法好！"秦辛顿了顿，"到时候我就在你的咖啡馆旁边开个花店，嗯，我给你的咖啡馆送个名字，叫'飞鸟与鱼'吧，晓得这首歌不？我超喜欢的。将来你是飞鸟，我是鱼了哈。"

两个人不知怎么就沉默了。

终于，秦辛转过身来望着钱旦："有点冷了不？我们走吧。"

钱旦掏出他的"摩托罗拉 L2000"看了看，突然拉住了她的手："快十二点了，万一今晚真是世界末日怎么办？"

话音未落，他用力拉她入怀，坚定地吻了过去。

秦辛的唇与舌迟疑了一秒钟，眼睛悄悄确认了四下无人，也没有车灯照来，就紧张又放松地欢迎着钱旦。

片刻，睁开眼睛，两人在黑暗中凝望。

她问："你还会回来吗？"

他回答："当然会回来，坐一晚上火车就回来了。"

"我等你。"

"不要你等我，你想去哪里就去哪里，我自然会来找你。"

"我还能去哪里？"

钱旦迟疑了几秒钟："其实我也不知道将来，挺纠结的，心里既怕有一天我在外面走了一圈回来了，你却已经不在这里了，我找不到你了；又怕你一直等在这里没有离开，我却不回来了。"

秦辛一怔，似乎有些不开心。

后来，秦辛没有留在长沙等钱旦，也没有去"哪里"，她背井离乡去深圳找他了。

五年后同一个时刻，深圳。

钱旦在和老王碰杯。老王是他的领导，那个晚上带着一帮人在"酷比龙"唱着歌、喝着酒、辞着旧、迎着新。

老王是麦霸，虽然在一屋子人中年纪最大，但是点唱新歌的比例大大超过"怀旧金曲"。

钱旦瞅着他一曲"2002年的第一场雪"刚唱完就拿着啤酒过去了，碰杯时钱旦大声说："王总，我想去海外常驻。"

"Not now！"老王迅速地回了一句英语，他回答的时候还举起了话筒，"Not now"在包房里震响，招惹来了一堆与领导干杯的人。

钱旦反应慢，愣在那儿想这"Not now"是说不是今晚，还是说不是今年？

老王把一小瓶"喜力"一饮而尽："兄弟们，早两天我去参加公司的'801'规划会议了，你们知道什么是'801'吗？'8'是2008年，'1'是100亿美金，'801'就是说公司规划到2008年，年销售额要达到100亿美金，100亿，还是美金，2004年我们的销售额才56亿美金，老板真敢想啊！哎，'真心英雄'来了，兄弟们一起唱，唱完就到2005年了。"

"真心英雄"是那几年伟华人各种场合合唱的保留歌曲之一，大家就着酒意嘶吼了起来："在我心中，曾经有一个梦……"

那几年，"小灵通"在中国电信如火如荼。伟华公司从一开始就放弃了"小灵通"市场，而它开发的CDMA 450设备又被信息产业部频率规划部门果断表态说"朗讯和伟华可以在中国以外的任何地方销售CDMA 450，在中国，绝对不可能"，再加上IT泡沫破灭带来的"IT的冬天"，伟华的发展遇到了很大阻碍。

公司试图开辟新的战场，念叨"东方不亮西方亮"，召唤员工到海外市场去建功立业已经有一段时间了。钱旦一直不为所动，他自忖英语水平低，觉得那些号召距离遥远。这个世界也没有几个人看见一群自称要"创造历史、与文明同步"的中国人正在打点行装。

到了2004年，伟华的海外市场销售突然爆发，海外各个地区部要人去常驻的需求越来越多，越来越急迫，总部机关人员输出的压力越来越大。

老王要求大家每天早上提前十五分钟到岗，由秘书和文员带着先读十五分钟英语。钱旦仍然不为所动，他一边滥竽充数一边想中国的英语教育真失败，这一大屋子人读书读得最少也是本科毕业，前前后后至少学过十年英语，居然会让"语言能力不行"成为伟华公司每年海外客户满意度调查发现的TOP 1问题。

钱行酒越喝越多，今天送张三去泰国，明天是李四去安哥拉，后天闷头闷脑的王五说他要打点行装飞赴巴西。钱旦心里渐渐生出存在感的呼唤了，仿佛眼看着一场足球赛踢至高潮，自己哪能总在场外跑圈？

当然还有真金白银的驱动力，他在深圳买了套房，一百零九平米，总价七十多万，贷款贷了五十多万。他那一辈子踏踏实实、不欠人情不欠人钱的老爸在电话里念叨："二十年按揭？你这要干到五十岁才能还清欠账啊！"钱旦算了又算，确实压力巨大，每个月工资到手六千多，其中一半要直接交给工商银行还贷，得这样过上二十年？看来只有去海外赚补助了，公司外派海外的员工满了三年就可以一次性拿到十五万安家费，加上艰苦补助什么的干一年赶得上国内干两年。

钱旦心里犹疑的是他和秦辛恋爱几年，一直没有结婚。他想娶，秦辛却逃避嫁，即使他连房子都有了，两个人仍然没有敲定婚期。秦辛总说害怕"婚姻是爱情的坟墓"，说王子公主的故事里到了公主坐上王子的马车回家以后就再没有以后了。那个晚上他一说想去海外常驻几年，秦辛竟然毫不迟疑地同意了。别人不是总说因为老婆的原因、女朋友的原因，希望公司网开一面不要安排自己去海外吗？秦辛怎么一点也没有舍不得的样子呢？

老王说"Not now"不过一个季度，春节过了没几天，钱旦就收到了老王的邮件，要求他在5月1日前去中东北非地区部报到，做地区部软件产品服务部主管老谢的副手。

伟华公司在海外设立了中东北非、亚太、拉美、独联体、欧洲几个地区部，中东北非是其中最重要的产粮区之一，地区部总部在埃及首都开罗，管理着公司在整个中东和非洲北部设置的十多个代表处的生意，覆盖的国家既有阿拉伯半岛上的沙特、阿联酋、卡塔尔、科威特、伊拉克、约旦、也门等等，又有非洲大陆撒哈拉沙漠以北的埃及、利比亚等，还有阿尔及利亚、突尼斯、摩洛哥、乍得等西北非洲的法语国家。

钱旦听说老谢压力巨大,要顶不住了,打了个电话过去问情况。

老谢说:"我发个邮件给你,你打开附件看看。"

他收了邮件,附件是一页PPT,"中东北非地区部软件产品最近五年订货情况",柱状图上前四年的柱子都是贴着横轴,2004年一下子冲得高高的,定睛一看,2004年的订货额是2003年的五倍。钱旦看懂老谢的压力了,虽然汹涌而来的不是敌人,是生意旺旺,但伟华公司的服务部门2002年、2003年正忙着在国内搞服务转型,希望在国内市场把服务销售给做起来,根本没有预料到海外市场产品销售的井喷,没有提前做好资源及方法上的准备,所以这两年处处被动,连公司技术服务的总裁都在年初"下课"了。

得知自己要去的地区部是中东北非后,钱旦第一时间发邮件告诉了曾子健。

钱旦加入伟华后不久觉得一切正是自己所欲,他煽动曾子健也加入了伟华。

作为一个自研、自产、自销、自服务的科技公司,彼时的伟华公司认为自己最重要的两大体系是前端的销售和后端的研发,号称哑铃的两端。钱旦所在的技术服务部当时在公司内的地位并不高。曾子健比钱旦能说会道,英语又好,而且,他比钱旦考虑得长远。他加入伟华后在服务部门干了没多久就想办法转去了销售部门,在2003年就主动报名去了海外做客户经理,正好也在中东北非地区部工作,正好也常驻埃及。

曾子健一收到钱旦的邮件就兴冲冲地用"Skype"打电话过来,他自顾自地说话,令钱旦几无插话机会:"旦旦,我早劝你出来,你犹犹豫豫,还是逃不掉吧?来海外常驻是迈出第一步难,一旦迈出了第一步就好了。中东北非好地方啊,国际市场上原油价格去年年初才三十几美金一桶,现在过五十美金了,阿拉伯人卖石油赚了大钱,正热衷往电信行业投资,马上会有不少新牌照、大项目出来的。

3G建设马上也要加速了,阿联酋、沙特已经开始建网了。还有一点,'911事件'之后阿拉伯人和美国人有了隔阂,阿拉伯世界正在向东看,向中国看!赶快来吧,The world is our oyster!"

第二章

下马威

2005年4月,某一天,黄昏的蛇口港有些冷清。

钱旦从这里出发,踏上了去往中东北非的漫漫旅程。出境大厅中间有对小情侣旁若无人地激吻,难舍难分。他和秦辛只是云淡风轻地交代彼此珍重。

那是钱旦第一次走出国境。

他觉得香港距离深圳真是很近,快船只用半小时就把他从蛇口码头送到了赤腊角机场。办理登机手续,接受"911事件"之后越来越烦琐的安检,排在绕来绕去的长队后面等待摆渡巴士,搭乘机场地下铁,人似走在流程标准的生产线上。

那个晚上没有人迷惑该往哪里去,人生路途却总是难以预料,谁知道下一个路口会在哪里?谁知道在自己选择的前路上将有什么在等待?在被放弃的路上又会失去些什么?

临近子夜,跑道灯在舷窗外快速掠过,飞机昂首冲进夜空,飞向它的第一站阿拉伯联合酋长国。

钱旦喜欢看阿联酋航空空姐们脸旁垂着的那一抹纱,给她们平添了几分神秘味道。他又奇怪和国内航班上的空姐们比,她们无论长相身材还是衣着都不整齐,离他最近那一个胖胖的身材,敞着外套,斜靠在舱壁上。

他隔壁的座位上赫然端坐着领导老王。

阿联酋正好在中国去埃及的路途上,它是伟华在中东北非最重要的代表处之一,老王要出差去那里督战重大项目,指导工作。老谢让钱旦先陪着老王同去阿联酋,熟悉区域的重要客户和重大项目,然后再去埃及报到。

钱旦对老王说:"阿联酋航空的空姐长得不咋地啊?看上去也没有国内空姐那么规范啊!"

老王放低手里举着的在香港机场的经纬书店买的厚厚一沓报纸的八卦版,瞟了一眼空姐,反问:"你说你机票上承诺的SLA(服务等级协议)是什么?"

不等钱旦回答,他接着说:"是安全、正点,机票行程单上是几点几分飞,几点几分到,中途停几站,有没有食物,这些是白纸黑字写在行程单上的。写了空姐要对你笑吗?没有嘛。国内航班总是晚点,空姐再漂亮再礼貌有什么用?人家还是觉得你和阿联酋航空、新加坡航空不是一个档次。专业服务卖钱的不是笑,是契约。"

钱旦佩服身边这位"老竿子"对客户服务本质的深刻理解,那些年伟华公司一说服务好,更多时候还停留在态度好、不怕苦不怕累、加班加点过年不回家的层次上,老王已经先想一步了。

他们的航班确实是准点起飞按时降落,到达迪拜时是北京时间早上八点半,当地时间凌晨四点半。

虽是拂晓,机场入境大厅却出乎意料地喧嚣,挤满了南亚来的劳工,大家在排着队做入境阿联酋所需要的眼睛扫描。

不知道那台冰冷机器能从人们眼睛里读到些什么?钱旦无辜地对着它睁大了双眼,它就是不肯说"GO",无奈用手去撑开眼皮也没有用。边检人员示意他去望天花板上的灯,他抬头瞪着那盏他乡白炽灯,瞪到自己眼花缭乱瞳孔放大之后再去试,那机器终于被感动,给出了一个绿色的"GO"。

阿联酋在二十世纪七十年代才脱离大英帝国的保护宣告独立。它由七个酋长国联合而成,其中最重要一个是以奢华闻名于世的自由港迪拜,另一个则是钱旦和老王此行目的地,首都阿布扎比。

曾子健恰巧在阿联酋出差,他坚持要来接机,早早守候在机场外。

入境大厅的自动玻璃门一开,钱旦感觉到热乎乎的水蒸气扑面而来,迪拜的天是桑拿天。

曾子健伏在正对着自动玻璃门的栏杆上,百无聊赖。

他一见到钱旦,就来了精神:"你们终于出来了!旦旦,Welcome on board,欢迎登上中东北非的'大贼船'。"

汽车疾驰在连接迪拜和阿布扎比的沙漠公路上,车内,超速告警滴滴响个不停,车外,一轮红日正在天空与大漠的边际冉冉升起。

曾子健一边开车,一边给端坐在副驾驶座的老王、歪躺在后座的钱旦介绍阿联酋。他说生于斯长于斯的"Local"们享受着近乎完美的社会福利,一出生即有一笔无息贷款帮助你茁壮成长,大疾小病可以获得免费医疗,要结婚了还可以得到政府赠予的房产,甚至说这里的跑马场头奖常常是百万现金,下注却是免费的。

不过,要成为阿联酋的"Local"可不容易,得连续合法居住不少于二十年。阿联酋人口超过四百万,其中百分之八十是外籍人士,既有不少来自南亚、中东邻国的劳工,又到处是金发碧眼的欧美面孔,这些年生活在此的中国人越来越多,龙蛇混杂,做什么的都有。

进了阿布扎比城,曾子健问:"王总、旦旦,你们知道真正的阿拉伯数字长什么样吗?"

老王饶有兴致地反问:"什么样的?不是我们从小学的阿拉伯数字吗?"

"不是,我们从小学的其实是印度人的数字,你们看前面那辆车的车牌,90721,那才是阿拉伯人的数字。"

钱旦好奇地把头往前排座椅中间探,就见前面一辆宝马320,车牌的左半边上是他从小就知道的"90721",右半边上却是奇怪的符号"٩٠٧٢١"。

他正找着路上其他车的车牌,在心里默记着阿拉伯人的1到9,曾子健又说话了:"你们看路边的树,这里虽然在海边,但是干燥,种不活树。阿联酋人有钱啊，都是靠这样滴灌来搞绿化，一棵树一年要花费三千美金左右。"

钱旦赶紧往路边看，果然，街边每棵树下都布放着滴灌用的黑色橡胶管。

车拐进街边小巷，停在了一栋三层小楼前。曾子健说："到了，就是这栋，一楼是你们技术服务部的办公室；二、三楼是宿舍；三楼有个房间已经整理好了，是给你俩住的。"

楼前的铁门关着，曾子健也不敲门，一跳、一抓、一搭脚，就从门上翻了进去。他打开门，说："进来吧，还早，还没到吃早饭的时间，大家都还在房间。海外现在很多这种，办公室和宿舍搞在一起，让人把工作和生活彻底搅和在一起。"

钱旦和老王拖着行李箱进了门，钱旦问："你咋不拿钥匙呢？"

曾子健满不在乎地说："阿布扎比安全得很，大家又住在一起，平时都懒得关门。"

伟华公司在 2004 年吹响了 3G 的冲锋号，与阿联酋的运营商 ES 电信合作建设了这个世界上最早的 3G 商用网络之一。

3G 的商用使得用手机收发照片、上网变得便捷，钱旦所在的产品线负责提供诸如彩信、网页浏览之类的软件系统。和相对标准化的硬件设备不一样，各个国家各个运营商对这样的软件增值业务的需求并不全然一致，客户总是向伟华提出新的定制开发的要求，导致项目迟迟不能验收，总部机关不时收到现场项目组转回来的 ES 电信的投诉。老王是亲自出马来现场办公了。

到达阿联酋的第二天，他们就去拜访客户，希望推动项目验收。

伟华的项目经理一直抱怨负责此项目的客户主管老莫，说他刁钻刻薄，脑子里绝不相信双赢，只把尽量占乙方便宜当作目标。

他们在 ES 电信会议室等待时望着走廊里的人来人往，项目经理介绍说："你们看那些穿西装打领带、皮鞋擦得锃亮的就是外地到阿联酋来的打工仔，穿白袍戴头巾、脚上拖着拖鞋的就是尊贵的'Local'。"

钱旦对老王充满信心，甚至有几分崇拜。

他认识老王时还在国内办事处工作，有一天晚上当地客户的设备出了故障，通信中断了。钱旦在现场向在深圳总部的老王求助，老王问了几句就断言："和我们设备没关系，肯定是客户把他们某某设备的某某数据做错了，你把电话给他们。"

钱旦把电话递给身边一位客户主管，就见那位客户主管的脸色变得更难看，然后去找他们的工程师去了。

片刻后，那位钱旦平时小心哄着的客户走了回来，把电话还给他，脸上一半欣慰，一半悻悻然："刚才打电话那人是你们公司谁？脾气真大，劈头盖脸地把我骂了一顿。不过他说得很对，我们把数据做错了。算你们公司牛人多。"

老莫进来了，他大名叫穆罕默德，最普遍的阿拉伯名字。他穿着西装打着领带，皮鞋擦得锃亮，来自巴勒斯坦。

他把手里拿着的一本厚厚文档往桌面上一放，坐下来，略一点头算是打过招呼。

老王和钱旦赶紧一边递过名片，一边自我介绍。老莫把两张名片并排放在桌面上，仔细看了看，这才不咸不淡地回了一句："Nice to meet you（很高兴认识你们）。"

项目经理示意已经投影在前面墙上的PPT，说："穆罕默德先生，首先，请让我把项目的最新进展给大家做个汇报。"

老莫斜眼望了下墙上的PPT，不耐烦地说："关掉你的电脑。你们伟华的人是什么毛病？不放PPT就不会说话吗？"

他不顾项目经理的尴尬，盯着老王问："那么，你们公司现在在全球有多少个3G项目在交付？"

老王仍是笑容满面，自信、自豪地往大了说："十个左右。"

老莫又问："那你们有多少人在做这些增值业务？"

老王想了想,继续往大了说:"大约有两千人。"

老莫加快了语速:"你知道你们在ES项目现场才投入了多少人?你们认为ES电信不是你们的重要客户?两千除以十等于多少?你们至少也要有两百人在我们这里,现在才不到十个人,项目怎么会不出问题?"

项目经理插话:"穆罕默德先生,目前项目进展的关键阻碍是我们双方就几个业务需求的实现还没有达成一致,并不是工程现场人力投入的问题。"

老莫愤怒地提高了音量:"你们为什么不能满足这几个业务需求?你们把开发人员全放到阿布扎比来,专注地投入我们的项目来开发这几个业务需求不行吗?"

钱旦对自己的英语一直心里没数,难得这几句都听明白了,赶紧找存在感:"穆罕穆德先生,我来之前就看过几个没有达成一致的需求,我认为这几个需求提得不是很合理。"

"你是认真的吗?"老莫打量了一下他,拿起放在桌面上的那本厚厚文档,随手一翻,打开了推到了桌子中间,"这是合同,你们自己看看,ES电信在合同中是怎么描述这几个需求的?伟华公司在签合同的时候是怎么承诺的?你们当时答复的是'完全满足',现在说这几个需求提得不是很合理?愚蠢!"

他开始水银泻地般痛陈伟华公司的各种不是,老王看着合同附件上的需求列表及答复,脸色变得难看。

拜访不欢而散,走出ES电信大门,项目经理说:"告诉过你们这人变态吧,巴勒斯坦人,估计从小被人欺负,现在来拿我们出气。"

老王瞪了他一眼,问:"你读过合同没有?"

项目经理回答:"这几个需求的情况我是很清楚的,和销售、研发的兄弟开过好几轮会议讨论了,大家认为很难实现,要投入巨大的工作量,而且需求价值不高。"

老王又瞪了他一眼:"你扯那么多干什么?你就回答我你亲自

读过合同没有？"

项目经理心虚地说："没有认真读过原始的合同文本，但这些需求是产品销售的兄弟在谈合同的时候和客户谈的，大家都很清楚。"

老王怒道："清楚个屁！合同附件中对一些需求的描述写得含含糊糊，歧义巨大，但我们对每一条需求答复的都是'完全满足'！"

他转向钱旦："你就更没读过合同了，拿着他告诉你的二手信息就敢指点江山？我告诉你们，别看老莫一副傲慢的样子，他比我们专业多了！他一进来就要你关了电脑，不按照你预想的议程走，打乱你的节奏，让自己来主导这次沟通。他是抱着合同来的，他说话的依据在合同附件的哪一页哪一行都清清楚楚。我们呢？还是过去在国内的打法，把'以客户为中心'简单地理解为在客户面前永远是装孙子的好态度，销售的人签合同时就没想会不会给交付挖坑，服务的人从来不去认真读合同文本，一点契约精神都没有！过去在国内还勉强玩得转，现在来海外就歇菜了吧？这还只是在中东，将来去欧洲、去美国怎么办？"

他一把抓过项目经理手上的手机："你的电话可以打国际长途吧？我也大意了，没充分准备就敢来见客户。我找家里研发、销售的几个大佬讨论讨论。"

| 第三章 |

黑纱背后

一个不眠之夜。

钱旦和老王住在小楼的一楼。伟华的办公室里,项目组的几个人认真审视着合同中的承诺、项目的计划和进展、遗留问题和风险列表。因为机关领导老王来了,所以负责客户关系的客户经理、负责产品销售的产品销售经理均来了。

老王有些恼怒:"你们这合同怎么签的?你们投标的时候怎么答的?竟然对客户的所有需求全部是'完全满足'!这两条需求的描述有这么大的歧义,你们和客户澄清过吗?这两条需求就更难以实现了,你们真敢乱承诺,瞎搞!"

一个常驻当地的客户经理叫陈永生,广西人。他说起话来普通话中夹着的英文比普通话发音标准:"唉!红军叔叔爬雪山过草地的时候为什么不吃巧克力要煮皮带呢?王总,我们现在就这江湖地位,挑剔不了客户,得先拿到合同啊!"

陈永生停顿了一下,继续说:"公司说我们的核心价值观是以客户为中心,那还不得先不顾一切争取到服务客户的机会?要等产品完全成熟了才敢答复'完全满足',连合同都拿不到,连服务客户的机会都没有,怎么去以客户为中心啊?"

老王一怔,迅速反应过来:"这个合同是你签的吗?你倒好,管杀不管埋,签了合同就跑了?让服务和研发的兄弟在后面擦屁股?跟我讲以客户为中心,你知道什么叫以客户为中心?以客户为中心的本质是要真正理解、解决客户业务发展的痛点,帮助客户商业成功,不是不动脑筋地说'Yes'!这个项目怎么交付完?谁的孩子谁抱走,你把这个合同从签单成功到交付成功的责任端到端地承担起来,行不行?"

项目经理圆场,说:"王总,陈永生还是很不错的,他一直在参与交付,帮我们想办法,一直在和我们一起抱这个孩子。"

钱旦没吭气,他心里觉得虽然陈永生话里逻辑似是而非,但是道理也对,任何业务策略的对与错离不开"当时当地"的特定业务环境,脱离"当时当地"去追求完美未必是更佳的选择。伟华公司也好,中国人也罢,在海外市场上都是后来者,现在这个历史阶段,为了抢占别人的山头确实只能把姿态放得更低。

普天下的客户经理常常只关注签下合同,2005年的伟华愿意在合同签署后仍把精力投入在项目交付阶段的客户经理很少。陈永生算是不错的了,他是匆匆从迪拜赶到阿布扎比,整个晚上都在会议室专注地和大家讨论,甚至忘了松一松领带。

至拂晓,突然听到咿咿啊啊的广播声。钱旦问:"什么声音?学校做早操啦?"

陈永生乐了:"穆斯林一天要祷告五次,这是第一次,晨礼。听说你是调过来常驻的?你将来摆脱不掉这个声音喽!"

接着,他起身告辞:"讨论得差不多了,王总,我先走了。我要马上出发,开车去迪拜,一大早和迪拜的客户还有个会议,在那边开完会再过来。"

老王伸了个懒腰,对项目经理说:"你早上再约下老莫,看能约得上吗?下午我们去见他吧。"

项目经理有些意外:"今天又去见他?"

老王说:"讨论了一晚上,心里有些数了,上午整理一下,下午就去和他澄清、确认,也表示我们十分重视他。"

下午,几个人又坐在了老莫对面。

陈永生在迪拜开完会，中午又飞车赶到阿布扎比，加入了他们。

老莫先发制人："你们准备增加多少人过来？什么时候到？"

老王回答："我们计划安排一个数据网络的专家，CCIE（思科认证网络专家），我已经要求总部马上启动签证、机票了。"

老莫板着脸："你们今天来做什么？告诉我只准备增加一个人？"

老王笑着说："穆罕默德先生，一个女人生一个孩子要十个月，十个女人生一个孩子要几个月？娶再多老婆也没办法一个月就生出个孩子啊！我们现在的问题不是投入在工程现场的人数能决定的。我们已经连夜组织专家做了充分讨论，在现场我们缺乏一个精通数据网络的专家来协助大家做数据网络上的优化，但其他关键路径上的障碍并不是靠在现场堆积人力就能解决的。现在，请让我来分析一下所有遗留的需求和问题。"

老莫说："分析什么？合同中已经写得很清楚了。"

老王镇定地说："穆罕默德先生，我在这个领域工作很多年了，是真正的专家。我说说我对这几个需求的理解，我们一起看看这些需求背后真正的业务痛点、真正的诉求是不是这样的？我提的解决方案是不是会更加有利于帮助 ES 电信的商业成功？"

老王站起身来，走到会议室的白板前，拧开一支笔，一边下笔如飞地写写画画，一边滔滔不绝地说。

钱旦望着渐渐专心听讲的老莫，心想："姜还是老的辣，老王花了一天时间已经把这个项目的关键问题及解决方案梳理清楚，心中有数了。"

那一天，钱旦依旧睡得很晚，因为有一位从国内分包商租赁过来的工程师过来促膝谈心。

那位兄弟和钱旦绕着所住院子的墙外走了十多圈，一直愁眉不展，说老谢要安排他去苏丹做项目，说上网查苏丹查出来的都是"苏丹红"之类的关键词，说自己是独生子，父母不放心他去那样的国家，说自己还年轻需要珍惜生命云云。

他讲到"苏丹红"时钱旦不以为然,"苏丹红"事件确实正在国内发酵,可它和苏丹有关系吗?他讲到父母时,钱旦开始走神,想起了家乡父母的牵挂。

每次过年回家,第一眼见到妈妈时她总是站在马路边,笑容总在见到钱旦的刹那绽放,绽放得那么灿烂,却又总是很快收回去;她默默转身向家里走去,仿佛只是担心他忘了回家的路。

爸爸总在厨房忙碌,走到门前小路上就可以透过窗户看见他微驼的背影。钱旦知道饭桌上一定有道菜是炒鸭子,他从小吃到大的最爱。

妈妈年轻时常常出差,钱旦小时候有本地图集,没事就研究她在哪里。钱旦到海外以后妈妈买了张世界地图,贴在卧室墙壁上,打算不时琢磨他的所在。

可怜天下父母心。钱旦送走那位兄弟以后给老谢打了个电话,把情况一说,老谢在电话那头郁闷地一笑:"换个人呗,明天我又要到处打电话要人了。你到埃及来了就知道了,技术服务部的办公室只有一部电话可以打国际长途,每天一大早,就是我们几个产品服务部的主管排着队找国内求着要人,催人早点到位,然后再和各个代表处商量人能不能晚点到位。谁想得到这两年海外业务发展得这么快?到处缺人。"

老王又去见了一次老莫,双方再次敲定了下一步的计划,然后,他就回国了。

钱旦没有料到的是,一年多以后老莫将出现在埃及,并给他们带来更大的麻烦。

周末,曾子健带着钱旦在城里逛。

他们去吃了顿地道的阿拉伯餐,烤羊肉是钱旦的最爱,用鹰嘴豆制成的胡姆斯酱成了他的新宠,各式各样阿拉伯人的开胃菜和沙拉吃起来也算不错。

他们还去参观了正在建设中的阿拉伯皇宫酒店,据说它比迪拜的七星级酒店还要多一颗星，不但奢华，还高科技。

两个人去了波斯湾岸边散步。波斯湾就在城市之中，城市之中的海也可以是如此蔚蓝清澈吗？

他们漫步在海边便道，天上是密密鱼鳞样的云，夕阳的霞光从云缝中洒下来，海面上是三辆疾驰的水上摩托和追浪人的笑语，对岸沙丘在暮色里隐约。

转过身来再看这城市，街灯不知什么时候被点亮，灯下人们悠然自得，有一件黑袍从头蒙到脚只留一双眼睛的女子，有白袍飘飘又头戴一顶耐克帽的少年，有迎着晚风慢跑的短衫男女，还有调皮孩子追着他们的镜头嬉闹。

不远处，一个穿着黑袍的中年女子倚着石栏看海，海风轻轻掀起她的袍角，钱旦窥见了黑袍下面轻薄时尚的裙子，还有脚上那双金色高跟凉拖。他惊讶，忍不住去留意其他来往女子的脚，竟然发现海风拂过，十之七八的黑袍下摆处都会露出鲜艳裙裾和华丽的鞋。

人们一说到中东，总是觉得除了战乱就是满世界的黑纱白袍，钱旦发现每个地方都有自己装饰传统的方式，就像这些低调奢华的阿布扎比女人和她们的城市。

夜色越来越浓，他俩驾车回宿舍去。车开在一条僻静路上，钱旦突然说："刚才我们超过的那辆卡车在追我们。"

曾子健一望后视镜，果然，卡车驾驶室里的两个人还把头伸出窗外在哇啦哇啦叫着什么。

钱旦有些紧张："啥情况啊？"

曾子健满不在乎地骂了一声，一脚油门。

那卡车追得更疯，驾驶室里面的人叫得更起劲，一边叫还一边使劲挥着手。

路上车已不多，两辆车你追我赶，钱旦越来越紧张："啥情况？劫财的还是劫色的？要打电话求救不？"

曾子健把车往路边一靠，一脚刹车，从储物盒里摸出两根短短的细铁棍，自己握着一根，塞给钱旦一根，推开车门钻了出去。

卡车迅速靠近，驾驶室里的人兴奋地探出头来向他们挥手，大喊大叫："Chinese？ Friend！ Old friend！（中国人？朋友！老朋友！）"

"Where are you from？（你们是哪里人？）"

"Pakistan（巴基斯坦）。"

卡车稍一减速，又扬长而去。原来是路遇来自"巴铁"的热情朋友。

钱旦看了看被塞在手里的铁棍："这么短？有个屁用。"

曾子健一甩手，他手里的铁棍蓦地变长了："土人，这是我在伊拉克淘回来的甩棍。老子一身汗都出来了，前面有家店的冰淇淋不错，请你吃个冰淇淋压压惊去。中东北非地区部管了一大堆莫名其妙的国家，你将来在地区部要支持整个区域的业务，应该也要经常去各个国家出差，跑得多了，什么事情都可能遇上。"

两个人坐在路边，吃着冰淇淋。曾子健说着他这些年在中东北非行走的趣闻轶事，钱旦饶有兴趣地听着。

曾子健问钱旦："旦旦，考你个问题，你说伟华是靠什么赢得客户合同的？"

钱旦没想到他突然问了个正经问题，就答了个公司标准答案："靠什么？靠质量好、服务好、价格低呗。"

曾子健一笑："你真相信这个？我们能说比 Y 公司价格低？服务好也好不到哪里去吧？你是干服务的，别不服气，你们能干的人家一样能干。我们的产品质量可能会好一点点？我告诉你，真正靠的就是客户关系，能和客户高层建立起关系、对得上话才是关键，不然都是假的。我刚来的时候，为了和这边客户的管理层建立起联结，守了一个月的饮水机。"

"守饮水机？"

"是啊！刚开始，这边根本没有几个人知道伟华是干什么的，我们好不容易进得了客户的办公楼了，但是接触的层级不够，交流的机会不多。我发现这个客户有个特点，休息的时候喜欢聚在茶水间，他们老大偶尔也不使唤 office boy，而是自己去茶水间站站。我就天天端个杯子，站在饮水机旁边装喝水，守着，守了一个月，和上上下下左左右右的客户都混熟了，还找机会和老大认识了，聊了几次。"

他把最后一口冰淇淋吃了，搓搓手："旦旦，我一直觉得你的个性是细中有粗，做事情很细致，但又不是墨守成规的人，敢承担责任不怕死，正适合公司现在在海外打乱仗、打死仗的情况。你来海外会乐在其中的，多赚些钱，在深圳多买几套房！"

钱旦说："还多买几套房？我买了一套房都觉得压力山大，多买几套拿来干吗？"

"你傻呀，把这套房子押了再贷款，贷了款再买呀，你听我的将来不会后悔。"

钱旦挺佩服曾子健的，认为他一直是一个远方和苟且兼着考虑、兼着得到的人。

钱旦回到宿舍仍不想睡，看了几集"老友记"，提高英语听力和口语是他的当务之急；上了会儿网，收到秦辛发的邮件，她说："你走后我在蛇口港的大门口坐了会儿，哭了一下，回家后在床上本来想哭，忍住了，起床看'老友记'去了。"她还说："你没有拿走你的牙刷和毛巾，让我好过很多。"

他有些意外，那天秦辛一直平静，没想到她会一个人坐在蛇口港的街边哭。他领悟到秦辛只是忍着不在他面前哭，所以笑得不自然，他却拿秦辛和传说中别人家的温柔小女人做比较。

他觉得秦辛对婚姻的恐惧是伪命题，可自己真体会过她的心情吗？他看到朋友圈子里一些伴侣口说深爱对方实则深爱的只是自己，总希望对方按照自己的方式接受自己的爱，明明对方爱吃面包喝牛奶却每天起个大早去买油条豆浆表达爱意。钱旦想，自己是不是也忽略了秦辛真实的喜怒哀乐？

凌晨四点半，钱旦才上床，仍然睡不着。咿咿啊啊的祷告声又从附近清真寺里传来,他躺在床上迷迷糊糊地听着,脑海里恍恍惚惚是少年时代学校有线广播里的进行曲,也是这样日复一日执著回响在日出时分。集体生活的日子总是会随着号令开始,当今世上也只剩阿拉伯人坚持着每日聚集在一起了吧?

| 第四章 |

进埃及记

钱旦从阿联酋迪拜飞向埃及开罗,那里是伟华公司中东北非地区部总部所在,是钱旦未来几年的大本营。

下午出发,阿联酋航空EK923航班。他懒懒地半躺在椅上,将前面椅背的电视固定在航路图上,看屏幕上面小小飞机慢慢飞越阿拉伯半岛的天空,四个小时是多么短暂的光阴,他已经到达拥有几千年历史的开罗城。

> 未见过开罗的人就未见过世界,她的土地是黄金,她的尼罗河是奇迹,她的妇女就像天堂里的黑眼睛圣女,她的房子就是宫殿,她的空气柔软得像芦荟木般香甜好闻令人喜悦。开罗怎能不是这样呢?因为她是世界的母亲。

这是《天方夜谭》里的开罗。那一日,钱旦所见的开罗仿佛是十年前的中国内陆城市。

与摩登的迪拜机场相比,开罗机场的水泥地面、狭窄楼梯显得老旧多了,整个印象像是回到了从前国内的大火车站。

进城路上,道路宽敞,往来的车大多破破旧旧,又都以一副不服老的架势横冲直撞,后车总是贴着前车屁股在跑,随意变线绝不打灯,看得钱旦心惊胆战。

公路两旁很空旷,奇怪的是不少房子里明明住着人家,却裸露着外墙未做粉刷，或者秃着屋顶不加修饰。后来听老谢说，是因为埃及法律规定房屋一旦完工就必须缴纳高额物业税，所以当地人修建房子喜欢留着一点尾巴，一直不算完工，就可以一直避税了。

钱旦不知道这个说法是否属实，但阿拉伯人老早在丝绸之路上往来，埃及人一直守在连接亚非欧的地中海边，他们应该是精于算计的。

来接他的司机是个壮实的光头大汉，走起路来有点上个世纪八十年代香港警匪片里英雄步的样子。

那段时间因为历史教科书问题中国和日本闹了起来，司机大哥一边驾车左冲右突，一边说他刚看了新闻，日本首相道了歉。这位埃及兄弟坚定表达了自己和中国站在一起，后又说起中国和埃及都有古老历史、有相似文化和传统。

望着埃及兄弟的黄色皮肤和车窗外"二十世纪九十年代的中国"，钱旦连忙点头称是。

一路上吸引他视线的还有开罗城的戒备森严。印象中埃及并不在中东乱局里，但到处都是荷枪军警做严阵以待状，有的穿着白色制服，有的穿着黑色制服；有腰里别着手枪的，有肩上挎着AK突击步枪的；有隐蔽在路边盾牌后的，有端坐在皮卡车后厢里的，原来这个国家并不太平。

伟华公司的办公楼和宿舍集中在迈阿第区的迪格拉广场附近，是外国人聚集的区域，路边更是三步一岗五步一哨。钱旦宿舍楼下就有一个铁架与纸板搭建而成的简易岗亭，总是有四五个警察长枪短炮地守着。

一开始他觉着有安全感，因为从来没有享受过这样的警卫待遇，不久就听人说之所以设置这个岗亭，是因为住在这几栋公寓中的西方人多，钱旦有些担心自己会不会有一天"躺枪"？

老谢大名谢国林，成都人氏，中等个子，微胖，戴副眼镜，相貌忠厚。

他独自站在办公室楼下等着钱旦，钱旦钻出车时，天空中若有若无地滴了两滴雨，老谢热情地说："难得啊，老钱，连老天爷都欢迎你过来。你是及时雨啊！地区部软件服务现在就我一个人，实在顶不住了！先把行李放在办公室，我带你到9街吃饭去。"

9街距离迪格拉广场不远不近，是那一带餐馆、店铺林立的最热闹地方。

他们在迪格拉广场上打了辆出租车去9街上的"Dragon House"，一家中文名字叫作"龙鑫庄"的中餐馆。

开罗的出租车旧旧脏脏，样子像动画片"黑猫警长"里的警车。上车时钱旦一拉车门，就听"嘎"的一声，车门竟然掉下来一半，钱旦赶紧扶住，不知所措。

司机回头一看，满不在乎地冲他喊："Come on in，no problem，no problem。（上车，没问题。）"

老谢本来就貌似忠良，一笑起来脸上更是像开了一朵花："上车吧，很近的，你用手抓着点车门，别掉下去了啊。"

钱旦迟疑了一秒钟，上了车，把一只手伸出车门，老老实实地用胳膊使劲夹着车门，车在迈阿第那幽静蜿蜒的林荫路上呼啸而去。

已经过了晚餐时间，餐馆里人不多，大红灯笼的暗淡灯光下只有一对西方情侣在窃窃私语。

打理这家中餐馆的是位来自香港的女士，热情、健谈，据说是开罗"华语妇女会"的带头大姐。

侍者都是埃及人，穿着红色唐装，很快就端上来一桌丰盛的中国餐，以及埃及当地产的"SAKARA"啤酒。

钱旦在来中东北非之前做了功课，有些好奇地问："阿拉伯人不是禁酒的么？怎么还有埃及当地产的啤酒？"

老谢说："每个国家不一样，阿拉伯半岛上的那几个国家最严格，埃及还好，算是个世俗的阿拉伯国家，有不少基督徒，餐馆里只要办了酒牌就可以卖酒。"

侍者中有一位英俊的埃及小伙识得中文，殷勤地跑上跑下。

钱旦好奇地问他："你学了多久中文？"

小伙真诚地笑着："刚刚学了三个月，怎么样？我中文不错吧？"

钱旦对他刮目相看，因为他的水平已经远不止讲得出"麻婆豆腐"，听得懂"宫保鸡丁"的程度。

老谢在一旁又成了笑面佛："套路啊套路啊，我来开罗时他就这水平了，就跟我说只学了三个月中文。"

钱旦纳闷："这算啥套路？"

老谢说："人家这是人设，知道啥叫人设不？"

他揪了一下钱旦穿着的橙色T恤："你可以去买五件这样的衣服，天天穿一样的，这就叫人设。今后一说钱旦大家就记得，那个穿橙色衣服的。这哥们，大家一说起他就是那个很喜欢中国、学中文很有天赋的埃及服务员。"

钱旦顿悟："有道理啊，大家都是做服务行业的，设定一个个人特有的品牌形象也是一招。"

4月开罗，白天烈日炎炎，夜晚凉风习习。

酒足饭饱后，钱旦和老谢没有再打车，而是一起向办公室走去。

异乡明月高挂天际，林荫路上遇不着几个行人。路边宅院都是灯光暗淡，悄无声息的样子。黑暗里不时会撞见个简易岗亭，视线里不时会冒出几个武装警察。

听说阿拉伯人是以猫为灵物的，迪格拉亦是野猫的天堂，一路上他们总是和各种颜色、各种大小、各种神态的猫儿们不期而遇。

他俩在办公室取了行李回了宿舍。

宿舍在距离办公室不到十分钟脚程的200街上，面积有一百三四十平米，三室两厅两卫，和国内常见的户型差不多，进门后往右手边走是连在一起的客厅和餐厅，客厅里放了一组皮沙发、一张长条茶几、一个电视柜，餐厅中间放着一张长方形六人餐桌，餐厅的两扇落地玻璃门的外面是阳台；进门后往左手边走，沿着过道是厨房、卧室和洗手间。

两位室友一位是老谢，还有位叫路文涛，三个人那一年都是三十岁。钱旦到的那天正好是当地的公众假日——西奈解放日，路文涛去红海边的沙姆沙伊赫度假去了。

老谢介绍说，路文涛从2001年开始就在中东北非常驻，年初刚从代表处调动到地区部，还说路文涛是个天津人，长得有几分"姿色"，自诩为"迈阿第第一气质男"。

客厅桌上摆着份公司的内部报纸《伟华人报》，上面有篇署名"路文涛"的文章，钱旦拿报纸进了自己卧室，躺在床上读这个未曾谋面的室友写的德黑兰往事：

> 大雪纷飞的除夕晚十点，我和本地员工完成客户拜访和宣讲后，连赶十二个小时的山路，终于从省里回到了费伦贾克。
>
> 积雪已经过膝，雪花还在不停地飘落，大大小小的汽车横亘路中，纹丝不动。我跳下车踉踉跄跄地往山上爬，平时二十分钟的路程，我用了一小时，总算到了大伙聚集吃年夜饭的三号楼。
>
> 在欢迎声中，我空着肚子连干三大杯，立刻酒意上涌，随后的事情都是模模糊糊的，只记得跟人说了很多豪情万丈、肝胆相照的话，还爬上楼顶在漫天风雪中朝着家的方向给老娘磕了三个头。
>
> 中秋夜，睡梦中的我被耀眼的灯光惊醒，赫然发现四个陌生劲装男子立于床前，手里手枪、微冲一应俱全。打劫啊？再仔细看看，好像都穿着制服，忐忑间看见他们逐屋搜查后示意我跟他们下楼，我后脊梁冒着冷汗就下了楼。
>
> 楼下有个略通英文的连说带比画了好一阵，才明白他们是晚上巡逻时发现我们车库门没锁，怀疑有人入室抢劫，所以调动了这一区的机动力量过来，总共来了两个皮卡加一辆警车，

满满当当二十号人马。

我送他们出门的时候听见枪栓拉得一片稀里哗啦,才知道他们手里的枪都是开着保险的。

又一个夜晚,时近零点,正在跟本地员工讨论第二天跟客户开会的材料,忽然一阵剧烈晃动,地震!大伙连滚带爬窜下楼,看着彼此缺鞋少衣的狼狈样子,忍俊不禁。在街上一边看着本地人拖家带口满街窜,一边苦候天明,谁知道屋漏偏逢连夜雨,真的又下起雨来。

为什么我的记忆总是跟夜晚相关?难道是夜晚的记忆特别容易打动心弦?在伊朗的征战中,我们日渐成熟、百炼成钢,变得更沉稳,更老练。许巍唱"理想的彼岸,也许不存在,我依然会走在这路途上",是的,生活不够完美,但我还是要往前走。

伟华公司租下的办公楼靠在迪格拉广场边上,从前是一家叫做"朗讯"的美国公司的办公楼。"朗讯的创造力,通信的原动力",曾经多么牛气的口号,可惜,这个世界通信网络的建设仍然如火如荼,昔日风光的"朗讯"却要渐渐消失在江湖。

假日的办公室里空空荡荡。到达的第二天钱旦和老谢把自己在会议室里面关了一整天,分析团队面临的TOP问题及应对策略。

他们在阿联酋ES电信项目中所遇到的麻烦并不仅仅是因为老莫的刁钻,而且很典型地反映了他们在整个区域遇到的共性问题。

"TOP1"的共性问题:2004年以前伟华公司在中东北非一直处于默默耕耘阶段,业务量很小,负责售后的技术服务工程师纯粹以项目为单位板结在几个国家,一旦有新项目要交付唯一能做的就是向总部呼唤炮火,也就是要人。2004年公司海外市场高歌猛进,各个地区部业务量均猛然井喷,各个山头对"人"的争夺如狼似虎,使得整个技术服务体系压力巨大。中东北非软件产品服务部面临几倍于从前的业务量，突显的最大问题就是人力资源及能力不足，并且缺乏弹性。

"TOP2"的共性问题：大家急着抓住机会打破海外市场既有格局，但是对海外客户的需求理解、把握能力不足，导致总是在售前对客户随意承诺，售后又不能严格按承诺完成交付。此间客户形容伟华公司的市场销售人员是"Mr. Yes"，对客户提出的一切需求都唯唯诺诺地说"Yes"；研发人员是"Mr. Delay"，总是对销售人员已经承诺给客户的需求说"Delay"，版本计划不能匹配合同承诺的交付计划；服务工程师则是"Mr. Sorry"，总是因为版本延期、交付延期而在现场对客户说"Sorry"。

办公室有五层楼，中间休息的时候，两个人走上了楼顶天台。

老谢说："这上面视野不错，我每天在下面坐累了就上来望望远，休息一下眼睛。"

他伸手向天边一指："明天我俩也休息，带你去那里玩玩。"

钱旦顺着他的手看去，只见一架飞机在蔚蓝色天空中划过，天气不错，视野很好，飞机隔得很远，所以看上去仿佛静止一般，非常缓慢地划过天际。

他纳闷地问："去哪里玩？"

"金字塔啊！你别望着天上，看那边。"

钱旦再次顺着老谢的手指，把视线放低了一点，定睛一看，金字塔赫然在天地交汇之处。

| 第五章 |

爱上开罗

他俩从楼顶天台回到会议室,继续讨论。

不管是被两个人共识为"TOP1"的人力资源及能力的不足,还是"TOP2"的需求管理的无序,要从"本"上解决问题都需要时间,需要推动公司、地区部、代表处三层组织建立人才供应的机制,优化需求管理的流程。

但是他们不能坐等公司的改进,如果项目失败,不会因为是公司机制的缺陷而免责一线的主管们,他们必须先拿出"Quick Win(快赢)"的方案来治"标"。

他们把区域内每个项目的计划、进度、风险、人力资源匹配、未关闭的需求及问题重新细致地梳理了一遍,列出跟踪表。两个人商量好,由钱旦负责区域内所有项目的管理,当下的重点就是对着跟踪表来管人、管需求。

将近黄昏的时候,老谢接连接了两个电话,电话那头均来势汹汹,老谢也接得情绪亢奋。

打完第二个电话,他瘫在椅子上:"唉!一个是苏丹,要人,我们在苏丹ST电信的项目快要到货、开工了,一个人都没有到位,代表处领导恼了。一个是叙利亚,要版本,我们在叙利亚SY电信搬迁爱立信的预付费系统,客户要求我们的系统要百分之百继承爱立信老系统的全部功能特性,签合同的时候产品销售的兄弟根本不了解老系统功能特性的细节就答复'完全满足'了,现在发现版本满足不了，代表处领导急了，要我们推动机关服务和研发必须优先满足 SY 电信的需求，提供定制版本给现场。"

钱旦说："我来盯着吧！一是盯着家里求助要人要版本，二是我安排下计划，尽快去苏丹、叙利亚现场支持。"

他接着说："我们这样太被动了。我来发动各个项目组，整理一下产品销售经理们在签合同时对客户需求胡乱承诺并且导致恶果的案例，我们以专题报告的形式发大邮件，争取一个星期发一期，抄送地区部总裁、副总裁，各代表处代表、副代表，还有机关的各方领导，推动大家重视软件项目的需求管理，踢不负责任瞎承诺的人的屁股。"

老谢有些迟疑："要不要闹那么大？一个项目组一个项目组点对点地推动也行吧？"

"你怕闹大了，产品销售的人不爽啊？我在公司这些年早就深刻体会到如果你不去主动踢别人屁股，到头来就会被别人踢你的屁股。"

"不是怕，产品销售的兄弟在前端拿下合同的压力也很大，订货数字上不去，山头项目拿不下来，他们就是一死。"

"我知道他们不容易，我们容易吗？现在地区部、代表处的领导们都是做无线、固网、传输这些硬件类项目出身的，不理解软件项目的特点，大家总以为还是传统的'盒子'设备，有统一的技术标准和规范，把客户需求和技术问题混为一谈，只要客户有抱怨就认为是我们推动机关服务和研发不力，认为我们没有狼性搞不定家里。哪里知道软件项目是必须在售前谈清楚所有需求的！这么玩下去到最后就我俩做背锅侠，死在这里了。你是宅心仁厚，我来一哭二闹三上吊。"

晚上九点，两个人回到宿舍，一人坐一个沙发，一边看电视，一边停不下来地还在讨论业务。

突然听到门上钥匙响，门"乓"地一声开了，没有看到门外人的身影先听到了他的声音："傻×，让你跟我去沙姆沙伊赫你不去，浮潜真的很好玩！海滩上美女真多！"

钱旦知道一定是假期去红海边沙姆沙伊赫的另一个室友路文涛回来了，他站了起来，就见门外进来一人，个头和钱旦差不多，理着个小平头，身体结实，皮肤被红海的阳光晒得黝黑。

老谢说："土人，来认识一下，这是我们部门新来的钱旦，这是自封迈阿第第一气质男的路文涛。"

路文涛把个背囊往地上一扔："什么自封？公认！老钱，你总算来了，老谢这傻×天天念叨你，就盼着你来帮他。"

老谢在兄弟们面前永远是乐呵呵的："土人，我们屋又来了一个帅哥，我觉得老钱在颜值上直逼你。"

钱旦不知道是谦虚还是不谦虚："我现在肥了，颜值已经开始负增长了，以前有人说我像'燃情岁月'里的布拉德·皮特。"

路文涛瞥一眼钱旦，骄傲地说："不怕，我以气质取胜。"

"明天"到了，埃及人民仍在放假，老谢要带着钱旦来个开罗一日游。

钱旦一早醒来，听见路文涛在客厅打电话，嗓门很大，"傻×、傻×"地说个不停。他打开卧室门走出去，正好路文涛那边挂了电话。

钱旦问："一大早哪个傻×烦你呢？"

"我老婆。"

钱旦并不是一个讲究人，但像路文涛如此频繁的把"傻×"二字挂在嘴边，还是令他有几分不习惯。

他好奇地问："你胆子壮啊，敢这么跟老婆说话？"

路文涛得意地说："不存在胆子壮不壮，我和我老婆惺惺相惜，不拘小节，不需要口头上的客气。不像老谢那个耙耳朵，你看他打电话那样子，他老婆又收拾他了，正哄着呢。"

钱旦才看见老谢在餐桌边坐着,电脑连着网线,脑袋上套着个大耳机,正满面笑容、柔声细语地讲着电话。

路文涛说:"今天老谢带你出去逛一天,我就不去了,在红海玩了几天,回来发现一堆作业要赶工。"

钱旦没有想到金字塔离开罗城这么近,他们打了一辆长得像"黑猫警长"的警车一般的出租车,刚过尼罗河,金字塔高大的轮廓就在农田和椰枣树的尽头隐约出现。

车向右拐下大路,沿着一条小河沟前行不远,传说中的金字塔和它们脚下的狮身人面像就出现在他的现实生活里了。

过去人们是可以攀爬上金字塔顶的,钱旦在电影《尼罗河的惨案》中看到过那样的场景。在金字塔顶迎风而立感觉是浪漫还是豪情?如今的游客已不得而知。他们只能站在塔下仰望,或者沿着不及一人高的甬道猫进塔里,在空荡荡的墓室中凭吊。

四千六百多个春秋逝去,胡夫金字塔、海夫拉金字塔、门卡乌拉金字塔始终执著地站立在吉萨的沙漠高地上,它们所经历、所见证的有多少是今人不曾了解的呢?又有谁真正懂得它们的前世今生呢?

人们说吉萨金字塔是世界七大奇迹之一,但所谓七大奇迹只是公元前三世纪腓尼基王国那位叫昂蒂帕克的旅行家"亲眼所见,永难磨灭"的七处建筑,他的活动范围其实极其有限,金字塔也未必会在意这样的虚名。

有人说金字塔的建造反映了法老对奴隶的残酷压迫,现在的研究发现这个说法也未必是真实的历史,很可能只是后人为了书写阶级斗争史的生编硬造。

至于金字塔来自外星人的揣测更像是现代人的傲慢而已,总以为古埃及人就一定没有这样的智慧和手艺。

烈日当头,钱旦彻底被那几座黄褐色的石头堆给征服了,被它们雄壮的身躯、冷峻的气质、从头到脚洋溢着的难以言喻的神秘力量所征服。

亲近过三座金字塔，钱旦和老谢走下高地到它们脚下去瞻仰了狮身人面像。

这座在金字塔旁坚守了四千多年的石头雕像风化得厉害，鼻子也缺了一块，有人说它的残缺不是因为年复一年的风沙，而是遭到了拿破仑军队的炮弹轰击，还有人说这鼻子是被来朝圣的苏菲派教徒敲破的。

"子在川上曰，逝者如斯夫"，即使是一个石头鼻子，流逝的时光也可以给它化上不同的妆容，让人难以分辨什么只是传说，什么才是它真实的往事。

下午，他们回到了尼罗河东岸，在解放广场吃了顿肯德基，然后就走进了埃及博物馆。博物馆是座两层的红褐色石头建筑，位置在解放广场靠近希尔顿酒店处。它于1902年建成开放，里面珍藏着包括木乃伊、图坦卡蒙黄金面罩在内的数十万件古埃及珍贵文物，大多数文物年代超过了三千年。

钱旦和老谢两个土人不够有文化，也懒得请导游或者租个讲解器，只是优哉游哉地把所有展室走马观花了一遍。

晚上，他们去了"法老号"。尼罗河上有不少这样的游船，它们每天晚上启航两次，一次航行大约两小时。一顿本地食物为主的自助餐，一场民族特色的歌舞表演，一条夜色弥漫的大河，足以让人觉得值回票价。

老谢说去"法老号"上欣赏肚皮舞要碰运气，有人遇到的舞娘风情万种，有人却遇见了老大娘。钱旦算运气不错了，第一次来遇到的舞娘就是位漂亮丰满的姑娘，一件轻薄、低胸的绿色舞衣突显出她的性感。

音乐一起，她一舞动，钱旦就全然忘记了桌上食物，视线被她牢牢抓住。这不是柔美的舞蹈，而是充满自信和快乐、肆意释放活力与性感的舞动。所谓肚皮舞，重点当然在肚皮上，只见她随着音乐节拍或慢或快地抖动着腹部和臀部肌肉，慢时有些妩媚，快时激情洋溢，高潮处她腰肢肌肉急速颤动，脸上充满可以自由驾驭自己身体的骄傲，船上的舞台空间逼仄，但完全无法束缚住她的万般风情。

肚皮舞娘舞毕，跳苏菲舞的汉子上台了，这是"法老号"上固定的节目顺序吧？

对肚皮舞，钱旦是久仰大名，小时候就在电影电视里见过，对苏菲舞他却是闻所未闻，完全想不到眼前这个孔武有力却穿着鲜艳圆蓬长裙的壮汉会带来一段令人叹服的舞蹈，把船上气氛再次推向高潮。

"苏菲舞"是他回宿舍后上网才查到的名字，老谢当时介绍它的名字是"土耳其转转舞"，因其起源于土耳其，精彩又全在于"旋转"二字。舞者以脚为轴，在原地做着三百六十度不停歇地旋转，身上的鲜艳长裙随着旋转展开，似孔雀开屏。手鼓节奏越来越快，他旋转得越来越快，钱旦坐在台下看着都觉得眼花缭乱了，他怎么不会头晕目眩呢？舞者竟然还能一边旋转一边摆弄些小道具，并且一边旋转一边慢条斯理地脱下外面的长裙，折成个襁褓模样，送给台下一位女游客作为美好祝福。

眼看歌舞表演高潮已尽，钱旦和老谢离座走上了甲板。甲板上是另一番天地，清静得很。

暮色沉沉，岸边开罗塔、四季酒店、凯悦酒店等建筑灯火通明，高楼上广告牌霓虹变幻，点亮着一个世俗的开罗。

有人说白天的开罗是个男人，晚上的开罗是个女人，钱旦深以为然。白天开罗烈日照耀着那些灰蒙蒙的旧建筑，不少街道显得又脏又乱，整个城市的确像个不修边幅的粗犷汉子；晚上开罗夜色修饰了一切，霓虹下尼罗河波光明灭，既给这座城市送来凉风阵阵，又给它带来些温婉气质。

河上风很大，被吹得连打了几个寒战的钱旦望着河水想自己算是一见钟情，爱上这个"女人"了吧。

充实的一日游结束，回到宿舍，钱旦冲了个凉，心里仍然是对金字塔、狮身人面像、博物馆、"法老号"和尼罗河的念念不忘。

他想要与自己的姑娘分享，就打开电脑，给秦辛发了个邮件，告诉她自己的所见所闻、所思所念。信至末尾，他抄上了自己几年前第一次求婚，不料被断然拒绝之后写下的一首诗。

所谓忧伤出才情，那是他唯一一次居然写出了一首诗。那时候恰好秦辛不知道从哪里看到什么"专家"说一段爱情只可能持续三年，所以诗的名字叫《我又不是只给你一段爱》：

  他们说
  一段爱情只有三年的寿命
  傻
  如果这是真的
  那也没有什么可怕
  因为
  我给你的又不是一段的爱
  瞧
  这一段
  你是天空遥远的星
  我是远方守候的云
  那一段
  我是挺拔坚强的橡树
  你是同立风雨的木棉
  又一段
  你是我眷恋缠绵的港
  我是你宽厚温柔的枕
  再一段
  我是你孩子他爹

你是我孩子他妈

折折叠叠绵绵又长长

一段一段一段又一段

又怎是十个百个三年能够了

等到那一段

我吻你光秃秃的牙床

你抚我坑洼洼的额头

哈

我们的爱还是没有完

| 第六章 |

"旺哥"

埃及的小长假终于结束了,老谢带着钱旦在办公室里走了一圈,简单介绍了新同事们,去见了他们的领导——伟华公司中东北非地区部技术服务的主管老韩。

老韩是个高大威猛的湖北人,他对钱旦表达了欢迎,严肃地叮嘱完工作上的期望,这才露出略显疲惫的笑容,鼓励地说:"你俩兄弟搭档好好干,争取一年以后一切皆在掌握中,你俩可以轻松地躺在红海的沙滩上晒太阳了。"

一走出老韩办公室,钱旦就冲着老谢问:"你啥时候带我去红海边上躺着去?"

老谢拍拍他肩膀:"小伙子,好好干,你要相信公司生意会越来越好,业务发展总是要比我们的个人能力跑得快,我们将永无宁日。"

"好好干"是毫无疑问的,他们每天有干不完的活儿,每天在晚上十点以后才可能离开办公室。

他们每天回到宿舍时身体已然疲惫,思维依然活跃,总是在客厅里一人躺一个沙发,一边看卫星电视里的"Fashion TV",那个频道总在翻来覆去地播放着"维多利亚的秘密"的模特们,一边把地区部下属的各个代表处的项目和人一个一个地聊。

路文涛同是老韩的下属,但和他俩不是同一个团队,算半个局外人。

他通常是端坐在餐厅的餐桌前，对着电脑忙个不停，要么就突然抬起头一脸真诚地冲着钱旦和老谢说："我说你俩有点出息，别吵吵了，去洗洗睡了。"要么就冷不丁清清嗓子道："你俩傻×瞎吵吵啥？我认为你们说的都不对！"

路文涛仍然是十句话里面有五句带着"傻×"二字，包括"这傻×回锅肉真好吃""我们又签了个傻×大单"之类的。

钱旦和老谢"吵吵"最多的仍然是他们的TOP1问题，"人"，他们已经尝试着在治"本"了：

一是更加高效地使用中方员工，地区部不能只有他们两人，得弄几个中方骨干过来做机动资源，组成自己的"海豹突击队"。

如果他们认为下面各个代表处的软件产品服务做得不够好，想去管理人家首先得有能力支持人家，想去指导人家首先得有能力帮助人家。

二是本地员工的招聘和能力建设，他俩相信伟华公司一定得学会"因地制宜"。

老谢已经在开罗张罗过两期新员工培训班了，钱旦到的时候正好赶上了第二期，学生是四个埃及人、两个苏丹人和一个突尼斯人。

公司单独租赁了一栋四层小别墅改造成为地区部培训中心，它藏在路旁花树后。钱旦第一次去的那天大家挤在一楼客厅改的教室里，由老谢给学生们做技术答辩。晚春阳光透过大落地窗照进来，给人平添几分慵懒感觉，但几位学生在谢老师的犀利发问下丝毫不敢轻松。尤其是苏丹来的大个子甘法斯，基本上是手足无措地站在台前发愣，让人看着都着急。成绩优秀的是埃及人阿马尔和谢里夫，他们俩一个以前在IBM的代理商处工作，一个来自阿尔卡特公司，明显比其他几个要老到些。

三是合作资源的建设，伟华的公司治理中有两道堤坝，一道是对"财"的管控，一道是对"人"的管控，公司不可能没有约束地招聘，技术服务部除了自有员工之外，依靠着一批分包商来解决资源弹性的问题。

与他们合作多的是国内的电信工程公司，以及前伟华员工离职后创建的公司。这些公司过去只是作为分包商承接伟华从客户那里拿到的项目，近一年来海外资源压力巨大，项目进度又存在一定的不可预见性，它们也在以更灵活的租赁模式提供外协工程师给伟华使用。

这天晚上，钱旦和老谢又在"吵吵"合作资源的问题。

钱旦说："现在太痛苦了，从分包商要个人，一会儿说必须通过公司的接口人去协调，一会儿说必须把需求提给采购部由采购部处理，等他们帮我找到人，黄花菜都凉了。今后我自己直接和分包商沟通，把我的项目管道交给分包商，忽悠他们提前多准备些人，以备不时之需。"

老谢露出无奈又无辜的笑容："我早就想这么干，但是公司有内控防腐败的要求，不让我们直接去找分包商要人。"

钱旦不以为然："哪里有那么多腐败？代表处天天踢我们的屁股，找我们要人，苏丹的项目马上要开工了，到现在还没有定下来一个人去现场，活人不能被尿憋死，我自己去找。"

老谢解释："我们是业务需求部门，按流程是负责及时、准确地提 PR（采购需求）给采购部，由采购部负责选定合适的分包商，最终下 PO（采购订单）采购资源，然后，分包商必须先拿到 PO 再安排人到位。这叫需求和采购相分离、PR 和 PO 相分离，是基本的内控原则。"

钱旦坚持己见："我不管，既然你授权我帮你管项目交付，你就得相信我。我决定就这么干了，我去和分包商直接沟通，谁能满足我的要求就和谁合作。我们自由恋爱，等谈得差不多了再去找采购部盖章，他们是民政局，负责发结婚证就行了，我保证等他们发了结婚证再洞房。"

老谢一样每天被人力紧缺所扰，他决定支持钱旦："采购部的两个兄弟很好说话,你和他们多勾兑勾兑。"

旁听者路文涛的眼睛盯着自己的电脑,忽然开口说话了:"两个傻×,自由恋爱?自己提需求,自己选分包商?你们到时候跳进黄河也洗不清。"

钱旦是驴子脾气,大多时候貌似温顺,偶尔蹶蹄子踢人。他正在情绪上,毫不客气地对着路文涛嚷:"你个傻×到底会不会好好说话?一天到晚傻×傻×的,你哪来那么多傻×?"

路文涛抬起了头,一副"竟有傻×敢反抗朕"的表情:"首先,你们不发展本地分包商,依靠国内分包商做海外项目就给人想象空间,天高皇帝远,老乡见老乡,好搞猫腻?其次,过去工程分包还好一点,现在你们发明了人员租赁的模式,把按项目分包变成了按时长租人,分包商不管工程做得好做得歹,按人头和时长收钱,你们的验收标准清晰吗?有没有明明一个月的活租了两个月的人?你们又给人更大的想象空间。最后,你俩还想自己提采购需求、自己找卖家,更方便搞猫腻?你俩傻×难道不是在自己给自己挖坑吗?"

钱旦反驳:"首先,现在连本地员工都没有培养起来,哪里有那么好找本地分包商?人家也看不上我们这点软件的生意,只能靠国内的成熟分包商。其次,现在客户强势,我们是孙子,软件项目的客户化定制太多,海外的打法没有成型,SOW(工作范围)、验收标准本来就模糊,按工程分包,分包商怕被我们玩死,不愿意和我们玩,人员租赁模式多灵活!最后,各个地区部都在抢人,各个山头都在抢人,不胆子大一点,能抢得到资源吗?我对业务结果负责,问心无愧,有啥?"

路文涛心里很理解两位兄弟,他冷笑一声:"老子是好心提醒你们,你们掉坑里关我屁事?好,你们去搞,小心迟早把自己给搞傻×了。"

钱旦抢白他:"你是什么毛病啊?讲十句话里面有五句是'傻×'?"

路文涛略有不好意思的样子,更多是理直气壮地说:"老子以前呆的代表处太压抑了，大家都这么说话，习惯了。现在已经改好多了，以前十句里面有八句是'傻×'。"

"你压抑啥？看不到女人？"

"错！别听那些傻×说法，波斯美女多着呢。强竞争的市场啊！寸土必争，每个合同都不能丢，每个项目交付都不能慢，长期紧张压抑，需要随时发泄。你来快一个月了吧？在一线没在总部机关爽吧？小心别也傻×压抑了。"

钱旦沉默了三秒钟："我觉得在一线比在总部机关爽啊！我在国内一线也干过，一线的'疼'是清清楚楚地剧疼，疼起来难受，但总会有止疼方法，并且疼过一阵会好一阵子，在总部机关工作的'疼'是长期隐隐作疼，常常还不知道到底是为啥疼？"

老谢听了，呵呵一笑，起身回自己房间去了，片刻又回来，手里居然多了把吉他。

钱旦夸张地叫道："哟，看不出啊！你还会这个？"

路文涛说："老谢同学是典型的'门心马叉虫'。这把红棉吉他可是他们家小玲送给他的定情之物，你不要去乱摸乱弹，弹坏了小心他撕你。"

"啥叫门心马叉虫？"

"没文化，你把这五个字拼起来是什么？'闷骚'二字。"

老谢没有搭理他俩，径直往阳台去了。片刻，和弦响起：

在很久很久以前

你拥有我

我拥有你

在很久很久以前

你离开我

去远空翱翔

没唱几句，咿咿啊啊的祷告声突然在街边有线广播里响起，盖过了老谢的弹唱。

钱旦的适应能力本来就不错，何况幽静的环境、便利的生活条件大大超出了他所料。在开罗最初的日子里，唯一令人困惑的是总迷路。

迪格拉一带是从前英国人殖民埃及时所规划，见不着高楼，找不到标志性建筑，只有一个个院落或者是长得差不多一个模样的公寓楼隐于大树后。

并且，每每走到路口，人们遇见的并不是丁字路口、十字路口，而是米字路口，常常遇见六七条小路蜿蜒向每一个方向。

有一次，钱旦从迪格拉广场去距离不到一公里的培训中心开会，特意提前了二十分钟出发，结果会议开始十分钟后，迷失在林荫路上的他叫了辆出租车把自己拉回了原点，重新出发一次才找到正确的路。

周末，钱旦独自在培训中心加班。到了晚餐时间，老谢和路文涛轮番打他的电话，叫他回宿舍吃饭。

天津人路文涛一到周末就沉迷于老谢从国内带过来的一本《川菜大全》中，已经成为了一名如假包换的川菜厨子。这一天，他做了最拿手的回锅肉。

从培训中心回宿舍不过是十五分钟的脚程，钱旦却在暗夜里转了一个多小时，怎么也走不回去了，电话里也讲不清楚自己究竟在哪里。

路文涛在电话那头乐不可支："现在知道谁是大傻×了吧？你慢慢找路，我给你留块最大最肥的肉。"

钱旦又累又饿的时候看见不远处路边有一处灯火明亮、人影晃动，定睛一看，原来是家西餐厅。他仿佛十字坡上的武松初见了孙二娘的店，径直走进了餐厅。

餐厅不大，但分成了室内、室外两个区域，露天的院子里摆了几张台，穿过院子是餐厅的室内区域。钱旦就近在最靠院门的地方找了个座位，点了一份羊排、一杯芒果汁，决定吃饱了喝足了再慢慢找回宿舍的路。

吃完，结账，钱旦走进餐厅室内，去找洗手间。

他从洗手间出来时正巧昏暗角落里两个人也结了账站起来。钱旦一瞟，其中一个竟然是曾子健。

曾子健也看到了他，迟疑了两秒钟才叫道："旦旦！这么巧！"

钱旦如释重负："你啥时候从阿联酋回来的？我居然迷路了，不知道怎么回200街？"

曾子健笑了笑："我今天刚回来，他非要到机场去接我，行李还在他车上。我住199街，我们一起坐他的车走吧。"

与曾子健共进晚餐的同伴瘦瘦高高，一本正经地穿着西装打着领带，在他俩说话间已经先出了门，钻进了路边的一辆"雷诺"车里。

曾子健带着钱旦上了车，介绍道："这钱旦，进公司前我俩就在同一个单位同一个办公室上班，他先进伟华，不停对我说伟华好把我给忽悠进来了，然后我先来中东北非，不停对他说埃及好。这张旺，旺哥，比我高一届的师兄，大学时踢球认识的。"

钱旦热情地说："世界这么小？几个湖南熟人又转到一起了。我在地区部软件服务部，你在哪个部门？"

旺哥慢条斯理地来了一句："我在你们友商，Y公司。"

钱旦一愣，伟华和Y公司正在各个国家竞争得如火如荼，打得你死我活，双方桌面上的角力和桌子下的暗招都没少使，伟华的人和Y公司的人私下接触多少有点犯忌，也许曾子健带着公司的使命？

旺哥没有留意到昏暗灯光下的减速带，车速有些快，车猛地一颠，钱旦的头差点没撞上车顶，令他又是一惊。

曾子健不疾不徐地说："我上次回国，一上飞机看见前面座位上坐了一个中国人，西装笔挺打着领带，戴着个超大眼罩在睡觉，空姐送餐的时候醒来了，他也不把椅背放直一点，我没法吃饭了啊，就敲他,他一回头,是个熟人,一扯谈,竟然大家都在埃及,还是同行。"

旺哥接过他的话头:"人生何处不相逢,我俩这还是第一次聚了,我们谈风月谈足球,不谈生意。"

曾子健说:"旦旦,诗诗下个星期五到开罗,到时候一起吃饭。我们跑远一点,四季酒店里有家餐厅,港式的,我带你们去喝晚茶,旺哥也一起吧?"

钱旦说:"不巧啊,我下周五要去喀土穆出差。诗诗来住多久?"

"那等你回来,诗诗不上班了,她准备过来做家属。你让秦辛也过来吧,你俩也快要结婚了不?你不是房子都买了吗?"

"还没定呢,再说,买了房子就没钱结婚了呗。我买房贷了款,装修房子还找我爸妈借了钱。"

旺哥说:"那蛮好,你就说买房子是你爸妈出的钱,房子算你婚前爸妈赠予的财产,将来离婚不用分。"

曾子健说:"你嘴还蛮臭。婚姻法上是这么写的吗?你莫信口开河,要签婚前协议才行吧?"

"据说将来婚姻法要这么改。"

说话间,车已经到了钱旦宿舍楼下。

钱旦下了车,走到楼梯口,下意识地又回头望,那辆"雷诺"的车尾灯已经闪烁在200街尽头。

钱旦回到宿舍,老谢在自己卧室里粗着嗓门打电话,路文涛如常端坐餐桌前,对着自己的电脑。

路文涛一看见钱旦,兴奋了,忙不迭地站起来,端起桌上放着的一碗回锅肉:"哎哟,大傻×终于找到家了。我今天做的回锅肉,水平又上了一个新的层次,老谢那傻×都快吃哭了,说是他爸爸的味道。来,自己拿去微波炉热一下。"

钱旦刚接过碗,老谢打完电话从他卧室里出来了,一脸苦笑:"老旦,你记得去乍得的小强吧?人要崩溃掉了。"

| 第七章 |

水迷烟醉

小强是去年大学毕业的应届生,这个 4 月底去的乍得。

他在开罗转机时和钱旦、老谢见过一面,告别之后,钱旦望着他精神抖擞的背影说:"好了,乍得的人的问题总算解决了。"

老谢笑笑:"到了再说,到了再说。"

老谢的淡定不无道理,小强一下飞机就被人盯上,在宿舍门口被摁在枪口下打劫,受到惊吓后又病了一场,病好了之后反而几近崩溃。

他打电话给老谢,闹着要回家,老谢和他电话聊了一个多小时好不容易把他安慰下来,答应先坚持三个月,根据这三个月的适应情况定去留。

钱旦和老谢在客厅的沙发上坐下,钱旦把电视调到"Fashion TV",果然又在播放"维多利亚的秘密"。他对老谢说:"我想起小强经过开罗的时候你那忧郁的眼神,你有预感?"

老谢叹口气:"乍得是给我留下过心里阴影的。我 2002 年在乍得呆过一段时间,办事处就我和另外一个中方员工,有天晚上他在客户机房加班,我一个人在宿舍,有人敲门,我以为是他回来了,一开门一把手枪顶着我的头,三个劫匪,一个人看着我,两个人拿着大袋子在房间里搜刮,那把枪一直顶在我头上。"

路文涛屁股仍然粘在餐桌边的电脑前,插话说:"你知道那把枪是怎么顶着老谢的头的吗?劫匪拿了个枕头隔在他的头和枪中间,既能让枪声小一点，又防止血溅到自己身上，那傻×可是随时扣扳机的打算。"

他终于离开了餐桌，也在客厅的沙发坐下："老谢是差点被爆头；老子更惨，差点被火箭筒给轰了。"

他满意地望着钱旦脸上的些许震惊，继续说："我2004年去伊拉克出差，刚打完仗，没航班，只能从公路进出。出完差走的那天本地司机开车，我躺在后座睡觉，突然莫名其妙从梦里惊醒，往车窗外一看，我靠，就看见两个人扛着火箭筒懒洋洋地从路边山坡上走下来，肯定是游击队埋伏了一天没有等到合适目标，下班了。幸好啊，他们没在下班前顺手把我们的车给轰了。对了，老谢，你再给钱旦讲讲你那只鸡的故事。"

"还讲啥？地球人都知道了。"

钱旦很有兴趣："我没听过，讲啊，你还和埃及的鸡有故事？"

老谢又是他标志性的憨厚笑容："啥埃及的鸡啊，乍得的鸡。乍得现在条件比以前好多了，公司已经有好几个人在那边，还有分包商的兄弟。当初只有我和另外一个兄弟两个人在乍得时，太孤独了。我们业余时间实在找不到玩的，有天从菜市场买了只鸡带回去喂着玩，后来，两个人每天吃过晚饭最大的乐趣变成了在院子里追着鸡跑，比赛谁先抓到那只鸡。"

路文涛嫌弃老谢故事讲得太平淡，眉飞色舞地补充："你猜那只鸡最后怎么样了？那只鸡被两个禽兽天天折磨，不堪其辱，疯掉了。你知道鸡疯掉之后这两傻×无聊得干吗去了？比赛爬树！天天吃完晚饭就爬宿舍旁边的一棵树，树皮都让两傻×给蹭秃秃了。"

老谢笑得合不拢嘴，笑完了又叹口气："希望小强同学能在乍得坚持下来，不然我们又要找人去换。"

钱旦听着两位兄弟讲故事，从心底里感慨：没有一个又一个"老谢""路文涛"们在海外业务起步阶段的寂寞、艰苦、勇敢、坚韧，哪里会有如今四处井喷一般的业务趋势？

虽然仍有坏消息，但钱旦已经开始心里有数，实实在在的进步已经可以预期。

机关承诺补充给他们几名中方骨干；他和三家国内分包商建立了直接的联结，在他的忽悠下，他们终于愿意加大对中东北非软件服务资源的投入，准备了二十多个工程师在国内学习相关产品。

本地新员工培训班结束，不管他们学习得怎么样都赶鸭子上架，苏丹人回苏丹，突尼斯人回突尼斯，四个埃及人最厉害的阿马尔和谢里夫计划一个去马尔代夫、一个去约旦，支持代表处的项目去了。

他们整理出来第一批讲软件项目需求管理的案例、专题报告，剖析中东北非过去的合同中对客户需求的胡乱承诺及导致的恶果，推动由产品销售来牵头处理在合同中承诺过却又不能满足客户的需求，进而推动产品销售在前端认真对待每一项要写入合同中的客户承诺。

他们把案例、专题报告通过邮件大范围群发了出去，得到了上下左右的强烈反响，总算开始把大家对软件项目交付特点的理解同步在一个频道上了。

钱旦和老谢两人不能呆在开罗做办公室里的将军。他俩商量好了瞄准几个重点国家的重大项目，争取打几个漂亮仗来提升内外部客户满意度，树立团队的品牌。他俩计划分头出差，老谢去突尼斯，钱旦去苏丹、叙利亚。

四位埃及本地员工约他们在尼罗河边的"Friday's"餐厅共进晚餐，在各自出差之前互相饯行。

老谢偶感不知道风热还是风寒，本就在犹豫要不要去，他的妻子小玲一个电话过来令他更出不了门。

老谢和小玲每隔三天都会在电脑上用"Skype"通个电话，这天晚上小玲却是直接拨的老谢手机，似乎是商量的语气，又似乎不是："有个事情你能不能跟你爸妈说一说？"

老谢吃了感冒药，早回了宿舍，正躺在沙发上。他听到小玲的语气心里一沉:"什么事啊?"

"我在教宝宝的时候他们能不能不要总是来打岔?尤其是你妈,每次宝宝好不容易坐下来跟我学英语,她一会儿来喂水果,一会儿来背唐诗,这样对宝宝培养专注力很不好的,什么时候背唐诗不行?非要在我教宝宝的时候来抢着教?"

小玲也是成都人,跟着老谢去了深圳。他们的儿子刚满三岁,小玲的爸妈在成都帮她妹妹带孩子,老谢的爸妈在深圳陪着小玲母子。

老谢小心地说:"你自己跟爸妈说下呗。"

小玲的语气变得强烈了:"我说了,没有用啊。你爸还在旁边说怎么这么小就学英语?说你是初中才开始学英语,长大了一样出国工作。能一样吗?现在小孩的竞争多激烈!"

"他们也是心疼宝宝嘛。"

"哦?我不心疼宝宝?"

老谢只想息事宁人:"我下次打电话给他们时跟他们说一下,不过,我爸妈都不是小心眼,有些问题没有意识到而已,你直接和他们说,没有关系的。"

"好,你们家都不是小心眼,就我是小心眼,我每天白天上班累死了,晚上回到家里就喜欢无理取闹。"

"我不是这个意思。"

"你不是这个意思,是我小心眼误会了你的意思。我挂了,累了,睡觉了。"

老谢仍然握着手机,想再发条短信给小玲,又不知怎么说才能把问题关闭?

路文涛不知道什么时候回的宿舍,依旧坐在餐桌旁,他打破了房间里的宁静:"唉,又被收拾了吧?你说你什么思路,自己在海外,让媳妇和爸妈住,惟恐天下不乱。"

"啊,你什么时候回来的?什么时候坐在这里的?我这不是没人带娃吗？"

"没人带娃，你不知道请个保姆？"

"老人想带孙子，觉得不来带孙子就没有帮上忙啊，你说我咋办？"

"反正我看到的婆媳关系不好的遍地都是，你这自己不在身边，还指望小玲和你爸妈相濡以沫？这不是傻了吗？"

钱旦独自去了"Friday's"，四个埃及人是胖子阿马尔、戴副眼镜学究般的谢里夫、老实巴交的大叔哈桑和刚从学校毕业的精明小伙巴哈。

钱旦以为他们推荐的是家埃及特色餐馆，到了才发现"Friday's"是一家美式餐厅，位置在从9街过一个跨越轻轨铁路的天桥，去到与滨河大道交汇的路口。

《加州旅馆》的旋律正在餐厅中回响，他们在露天院子里找了张桌子坐下，对着下午六点钟的尼罗河。

大河宽阔，静水潜流。离岸不远处一只小渔船摇摇晃晃，一老一少在船上慢条斯理地收着网。

远处，不少提供给游客的白色风帆来来往往，给平静的河面添了几分灵动。钱旦点了一份烤鱼、一杯芒果汁。"Friday's"的烤鱼盐味太淡，芒果汁却令他一喝钟情，那是真正鲜榨出来、没有兑一点水进去的纯粹果汁，口味醇厚地道，完全没有盒装饮料的糖水味。

他们几个一边吃喝一边聊埃及聊中国，劳累了一个星期的身体和心情像身旁那棵老树的茂盛枝叶一样舒展开来。谢里夫见钱旦凝望河面若有所思的样子，问了一句："Mr. Qian，中国有几条河？"

钱旦一愣，中国有几条河？谁数得清楚啊！但很快明白了他为何如此问，因为埃及只有一条河，古埃及语里"尼罗"就是"大河"的意思，它长达六千六百五十公里，是世界上最长的河流，是埃及人的母亲河。古埃及的遗迹几乎全分布在尼罗河两岸，现代埃及超过百分之九十的人口生活在尼罗河沿岸和三角洲地区，正是尼罗河的灌溉和湿润，少雨的埃及才有可能孕育出几千年的文明。

钱旦想了想，说："中国有很多条河，其中有两条像尼罗河一样，一条叫长江，一条叫黄河，它们都被中国人视为母亲河。"

红日跌入尼罗河的尽头，人们纷纷结束了晚餐。钱旦发现地上出现了越来越多齐膝高的玻璃瓶，它们造型奇特，瓶里盛着半瓶水，一条长长的软管从水中引出，一些人正含着软管，在咕噜咕噜的水声里吞云吐雾。

谢里夫告诉他这就是阿拉伯水烟，它的阿拉伯语发音是"Shi Sha"，据说是八百多年前从印度起源，然后流传至伊朗和土耳其，并渐渐成为了整个阿拉伯世界中经久不衰的休闲活动。

阿马尔给钱旦作了详细解说，在水烟壶顶部有个小盆，里面用锡箔纸隔成两层，上面一层燃着几块木炭，下面一层放置烟泥，人们要的就是这烟泥的味道，常见的口味有苹果味、哈密瓜味、薄荷味、草莓味等。

"Friday's"里烟气越来越旺，美式餐厅摇身一变，成了阿拉伯水烟馆。最靠近尼罗河的一张桌子旁，一位身材高挑的金发美女盘腿坐在椅子上，带几分寂寞，吸一樽水烟，独自凝望大河北去，其人亦成风景。

几个埃及人交换了个眼色，开始劝说钱旦来一壶。钱旦早就蠢蠢欲动了，赶紧点了个苹果味的。

不一会儿，穿一件灰布传统长袍的老侍者端上了烟具，钱旦先是拿着精致的玻璃壶把玩一番，然后将烟嘴含入口中，小心翼翼地吸上一口，听到了壶里咕咕噜噜的水声，却没有感觉到烟的味道，再大力吸一口，嘴里终于有了若有若无的烟草味和淡淡的苹果甜，一股闷香扑鼻而来。抽几口感觉不错，他彻底放下心来，在水烟香里和埃及人继续海阔天空地闲聊。

不知不觉中，钱旦竟然醉了，头晕沉昏胀，胃也隐隐难受。

几个埃及人看他用手势比划头晕的感觉，幸灾乐祸地开怀大笑，仿佛一切早在他们意料之中。

等到钱旦彻底缴械投降，阿马尔生怕浪费了没抽完的烟，马上接过烟管，拔掉烟嘴，贪婪地抽一口，烟雾顿时在他面前升腾、弥漫开来。

烟足饭饱后，他们挥手告别。钱旦回培训中心取电脑。

进门时正好是一天之中最后一次祷告时间，值班警卫把一把手枪摆在桌上，人却跪在桌旁一条小毯上，面朝墙壁，深伏于地。这位警卫脑门正中肿了个黑包，是每天功课做足，虔诚地磕头磕出来的。

办公室空无一人，钱旦上网为今天的新鲜体验作了个延伸阅读，读到一段描写阿拉伯人抽水烟的生动文字："腾云驾雾间，水迷烟醉中，经典的时光恍若倒流，回到了遥远的过去。"

关了电脑，他信步走上屋顶天台，算算时间，北京已是午夜两点半，那一头秦辛早已入睡，这一端开罗星辉满天，楼下路边一树蓝花开得那么放肆，一直伸展到四楼顶上钱旦的鼻子前。

花香幽淡，烟醉未散，他忘却了他的埃及新朋友们，像老牛反刍一样咀嚼"遥远的过去"。

他记起千禧年秋天自己从成都调去昆明，大箱小包的，却南辕北辙地飞去南京转机，只因为秦辛在那里出差，只因为秦辛说栖霞红叶美。那个下午推开酒店房门，不见人踪影，拉开窗帘，她从高高的窗台跳下，孩子气地说："知道吗？我其实是一个小国的公主。"爱情的确应该如童话，每个女孩都应该是一个被宠爱的公主。那一个瞬间，钱旦相信了自己该是童话里坚持的王子。

2002年秋天，他们曾去过云南香格里拉，某日在纳帕海边的山坡上坐着，世界那样宁静，只有风声、路过牦牛的铃铛声，两个人沉默着看流动霞光、寂寞雪峰、祥和村落、守护者般的青稞架，还有高山上的一面湖水，一切俗世烦扰离得那么遥远。

"腾云驾雾间，水迷烟醉中，经典的时光恍若倒流，回到了遥远的过去。"分离又有一个月,隔着关山万里,大洋重重,他见不着她的眼睛在哪里,但仍然望得见她的凝视在天空里;他见不着她的嘴唇在哪里,但仍然触得到她的亲吻在空气里。

| 第八章 |

喀土穆的夏天

5月的一天,钱旦飞向世界的火炉,苏丹首都喀土穆。

出发前在"谷歌"上找"苏丹",所见的苏丹是非洲面积最大的国家,是地球上最热的国家之一,是四千年前已经有人类活动的国家。喀土穆在阿拉伯语里是"大象鼻子"的意思,因为青尼罗河和白尼罗河在这里合二为一,河流将城市分割、包围成大象鼻子的形状。

此时南北苏丹之间的内战已经持续了二十多年,那场战争被称为当今世界历时最长、产生原因最复杂、冲突解决最棘手的内战,几百万人在战争中丧生,苏丹也因此成为了世界上最贫穷的国家之一。

不过,四个月前南北双方签署了《全面和平协定》,内战刚刚结束,和平曙光在这个国家乍现,现在正是百废待兴的时候。

钱旦是从迪拜转机去的喀土穆。阿联酋航空下午三点钟的航班,在云端四小时以后明明翅膀下面已经是喀土穆了,但飞机在机场上空盘旋,却不去降落。

钱旦瞥一眼前面椅背上的小屏幕,看到橙色一片,以为是摄像头出了毛病。

半小时之后,机舱广播响了起来,却是通知大家因为沙尘暴无法降落,要备降到红海另一边的吉达去了。

吉达是沙特阿拉伯西部的一个港口城市,外面的世界灯火通明,他们却被关在机舱里闷等。

等得实在无聊，钱旦走到后舱去找空姐练口语，顺便打探打探消息，结果所有人都对着他摇头、耸肩，说不知道下一步计划。

见到一张东亚姑娘的靓丽面容，钱旦上去攀谈，是一位来自首尔的韩国空姐，有趣的是她会说的唯一一句中文是"我不是中国人"，是不是这条航线上中国人太多，又总有中国小伙试着用中文去搭讪的缘故？

机舱广播终于又响起，闲得无聊的空姐们忙碌起来，她们各就各位，钱旦却更加茫然了，因为听到这架飞机将要飞回到迪拜去。

凌晨一点，终点又回到起点，他们去了趟喀土穆又回到迪拜了。

钱旦满腹狐疑地跟着大家走下飞机，心想是不是会安排个酒店让大家休息一晚？

结果一走进一楼的到达厅就被催着上了二楼的出发厅，换了架飞机换了个机组他们马上出发，再闯喀土穆。

第二趟飞行算顺利，将近早上六点钟，他们平安降落。飞机在跑道上滑行时钱旦透过舷窗看到了停机坪上刷着"UN"的飞机和白色车辆，"UN"出没的地方不会是什么太平地方。

穿越黎明的朦胧，他们走进入境大厅，发现冗长旅程仍未完结，办理落地签的海关办公室里铺陈老旧、摆设凌乱，工作人员动作迟缓，还动辄起身消失一会儿。

起初钱旦诚惶诚恐地站在柜台前候着，没多久就麻木了，索性靠在门外长条椅上打瞌睡去了。

一个多小时过去了，终于听到里面有人叫他的名字，落地签办好，可以入境苏丹了。

代表处安排的本地司机把钱旦送去了宿舍，一栋国内城乡接合部常见的那种三层小楼，伟华公司租赁了二楼的一套房，两室一厅，住四个人。院子里、楼梯间、阳台上铺着一层红色尘土，是头一天沙尘暴留下的纪念。

钱旦不算有洁癖，但早养成习惯，即使是再冷的冬天也会每天洗个澡，不幸的是，风尘仆仆这么大半天，走进浴室却发现水龙头里没有水。

庆幸的是，卧室里那台挂在窗上的空调虽然看上去饱经风霜，但还是可以吹些凉风出来。他顾不上满身灰尘、汗水与油腻，衣服一脱，倒头就睡。

睡了两三个小时，钱旦被热醒，床单已被汗水湿透，空调不知何时罢了工，停电了。钱旦没有兴趣也没有能力再睡觉了，也到了代表处的上班时间了。

走出门，烈日当头，真像是站在火炉边上，手臂上的汗毛都要被烤得卷起来了。同宿舍的同事戴了块可以测气温的手表，他指着手腕告诉钱旦，此刻室外气温是四十三摄氏度。

伟华公司2005年以前在苏丹获得的合同销售额是零，2005年才到5月，看得到的合同销售额已经超过了一亿美元。

他们的客户ST电信正要建设一张全新的无线通信网络，第一期合同伟华公司和Y公司各得一半份额，谁的工程交付进度快，谁就将在后续扩容合同中占据有利位置。

钱旦到达喀土穆时，软件服务的工程师只有四名刚刚招聘到的本地新员工，四个人中有两个连电脑都没有。

整个上午，钱旦都在与国内联络，推动项目所需要的软件服务工程师的及时到位。机关答复可以满足钱旦的诉求，确认了从中国区抽调一名技术服务的"老枪"来苏丹常驻，从南京研究所安排一名研发专家支持项目，两个人均可以在一个星期之后到位苏丹。

人手仍然不够，钱旦还需要从国内分包商租赁两个工程师过来，他打电话给广州和南京的两家公司追问进展：一家说目前确实没有合适的空闲资源；一家说员工本人不愿意来苏丹，做不通工作。

他又打电话给一家在河北的前伟华员工创立的合作公司，对方的接口人有些犹豫："钱总，上次您给我看了咱们的项目管道，中东北非的业务会有大发展,我们公司很感兴趣,马上就开始招人、准备支持好咱们的业务。不过,人都还在培训,现在只有两个刚拿到上岗证的兄弟可以来苏丹。"

钱旦大喜:"是个人就行!新员工不要紧,赶紧过来,我安排人带。"

"钱总,还有件事情,现在伟华要求我们先拿到PO(采购订单)再进场,不能先斩后奏。"

"哎呀,你不用担心这个,我去推动采购那边。伟华这边有人一周后从北京出发过来,你安排你们的兄弟一起走,苏丹是落地签。"

中午,钱旦没有来得及吃午饭就去客户那里勘测机房去了。作为第一名空降此地的软件服务人员,他要尽自己所能打点好一切,把能做的每一件事情给先做了。

晚上,他匆匆回宿舍换了套西装,陪同产品销售的同事去希尔顿酒店与客户管理层两个关键人物共进晚餐。

其实那些年一些海外客户挺受不了伟华公司这一点,一个刚刚在机房撅着屁股干活的小伙,转身就打个领带来见其管理层,甚至CXO,在他们的概念里这是完全不能对等的两个角色。

阿拉伯人晚餐时间晚,等到九点多,没吃午饭的钱旦饿得发晕之后才开始上菜。两位客户都带着夫人,钱旦强装斯文慢慢吃,还得不时放下刀叉做倾听状。

吃到一半时,公司苏丹代表处的一把手——代表老钟施施然地来了。那个晚上老钟话并不多,脸上始终挂着极真诚的笑容。

吃完饭,送了客户上车,老钟转头对钱旦说:"你作为技术服务的人,一到苏丹就和销售人员来见客户,不错!项目交付本来就应该有端到端的视野,要有市场意识,我们就是应该销服一体化,售前和售后要打通。怎么样?你见了客户感觉怎么样?"

钱旦早闻老钟是公司第一批奔赴海外的人,战功赫赫,但是个暴脾气。他仍然坦白地说："我英语还得练，刚才有些内容听得不太明白。"

老钟没有暴躁，平静地说："那你抓紧时间练。听不懂就先对着客户傻笑，拼了命傻笑，起码让人家感觉你很真诚。"

钱旦明白老钟所谓的"傻笑"，他在伟华公司常常见到。

在国内办事处工作时，他曾经为一位客户经理引见一位与他打交道比较多的客户主管，他们走到客户办公室门口一探头，里面那位大手一挥："没空没空，马上要出去，你们下次再来。"

钱旦转身欲走，身边那位同事却站着不动："五分钟，五分钟不行三分钟？"他脸上也挂着这样的笑容。

他们在门口站了十分钟后被允许进了那位客户办公室，进去以后客户花了五分钟暴骂伟华，骂完了之后，双方相谈甚欢，不知不觉过了一个上午。

还有一次，在一个重要投标之前，一位关键客户认真地对钱旦说："说实话我很希望最终是你们拿到合同，因为每次看到你笑得那么憨厚，我就想这憨厚背后是有内容的，能感受到你们的真诚，又能感受到你们那种把事情做好的信念。"

夜深，临睡之前，钱旦在看"中东北非软件服务人力资源表"。那是他自己整理的一张表，分代表处、分产品技能列出了所有人员信息，几乎每天晚上他都会看一遍，想一想每个人在干什么？想一想哪里需要根据掌握的市场动态提前做好资源准备？整体人员配置该如何优化？

他们在整个中东北非招了五十个本地员工了，对本地员工的大胆使用是这段时间钱旦和各个代表处沟通最多的事情，也是碰撞最多的矛盾点。代表处的带头大哥们总是觉得中国人好用，希望多要些中国人去支持。

钱旦收到他们在伊拉克的 Leader 刘铁发来的邮件。刘铁坚持伊拉克团队在 2004 年 10 月招聘的两个本地员工要到 2006 年 1 月才能独立工作，什么"本地员工在沟通上不如中方员工顺畅"，什么"本地员工没有中方员工刻苦"，并且声明："如果地区部不满意这个培养计划，就把我给换了吧！"

钱旦气呼呼地花了大半个小时写了个长长的邮件和刘铁打口水仗，给他讲为何必须大胆使用本地员工。

这时候的伟华并没有一蹴而就变成一个国际化公司，仍然只是一个刚开始在海外拓展的中国公司，大量的资料文档、与总部的协调，还有思维的逻辑习惯都依赖中文。

翌日，受到顽固派刘铁的刺激，钱旦花了一整天时间和四个苏丹本地员工在一起，誓要证明本地员工的可用、可爱。

上午，给他们做培训，他首次一本正经地用英语讲课。

下午，和他们一个一个地聊天，了解他们每个人的状况。

晚上，他们带钱旦去了家本地人去的餐厅，吃披萨、抽水烟。大个子甘法斯煞有介事地说埃及人会在烟料里加违禁品，苏丹的水烟才健康。

不久前在开罗的本地员工培训班上见过甘法斯，答辩时紧张得手足无措的那一个。回到喀土穆的他倒是找回了自信，一晚上轻松幽默、逻辑清楚，令钱旦心里多了期盼。

一个星期以后，援兵到了。

领头的北京小伙曹松生于1980年，身材壮实，谈吐中透着机灵，一眼看上去就是个精明能干的好兄弟。只是连续转机、飞行，到了喀土穆又逢沙尘天气，他脸上混合着汗水、油腻和沙尘，黑乎乎的。

两位和他同机抵达的是从河北那家合作公司租赁的来的小伟、小军。

接机的司机把他们直接拉到了办公室，钱旦见到援兵正要舒口气，曹松开口了："领导，我啥时候能回去？"

援兵空降下来一枪未放，第一句话不是问敌人在哪里？而是问什么时候撤？钱旦心里一凉，赶紧和曹松确认一下眼神，觉得他是那种大学男生宿舍中总会遇到的、开朗、简单而快乐的胖子，钱旦略安心，瞪着曹松："别乱叫领导，我不是领导，怎么？你有什么困难？"

曹松说："领导，我自己没有困难，可我爸妈担心，得给他们回个话。"

他犹豫了下，接着说："老魏托我向您问好，老魏说我来支持您半个月就回北京。"

钱旦心里大骂曹松的前领导老魏，不是明明沟通好来常驻的吗？怎么变成支持半个月了？看来家里是被他给催急了，连哄带骗地给弄了个人出现在苏丹再说后话。

他诱惑曹松："走啥呀？在苏丹干一天赚七十美元艰苦补助。我明天给老魏打电话，你赶紧把人事关系调过来，从关系调过来那天开始计算常驻时间，干满三年另有十五万安家费，三年很快的，你起码十五万到手再走吧？"

曹松其实心里是明知山有虎的，他无奈地点了点头。

钱旦正要把那一口憋回去的气舒出来，曹松又说话了："还有件事，我从来没有做过 CIN 的项目。"

2G 时代无线通信网络最主要的是 GSM 和 CDMA 两个标准体系，前者如当时中国移动的系统，后者如当时中国联通的系统。曹松在国内一直在做中国移动的项目，精于 GSM 上的预付费软件系统 WIN，而从来没有做过 CDMA 上的预付费软件系统 CIN。但 ST 电信的这张网，却是 CDMA。

钱旦差点背过气去，为了和 Y 公司比拼进度，代表处要求他们在客户把电源准备好之后五天内打通电话。这个项目中包含的软件产品不少，CIN 是其中最重要、必须最先交付的重头戏，他找总部要的是 CIN 的"老枪"啊。

恰在那时，老钟从他的小房间里走出来，站在办公室中间喊道：

"我靠！刚得到消息，Y公司的货已经清完关了，我们的货在哪里？是不是供应链里有Y公司的奸细？老黄，你小子是不是无间道在搞破坏？你TMD赶紧给我想办法去！三天之内，我们的货必须出现在ST电信。"

老钟环顾四周："这个项目我们要是干得比Y公司慢，干得比Y公司差，兄弟们，我带头，我们集体投尼罗河去！"

钱旦指指老钟，对曹松说："第一，不要再叫我领导，真领导在那儿。第二，你千万别让人知道你从来没做过CIN的工程，真领导要知道来了个新手，会把我俩当奸细撕碎了喂外面的野狗去。CIN和你爱的WIN差异不大，现在货还没到，客户机房的供电还没有准备好，你们三个赶紧学习，从今天起，你就是中东北非CIN的首席专家！"

| 第九章 |

雨与沙

三天后的傍晚，伟华公司 CIN 系统的硬件设备运到了 ST 电信的院子里。

物流公司把设备卸在了楼前的院子里，加起来有十多个大木箱，他们指挥硬件施工队把木箱打开、清点、把里面的货物往机房里搬，忙得不亦乐乎，天完全变黑之后，还剩下两个大木箱包装着的机器在院子里。

客户正在改造机房供电系统，几层楼连照明用电也没了。机器很重，楼道里被楼上楼下几家施工队弄得有些凌乱，他们担心摸黑搬上楼出意外，就把两个大木箱留在了楼前的院子里，计划第二天一早继续。

回到办公室，钱旦处理邮件，曹松带着小伟、小军一起分析公司在其他地方交付过的 CIN 项目中总结出来的技术案例，推演着将来可能遇到的不顺利，几个人一不小心又忙到了十点多钟。

钱旦叫："回去吧！明天要早点去机房，早点把东西搬上楼。"

曹松他们三个住的宿舍在钱旦隔壁不远，曹松说："旦哥，我刚问了，这会儿没车，车要过二十分钟才回。"

钱旦说："有多远啊？我们走回去，散个步。"

旁边坐着一个当天才落地喀土穆的兄弟部门的兄弟，和钱旦住一幢楼，他兴致盎然："走啊走啊，欣赏欣赏喀土穆夜色。"

那位兄弟一定在想着异国月色下漫步的浪漫。当他们深一脚、浅一脚走在没有路灯只有尘土的路上,成群的野狗发出的嘶叫声若近若远,他对喀土穆的热情在二十分钟之内从高峰跌至谷底,忽然在暗夜里长叹:"唉!我的人生真失败!怎么被公司调动到这个鬼地方来了?"

曹松哈哈笑着说:"哥们儿,痛并快乐着,明天吃完晚饭我带您喝芒果汁去,我们刚发现的店,这边芒果汁一点水也不兑,纯鲜榨,太爽了!"

小伟说:"昨天晚上我们去吃的那家'Meat and Rice'真的好吃,我们周末再去吧!"

前一天钱旦请客,甘法斯带路,他们四个中国人和四个苏丹人去了家本地餐厅饱餐了一顿,"Meat and Rice"是炖烂的一大块羊肉,配上米饭,几个人都吃得津津有味。

小军说:"听他们说这边的象牙很便宜,黑木和鸵鸟蛋很好,有空可以一起去看看。"

"您可小心一点儿,买象牙带回去会被海关抓的,抓的时候涉案金额可不是按您在这边买的金额算,按国内市场的价格算,一不小心就巨额走私,让您坐几年牢。"

"国内有象牙的市场价格吗?我又不想买一根牙,就给女朋友买个镯子,给爹妈买两双筷子,查到了应该也够不上坐牢。"

"得了吧,没有买卖就没有杀戮,您可怜可怜大象吧,去买点黑木的工艺品倒可以。"

"没有买卖就没有砍伐,你买黑木就可以了?"

几个人大声说笑着,令寂寞的马路变得热闹。

钱旦没有作声,心里想:虽然脚下路坑坑洼洼,一步一脚灰,但是抬头望天空多纯净啊!况且与白天的酷热相比,夜色又是多么温柔!不知道多住几天之后这位兄弟会否习惯?

他应该是刚刚从大学毕业?钱旦毕业后的第一年一直出差在湖南西部的一些县、乡、镇,为当地农村信用社换装新的电脑储蓄系统。

回想起来，他一点不觉得是蹉跎岁月，一年时间既培养了他的耐心、细致，又让他养成了简单、直接、快速解决问题的习惯，更重要是让他看到了、理解了书本上所见不到的社会。

"Any coin has two sides（每枚硬币都有正反面）"，钱旦想其实每段经历对于人生都弥足珍贵，只是往往在当时并不能算计出得失错漏，也无须去刻刻追究。

每天回到宿舍前，钱旦总会在楼下小杂货店里买一瓶冰镇百事可乐，这是店里唯一能吸引他眼球的东西，也是他在喀土穆每天最后的享受。

上楼，推开宿舍房门，住在隔壁卧室的兄弟已经回来，正以他永远不变的姿态趴在床上，床头一面镜子直播着他电脑屏幕上永远不变的"三国群英传"。

卧室外面有个大露台，睡前钱旦总是会独自站在那里沉醉于璀璨的星河中，不知道究竟是这里的夜空更加美丽，还是因为这些年自己已经很少仰望星空？

但是，这个晚上没有星星，月亮也不见了，天空变得阴沉起来。钱旦光着上身，喝一口冰镇可乐，突然觉得似乎有水滴在额头，他抬起头，喀土穆居然下雨了！

雨点渐渐变大，钱旦回到卧室，拨通了曹松的电话："曹松，下雨了，我们那两箱放在院子里的货没问题吧？"

"旦哥，我也正在琢磨了，这种木头包装箱应该是防雨的，不会有事。"

"有个装机器的箱子是从侧面打开了又临时封上的,封好了没？不会有问题吧？"

"我怕晚上起沙尘暴，走之前仔细检查过，里面有塑料布包着，外面也封好了。"

挂了电话，雨一直下，钱旦还是不安心，他又打曹松电话："不行，雨越来越大了，我不放心，我们叫个司机，过去看看。"

代表处的本地司机载着钱旦、曹松、小伟、小军四个人往 ST 电信去。

喀土穆一年难得有场雨，城里从不需要在乎排水系统是否高效，路面上已经处处积水，路又不平，本地司机倒不在意，一样把车开得快，积水被溅得老高。

进了 ST 电信的院子，曹松最先叫了起来："完了完了，涨水了，箱子要被淹了。"

他们根本没有伞，冒雨冲了过去，发现院子里的积水快要超过木箱的底座了。

小伟问："这种包装能防水浸泡吗？"

钱旦着急地说："不能赌！就当不能泡，我们把箱子抬到一楼门厅里去。"

四个人说干就干，一使劲，如蚍蜉撼树，曹松叫道："妈呀！这么沉？"

钱旦望望瘦瘦弱弱的小伟、白白净净的小军，二话不说，先冲到车旁，塞了十美金给司机，再冲到门口的保安室，掏出二十美金给里面的两个保安。回到箱子边上，七个人使劲才勉强抬起箱子，慢慢朝机房大楼挪。

雨水迎面扑来，打得人睁不开眼睛。

他们好不容易把两个箱子抬进一楼门厅，雨立马停了。

几个人早已成了落汤鸡。

曹松伏在箱子上，夸张地气喘吁吁："真神奇！玩我们呢？费了牛劲一抬进来就不下雨了。"

钱旦说："搬进来才安心，谁知道苏丹的天气会是什么情况？这要是我们向总部报告说 ST 电信项目工期延误，交付比 Y 公司慢，原因是我们在苏丹让设备被下雨给淹掉了，你们说家里有人会信不？"

曹松直乐："我们就说 Y 公司见我们留了两个箱子在外面，人工降雨了。"

小军出来得匆忙,穿着拖鞋,他扳起自己的一只脚在看。

曹松问:"咋了,您?"

小军咧着嘴:"刚才在院子里踩在一块木板上,被钉子扎了,抬着箱子,我脚都不敢缩,现在觉得好疼啊!"

"看看,扎成什么样了?"

"没事,还好是隔着拖鞋扎进去的,我从国内带了碘伏、云南白药、创可贴。"

"是我们的施工队下午拆箱子留下的木板?我们做事情还是不够细致,收工前应该清理干净的,万一扎了客户的人,又该投诉伟华工程现场管理混乱了。"

第二天,钱旦想着想着又担心,他拉着小军去了一家中国人办的"神州医院"。

医院规模比他们想象的要大,看一次病的花费也远远超出他们的期望,小军花了十美元挂号,花了一百美元打了支"破伤风"。

验完货,接下来就是硬件安装了。

在 ST 电信的新机房大楼里,Y 公司设备机房在二楼,伟华公司设备机房在三楼,两家公司争分夺秒,较着劲。

小军瘸着条腿,下到二楼去走了一圈,上楼后气呼呼地说:"刚才去二楼想看看他们装得怎么样?被他们给轰出来了,有个土人叫我 Get out(滚出去),看看怎么啦?他们不也天天上来看我们的进度吗?明天见着了叫他们 Get out!"

曹松一拍大腿:"对,我们也不能让他们知道我们的进度!赶来赶去的太粗鲁了,回去找些报纸,明天把窗户全糊上,机房没人时把门给锁好。"

翌日,钱旦下午才去机房,远远看见曹松站在窗前发呆,他见到钱旦后往窗户上一指:"好险,戛纳电影节苏菲·玛索裙子滑落,差点露点走光。"

原来,他们用不知道谁在香港机场买的八卦报纸把窗户给糊上了,小憩中的曹松正在看糊在窗户上的八卦新闻。

钱旦在电脑包里翻,找出钢笔,把照片上苏菲·玛索的身体涂黑了,只留下漂亮的脸。

曹松不解:"旦哥,您这干嘛呢?"

"小心驶得万年船,阿拉伯人的地盘上,苏菲·玛索也不能恃靓行凶,给她披件黑袍。"

曹松说:"旦哥,您真细心。我们就糊这几天,装完硬件就扯掉。"

又一天,Y公司也用报纸把窗户糊上了,用的也是香港机场来的八卦报纸,报纸上有个涂黑了一半的詹妮弗·安妮斯顿。

伟华和Y公司齐头并进,硬件安装都完工了,客户仍然没有解决好机房的供电问题,两家都停工了。

他们每天在办公室呆到晚上十一二点。中东北非CIN首席专家曹松或者是守在电话前向研发专家以及其他做过CIN项目的同事请教,或者是坐在角落里继续潜心研究前人写下的案例、专题,或者是拉着小军、小伟一起学习、讨论。

钱旦逼着他必须带上本地员工,每天下午要给四个苏丹本地员工至少培训一个小时。

过了几天,曹松来找钱旦:"旦哥,您说我们是不是再多申请两个研发专家来现场支持啊?"

钱旦有些奇怪,问:"为什么?"

曹松回答:"保险啊!万一我们搞不定呢?"

钱旦又问:"那必须搞定啊!怎么好好的就没信心了?"

"也不是没信心,不过产品销售的兄弟建议多抓两个人过来,怕万一搞不定。"

钱旦一进伟华公司就被前辈教导:"如果你压力大到睡不着,

那么你一定要让每个有干系的人都睡不着","要学会放火,放了火之后再带着大家去救火"。

公司的市场扩展一直很快,技术服务部的压力一直很大,一个"不会推动问题"的工程师往往比一个"技术水平差"的工程师更不受待见。

但钱旦想事情不是非黑即白,一线服务工程师的价值到底在哪里?即使是后台支撑能力强大,能像玩电子游戏一样灭掉萨达姆的美军,其先头部队也不是只会呼唤炮火,他们有能力呼唤炮火精确打击,也有能力自己动手处理当务之急。

相处了不长的一段时间,钱旦已经从心里信任和喜欢曹松。他拍了拍他的肩膀:"就这么一个传统产品的传统项目,要申请研发专家来?那你来这里是干嘛的?我在这里是干嘛的?通过这个项目把你自己的品牌树立起来吧!"

那天,他们欣赏到了一场经典的沙尘暴。

钱旦一直在机房里,没有留意外面风云变幻。准备回公司前去了趟洗手间,透过走廊窗户瞟到外面一片红色,头昏脑涨的他想这是为了防止太阳光照射进来贴上膜了?苏丹人居然也怕晒,还贴了层红色的膜。

下到一楼门厅一看,整个世界笼罩在红色的沙尘里。那沙尘暴倒不是随着狂风张牙舞爪地来,而是悄无声息地遮天蔽日,包裹着世间万物。

他们站在门厅里想等到沙尘过去再走,却看见两个客户主管站在外面空坪中间谈笑风生。钱旦和曹松对望一眼,堆出笑容走向那两个客户,小军和小伟跟在了后面。

他们一起沐浴在沙尘里,呼吸着来自撒哈拉的味道,和客户谈笑风生。钱旦心里暗自嘀咕今天晚上可别再停水了。

他们回到办公室的时候同事们正在传看一组照片。沙尘暴一来,老钟就抓起相机跑上了办公室楼顶,抓拍到了这场沙尘暴的全部过程。

就见一堵沙墙从远方缓缓移来,沙墙不够高,在它之上能够清楚地看见蓝蓝的天空白云飘,还有一只鹰在盘旋,强烈的色彩对比带来了另类的美丽感觉,沙墙越来越近,直到镜头里剩下一片橘红。

| 第十章 |

两个投诉

钱旦在盛夏的喀土穆生活了一个月,觉着生命回归到了"简单"二字,并且,由着这"简单"生出来了一种莫名其妙的充实感。

早晨从那张又矮又窄的单人床上醒来,他睁开眼睛就看见旧吊扇在头顶咿呀咿呀地转动,听到嵌在窗户玻璃上那台不知道用了多少年的老式空调轰隆轰隆地震颤,但身上仍然是黏乎乎的,汗水浸湿了床单。

天气太热,老吊扇吹不散暑气,空调只有两挡,如果调到高挡,五分钟之内墙上必然闪出一道蓝光,噼啪一声响后电源保险被烧掉,只能是把它保持在低挡上,形同鸡肋。

恋床是件毫无意义的事,他睡眼惺忪地起来,摇摇晃晃地走进浴室,小心拧开看上去随时有可能垮掉的小盥洗池上的水龙头,只要有一点黄浊的水流出来就会从心底里庆幸清爽一天的开始。

如果停水也并不会感到一丝沮丧,因为他未雨绸缪,昨夜就在旁边一台早已不能工作的破旧洗衣机上备好了几大瓶水,只需要用到其中一瓶就足以完成他在喀土穆每个早上的洗漱过程。

洗漱完毕,从墙角拎起电脑包,到楼下路边等公司班车来载他们去办公室。这个时候不过是早上七八点钟,太阳已是火辣辣,夏季喀土穆白天气温常常停留在四十摄氏度以上。

有时候钱旦会乘坐被同事们称作"蹦蹦跳"的三轮摩托车去办公室,那些摩托总是被开车的小伙们打扮得酷劲十足,车身插满天线,一天到晚播放着摇滚音乐在马路上扬尘而过。

他第一次坐的时候心里拿不准该付多少银子,到站下车,递给开车的小伙五百苏丹镑,小伙找回来两百镑,直觉告诉钱旦他在"宰老外",于是坚持着要求找回更多。

鸡同鸭讲拉锯一阵子,终于,小伙嘴里念念有词,打开了角落里的工具箱。钱旦暗自得意,心想你还是要掏钱包拿零钱了吧?

他却掏出来一个油腻破布包塞到钱旦手里,意思是将这包东西抵账。钱旦打开布包一看,不是私人珍藏的象牙什么的,而是一把扳手一个螺丝刀,螺丝刀还缺了半边口。善良淳朴的中国人民又怎能轻易去拿非洲兄弟吃饭的家当呢?看来他是真没零钱了,钱旦就付了三百镑作罢。

后来才知道,小伙收了他三倍车费,钱旦又心甘情愿被貌似忠厚的人骗了一回。

办公室对面的人家正在修建新楼,非洲小伙们不戴安全帽,裸着上身显露出他们的结实肌肉,也没有什么升降机,大家人手相传地搬运着水泥沙浆桶。骄阳似火,他们却一点也没有被晒蔫,嘴里歌唱个不停,是极有节奏的黑人歌曲,伴随着口哨声、欢笑声、砰砰的抛接水泥桶声,就像一曲旋律简单又洋溢着快乐情绪的MV在反复播放。

办公室里面挤得满满的,难求一根网线。一只野猫经常溜达进来,在大家脚边磨磨蹭蹭,大家都懒得管它。

老钟偶尔从他的小办公间里走出来打破宁静,譬如:"你们谁TMD在下载大文件?不管是下版本还是下电影,晚上再搞,网络太慢了!"

客户终于准备好了电源,两家公司谁也不是慢腾腾的乌龟,谁也不是骄傲的小白兔,大家火力全开,加班加点。曹松带着小军、小伟来了个"停人不停机",他们分成两班接力,二十四小时赶工。

钱旦对曹松的信任没有出错,设备上电之后不到两天,他们完成了 First Call（电信设备安装完成之后的打出去的第一个电话），既领先于 Y 公司，又超出了客户的期望。

客户的项目经理发了封热情洋溢的邮件，邮件里盛赞伟华团队的专业和敬业，并一一点名称曹松、小军、小伟和钱旦是 ST 电信的宝贵财富。

打通了 First Call，完成了当天的测试任务，钱旦摸摸头发，对曹松说："很久没理发了，我看见办公室附近有家理发店，今天回食堂吃晚饭吧，吃完饭我俩理个发去？"

曹松警惕地说："旦哥，去本地理发店？您不怕得艾滋？老黄自己买了全套理发工具，周末我俩找他理发去吧，不过，他只会推光头。"

钱旦说："我昨晚在网上查了半天，理发感染上艾滋的风险很小，没那么夸张。别去老黄那儿光头了，我俩都板寸吧。万一人家理发店给按按头，舒服呢？"

曹松大惊失色："还有按摩？您真不怕艾滋？旦哥，我可还是处男，要失身也不能在这里啊。"

钱旦严肃地望着他，一字一顿地说："我郑重地向您承诺，等一会儿从理发店出来，您仍然会是一个处男，放心了吧？"

两个人去了那家理发店。

理发店不大，白色日光灯把店里照得通亮，与旁边几个昏暗的店面对比分明。店里没有其他人，只有两个精壮老头。他们一见钱旦和曹松进来，热情地拍着笨重的老式理发椅的椅背招呼着："Welcome！"这是两个理发师了。

曹松用手比划着剪刀的样子，一个老头把椅背拍得更起劲了，示意他赶快坐下。

他俩坐下来，两个理发师在电推剪的刀头上套上一个三厘米的塑料罩，朝着他俩："No problem？"他俩刚一点头，两个理发师就一把摁住他们的头推剪了起来。

不到五分钟就结束了推剪,两老头各拿出一个喷水的塑料瓶,对着他们的头喷两下水,顺手从桌面上扯一点看上去来历可疑的棉花前后左右擦擦,然后就耸肩表示他们可以结账走人了。

钱旦对着镜子满意地摸着头:"理得还不错,就是别说按按头了,洗都不洗一下?"

曹松不安地说:"旦哥,过来帮我看看后面,没弄破哪里吧?没出血吧?不会得艾滋吧?"

他俩神清气爽地回了办公室。

走到办公室门口,曹松瞥见一位刚认识不久但是很谈得来的过来苏丹支持的埃及员工正在墙角抽烟。他心情不错,冲上去朝着那埃及人的屁股拍了一掌:"How are you doing? Buddy。(你怎么样?哥们)"

那埃及人转过身来,恼怒地瞪着他:"What are you doing?(你在做什么?)"

曹松一作揖,"Just kidding。(开个玩笑)"开心地冲进了办公室。

钱旦坐在座位上,难掩激动心情。他把客户项目经理的邮件转给了项目组的中外员工及各方领导,噼噼啪啪地用中文和英文通报了项目的阶段性成果和客户的赞美,结尾处强调:"各位,我们没有神可以依靠,只能靠我们自己的努力去赢得项目的成功!"

第二天的计划是曹松一早去机房与客户一起做验收测试,钱旦在办公室处理处理地区部的事务。

钱旦晚起了半小时,却在办公室门口遇到了匆匆向外走的曹松。曹松一脸苦相,一见钱旦就哀怨地说:"旦哥,我被投诉了。"

钱旦纳闷:"怎么了?昨天测试结果不是 Very good,客户很满意吗?"

曹松摇头:"不是客户,是昨天门口遇到那个埃及来的哥们儿,他去 HR 那里说我摸他屁股,很正式地投诉我性骚扰,还说要么我离开苏丹,要么他回埃及。谁想骚扰他啊?我就顺手打了他一巴掌。"

"这么严重？那咋办？"

"HR在安抚，代表处晚上例会，要加个议题讨论怎么处罚我。"

正说话间甘法斯从里面走了出来，一见钱旦就说："Mr. Qian，你有麻烦了，我知道你不是那个意思，但是你真的错了，他们去找HR投诉去了。"

钱旦指指曹松："不是我，是他，我才不会去拍男人的屁股。"

甘法斯皱着眉头："不是他，是你，是你昨天发的邮件。"

"邮件？我发什么邮件了？"

"你说我们没有神可以依靠，只能靠我们自己的努力去赢得项目的成功？你怎么能说没有神可以依靠？我们的一切都是神给的！"

晚上代表处召集会议。

老钟已经成功地把苏丹代表处改造成了"夜总会"，一到夜里总开会。他晚上十点才见完客户回来，一堆人拥进了会议室，老钟把西装脱了，往椅背一搭，指着个客户经理问："你觉得食堂伙食怎么样？"

那个客户经理也是刚调到苏丹不久，赶紧回答："比想象中的好，我还挺习惯的。"

老钟严厉地："习惯个屁！谁同意你天天在食堂吃饭的？我昨天查了食堂的就餐登记表，一堆客户经理天天回食堂来吃饭，谁同意的？今后客户经理中午不允许回来，必须在客户那边吃本地餐。不要讲你吃不惯，你连这里的东西都吃不惯，怎么在这里做生意？怎么能以客户为中心？明天中午谁回来吃饭我收拾谁。"

那个客户经理有些不服气："我负责的客户病了，住院了，这几天都不会去办公室。"

老钟把桌子一拍："你的客户病了你TMD窝在办公室里干什么？你的客户病了不正是你的好机会吗？你明天去医院守着去，晚上也不许回来吃饭，在医院陪客户吃饭，给他讲童话故事听。"

会议室不大，人挤得多了，空调又不好。老钟讲着讲着觉得热了，他把西裤一脱，往椅背上一搭，稍一迟疑又把衬衣一脱，只穿着个大裤衩："太热了，没女人，本地员工也都走了，我不讲究了。曹松、钱旦，你们哥俩一个公然性骚扰阿拉伯大叔，一个公然制造矛盾，破坏代表处安定团结的大好局面，自己说该怎么办？"

会议室里哄堂大笑，笑完了迅速安静下来。

老钟自己也笑了："幸好我们的 HR 还可以，本地群众基本上是情绪稳定了，但你俩道歉、检讨、罚款免不了吧？大家要注意文化差异，再讲个例子，前段时间地区部高调激励了一把在埃及呆着的中方员工家属，认为她们跟着老公驻外不容易，授予她们优秀家属的称号。结果埃及员工说不对啊，该激励的应该是留在国内的那些老婆们，独守空闺才是牺牲。"

翌日，代表处进门的两扇门板上一边贴了曹松的一纸检讨，一边贴了钱旦的一纸检讨，他们深刻检讨了自己由于忽视文化差异而给阿拉伯兄弟带来困扰，保证绝不再犯。检讨是手写的，歪歪扭扭，难得的是，中英文对照。

苏丹的项目上了正轨，曹松和小军、小伟留下来驻守，钱旦要去下一站了。

临走前夕，软件产品的几个中方同事在中餐馆欢聚一堂。有位新来的特邀嘉宾，钱旦在阿联酋有过一面之缘的客户经理陈永生调动到苏丹来常驻了。他在迪拜机场免税店买了两瓶伏特加，悄悄带进了苏丹，正好贡献出来。钱旦满了一杯酒，和陈永生碰了个杯："你在阿联酋呆得好好的，怎么突然来苏丹了？"

"苏丹从零突然就到亿元代表处了，又是强竞争的市场，我喜欢竞争的感觉啊！"

陈永生头一仰，空了酒杯："当然了，苏丹补助更高，赚钱更快。老板怎么说的？我们艰苦奋斗，主观上为个人、为家庭，客观上就是为公司、为国家么。"

大家开始讨论中东北非各个国家的补助差异，整个晚上显得沉默的曹松突然迸出一句:"旦哥,您可千万别把我扔在这里不管了,我还是处男呢。"

大家带着醉意,笑得东倒西歪。

陈永生笑完了说:"一来就看到代表处大门上贴着两检讨,还手写的,中英文对照,松哥,旦哥,佩服!"

钱旦说:"曹松,你没事上上网,在QQ上发掘吧!我给你讲个励志故事,说我们一位兄弟在网上认识一个女孩,QQ聊了三个月,超有魄力地直接把买房子的钱给女孩转账过去了,女孩把房买了,装修了,然后他飞回去见女孩第一面,见新房第一面,加上举行婚礼。一个月后把女孩带到这边,半年后怀孕了,现在做爸爸了。"

曹松说:"你这个故事我听过,但是还听过另外一个,说我们一哥们儿两年没回国,回国用钥匙怎么也打不开门,一按门铃,出来的不是他老婆,出来一个陌生男人问他是谁?真狠,连锁都换了!"

钱旦也听过曹松讲的这个故事,在中东北非辽阔大地上打拼着的伟华人中间,浪漫和辛酸的故事都不少。

一个黑人司机送钱旦去喀土穆机场,钱旦望着远处红褐色的天,担心地问:"又是沙尘暴?今天能飞吗?"

司机说:"没问题。不能降落,因为找不到跑道,能起飞,飞机对着天空就行了。"

钱旦将信将疑间,就见一堵沙墙从正前方逼近,红褐色沙墙之上是蔚蓝色的天空、几朵白云。

司机见钱旦既新奇又困惑的样子,安慰道:"不用担心,我们冲过去,你看,沙尘暴已经经过了机场,到这边来了,你的航班更没有问题了。我给你放首中国歌,我最喜欢的中国歌。"

他翻出一盘磁带塞进录音机,一脚油门,车冲进了沙幕,四下里全是迷茫,空灵的歌声在车里响起:

不要问我从哪里来

我的故乡在远方
为什么流浪
流浪远方，流浪
为了天空飞翔的小鸟
为了山间轻流的小溪
为了宽阔的草原
流浪远方，流浪
还有，还有
为了梦中的橄榄树，橄榄树

| 第十一章 |

大马士革失窃案

"人间若有天堂,大马士革必在其中;天堂若在天空,大马士革与它齐名。"

从前,先知穆罕默德来到大马士革,在城郊的卡秀山上眺望全城,感动于这城市的绚丽多彩。他静静欣赏了一阵子后并没有进城,而是转身就走。

随从问其缘由,先知说:"人生只能进天堂一次,大马士革是人间天堂,如果我现在进了这个天堂,身后怎能再进天上的天堂呢?"

天上天堂真能胜过俗世人间吗?

钱旦离开苏丹后,飞去了叙利亚,那里有他们的另外一个重大项目。

路文涛恰巧在大马士革出差,支持代表处另外一个重要项目,M项目的投标。他住的宿舍恰巧空了一间卧室,留给了钱旦。

代表处的本地司机在机场接了钱旦,把他送到宿舍时已经是晚上十点多,宿舍里空无一人,路文涛仍在办公室加班。

那个晚上风很大,钱旦把往阳台去的玻璃门关严实,再摇下厚厚的木窗帘,尖厉的风声仍是在耳边咆哮,仿佛随时要来"卷他屋上三重茅"。

临近子夜,忽然有激扬音乐声从风中来,他忍不住放下电脑,拉开门,走到阳台上,看见远处有一群穿着盛装的人从一座大宅院里出来,在院门口的空坪上翩翩起舞,风中音符就是由他们手里乐器而来。只是不知道那究竟是一场民俗表演还是一段真实生活？

钱旦正自沉迷于夜色，门铃开始响个不停。

一打开门，路文涛反而是一副风尘仆仆的样子，他一脸憔悴、黑眼圈，得意地对钱旦说："傻×，睡了没有？我有钥匙，偏要按门铃，把你弄起来给我开门。"

"傻×，我没睡，你没回来我睡不着呐。"

"谁傻×啊？在苏丹鼓吹无神论，还带着兄弟摸阿拉伯人屁股，爽了吧？"

"靠！这事情地球人都知道了？"

"我告诉你，伟华公司是相当八卦的，你们的段子已经传遍了从大西洋到波斯湾，撒哈拉沙漠以北的广大地区。"路文涛在沙发上一瘫，"累死老子了，今天算是回来得最早的一天了。M项目明天交标，刚弄完材料。这个项目本来是客户和我们议标的，Y公司不知从哪里得到消息，冒出来弄弄弄，弄成招标了。不过，客户只给了一个星期时间投标，我们前期已经做了很多工作，那帮傻×一个星期时间根本来不及。"

路文涛起身从冰箱里拿出两罐喜力啤酒，递给钱旦一罐，自己去卧室里拿了个杯子出来，从裤兜里摸出一条雀巢速溶咖啡，把咖啡粉倒进杯子里，然后把啤酒倒进去冲咖啡。

钱旦大开眼界："你这是什么喝法？"

路文涛得意地说："这是我发明的大马士革咖啡，有一天加班太晚，实在撑不住了，想冲杯咖啡提神，结果没水了，只有用啤酒冲，从此就爱上了这个味道，你要不要尝尝？"

"不尝！"

"你们在这边SY电信的那个预付费软件的项目折腾很久了吧？还没搞定？"

钱旦叹口气："是啊，还是在需求管理上出的问题。我们不是要搬迁掉爱立信的老系统吗？合同签得太潦草了，承诺我们的软件要继承爱立信老系统的全部功能特性，但是现在就没有人讲得清楚老系统的全部特性到底有哪些。没人了解细节，客户自己也讲不清楚，拿不出一个完整的列表。爱立信很强势，给客户报了个价，要收五十万美金技术支持费才配合我们。合同中白纸黑字写着的责任全是伟华的。"

路文涛问："那你们怎么办？和客户谈判，变更合同？"

钱旦回答："我们争取和客户谈变更项目交付计划，分阶段实施吧，先完成第一期，赶紧把系统上线了再说。"

"客户会同意分期实施？"

"没有办法的办法，客户很不爽，但现在也知道如果坚持要伟华按原计划一期实施完，整个系统的商用时间不知道会拖到什么时候。还不如分期实施，第一阶段先聚焦把最重要的功能特性跑起来，让系统早一天商用早一天发挥效益，我们的东西还是有些爱立信所没有的亮点的。"

两个人聊得起劲，直到半夜两点才各自回房睡觉。

第二天早晨，天气不错。

正在剃胡子的路文涛从镜子里瞟一眼穿戴整齐、背着电脑包、站在他身后的钱旦："你不剃个胡子精神点？"

钱旦端详着镜子中的自己："不敢剃胡子，我们在这边的项目经理是个八零后，老被客户怼，说伟华的项目经理太年轻，连胡子都没有，一看就没经验。我过两天要见客户，留点胡子。在苏丹累瘦了，反而颜值恢复了，像不像布拉德·皮特？"

路文涛又瞟了一眼镜子中的钱旦："你还是在气质上败给我。老谢说你们产品线和IBM签了个提升端到端项目管理能力的咨询项目，安排了一个IBM的项目经理去你们突尼斯的项目中手把手地带你们。"

钱旦说："是，我看了那人的简历，在IBM就干了二十七年。我们在叙利亚的这个项目经理还没有二十七岁呢，我们公司成立都没满二十年。有时候觉得我们就是一帮'土八路',不知道前面是啥,反正冲锋号一响就向前冲,挥着菜刀也上,攻下一个山头还没休整没总结呢,冲锋号又响了,仍然是不知道前面啥情况就冲,一边冲一边觉得敌人越来越强大了。不过,扎硬寨,打死仗,年年难过年年过,每年一到年底发现又超额完成目标了。"

路文涛转过身,浑身上下洋溢着照久了镜子的"迈阿第一气质男"的自信,他的豪迈感油然而生:"你说得对,走,去办公室,去冲,去赢。"

接下来的一个星期里,他们沉浸在"输"的压抑气氛中,莫名其妙地输。

那天早上两个人沿着两边都是杨柳树的路向办公室走去,钱旦正欣赏着街景,路文涛突然疑惑地叫:"出啥事了?一堆人在我们办公室门口?还有警察?"

他们快步走了过去。路文涛揪着站在门口朝里张望的代表处的老贺问:"什么情况?"

老贺扭头见是路文涛,骂:"TMD,被偷了!"

路文涛叫道:"怎么会?我昨晚十二点才走。我电脑还丢在办公室里了,都被偷了?"

老贺说:"没有。"

"没有?"

"外面大办公室的东西都没动,贼直扑里间的代表办公室,领导的办公室被翻得乱七八糟。"

路文涛嚷嚷着挤了进去。钱旦和其他人被拦在门口,看着代表处的主管在和警察交涉。

一个小时之后,警察走了。代表处的几个主管和来支持 M 项目投标的几个人关着门在被盗的里间,其他人在外面的大间坐着,该干嘛干嘛。

好不容易看到路文涛走了出来,钱旦过去问他:"怎么了?都丢了什么东西？"

路文涛垂头丧气地说："丢了两台电脑、现金，还有，所有 M 项目的答标文件、公章，所有证明我们能在这儿合法经营的东西全不见了，这个标我们投不了了，歇菜了！"

"那怎么办？和客户沟通，推迟交标？"

"时间太紧了，来不及搞定。客户有客户的建设计划，议标变投标已经推迟过一次了。Y 公司有 Y 公司的客户关系，客户高层有人支持他们，坚持按要求的时间来，算我们弃标。"

失窃案不了了之。伟华就这样丢了 M 项目的标。

大家集体胸闷了一个星期。

钱旦来支持的预付费软件系统的项目倒是走上了正轨，留了胡子的他说服了客户，项目分阶段实施，第一期的交付内容在他们可控的范围中。

周末的时候，路文涛拉着钱旦去了倭马亚清真寺。

钱旦从东土大唐来到阿拉伯世界已经有三个月了，第一次踏进清真寺的院门。

在喀土穆时，办公室附近有一座热闹大清真寺，但一直没有想到过要进去参观，既是不知道人家是否欢迎，也害怕自己的好奇扰了他们的虔诚。

倭马亚清真寺建于公元 705 年，位于大马士革老城中央，是个四合的建筑。

他们两人拎着皮鞋，在大理石地面光洁如镜的中央广场上站了站，任阳光温柔地打在身上，望着如洗的蓝天和塔楼外墙上雅致的绘画发了会儿呆；又放轻脚步，在回廊里绕着广场走，穿过斑驳光影，走过了十几个世纪，终于从角落的门走进了大厅。

大厅里吊灯华美，红毯柔软，一派富丽堂皇景象。有些人端坐路旁听老者讲经，有些人三五成群静坐墙根，也有不少像他们这样的游逛者。

祷告时间快到了,一个老头儿挥舞着根细木棍四处吆喝,但并没有把他们俩扫地出门,只是像赶小鸡一样把他们赶到墙根老老实实地坐了下来。

旁边坐着两位罩着风衣戴着头帽的女孩,从面容上看像是欧洲人,搭讪后才知道她们也是地道的叙利亚人,从外省来大马士革旅游的,原来叙利亚人就是属于欧罗巴人种中的一类。

灯光渐渐暗淡,到祷告时间了。虔诚的人们在厅中一次又一次俯身、跪拜。望着他们黑压压的背影,钱旦终于忍不住站起来,轻轻走到人群后面,关了闪光灯留些照片。

路文涛还呆坐着,等钱旦照了相走回来,他突然说:"我一直有飞行恐惧症,每次坐飞机起飞前都特别害怕,你知道我是怎么克服的吗?"

"怎么克服的?求神保佑?"

"我每次都对自己说,你能在这个时候改变行程吗?能对空姐说我现在不飞了快开门我要下飞机吗?能控制飞机吗?能走进驾驶舱去代替机长驾驶吗?既然现在这一刻我既不能改变,又不能控制,还想它干球?然后,我就闭上眼睛睡觉,想下了飞机之后我能够去改变、去控制的事情。一样的道理,我只有忘了倒霉的 M 项目!"

祷告结束后,他们走出倭马亚清真寺,继续在老城里头逛。

"大马士革"一词在阿拉伯语中本是"手工作坊"的意思,老城里有很多卖手工艺品的小店,以皮带、皮包、皮鞋、皮马甲等各式皮具为多,然后就是著名的"大马士革刀"。

钱旦拣了一把喜欢的刀细细把玩,爱不释手,准备掏钱包时随手翻过刀盒,盒底的"Made in China"赫然而现。不是说从十字军时期就声名远播的大马士革刀独特的冶炼技术和锻造方式是波斯人的秘密技术吗?它何时也转移到"世界工厂"中国去代工了?难怪总是有人对着他们恭维说"中国人制造 Everything"。

钱旦记起那天和老谢参观完埃及博物馆后在旁边一家卖阿拉伯

香水的小店里逛,他被那些充满异域风情的精巧香水瓶所吸引,正准备照些照片时却被店主及时制止。店主强调"中国人"不能拍照,问其原因,说是因为中国人太聪明了,如果让他照了相,也许下个月大批中国仿制的阿拉伯香水瓶就漂洋过海来了。

漫步到老城的小巷深处,他们遇见一些卖老旧瓷器、朴实油画的小店,一些露天咖啡和水烟馆,还有悠闲坐着打发时间的人们,时光一下子变得柔软起来。

这座老城也一样是在世界文化与自然遗产保护名录里的,但与藏在雪山下的丽江、隐在大山里的凤凰不一样,它实在是入世太深,历尽了沧桑。

大马士革是世界上唯一一座六千年来连续有人居住的城市,更是历来兵家必争之地,它是塞琉西王朝和托勒密王朝拉锯的战场,它被罗马帝国和拜占庭帝国征服过,埃及王萨拉丁在这里战胜过东征的十字军,土耳其人在这里统治过,法国人在这里殖民过。不过,一切早已随风而逝,一切都会随风而逝。

离开老城前他们去了哈密地亚市场里的"Bakdash"冰淇淋店,它是间"Since1895"的百年老店。店门口站着几个壮实小伙,他们单手握住一根大木棒,一下一下用力砸着白色奶膏,冰淇淋的奶香随着他们粗壮胳膊的上下而四溢。

店里冰淇淋并没有太多花哨品种,但店门内外挤了可能有上百人。他俩拨开人群,好不容易坐下来,也顾不得桌面上前一拨客人留下的狼藉,开始大快朵颐。

吃着吃着,钱旦蓦地透过人群看见了张熟悉的脸,那张脸也正转向了他,是曾子健的那位师兄,旺哥。四目相对,旺哥举起手中的冰淇淋,朝他微微一笑。

路文涛抬头看见了旺哥,他盯着钱旦:"你俩认识?"

钱旦迟疑了几秒钟:"见过一次,在迈阿密的一个餐厅吃饭时遇到过一次。他怎么也在叙利亚?"

路文涛哼了一声："Y公司的旺财，哪儿都有他，过来弄M项目的。这哥们是幽灵般的存在，有次我们公司一帮人在迈阿第体育中心踢球，他一声不吭混在里面。踢得还行，进了两个球，到散场了大家才发现谁也不认识他，还以为是住在附近做大理石生意的中国人。后来老子在客户办公室见到他了，才知道是Y公司的。那天踢球我们公司一帮土人还边踢边谈项目了。"

钱旦若有所思："在喀土穆时看到老钟整天嚷嚷'无间道'，我还觉得他喜欢咋呼，大题小作。"

路文涛把冰淇淋往桌上一放："兄弟，有人的地方就有江湖，有钱的地方就有江湖，做生意不仅仅是请客吃饭，江湖险恶啊！这次办公室被盗怎么可能没有蹊跷呢？"

"真主宠爱谁，就把谁安顿在大马士革。"

总有人行色匆匆，不求安顿。钱旦和路文涛要一起返回开罗了。

据说大马士革的甜点闻名于整个中东，钱旦回开罗之前特意去买了几盒甜点，准备带给老谢、曾子健和诗诗尝尝。

尔后，离开的车载着他们穿过杨柳路、仙人掌林，晚风拂过，回头望，落日余晖将身后城市染成一片金黄，恍若天国。

| 第十二章 |

两顿火锅宴

迪格拉有家免税店，外国人每次来到埃及可以凭护照上七十二小时以内入境的盖章去买三瓶进口酒。

钱旦回到宿舍放下行李就拖着路文涛带他去买法国红酒，他连着有两个饭局，都是伟华公司海外各地宿舍里最得宠爱的火锅宴。

第一顿火锅宴是在曾子健的宿舍，只有钱旦、曾子健和诗诗三个人。

曾子健有个正儿八经的电火锅，诗诗头天晚上就熬好骨头汤来做汤底，三个人吃得从容，喝得不迫。

诗诗剪了个复古的头发，像1990年电影《人鬼情未了》中的黛米·摩尔，既漂亮又显得干练。老乡见老乡，两眼泪汪汪，她见到钱旦有说不完的话。

钱旦笑她："你还是不放心子健，来开罗守着他了。"

诗诗说："哪个要来守着他？我是来另找新欢的。"

见钱旦对她的逻辑反应不过来，她开心地补充："我要过来找个工号小于10000的新欢，你们两个都是20000多号的穷鬼。"

工号小于10000号的伟华老员工有比较多的公司内部虚拟股，每年有比较多的分红，属于先富起来的那拨人。钱旦乐了："你俩还哭穷？子健都快拿到安家费了。"

诗诗一副难以置信的表情："你就图你们公司常驻海外满三年的十五万安家费？"

曾子健举起酒杯和钱旦碰了个杯:"你知道我压力大了吧?她负责美丽妖娆,我负责养家糊口。"

"狗屁!没良心的。"诗诗在曾子健胳膊上掐了一把,对着钱旦说,"美丽妖娆我是要负责的,不过,我都要去给埃及人打工,一起养家糊口了。"

她起身从沙发上拿了个钱包过来,从里面翻出张名片:"旦旦,我找了个工作,准备下个星期上班去。"

钱旦接过名片一看,是家叫做"Oasis"的旅游公司:"真的假的?你动作这么快?"

"有个家属在这家公司刚上了一个月班,怀孕了,不想干了,那天扯谈扯起来,推荐我去顶替她。"

"你去做导游?地陪?"

"没有了,这家公司在拓展中国业务,我负责和国内的旅行社衔接,然后去景点、饭店什么的看看,找找符合中国人口味的安排。埃及旅游资源多丰富,红海、地中海、尼罗河、金字塔、黑白沙漠、西奈山、南部的神庙,消费又不高,万一哪天我搞清楚了,国内和当地的资源都有了,我自己在这边做旅行社呢?到时候再把你们家秦会计请过来,管账。"

钱旦真心叹道:"有思路!你们俩真是既有苟且,又有远方,不像我,远方就只想得到十五万安家费,苟且就只想得到每个月的艰苦补助。"

诗诗接过钱旦递回的名片往钱包里放,钱旦望着她钱包说:"蛮好看的LV,迪拜买的?"

诗诗说:"朋友送的,旺哥,长沙人,也经常在开罗的。"

三个人虽然是慢慢喝,但也慢慢有了醉意。

钱旦迟疑了下,说:"子健,你怕是不要和旺哥走得太近了,我在大马士革见到了他了,据说他很有心机的,你小心被他带到沟里去了。"

曾子健慢悠悠倒了半杯酒："你放心，我没么容易被人带到沟里去。"

诗诗开口要问钱旦和秦辛什么时候结婚，曾子健抢着继续说："我们不是公司老板，要少些主人翁心态，多些打工仔意识！还不能有几个私人朋友？聚焦工作没有问题，但是，劳动也好，奋斗也罢，不是人生目标，只是过程。我认为任何对劳动、对奋斗本身的赞美都是动机可疑的。你别跟着谢国林那个土鳖混久了，变成他那样了。"

钱旦意外曾子健突然提到老谢："你咋不爽老谢了？"

曾子健说："看你刚才教育我，我想起他了，一副忧国忧民的鸟样子。我一签个单，他就到处叫，说我乱承诺客户需求了，说价格太差了，他懂个屁价格？"

钱旦帮老谢说话："那是因为我们现在满头是包啊！到处是售前乱承诺给客户的需求，研发说做不了，服务拿不回验收报告还老被投诉。老谢是个老实人，我觉得他还叫得不够凶，自己背锅背多了。"

曾子健反驳他："最起码不要在地区部对我们叫，有本事就对研发叫，对家里领导叫啊！有什么需求做不了的？公司的资源永远是有限的，会叫的孩子有奶喝。谢国林老实不老实我不知道，我认识国内一个分包商的老板，做软件的，想过来发展，采购部的兄弟让他把关审视对方的专业能力，土鳖讲一堆啰嗦，讲人家是小公司，不稳定，有业务持续性的风险。结果了，我在'Friday's'看到他和另外一家分包商的老板吃饭。吃完了还拿。反正我和他是尿不到一个壶里去的。"

"拿啥了？"

"谁知道呢？吃完饭人家给他个纸袋，他拿着屁颠屁颠走了。"

钱旦没料到曾子健和老谢的交集还不少，正想开口，曾子健的手机响了，他拿起手机一看，起身朝阳台走去，热情地："哎，牛总啊……"

十来分钟之后他才回来，挂了电话，向钱旦晃了晃手机，嘲讽的笑容:"牛总,唯上不唯实的庸才。"

他坐下来喝了杯中酒继续说:"旺哥送的那个钱包值不了几个钱。你知道叙利亚 M 项目的信息最开始是怎么泄露出去的?牛总的老婆说出去的,上次旺哥帮我带点东西回国给诗诗,他们在国内一起吃了顿饭,正好牛总的老婆也在,边吃饭边讲她老公去叙利亚出差了,有个很重要的项目之类的,她都不问旺哥是干什么的,诗诗也不好提醒。"

诗诗插话说:"你们公司的信息安全真的是做好事,我们早两天在'中国红'吃饭,结账的时候老板说'哎呀,正好 680 埃镑,好兆头,我祝你们在沙特 SC 电信的 3G 大单能拿下来',不知道是哪位在饭店里面吹牛了?"

钱旦觉得信息量太大,一时有些消化不了,不知道该说些什么了。他一边在火锅里捞白菜吃,一边记起路文涛在大马士革对他说的:"有人的地方就有江湖,有钱的地方就有江湖。"

第二顿火锅宴是大家在宿舍欢送路文涛。

年初伟华公司在也门的软件产品出了次影响非常恶劣的重大事故,造成也门全国的手机通信中断了二十分钟。事故回溯完之后当事工程师被劝退,代表处服务主管被撤职、调离,地区部相关主管老韩、老谢都负连带责任被通报批评、罚款。地区部要加强也门技术服务的能力,路文涛临危受命,被调动去也门常驻。

他们邀了五六个亲近的同事在宿舍吃火锅,锅是一个旧电饭煲,底料是川菜厨子路文涛私人珍藏的四川麻辣火锅底料,再加上一桌子与猪肉无关的菜,是此地最典型的伟华公司宿舍火锅宴的景象。电饭煲不够威猛,火锅开锅的速度远比不上大家筷子翻飞的频率,好在可以边喝边等。

西方人说"红酒配红肉,白酒配白肉",又说能从红酒中喝出醋栗味、丁香味、黑莓味什么的,钱旦觉得还是中国人一句"酒逢知己千杯少"来得实在,喝酒不是技术活,纵使舌尖已被四川火锅辣得发麻，但几个投缘的人一起从清醒至微醺，便是好酒好时光。

其他人散去后，只剩他们三人坐在桌前不想动弹。

钱旦向两位兄弟坦白："讲起来，路文涛去也门和我是有关系的。"

那两位不解："什么逻辑？和你有毛关系？"

"在也门整出人为事故的兄弟几年前在国内是我带的小兄弟，是我把一颗定时炸弹送给了老谢。"

钱旦把一口红酒在舌头上转了两转，咽了，继续说："这兄弟在也门出事后给我打过电话，说他之所以在话务忙时做高危操作，导致全网通信中断，是因为记得当年在云南见我做过同样的操作，一点问题也没有。他觉得挺委屈的，跟我抱怨说他自己运气太差。"

老谢瞪大了眼睛："还有这个前传？我要向领导建议，主管连带责任要追溯前三年所有主管的责任，不能罚到我为止，你得帮我出一半罚款。"

钱旦骂了句："滚，小心我灭了你的口。"

他又认真地说："我在云南是半夜十二点电信行业的默许时间做操作，他在也门是晚上七点业务最忙的时候做，能一样吗？在公司做服务做了几年，什么行业默许时间之外做高危操作呀，什么把笔记本电脑的电源往人家机柜里插导致跳闸断电呀，什么随手删除一条关键数据呀，这样的事故见得太多了。你们说问题在哪儿？我们不够重视 SOP（标准操作规程），个人临阵发挥的自由度太大了，为师的艺高人胆大，做徒弟的依葫芦画瓢就被害死了。"

路文涛点头："你说得没错，去了也门我首先要抓 SOP，抓服务的规范性。"

老谢叹口气："难！中国人工业化来得晚，长期农耕文化带来的习惯是 SOP 之类的东西推行的难点。中国人拧螺丝只要求'拧紧'，老外是'拧三圈'，甚至'拧三圈再回半圈'；中国人炒菜是'盐少许''熟透'，老外是'盐两克''煮十分钟'；所有中药说明书都是'不良反应尚不明确'''禁忌尚不明确',你们再看看西药说明书怎么写的?"

钱旦附和:"确实,我们的历史上少有崇尚科学、理性、平实的时代,我们习惯了重立场轻逻辑、重精神轻专业、重道德轻法律。"

他接着说:"经常说公司技术服务部门的'三板斧'是特别能吃苦、特别能忍耐、特别能战斗,一说就是废寝忘食、过年不回家,现在只是靠这些已经搞不定了。我们该学习人家尊重契约,学习人家做好知识管理,要想办法通过流程规范、自动化工具来减小业务的不确定性了。"

老谢对着钱旦露出了憨厚笑容:"算了,不追究你给我送颗'定时炸弹'的事情了。这次你能这么快回开罗超出了我的期望,我本来认为你凶多吉少的。"

"怎么了?怎么个凶多吉少?"

"你知道老钟是从也门调到苏丹去的吧?也门出事故时他本来第二天要带公司领导去见也门的邮电部长,我们的事故惊天地泣鬼神,一直捅到人家邮电部长那里,老钟带着公司领导按约定的时间去拜访,被人家拒之门外,极没面子。他本来就剽悍,又和我们软件产品结下了梁子,我以为他一见你长得像个样子,很可能会扣下你的护照,让你守在苏丹确保不出事,没个一年半载不会放你走的。"

钱旦不以为意:"这次去苏丹的曹松很强的,合作方的两个兄弟也不错,不需要我守着。"

路文涛叫道:"傻×们,能不能不要聊工作了?迈阿第第一气质男马上要走了,伟华公司在埃及的平均颜值急剧下降啊。"

钱旦嘲笑他:"但是平均智商迅速提升了,我今天才看到居然有人吃蟹肉棒不去掉包装的塑料纸就往火锅里扔。"

老谢补刀:"他一直说自己不爱吃蟹肉棒,咬不烂,我今天才搞清楚他是带塑料纸一起咬的。"

三个人推杯换盏,越聊越起劲,直到路文涛倒完酒瓶里最后一滴酒："好了，喝了这一场，我就封山，戒酒！"

钱旦和老谢听到"封山"二字，反应挺快："你准备造人了？"

"是，我一直在努力，屡战屡败，屡败屡战。打算年底把老婆接去也门，多住段时间，看看也门的风水怎么样？"

钱旦想起了什么，起身去拿电脑，边走边说："来来来，我拷点资料给你，指导你早生贵子，万一是你方法不对呢？"

他望着路文涛和老谢显出了好奇的脸，得意地说："来开罗之前，在阿布扎比的一个月黑风高夜，和我同住一屋的某位来出差的机关领导对我说，'唉，兄弟们生活环境不容易，客户环境也不容易，我明天就要回国了，电脑里有个文件拷给你，无聊的时候可以学习下，打发时间。'你们猜是什么？苍老师教学片。"

路文涛和老谢同时站了起来："这么实在的领导？拷一下，拷一下。"

几个人都拿电脑去了。

| 第十三章 |

前浪倒在沙滩上

埃及人的工作日是每个周日到周四，周五和周六是每星期的双休日。

周日，一上班地区部技术服务的领导老韩就把钱旦叫到了他的办公室。

老韩开门见山："老谢在海外干了几年，准备干完今年回国了。软件服务现在压力很大，大家也不满意，我们换个马，由你接替老谢，负责地区部软件产品服务部的工作。你俩以前算是 1+1，今后你拳打脚踢一竿子到底，把它搞定。"

钱旦意外，他知道把他调动到中东北非来多少有面向未来的新旧接替之意，但没有想到会这么快。他整天和老谢在一起，也没听说他想干完今年就回国啊。

听完老韩的交待，钱旦正要拉开门出去，老韩又叫住了他："还有件事你今后注意，老谢那套和分包商自由恋爱，确定了合作关系再去找采购部盖章、批准结婚的搞法是双刃剑，公司不允许。今后 PR（采购需求）和 PO（采购订单）必须分开，你们是资源使用部门，只能提 PR 给采购部，由采购部来选择分包商并下 PO，分包商必须先拿到 PO 再进场。"

钱旦想也没想就说："采购部不着急啊，我们不去直接找分包商，等采购部？项目都开工了 PO 还下不来。"

老韩提高了音调："别人搞不定你叫啊，你可以去推动、去投诉！

别人拉不出屎来你去帮着拉？你可以做的是去找'开塞露'捅他！我告诉你，老谢被人举报了，说他收了分包商的礼，是拿了人的手短才那么积极地顶在前端。"

"谁举报老谢了？"

"这你需要知道吗？又没冤枉他。采购是最容易滋生腐败的环节，拜托你们职业化一点，别给我添乱好不好？"

钱旦急了："韩总，我来了之后分包商主要是我在接口，和分包商自由恋爱，采购部只管发结婚证也是我说的。"

老韩望了一眼钱旦，似乎有些惊讶："你们哥俩还讲起义气来了？争着背锅？我不管是你们谁起头的，反正现在越搞越乱，必须整治了。我马上有个会要开，没时间和你扯了，赶紧忙你该忙的去！"

相处短短两个多月，钱旦很喜欢老谢，觉得他是个实在、忠厚的好兄弟。

钱旦也佩服老谢，老谢进公司后先在研发部门干了一年，2001年转到技术服务部来到了中东北非拓荒，钱旦觉得他的技术功底、语言能力和历练都要高自己一筹。

更重要的，套用曾子健的说法，钱旦觉得老谢和自己是尿得到一个壶里去的人。

钱旦曾经开玩笑说老谢形迹太可疑，因为他偶尔会说起自己在阿联酋、阿尔及利亚、乍得、冈比亚等国家做项目的经历。钱旦总是笑说："我查来查去，这些国家都没有看到2004年以前的存量设备啊？你真的去做过项目？你反正是做了几年孤家寡人，是不是虚报出差，去旅游兼骗补助啊？"

其实钱旦清楚原因，老谢初来中东北非时公司在海外完全没有品牌，他们要么是在开试验局，开完试验局后客户依旧不信任伟华，一切就没有了下文；要么是好不容易低价塞进去一点设备，没多久就被客户弃若敝屣了。老谢他们是屡战屡败，屡败屡战，真正的内心强大。

钱旦回过神来，他想老谢的"下课"说是突然，倒也有迹可循。老谢的"下课"既是为最近一两年软件产品的项目交付在中东北非遇到的各种不顺利、各种投诉埋单，又是因为被人举报收了分包商的礼。

钱旦觉得老谢有些冤，连公司总部都没有料到这两年海外市场的高歌猛进，整个公司的技术服务体系对海外的支持都没有跟上，人力资源紧缺，为了抢占市场而签下的"烂合同"又给负责交付的技术服务部门挖了个大坑，不管谁来填平这个大坑都需要时间。老谢偏又宅心仁厚，背了不少锅。

至于合作采购中的不规范，钱旦自问是为了打好当下的关键几仗，漂亮地交付好几个重大项目，尽快将业务带上正轨，在内外部均把自己团队的品牌树立起来，他更不相信忠厚、实在的老谢会在中间谋取私利。

晚饭后钱旦没有见到老谢，他独自在办公室加班。没想到一收邮件就收到了老韩的群发邮件，老韩迫不及待地亲自宣布从即日起由钱旦接替老谢，负责地区部软件产品服务部的工作。

钱旦想老韩应该是下午和老谢沟通过了，他害怕自己见到老谢会尴尬，磨蹭到十一点才回宿舍。推开门老谢正好从沙发上站起来，他一见钱旦就说："一个坏消息，同时又是一个好消息，刚才约旦代表处打电话给我，不肯按计划放谢里夫回来，说要再留他一个月。"

"好啊！"钱旦心里明亮了一些。谢里夫是地区部软件服务团队的第一批埃及本地员工之一，年纪不老，样子像个学究，他加入伟华前在阿尔卡特工作了几年，基础较好，参加完老谢组织的本地员工培训就去了约旦出差支持项目，原来计划这一周要返回埃及。

虽然钱旦和老谢平日里烦恼的是代表处在既定计划的最后一刻突然说不能按时释放人力资源，打乱他们的整体计划，但是这次代表处要扣下的是他们的埃及兄弟，说明终于有人认可他们的本地员工了，当然更算是一个好消息。

老谢又一屁股坐下："林汉快要从沙特出来了，我们可以把他放在地区部做专职项目经理，这样地区部又多一个中方骨干；另外，公司又承诺在今年的新员工里选两个最强的给我们。"

钱旦开心地说："我就琢磨总部机关就像大脑，代表处像手脚，地区部就是腰、胳膊、大腿，过去我们腰上没肉，胳膊和腿没劲，组织能力是从大脑就直接到手脚，跑也跑不快，抓也抓不稳，现在总算是开始有点肌肉了。"

他俩又是一人一个沙发，聊起了他们的项目和人，偶尔停下来指着电视上"Fashion TV"的美女评论几句，自始至终没有去提他们该如何交接，钱旦心里已经认为不需要多提，两个人自有默契。

终于，老谢站起来准备回房间睡觉。钱旦忍不住问："你被谁给举报了？你收啥东西了？"

老谢苦笑着说："我哪里知道被谁举报了？TMD，当时是广州的一个分包商过来考察，他们老板是从我们公司离职后出去创业的，我在国内时就认识，一起在'Friday's'吃了个饭，吃完还是我抢先埋的单。他送了一个MP4，拷满了电影、美剧的MP4。"

钱旦又问："你把我们这段时间合作采购不规范的锅全背了？我们不过是打些擦边球，怎么这么快就被捅到老韩那里去了？"

老谢说："你小心点，老韩又不糊涂，他心里是相信我们、支持我们的。不过，听说公司现在的业务发展太猛了，合作分包的业务量上得太快了，海外全乱套了，确实有些人在中间搞猫腻，我这是收了一个MP4，听说那些生活条件好、分包商抢着去的好国家，收'奥迪'车的人都有。惊动公司高层了，老板震怒，要求整治。"

"和分包商自由恋爱，采购部只管发结婚证是我的比喻，你怎么连这个也抢注？背锅背上瘾了？"

"公司来审计，发现我们在苏丹要的那两人，采购部还没来得及下PO，人就先斩后奏到现场了。授权不授责，你要有问题我反正也逃不掉,也得负连带责任受罚,还不如我俩中保住一个人清清爽爽地干活。现在正在风头上,你千万小心。"

钱旦说:"什么先斩后奏?我一找到人就通知采购部走流程了。好吧,不扯了,你收的MP4呢?藏啥好片子了?也不拿出来给我们看看?"

"我送给去乍得的小强了,想着让兄弟们在追鸡爬树之外多点事情做。"

曹松在苏丹急得如热锅上的蚂蚁。

为了下猛药整治在合作分包中产生的腐败,公司要求在既有的PO到期之后一律不允许再租赁分包商的工程师,只能以工程分包的形式合作,并且,要求海外各区域一律停止与管理层有前伟华员工的关联公司继续合作。

小伟和小军的租赁PO当初下得匆忙,租赁的时间不长,即将到期,突然发现不能续约了,而且他们是关联公司的人,两条红线都被踩中,眼看着就要被一刀切,送回国了。

曹松打电话给钱旦:"旦哥,客户现在很认可小军小伟,我们马上有个大版本升级,他俩非常熟悉客户设备情况,不能走啊。"

钱旦也郁闷着:"昨天刚和公司开过会,谁反对清理租赁人员、反对清理关联公司,谁就会被斩立决。"

"这不是一人生病全家吃药,还吃一样的药吗?"

"唉!你我问心无愧不等于天下无贼,在公司看来现在是发生了大面积的制度性腐败,必须从制度上一刀切去解决问题。"

钱旦安慰到:"别想不通了,我们在公司存在的价值就是在'If'下求解,没办法每次都讲条件,还是好好想想'If'必须立即清理租赁人员、清理关联公司,'Then'该怎么做?"

"这两兄弟一点不比伟华自己的员工差,我们怎么求解?公司一时也补不了人给我们,他俩走了,我分成三头六臂也搞不定啊!"

钱旦脑子里灵光一闪,问:"他俩都有工作签吧?"

曹松回答:"有,都是合法合规地在苏丹打工,怎么了?"

钱旦想到了一个办法,说:"我也觉得他俩一点不比伟华自己的员工差,那我们就把他们招进来,变成伟华员工!"

曹松疑惑地说:"怎么招?等他们入职再调到苏丹来,得多久啊?而且,这两哥们儿都是大专毕业,通不过公司 HR。"

钱旦说:"这样,我们不通过公司总部招聘,你和代表处交流下,低调点,先让代表处直接当本地员工招进来,招聘本地员工应该在代表处内部就可以闭环,不用公司和地区部审批。"

"当本地员工招聘进来?旦哥,您这脑洞有点大啊!"

"大啥啊?活人不能被尿憋死,谁说本地员工一定要是苏丹人?海外招留学生那不也是招中国人吗?他俩不是有工作签,合法合规打工的吗?"

"您确定真的能行?"

"你咋这么磨叽?不试怎么知道行不行?这样,你去和代表处领导沟通,我和他俩公司领导沟通,他们是关联公司,反正也做不了海外业务了,应该有释放人员的压力。"

曹松小心地推开老钟办公室的门,小心地说:"钟总,有个事找您。"

老钟正对着电脑忙着,头也不抬:"说!"

"钟总,上次开会讲过合作方清理的事情,您看,小伟和小军真的很优秀,我们能不能把他们当本地员工给招进来?代表处招本地员工,您同意就行了吧?他俩走了,我这边真撑不住了。"

老钟似乎在听,似乎不在听,两只手在键盘上忙着。

曹松讪讪地说:"钟总,实在是没办法了,没那么快找到人来替他们,客户也非常认可他们,这么做不违规吧?"

老钟仍然盯着他的电脑,但两只手停了下来:"小伟和小军这两个人我都知道,确实不错,能吃苦,爱学习。这样,曹松,我的脚在哪里?"

曹松丈二金刚摸不着头脑："您的脚？在桌子下面啊？钟总，您看……"

老钟抬起了头，望了一眼神情茫然的曹松："我给你讲个故事，我在成都做客户经理的时候，有个特别正统的客户，技术专家出身的，从来不出去吃喝，下班就回家。那一年在网上看了《成都，今夜请将我遗忘》，受刺激了，觉得以前的日子白过了，有天下班突然问我成都有没有什么好玩的？我就准备带他去找个夜总会玩玩。结果有个新来的客户经理，跟在屁股后面不停地问，'张总结婚了吧？张总孩子多大了？平时夫人放你出去耍的不？'"

曹松更加茫然："钟总？"

老钟往椅背上一靠："你想干啥就按你的想法去干，你把他俩的面试材料交上来看我签不签字。我的脚'Under the table'嘛，如果你非要把这事放到桌面上来讨论，非要问：'领导，我带你去泡妞，夫人有没有意见？'那我只能一本正经的答复，不行！"

曹松恍然大悟，笑得嘴都合不拢来："哎呀，明白了，领导，谢您嘞！"

他转身走到门口，拉开门，又扭过头来："领导，我和他俩商量下，让他俩取个阿拉伯名字，一看就是本地员工名字的那种！"

艾哈迈德·伟和穆罕默德·军就这样成为了伟华公司苏丹代表处的本地员工。

| 第十四章 |

失踪的艾哈迈德·伟

早期在中国市场，伟华的销售人员习惯每天去三大运营商的办公室打卡，技术服务工程师们习惯每天去三大运营商的机房报到，他们既是提供贴身保姆式的服务，又维系着从客户高层领导到基层技术人员的全面客户关系。

彼时的海外市场亦继承了这个传统，各国电信运营商的办公楼里总可以看到穿着西装、拎个包，或者再端着咖啡的中国人转来转去，那多半是伟华的销售人员；而只要客户允许，在各国运营商的机房里总是可以见到伟华的技术服务团队坐得整整齐齐。

2005年8月1日早上，伟华在苏丹的工程师们像往常一样去了ST电信的机房，刚开始工作没多久，客户的一位项目经理冲了进来："停止工作！赶快回去！停止工作！赶快回去！"

原来，7月30日晚上时任苏丹第一副总统兼南方政府主席的约翰·加朗乘直升机从乌干达返回苏丹途中坠机身亡。约翰·加朗是南部"苏丹人民解放运动"的创建者，他领导南部反政府武装与苏丹政府进行了二十多年内战，直到2004年1月南北双方才签署《全面和平协定》。

7月9日，他出任苏丹第一副总统兼南方政府主席，不到一个月即突遭不测。消息传出，人们普遍对苏丹和平进程感到担忧。喀土穆街头爆发了严重骚乱，焚烧汽车、抢掠商铺的行为此起彼伏，八十多人丧生。

伟华的办公室和宿舍远离骚乱区，大家紧急撤回了驻地，一清点人数，独少了一个艾哈迈德·伟。曹松急忙拨打小伟的电话，还好，拨了两三次，电话通了："小伟，在哪儿？"

"我还在 ST 电信！"

"我靠！我刚才最后一个走，机房里没人了呀？我还喊了几嗓子。"

"我拉肚子，在厕所，回机房一看一个人都没有了，楼下的客户说你们全走了。"

"那你等着，我们来接你。"

曹松去找老钟汇报："钟总，把小伟落在 ST 电信了，找个司机去接下他吧？"

老钟有点怒："你们搞什么？怎么会落下一个人就撤回来了？你赶紧给小伟打个电话，让他在机房多等等，现在从我们这里到 ST 电信的路上已经很危险了。我刚才给客户 CEO 打电话，他说 ST 电信那一片还好，待在里面还安全点。"

曹松给小伟打电话，已经打不通了。为了阻断骚乱分子的串联，在政府的要求下，全城通信网络已经中断。

下午，甘法斯出现在办公室，他说市区局势稍稍稳定了一些，大部分街面已经被军警控制住了，但是晚上六点以后会全城宵禁，军警对不守禁令上街的人杀无赦。

曹松咕嘟咕嘟大口喝完一瓶水，对陈永生说："永生哥，把车钥匙给我一下。"

陈永生疑惑地望他一眼："你想干嘛？老钟说了，所有人不许出去。"

"不去哪儿，刚才没去吃午饭，饿了，就去食堂找点吃的，老钟说不许走远了，回宿舍可以。"

伟华新租了一栋小楼做宿舍，一楼是食堂。那楼离办公室很近，曹松驾着那辆"捷达"很快就到了。厨师还没有开始准备晚饭，他窜进厨房瞅着四下无人拿了把菜刀,又在餐桌上找到几张油腻腻的报纸把菜刀一裹,夹在腋下跑回了车上。

曹松发动了车,定定神,一脚踩在油门上,直奔ST电信。

他绕开了骚乱最严重的市中心,但所经过的街道上也是一片狼藉,到处是砖头、石块,路边是砸坏门窗的商铺、燃烧的汽车。军警已经基本控制住局面,闲人不多,曹松把车窗放下,不时伸出头朝着望向他的军警喊:"Chinese!"

那些军警看到一张中国人的脸倒是没空搭理,偶尔还有人伸出手比个"V"字。

曹松到了ST电信大楼,一路小跑直扑他们的设备机房。三楼很安静,他推了推机房门推不开,他叫了几声"小伟",又用力捶了几下门,竖起耳朵也没有听到里面有动静。他走到窗户前把脸贴着玻璃往里面看,但是只能看到机房的部分区域,看不到人影。

曹松心里有些慌,准备去楼上楼下找找。刚走出几步觉得不对,捶门的感觉不对,他又转回来,用肩膀猛力一撞,门开了。

门里面是用电脑桌顶住的,却静悄悄的没有一个人。曹松疑惑地穿过操作间进了设备间,里面也没见人。

这个机房是下走线的,电缆线、信号线铺设在架空的防静电地板下,地板下面有半米左右高的空间。角落里有块地板似乎没有盖严实,曹松经过时顺势一脚,想把它踩紧了,地板下面却传来"哎哟"一声,他吓了一跳,往后跳了一步抽出了他的菜刀。

那块地板一下子翻在了一边,小伟揉着脑袋钻了出来。

曹松紧绷的脸顿时舒展开来,他指着小伟,哈哈笑了好一会儿才能开口:"我叫你也不答应,你钻地板下面干什么?亏你从不吃肉,瘦,这都钻得进去。"

小伟苦笑道:"没听见你叫我,我一天都顶着门躲在里面,本来难得这么清静,挺自在的。我一个人把我们的系统全面检查了一次,刚停下来听会儿音乐,突然听到有人咚咚咚的脚步声,吓得我到处找地方藏。"

"赶紧走,待会儿要宵禁了,想走也走不了,明天会怎么样还不知道了。"

两人离开了 ST 电信,曹松开车,一遇见军警,小伟就探着个脑袋朝车窗外喊:"Chinese! Chinese!"

他打算抄一条近路,车转进了居民区间的一条小路。突然,车后不知道从哪里冒出来一辆被他们称作"蹦蹦跳"的三轮摩托车,开得飞快,居然超过了他们的"捷达"。

"蹦蹦跳"挤到他们前面不远处,一个急刹停住了。曹松跟着一个急刹,幸好两个人都系着安全带,没有从车里飞出去。

他刚才已经从后视镜里观察"蹦蹦跳",看到里面只有两个干瘦的半大孩子。他骂了句国骂,下了车,大叫一声:"What are you doing?"

话音未落,两个男孩分别从"蹦蹦跳"的左右跳了出来,曹松看清楚了他们一个人手里握着一把半米长的砍刀,另一人两只手各抓着块石头。他反应挺快,赶紧爬上车,一把抓过菜刀,愣了一秒钟又放下,大叫一声:"靠!快跑!"

他一脚油门,一打方向盘,车冲向路边,擦着根电线杆挤了过去。

"哐当"一声,一块石头砸在了车门上。

那两个男孩正向"蹦蹦跳"跑去,突然从前面迎面又冲过来一辆"捷达",砰的一声将"蹦蹦跳"撞翻在地,然后倒车、掉头,跟在曹松和小伟的车后。

小伟盯着后视镜:"公司的车。"

他们一路狂奔,冲回了驻地。曹松刚停好车,那辆车刹在了旁边,陈永生坐在司机位上,车上坐着几个壮实的同事,有人拿着钢管,有人握着木棒。

陈永生从车里出来:"你俩没事吧?"

曹松说:"永生哥,猛男!你那一下撞得,他们不会找到我们报复吧？"

"你这又害怕了？你不叫我们，一个人过去找小伟不害怕？"

毕竟二十多年的内战已经令苏丹人民厌倦，喀土穆的骚乱来得快，去得快，局势很快恢复了稳定。

伟华去除腐败的决心坚定，在海外规范了与分包商的合作模式，清理了一批与来自国内的关联公司的合作关系，海外各地不得不更加坚定地依靠本地员工去发展本地业务。

地区部技术服务部有三个和大家熟稔的本地女孩。

负责培训中心的本地女主管梅最开放，她穿着时尚，不戴头巾，有一次外出主动邀请钱旦搭乘她的车，钱旦稍一迟疑，她就格格笑着喊"Don't be shy"，令钱旦真的害羞。

负责为大家办理签证、机票的文员阿莉亚最传统，她总是一丝不苟地戴头巾，穿掩盖身材的长袍。埃及人传统里没有只争朝夕的习惯，阿莉亚做事情总是慢腾腾，甚至被几个急性子的中方员工吼哭了两次。钱旦的策略不一样，他每次要阿莉亚办事总会悄悄赞美一句"You are beautiful"，阿莉亚听到赞美不露声色，却总能按时帮钱旦办好事。

老韩的秘书玛蒂哈居于传统和开放之间，她也是个戴头巾的女孩，但经常是彩色头巾、牛仔裤、修身衣。会讲中文的她偶尔还能应付两句无伤大雅的玩笑话，调侃中国人也有追求她的机会，偶尔叫道她已经被中国人同化了，不以胖为美了，要减肥。

钱旦和她聊到过开罗的姑娘们，玛蒂哈说从前她不戴头巾的，后来觉得自己不对，不应该抛弃传统，才重新戴回了头巾。她还说如今埃及叛逆少年太多："你看看那些电视节目，女人们穿着暴露，很不好，带坏了青少年。"

钱旦手下有四个埃及本地工程师。

他安排老实大叔哈桑和精明小伙巴哈去了中国出差,在深圳面向全球的 800 技术支持热线中轮训三个月,既是想提升他们处理各种技术问题的能力,又是想让他们和国内的技术专家们混个脸熟,并且从机关的视角去了解公司的运作,希望他们回埃及后能够在地区部更好发挥"腰"的作用。

学究谢里夫在约旦出差支持项目,胖小伙阿马尔在马尔代夫出差支持项目,钱旦要求他们既要在项目中提升能力,又要更好地了解代表处的运作,以及伟华的交付项目从开工到验收,是怎么一步一步实施完成的。

钱旦的笔记本电脑坏了,连接显示屏的转轴断了一个。如果在国内打个电话给公司的 IT 服务供应商,估计一天内就上门修好了。在埃及得送修,等待一个星期。他没了电脑,就每天坐在玛蒂哈旁边,用放在她旁边座位上的部门一台公用台式机处理处理邮件什么的。

那天早上,钱旦在办公室楼下瞥见有辆车停在路边,觉得挺像阿马尔那辆红色土耳其车。他纳闷,难道这家伙一声不吭地擅自从马尔代夫回来了?

他上楼之后先在办公室里转了一圈,没看见阿马尔,他又坐在了玛蒂哈旁边的台式电脑前。

玛蒂哈见了他:"阿马尔在马尔代夫还正常吗?"

钱旦纳闷:"还好吧,出什么事了?"

"阿马尔妈妈来公司了,说他儿子有半个月没给家里任何消息了。"

"真的吗?他妈妈在哪儿?"

"刚下楼,她一大早就来了,我告诉她应该是工作忙的原因,答应帮他尽快联系上阿马尔。"

马尔代夫的通信网络确实不好,所以伟华正在帮当地的运营商新建一张无线通信网络。阿马尔过去之后就一直没有处理好自己手机的漫游问题,钱旦每次联系他都是通过邮件。

他打通了马尔代夫的项目经理的电话："老徐,项目还顺利不?我们软件产品没拖后腿吧?"

老徐说:"到目前进展还算顺利,客户比较满意。"

"真羡慕你们啊,在马尔代夫做项目,不整点客户投诉出来,我想来支持都不敢来,怕领导说我想去马尔代夫享受沙屋水屋。"

"老钱,你想多了。公司现在在马尔代夫没有后勤平台,物价巨高,一瓶水几美金,兄弟们吃喝都不容易,哪有什么沙屋水屋享受?我从公司预支的备用金很快就花掉了,马上要被房东赶了,这两天正在到处找房子,要换个便宜房子租。更惨的是我看见蚊子就害怕,有登革热。"

"马尔代夫有登革热?"

"你不知道吧?刚有个兄弟中招。"

"我靠,中东北非哪里都不容易啊!我那个本地员工表现怎么样?还好吧?"

"你们那个阿马尔非常不错!技术能力就不说了,他到这里之后我就没骚扰过你了吧?更难得的是这兄弟适应能力很强,现在天天和我们一帮中国人厮混在一起,以'康师傅'和'统一'度日,也没听到他有过什么抱怨。"

"那就好,你让他给他妈打个电话,他家里人说有一个月没他的消息了,不知出啥事了?"

"好!这边电话卡贵,电话费贵,他没买当地卡。"

原来,"儿行千里母担忧"不仅仅是中国人的谚语。钱旦挂了电话又给阿马尔发了个邮件,邮件的标题以"Urgent"打头,叮嘱他务必给家里报个平安。

第十五章
曾子健的偶遇

You're beautiful. You're beautiful.
You're beautiful, it's true.
There must be an angel with a smile on her face,
When she thought up that I should be with you.
But it's time to face the truth,
I will never be with you.

尼罗河西岸,吉萨"四季酒店",房间里只留了床头台灯暧昧的半明半暗,桌上的 iPod 音箱里,詹姆斯·布朗特在唱着他的新歌,窗帘没有完全拉上,诗诗裸着身体,双手撑在窗沿,曾子健在她身后紧紧抱着她,两个人律动着,两双眼睛不约而同地望着同一个地方,远处月光下的大金字塔。

两个人平息下来。

诗诗扭过头来,吻他,看到他走神的眼,问:"怎么了?"

曾子健放开她,自顾自地向浴室走去:"唉,老是扑不到'Oscar'的 CEO,我们尊敬的阿里先生。"

"Oscar"是埃及的一个家族企业集团,旗下的 Oscar 电信一段时间以来的投资计划激进。伟华希望在埃及获得更加优势的市场格局,和 Oscar 电信建立更加深厚的合作,但高层客户关系薄弱,进展不如预期。曾子健想尽快和 Oscar 电信的 CEO 阿里对上话,却苦于没有好的渠道和机会，好不容易见到了几次，没聊几句就被人打发走了。

他想办法结识了阿里的秘书，打听到阿里那段时间因为公务原因常在周日早上飞迪拜，周三下午回开罗。他索性每周也在周日早上买了机票从开罗飞迪拜，周三下午从迪拜回开罗，只为了能在机场偶遇阿里，创造深入交流的机会。真遇着了两次，阿里却是几个人同行，行色匆匆，能够和他寒暄两句就很不错了。

这个星期阿里没有再去迪拜，曾子健带着诗诗去金字塔看了夕阳，在附近吃了顿中餐，晚上干脆就在吉萨"四季酒店"开了个房，享受周末。

诗诗跟着他走进了浴室，问："有你们这么去扑客户的吗？守株待兔。"

"怎么没有？早些年公司刚进入一个国家时经常是这样的，那时候海外有几个客户知道伟华是做什么的？我们新到一个国家第一件事情就是找房子住下来，第一年的市场目标就是认识人，守株待兔。守株待兔最久的地方守了三年才和客户高层搭上话，卖了三年才拿到第一单合同，合同金额八十美金。伟华就是靠这样扎硬寨、打死仗打到今天的。我不是跟你讲过我刚来的时候在阿联酋客户的茶水间守了一个月饮水机的故事么。"

诗诗温柔望着他，又想起了什么："我们公司那个胖子经理蛮讨嫌的，老是色迷迷看我。"

曾子健心不在焉，只是在她额头吻了一下："那你小心点。我明天到高尔夫球场扑阿里去。"

尼罗河中央的扎马利克岛是藏在繁华边缘的恬静闲适之地，在历史上深受西方殖民者喜爱，在当代是开罗的外国使馆区。一百多年前，英国人就在岛上创建了吉齐拉体育俱乐部，俱乐部里的高尔夫球场据说是埃及历史上第一座高尔夫球场。

曾子健从阿里的秘书那里打探到阿里会来打球，他一大早就在高尔夫球场转悠,却一直没有见到阿里的影子。

临近中午,他郁闷地坐下来要了杯芒果汁,望着开罗塔发呆。开罗塔高一百八十七米,设计灵感来自于埃及人所尊崇的莲花。据说当年美国人给了纳赛尔政府六百万美金,希望他停止支持阿尔及利亚抗击法国殖民主义的斗争,不料纳赛尔用这笔钱在美国大使馆对面建造了这座高塔,作为阿拉伯抵抗运动的象征。

曾子健望着开罗塔,心想:"这哪里像莲花?这不就是一根竖起的中指吗?纳赛尔真够狠的,收了人家钱还向人家竖中指。"

一个个头高大、头发用发胶整理得一丝不苟的埃及人一屁股坐在了他旁边的椅子上。曾子健瞟了他一眼,无意攀谈。埃及人却热情地问他:"你从哪里来?日本?韩国?"

"中国。"

那人突然一下就激动了:"你是中国人,我要问你问题,为什么我买的中国皮包用了不到半年带子就断了?为什么我买的中国手表用了一年就不准了?为什么我买的中国插线板差一点把我的房子给烧掉了?你能告诉我为什么吗?"

"中国人制造一切",这是那两年海外朋友听到他是中国人后常用的恭维话,但来自中国的劣质产品的确随处可见。曾子健心想"有冤报冤,有仇报仇,但别一个标签打在十几亿人头上啊!"他打量了一下那人,见他浑身上下均名牌,就说道:"你为什么要买中国皮包?既然你到这座球场来打球,你应该是买 Prada 什么的。"

"因为我喜欢中国!"那人晃了晃手腕上的百达翡丽,冲着曾子健一挤眼,"我曾经在中国买过一块'劳力士',和真的一模一样,真有意思,我好奇地买了一块,可是用了一年就坏了。"

曾子健无奈地望着他:"Sorry,这些东西不能代表中国。你去过中国?"

"当然,我去过两次中国,去了一些很著名的城市,像北京、上海、广州、义乌、温州、东莞。"那人爽朗地笑着向曾子健伸出了手,

"我喜欢中国人,很高兴认识你,我叫艾哈迈德,艾哈迈德·阿里,你的名字是?"

曾子健心里一动,如果一个埃及人叫"艾哈迈德·阿里·穆罕默德·艾哈迈德·赫达",那么按照阿拉伯人取名字的习惯来看,"艾哈迈德"是他本人的名字,"阿里"是他父亲的名字,"穆罕默德"是他祖父的名字,"艾哈迈德"又是他曾祖父的名字,"赫达"是他们家族姓氏。

直觉让曾子健热情握住了他伸过来的手:"我叫哈第姆,哈第姆·曾,很高兴认识你。你叫艾哈迈德·阿里?那么,阿里·穆罕默德是你的……?"

"阿里·穆罕默德是我父亲。"

曾子健把椅子稍稍挪了挪,略朝向了小阿里:"所以你也在电信行业?"

"不,不,我刚从英国回来。我对历史、地理、文化更感兴趣,也许会去做旅游业。"

"真的吗?我妻子也在旅游业。"

"是吗?"

"当然,而且,她在开罗,在埃及的旅游业。"

曾子健从钱包里拿出张名片,递给了小阿里:"你父亲今天没有来打球吗?"

小阿里接过名片,仔细端详着,哈哈一笑:"伟华公司,所以你是在这里等我父亲吗?我听他提起过,说最近有个比他自己还要清楚他行程的伟华公司的中国人,一定就是你吧?他今天不来了,走吧,我带你打球去,我们再聊聊中国,聊聊旅游,但是不要聊你们电信的生意,我没兴趣。"

诗诗工作的那家"Oasis"旅行社也在扎马利克岛上,她每天打车上下班。

星期天是埃及人每个星期的第一个工作日,钱旦忙了大半天,连午饭都没顾得上吃。眼看到了下午三点多,他正准备站起来活动活动筋骨,手机响了,诗诗在电话那头着急地说:"钱旦,你下楼来,我在你们办公室楼下。"

钱旦满怀疑惑下了楼。诗诗一见到他就迈前两步,一把拉住他的胳膊把他拽到了墙边,急急地说:"你陪我去'Oasis'找子健去。"

钱旦更是丈二金刚摸不着头脑:"去'Oasis'找子健?什么情况?"

"TMD,我们那个死胖子经理中午把我叫进他办公室,讲要给我配辆车,讲着讲着就摸我屁股,我气死了,冲回来跟子健讲了,子健就要去找他算账,我讲算了,我不再去上班了就是了,他本来答应了,刚才我打电话给他,他讲他正在去扎马利克的路上,要帮我解决问题去。我怕他吃亏,你陪我去找他。"

钱旦没车,他和诗诗快步走到迪格拉广场,打了辆"黑猫警长",直奔扎马利克岛而去。

尼罗河的桥上有些塞车,两个人益发心急火燎。

好容易到了"Oasis"楼下,诗诗带着钱旦冲了上去,办公室里面却一派祥和。两人站在门口刚一张望,前台的小姑娘跟了过来,冲诗诗一挤眼,抬手指了指会议室。

诗诗冲在前面,一把推开会议室的门,又是一愣。桌子的一边坐着那个胖子经理,另一边除了曾子健,还坐着旺哥。永远不怕热的旺哥依然西装革履打着领带,却把穿着皮鞋的脚高高撂在桌沿。他俩旁边还坐着两个埃及人,那两人身材魁梧,气宇轩昂,都是额头正中黑一块,属于每天功课做足、磕头磕够的人。

看到冲进来的诗诗,胖子经理赶紧站起来,有些胆怯的样子,连声说着:"对不起。"

曾子健见到诗诗,也站了起来,对着桌边的几个人说了句:"那好,我们走。"

他说完走过来抱了抱诗诗:"搞定了,走吧。"又扭头对旺哥说:

"差不多吃晚饭时间了,一起吃个饭吧。"

钱旦和诗诗云里雾里地跟着他下了楼。

旺哥在楼下和那两个埃及人告了别,对着曾子健他们说:"我知道一家不错的日本小餐馆,就在扎马利克岛上,不远,你们跟着我吧。"

他开着车在前面带路,曾子健载着钱旦、诗诗跟在后面。

钱旦和诗诗还在云里雾里,诗诗开口说:"我怕你吃亏,赶紧拉着钱旦来了,你怎么想到找旺哥来帮忙了?"

曾子健淡然地说:"你拉着钱旦来就不会吃亏了?你以为我真一个人来打架?打架有什么用?做任何事情要以解决问题为目标。旺哥以前和我吹过牛,说他认识开罗黑道的人,我就打电话给他了。证明他没吹牛,那两个埃及人真是黑道上的,胖子被吓坏了。"

钱旦说:"旺哥怎么会认识这边黑道上的人?"

"旺哥脑子活,除了在Y公司干,自己在悄悄做自己私人的生意,从华强北进电子产品过来,从这边运大理石回去。他在自己的生意往来中认识了这边不少人。"

诗诗叹了口气,说:"要你解决什么问题?我不再来上班了就行了,真的把我吓死了,只怕你吃亏。"

曾子健说:"谁说不干了?你又没做错事,明天继续来'Oasis'上班。胖子今天被我们吓住了,不会敢骚扰你了。他会给你配辆车,你上下班,出去跑景点、饭店时都可以用,我们没找他要一笔精神损失费算便宜他了。晚上回家我和你细聊。"

旺哥推荐的日本小餐馆藏在僻静林荫路边,铺面不大,里面雅致、安静。

四个人点了满桌寿司、刺身,要了清酒。曾子健、旺哥、诗诗兴致勃勃,讲着他们如何找上门去,胖子经理如何害怕求饶,也聊到了旺哥自己悄悄做着的生意,讲着华强北的各种手机如何奇特、强大,埃及的米黄大理石如何在中国市场有竞争力等等。钱旦却话不多,他把玩着日本人的小酒杯,偶尔端起来碰个杯,若有所思。

酒喝了一轮又一轮,他们清掉了十多壶酒才散场。

旺哥自己开车走了,曾子健的车载着诗诗和钱旦沿着尼罗河岸边的大道疾驰。

曾子健把车载音响开得很大,单曲循环着"You are beautiful"。他兴奋地说:"旦旦,推荐詹姆斯·布朗特的歌给你,这个歌手原来是个英国军人,参加过科索沃战争,号称上尉诗人,最近很火的。"

钱旦"嗯"了一声,望着车窗外,心里隐隐有些不安。

曾子健扭头瞟了一眼钱旦:"旦旦,你今天一晚上都不怎么说话?看到旺哥觉得不爽?我们都是小打工的,公司是公司,私事是私事。"

钱旦脱口而出:"子健,我一直就蛮佩服你的。那时候在长沙,你专业比我强,想事情比我想得深、想得远,踢球比我踢得好,玩FIFA比我厉害,是我心里的偶像。今天我发现你比我原来以为的还要更厉害,是我所不能及的。"

曾子健从后视镜里瞟了他一眼,意味深长地说了一句:"有些事情,你恐怕不是能力所不能及,是心里不愿意及吧?"

片刻,他又说道:"你有没有想过,将来有一天伟华嫌我们年纪大了,冲不动了,可能会赶我们走的。等到那个时候我们去干什么?摆个地摊卖盗版碟?或者有追求一点,开个'7-11'超市?"

| 第十六章 |

有内鬼

三个人回到了迪格拉。

钱旦要去被他们称作"黑心超市"的小超市买些饼干什么的作为加班备用粮草,他先下了车,一个人走进了超市。

他拿了两包饼干、几盒酸奶,突然看见老谢隔着两个货架呆呆地站在那里。他正准备悄悄走过去拍他一下,却见一个弯着腰挑水果的女人站起身来,手里捏着个新鲜无花果问:"这是什么东西啊?"

钱旦在食堂见过这个短发、脸圆圆的女人,应该是刚到开罗不久的同事。

老谢身子一动不动,声音里带了几分温柔:"无花果,你以前没有见过吗?原产地就是埃及,你拿回去放冰箱里冰一下特别好吃。"

"这是熟透了吧?皮都裂了,好难看,这么软。"

钱旦条件反射般转身就走,快步出了超市门,他一边往宿舍走,一边独自笑得合不拢嘴,心里想:"怎么我搞得自己像是在做贼心虚一般拔腿就跑?这姑娘好像是刚刚到埃及的?好你个道貌岸然的老谢,你不是有老婆孩子的吗?这么快就勾搭上了?"

钱旦回到宿舍后直扑冰箱,拿了两个老谢存在里面的无花果,掰开吃了,果然觉得味道好极了。

半个小时之后,老谢回来了。

钱旦说:"我本来觉得你买的无花果长得好难看,看着就没食欲,现在发现冰一下确实特别好吃,你怎么不告诉我?重色轻友,那是哪家的妹子？"

老谢一愣，马上反应过来，又露出他招牌式的憨厚笑容："同学，一起进公司的同学。"

那个女人名叫严丽丽，真是老谢在南京邮电大学读书时的同学，却又不止是同学。她当年是老谢他们整个宿舍的女神，也是老谢暗恋的人，但她成了睡在老谢上铺的兄弟的女朋友。

伟华每年针对目标院校招聘应届生的规模不小，他们三个人毕业后一起加入了伟华公司，只是那位兄弟被留在了南京研究所，严丽丽和老谢去了深圳。后来，严丽丽嫁给了老谢那位兄弟。再后来，她和他离婚了。

老谢说："那兄弟太嚣张了，把小三带回自己的新房过夜，'喜'字还贴在床头，两个人的大结婚照还在墙上钉着。严丽丽家境不错，从小到大过得都顺利，她把自己的未来早早规划好了，但没有规划到这件事情。她去年七夕飞回南京休假，发现家里这里多支口红，那里有张面膜，最后拉开床头柜还出来一条 T-Back。"

"是小三故意放的吧？这么狠！"

"应该是。她好长时间没缓过来，觉得留在国内看哪儿都伤心，就申请来海外了。"

"所以你准备趁人之危，英雄救美？"

"滚！"老谢骂了一声，呵呵笑着回自己卧室去了。

那些日子钱旦认真地处理收到的每一封邮件，他要深刻理解邮件背后的每一件事、每一个人。老谢年底就要调动回国了，他要尽快挑起之前两个人的担子。

在伟华公司的管理体系中存在着各种"矩阵"。例如钱旦的实线主管是地区部技术服务的领导老韩，虚线主管是总部机关行业线的领导老王；钱旦的实线下属是林汉、阿马尔这几个人事关系属于地区部软件产品服务的人，他的虚线下属则是苏丹曹松、伊拉克刘铁等各个代表处软件产品服务的 Leader。

矩阵管理下,沟通更加重要。钱旦每个星期至少给每个代表处软件产品服务的兄弟们打一轮电话,希望大家能够始终同步在一个频道上。

他发现周边部门的一些主管习惯绕过他们直接去向老韩求助,这也是之前老谢工作上被动的原因之一。坏消息应该是由自己去告诉自己的主管,如果总是反过来由自己的主管先收到消息,再来问自己,那么一定会陷入被动的境地。

钱旦清楚伟华人的性格,知道越级推动问题在这家公司的必要性。他尽管已经厌烦了内部推动问题时动辄"诛心",动辄给对方扣上"不以客户为中心""工作作风有问题"等态度上的大帽子,还是决定以其人之道还治其人之身,把一些习惯性绕过他们的人拉回来。

钱旦瞄准了几个目标,故意把寻求对方支持、配合的邮件直接主送给总裁、副总裁们,动辄直接向所有领导求助,同时把邮件抄送给一大堆有关无关的人。他还瞅着机会发了个主送各方领导的邮件,把"不以客户为中心""既没有与关键客户有效沟通的能力也没那个欲望"的大帽子往一位看上去挺强势的客户经理头上扣。

每次发完这样的邮件他自己觉得别扭,可这招数确实有效,很快他便更加忙了,一天到晚电话响个不停,各方神圣遇到与软件产品服务相关的问题都把炮火集中到他这里来了。

一天中午,钱旦和老谢臭味相投、心血来潮地想吃石锅拌饭,就去了美国学校旁边那家叫做"GAYA"的韩国餐馆,共享了一个难得闲暇的中午。

不知道是不是吃多了韩国泡菜,回到办公室钱旦突然觉得肚子不舒服,钻进了洗手间。刚在马桶上坐下,手机响了。电话里没头没脑一句:"你现在接替老谢,负责软件产品的技术服务了是吧?"

钱旦疑问:"你是哪位?"

"苏丹陈永生。"

"哎哟，是你啊，装神弄鬼的，没听出来。"

陈永生的声音依然冷冰冰："你知道你们在苏丹升级失败了吗？"

头天晚上，软件产品在苏丹 ST 电信的系统做了一次软件版本的升级。为了尽可能少地影响用户打电话，电信设备的升级操作一般都选择在行业默认业务量小的时候。在中国，正式的升级操作惯例是从零点整开始，在凌晨六点前必须结束，恢复正常通讯。否则，就要宣布升级失败，倒回到老版本去。

苏丹的这次升级是他们首次在当地的操作，本来升级难度不大，但是伟华在与 ST 电信的配合上出了问题，ST 电信的维护人员拖沓到夜里两点多才赶到现场，三点钟才开始升级操作。结果，操作时间不够了，眼看着到了六点还没有把握成功地完成升级，曹松当机立断按照国内的惯例把系统倒回到老版本去了。

钱旦说："我当然知道啊，曹松一大早就给我打电话了，说是客户到现场太晚，时间不够，倒回了。也是我们考虑不周全，事先没有和客户对清楚升级方案，明确配合的细节。我刚还在想苏丹的行业默许时间未必就和国内一样，他们倒回得太草率了。吃一堑，长一智吧。"

陈永生在电话里有些激动："你说得轻巧，你知不知道客户的 CEO 今天大发雷霆？他们这次升级是为下个星期的市场促销活动做准备的，要真影响了客户的市场经营，我们麻烦大了。竞争对手抓着这次机会在做文章了，你们一点危机意识都没有。"

一听陈永生扣大帽子，钱旦顿时恼了："我们过两天再升上去不就行了？就你有危机意识？你别乱扣帽子，讲那么多废话干什么？你有什么具体建议吗？"

"代表处要求你们总部机关的王总到苏丹来给客户道歉，别让事情再发酵下去了。"

钱旦并不认为有向老王求助的必要："这事要王总到苏丹来？这次升级失败不是客户和我们在现场没考虑周到，没组织好吗？"

陈永生早有打算："兄弟，不仅仅是客户配合的问题，你们的版本也有问题，耽误了曹松他们很多时间。我们给家里反馈就不说客户配合的问题了，重点说版本在家里没有经过充分的测试，质量差，在现场耽误了大量时间去测试、验证。"

钱旦不赞同："有这个必要吗？"

"当然有！老旦，你想清楚，Y公司拼命在客户那边争取，万一他们的友好客户以这次的事为把柄，在客户内部推动，用Y公司的设备把我们的设备给替换了，你和曹松负得起这个责吗？如果我们不主动叫出来，那全是我们的责任。我们先叫大声点，让公司领导到现场来救火有什么不好？压力不能全由现场的兄弟们扛着，要赶紧传递出去。说你们研发版本没有经过充分测试也没有说错，让他们背背锅没什么过分的。"

"研发发过来的版本没有经过充分测试，不是因为你们需求提得太急吗？客户自己也没个计划，说明天搞市场促销活动就明天搞市场促销活动？动不动就扔颗手榴弹过来。"

陈永生打断了他，说："我已经发邮件给王总了，待会老钟会亲自打电话给他，不用你出面协调。你去给老韩口头汇报一下吧，就说你建议让王总到苏丹来的，表明你是站在一线立场上，急客户之所急，有推动问题的狼性的。我不是打电话来向你求助的，是怕到时候老韩问你你不知道情况，让你被动了。"

两个人在电话里讨论了四十分钟才挂，钱旦在马桶上坐了四十分钟。

他回到座位，坐在旁边的老谢望着他："你这个带薪屎拉得够久的？"

钱旦郁闷地说："滚你的带薪屎，拉个屎都不得安宁，痔疮都犯了。"

他一收邮件，果然看到一封主送老王、抄送一大堆其他领导的邮件。邮件的标题赫然是"苏丹市场十万火急！！！研发低质量版本会导致我们前功尽弃吗？？？"邮件的正文里加红加粗的几行字格外夺目。

两天之后，老王飞去了苏丹。

他来去匆匆，从香港飞迪拜，迪拜飞喀土穆，在喀土穆停留了不到二十四小时就飞走了。但是拜访客户的效果不错，接下来的第二次升级也顺利，一场危机算是化解了。

"胜则举杯相庆，败则拼死相救。"是伟华公司的好传统，只要一线有需要，公司大大小小的领导均是"炮火"。

钱旦心里觉得自己没有守好一方平安，打了个电话给老王认罪。老王说："我去了趟苏丹，发现非洲的兄弟是真不容易，生活环境艰苦，竞争环境艰苦，客户环境艰苦，你们有什么困难，尽管呼唤炮火援助！"

8月开罗，晚上仍留暑意。

老谢回到宿舍，一推开门就对着端坐在餐桌前的钱旦大叫："你在干什么？"

钱旦被他吓了一跳，指了指桌上两台电脑："把工作电脑的东西拷到我的私人电脑上，做个备份。"

"你胆子这么大？把公司文件往私人电脑上拷！不怕被抓到信息安全违规？"

钱旦嘟囔："坏过一次电脑，搞怕了，定期做个备份而已。我私下问过信息安全办公室的兄弟，我用直连网线拷，公司查不出的，网口一天那么大的数据量。"

老谢一副不可思议的表情："你在信息安全办公室还有这样的猪队友？多大的数据量叫大？你小心点，公司的信息安全监控软件越来越强大了，过去查不到，现在不一定查不到。你认识李永佳吗？CCIE，早期'打'出来的那种CCIE，不是后来'考'出来的那种，挺牛的网络专家，在阿联酋出差时无聊，用公司电脑下载电影，被公司软件监控到了，开除掉了。"

通信行业的竞争越来越激烈,既有几家公司的明争,亦有人在使用不光彩甚至不合法的手段来暗斗。迫于外部环境,伟华公司对自己的信息资产的保护越来越重视,对信息安全违规行为的处罚不留情面。钱旦真有点害怕了:"好吧,我不拷了,本来也没拷有密级的文档。"

老谢压低了声音:"你的电脑里应该有有密级的文档吧?你小心点,地区部有内鬼,正要严查了。"

"有内鬼?真的假的?"

"我们在埃及连丢了两个单,都是丢给竞争对手了。他们两个单的报价一个比我们低且仅低十万美金,一个低且仅低二十万美金,很可能是知道我们报价的底线了。还有上次叙利亚代表处被盗的事情,领导们觉得很蹊跷,可能也是内部有人勾结。"

钱旦的脑海中突然浮现出了扎马利克岛上的那家日本小餐馆,浮现出了他和曾子健、旺哥、诗诗觥筹交错的那一晚。

| 第十七章 |

小别胜新婚

钱旦发愣间,老谢转换了话题:"你去沙特出差要去香港办签证?怎么这么折腾?"

钱旦合上了面前的两台电脑,站了起来:"是啊,他们说现在中方员工能最快拿到沙特签证的办法就是回香港办。我想尽快去趟沙特,SC电信的项目折腾那么长时间了,想去盯着赶紧把它验收了。然后,想和代表处好好沟通沟通,把林汉给带回来,放在地区部帮我们做软件项目的项目管理。"

老谢说:"一起订票,我跟你一起走。"

"你也要去沙特?"

"我回国休假,跟你一起飞香港。"

"你不是年底就要调回国了吗?这个时候回去休什么假?家里出啥事了?"

"房事!"老谢说,"我不是一直没在深圳买房,一直租房子住的吗?再不赶紧回去买房,这几年在海外就白干了。你是先买了房子欠了贷款,然后来海外赚补助还债,你这个顺序是对的。我当初是想在海外赚了补助再衣锦还乡买房,人算不如天算,现在赚补助的速度赶不上国内房价上涨的节奏啊!"

"房价又不可能一直涨,等等说不定跌了呢?"

"不指望了,据说今后十年国内的房价起码涨三倍,还有说涨五倍以上的,反正是不会跌的了。"

"有那么夸张吗？"

"有，我老婆说深圳的房价和去年比已经快翻番了，你们那个小区从七千多涨到一万五了，你已经赚大了。"

"真的啊？不过我赚啥啊？只有一套自己住的房，涨再高也没意义。"

老谢接着又说："我另外还有个事情要回去办，人民币汇率要改革了，据说今后会快速升值，兑换美元可能会从现在的 8 点几比 1 升到 6 点几比 1。现在我们的海外补助是直接人民币发到国内工资账户了，以前是发在香港汇丰银行账户里的美金，我一直没动，得赶快弄出来，兑成人民币，弄回国去，不然要亏大了。"

钱旦走到沙发前坐下，拿起电视遥控器，取笑老谢："有钱人就是烦恼多，还有海外热钱要倒腾回去注入楼市。"

老谢说："有个屁钱，就是没钱才各种着急。你爽，整天除了工作就是 Fashion TV 看美女。"

钱旦按着电视遥控器："我都很久没看 Fashion TV 了，最近看电视也就是跟着你们看一眼超女，是不是马上要决赛了？"

"应该是吧，你支持谁？"

"当然是张靓颖。一看就是冠军相。你是跟着严丽丽挺李宇春的吧？你和严丽丽现在什么情况了？还是发乎情止乎礼不？"

"滚！"老谢依旧是骂了一句，然后乐呵呵地回自己卧室了。

一个星期之后，凌晨从迪拜起飞，下午在"东方之珠"降落，钱旦第一次真正来到香港。坐在进城的"机场快线"上他一直望着天空中的雨后云霭发呆，自己有多久没有见过这样的天空了？过去四个月只是在苏丹遇见过一场来得快去得快的大雨，现在祖国是要弥补自己对雨天的想念吧？

他计划先去公司设在"中环中心"的香港代表处，要赶着在办公室里参加一个电话会议。他在 IFC 站出了"机场快线"，拖着个大旅行箱，挎着电脑包，并不轻松地走过过街天桥。细雨无声，人茫然，不知道该往哪个方向去？他找了个相貌慈祥的老伯来问路，那老伯的皱纹里却平添了几分困惑，用粤语反问着他什么，讲来讲去鸡同鸭讲，他一着急冒出句英文："Where is the Centre？"

那老伯恍然大悟，"Oh, the Centre"，伸手一指，原来钱旦早已站在要找的大厦背后，原来老伯讲粤语讲英文却听不懂普通话，虽然1997年已经过去了八个年头，但是岁月的雕刻没那么容易被磨灭。

第二天，他去位于中环广场的沙特领馆办理签证，门口一个老保安也是坚持同他讲英文，倒是老外签证官一口流利普通话。在北京申请沙特签证据说时间完全不可控，还有被拒签可能，在香港的这位沙特签证官却懒得多问他一句，头也不抬地说："交五百港币，明天过来取签证。"

签证办得很快，去沙特的航班机位一点也不紧张，一切顺利得令钱旦没有时间回趟深圳，但秦辛在那一天到香港来与他相会了。

雨一直下，路人寥寥，霓虹在水幕里闪烁，街道变得婉约。

秦辛在"中环中心"的楼下等到他。他俩撑一把伞，沿街边走，皇后大道中转皇后大道东，皇后大道东又回到皇后大道中，随意转入条陡斜的街，去了兰桂坊。

他们在街口一家越南餐厅的二楼窗边对坐着，只要了一份越南炒饭、两瓶冰镇啤酒。两个人窃窃私语，一起看窗外雨打霓虹和高声叫着冲进雨中的型男素女，偶尔转过头来偷偷评价邻桌一位气质优雅的混血美女。

钱旦想起了一件事情，忍不住发问："你上次说回长沙参加同学聚会，好像唱K唱了一夜？都有谁在啊？夜不归宿了，有那么好玩吗？"

秦辛故意说道："要你管呀，我就不告诉你，反正你又不认识。"

钱旦重重地"哼"了一声："还不告诉我？当初追你的那个谁

谁谁在不？"

"哪个谁谁谁啊？当初追我的人可多了。哎呀，我现在后悔读书的时候太听我妈的话了，没有多谈几次恋爱。"

"哦，难怪你一直舍不得结婚，是还想多谈几次恋爱啊？"

秦辛很快就妥协了，她望着钱旦，笑了："好了啦，我们寝室几个玩得好的都去了，我回长沙是去见她们。"

钱旦醋意未消："你没拿那些追你的谁谁谁们和我比一比，结果越比越悔不当初呀？"

她把手伸过来，握住了他放在桌上的手："比什么比？我心里从来不会拿你去和别人比，总是有不满意的地方才会去比较，是吧？我还没有问你哩，你有没有拿我和别的女人比？"

"我想比也没得别的女人给我比呀。对了，既然没有不满意的地方的话，那打算啥时候嫁人呀？"

"我呀，等我彻底安下心来吧，我嫁人就要嫁一辈子，要对你彻底放心了才行。"

第一次听到她的这个说辞，钱旦有些惊讶："刚才还说没有不满意的地方呢？怎么又说没有彻底安下心来呢？"

秦辛温柔望着他的眼睛："嗯，还有一点点，不过你走了这几个月，我倒是越来越安心了。"

"为啥啊？我有点云里雾里了。"

"好了啦，以后告诉你，不要着急嘛，你不是也刚到海外，工作上还没安顿好吗？"

秦辛刻意转换了话题："我发现诗诗很牛啊，这么快就在埃及找了份工作，她还劝我辞了职去埃及了。"

钱旦向秦辛汇报了曾子健和诗诗的故事，还讲了旺哥的事情。他担心地说："Y公司和我们现在是竞争关系，什么招数都使，我觉得子健和旺哥走太近了，担心他被旺哥带到沟里去。"

秦辛说："我觉得不会的，子健没那么容易受人影响，他可比你有心机。你一直以为是你把他忽悠到伟华去的吧？早几天和诗诗在QQ上聊天，不记得怎么讲起来的，她讲当初你看那份《计算机世界报》上的伟华招聘广告时子健在旁边就动心了，但人家只是不露声色地在旁边支持你加入伟华，等你先出来探清楚路之后自己再做决定。他一进你们公司，看准了做市场比做服务更有前途，就想办法转岗了，接着又申请去海外了。一步一步地，比你想得多，诗诗不是总说他想问题想得多，把脑袋都想肿了吗？他会知道轻重的。"

钱旦说："真的假的？不过我一直蛮佩服子健的，他一只眼睛是望远镜，看得远；一只眼睛是放大镜，看得细。"

是夜，他们借住在香港北角的朋友家里。寸土寸金的香港，那套两居室的房是名副其实的蜗居，在卫生间里刷牙洗脸，腿总是会蹭着马桶，他们的房间里一张床占了三分之二的空间，躺下之后两个人的头和脚都顶着玻璃窗。

小别胜新婚，两个人自是好好亲热了一番。钱旦借着从窗帘的缝隙里透进来的微光，望着身下秦辛沉醉的表情，仿佛在欣赏世上最美好的风景。

凌晨，淅淅沥沥的雨轻敲玻璃窗将钱旦从梦中唤醒，也许是时差的影响，他无法再次入眠。他小心地把胳膊从秦辛肩下抽出，轻轻坐了起来，掀起窗帘一角，对面楼仍有些灯亮着，那一户的阳台上的绰绰人影又是谁？为何也醒得那么早？还是仍未入睡？

钱旦从心底里生出了眷恋。睡觉前看见李敖先生在凤凰卫视的节目上说今时不同往日，人们已经不必要有太多乡愁，因为已经不再是"万里传家书"的年代了，电视、网络和手机让我们即使远隔万里仍然随时可知故乡事，可见故乡人，幸福又遗憾地失去了"见字如面"的心动时刻。钱旦心想的确如此，几个月以来忙碌的他并没有被思念缠绕，总是觉得故乡不远，人不远。但到了回来，又要再出发的这个时刻，他突然间有了万般不舍。

老谢在香港没有停留,直接从机场坐快船回深圳了。

小玲带着儿子在蛇口港外等着他。儿子刚三岁,怯生生地望了这个"陌生人"几秒钟,走过来一拳打在他的膝盖弯里,然后,就抱着他的大腿不愿意放了。

他们租住的房子在南山区后海的"海印长城",爸妈早早做好了一大桌子菜等着他。不知道是自己走南闯北把嘴巴吃刁了,还是爸妈又老了一些,味蕾有了变化,老谢觉得爸爸做的回锅肉不及从前好吃了,但他仍然是最后一个下桌,把所有的菜全扫进了肚子里。

吃完饭,一家五口去离小区不远的"海雅百货"散步。儿子蹒跚着一会儿冲至他们前面十米远,回头望望,又嬉笑着冲回来,不厌其烦地折返跑。小玲一会儿管教管教儿子,一会儿饶有兴趣地逛进服装柜。老谢跟随着她,老爸老妈两个人则慢慢地拖在后面。老谢想着给爸妈买两件新衣服,他们却看什么都嫌贵。

夜里,哄睡了儿子,他和小玲依偎在床上。小玲的手指在老谢胸上来回轻轻划着,幽幽地发问:"我问你一个问题?"

"什么问题?"

"你在埃及每天中午睡午觉时,旁边睡的是男的还是女的?"

老谢纳闷:"我在埃及不睡午觉的啊?"

"哼,有家属在QQ群里说的,伟华防备办公室小三的十招,其中一招说要警惕每天中午睡在你老公旁边的人。"

在伟华公司,几乎每个人座位下面都藏着一个床垫,早年间是用来在晚上加班后宿于办公室,后来已经演变成了"午睡文化",每天中午大家会就地铺好床垫睡个午觉,男男女女在办公室地板上横七竖八地躺满也算是公司的一大特色。

但"床垫"和"午睡"只是在公司总部存在,海外并无此习惯。中方员工顶多是中午伏在桌子上小睐一会儿,阿马尔见了还关切地问过老谢,中国人是否体力有限,一到中午就不行了?

老谢觉得好笑:"你们累不累啊?无聊不无聊啊?"

小玲突然在他胸上狠狠捏了一把,疼得他"哎哟"一声。

她说:"嫌我无聊了是吧?你可要给我老实点,听说你们现在海外业务越来越好,人越来越多,女员工越来越多,你可要给我眼观鼻鼻观心地管住自己。"

老谢呼地一下坐了起来,在床头柜里翻找。

小玲望着他,问:"你找啥?"

"找套子,我都眼观鼻鼻观心成习惯了,忘了回来要服侍服侍老婆。"

"讨厌死了,谁要你服侍,你累不累呀?明早还要带你去看房了,要赶紧把房子定下来。"

"我倒时差,睡不着,那就你服侍服侍我吧!"

| 第十八章 |

沙特故事

夜幕早已降临,疾驰的汽车离开公路,转入一条由数十个水泥墩布放置而成的弯曲狭窄的减速路,拐来拐去百多米,缓缓停在了一道铁门前。

蛇状铁丝网另一边两个士兵慢慢走出岗亭来到车前,看了看前窗上贴着的通行证,一个人掀开前盖、后厢查验,另一个则拿着反光镜绕车走一圈检查底盘下面。确认了没有炸弹之后,他们一摇一晃地踱了回去,铁门缓缓滑开。

司机重新发动了车,驶进大门后,迎面见到的是围成一圈的沙袋、一挺黑黝黝的重机枪、全副武装的士兵和一堵又高又厚的水泥墙。

车拐了个弯,在铁丝网与高墙间继续前行,路上与一辆架着机枪正在巡逻的"悍马"不期而遇。到了墙的拐角处,又是一处沙袋围成的火力点,一样冷冰冰的机枪,一样穿戴齐备的士兵。

这不是电影片段,不是战斗游戏,而是钱旦他们在沙特阿拉伯首都利雅得每天回宿舍的必经之路。

关于小区门口这个哨卡的段子不少,有严肃的,例如前段时间有位国内来出差的兄弟好奇地以哨卡为背景照了张相,立即被扭送至警察局关了一夜才放出来。有活泼的,例如有位士兵被大家教了几句中文,查完车常常是中国人说一句"同志们辛苦了",他响亮地回答一句"为人民服务",问的答的都乐此不疲。

沙特的 SC 电信是伟华在中东的重要客户。双方合作的项目中有个棘手的软件项目，工程进度已经落后原计划一年多。此刻负责项目交付的项目经理叫林汉，他和老谢一样，也是 2001 年第一拨来到中东北非的伟华人。林汉本来精于产品技术，在伊拉克代表处支持了很长时间，年初刚转成项目经理接手 SC 电信的这个项目。他折腾了大半年，终于把项目带上了正轨。

钱旦此行的一个最重要目的，就是来推动这个项目尽快关闭。他计划拿到客户的验收证书后，就让林汉把工作交接给常驻当地的同事，自己去埃及负责地区部软件产品的项目管理。

拿到验收证书的那个晚上林汉心情大好，非要拖着钱旦去看利雅得。他俩去了利雅得两幢标志性高楼之一"王国中心"楼顶的空中廊桥，那是大厦九十九层之上一个跨度五十多米的封闭的大钢桥。两个人坐在桥正中间的地板上，透过玻璃窗俯视着横平竖直、只有南来北往的车灯带来些许活泼的利雅得。

林汉说："终于把这个项目搞得差不多了。谁说做项目经理比搞技术轻松？我好不容易转个项目经理，更累。第一个项目就往火坑里跳，我以为我死定了，老谢说我南人北相，是福将，看来他说得对。"

钱旦望望林汉，他长得和苏丹的曹松一样壮实，却是个广东人，还讲一口相当标准的普通话，确实南人北相。

钱旦叹口气："唉，我一听你们说起这个项目的情况，就感觉时空错乱。我刚进公司那年做的第一个项目和这个项目的毛病简直一模一样，都是一期合同承诺了十多个新的增值业务给客户，客户的市场部消化不了，不知道怎么运营，运维部也不愿意接手，客户内部扯皮，效率低下。我们公司内部研发是研发，市场是市场，服务是服务，协调工作量巨大，谁看我都不爽。Yesterday once more，你说我们怎么老是犯同样的错误？"

林汉没有回答钱旦的问题，而是得意地说："痛苦是痛苦，但是沙特这个合同有一千多万美金的订货,利润很好的。马上要二期扩容了,又是几百万美金。"

钱旦吃惊地:"真的假的?这才刚验收,客户还没开始赚钱,扩啥啊?"

林汉说:"客户有预算,土豪有的是钱。我们有个报时业务,就是你打个电话,系统给你报现在是几点几分,据说只有一个用户,是个能影响客户高层的土豪,那人眼睛不好,很喜欢这个业务,客户反馈非常好。"

他双手往地上一拍,站了起来:"走,回宿舍去,前面没心情,你来了这么久都没请你喝我的红酒。"

钱旦更吃惊:"哪里搞的酒?大使馆弄出来的?"

"我自己酿的葡萄酒,我是伟华中东北非头号吃货啊,你没听说过吗?"

"你不怕被警察抓?"

"躲在宿舍喝,自己酿的,喝完连酒瓶都见不着,谁知道?给你讲个段子,前段时间不是压力特别大吗,有天有个客户很神秘地说晚上要让我 Relax 一下,带我去刺激刺激,我很激动,晚上上了他的车,他带着我绕啊绕啊,到了一个僻静的院子里,带我进了屋,我很纳闷,因为屋子里安安静静,只有我俩,不知道他有什么好刺激的?他很神秘,打开冰箱翻啊翻,突然,他大叫一声'Suprise',从冰箱里面掏出了一罐喜力啤酒!有酒精的啤酒啊!对他来说多刺激啊!"

钱旦怀着一颗对林氏私酿的景仰之心跟在林汉后头屁颠屁颠地离开了"王国中心"。

沙特的网络实在太差,第二天早上钱旦花了一个多小时才把百来个新邮件收下来。一眼看到个苏丹陈永生发过来的邮件,邮件标题典型的陈永生风格,赫然是"裸跪撒哈拉!!吐血求助!!"他忍俊不禁,赶紧点开了邮件,却越看越不爽。

陈永生的邮件是个会议通知,"主送"加上"抄送"有好几十人,包括了深圳总部和地区部各个部门的主管,召集大家晚上电话会议,主要诉求是找各个部门要人去苏丹支持。

令钱旦不爽的是为了凸显苏丹的资源压力,邮件附件里几乎穷举了代表处所有技术服务工程师的名字,在每个名字后面列了几条他们不能担当重任的理由。

他把邮件又仔细看了一遍,发现里面倒是没有评点软件的几个人,但他还是气冲冲地回了句:"钱旦按时与会!"

傍晚,钱旦正琢磨要找个安静的地方拨入会议去理论理论,手机响了,一接,正是陈永生。

陈永生开门见山:"你等下不准发言。"

钱旦阴阳怪气地说:"陈总,你很了解我啊,我很想发言啊。"

陈永生在电话那头冷笑一声:"我还不了解你的驴子脾气?不许发言,你要敢发言下次到苏丹来就烧掉你护照,让你常驻苏丹。代表处压力大着呢,我们聚焦解决问题,不要情绪化。"

"解决啥问题啊?谁情绪化啊?我第一次看到像你们这样一个一个投诉自己兄弟的。"

"不准叽歪,谁投诉自己兄弟了?这叫呼唤炮火。现在在苏丹是有伟华就没有Y公司,有Y公司就没伟华,强竞争市场,靠一堆小屁孩哪里搞得定?我们忙得白天都没时间开会了,特地在晚上召集会,就是要让家里的大佬们半夜从被窝里钻出来,感受一线的压力。而且,我好像没说你们软件的人吧?你们软件那点东西,不是现在的主要矛盾,你不要跳出来给自己加戏。"

"你现在裸着呢?你要真裸跪着吐血我就不发言。"

"这不是要让你们地区部和机关的大佬们重视吗?你们天天日理万机,杀不完的邮件,不来点不一样的标题你们会关注吗?"

两个人一不小心聊开了,会议时间要到了还意犹未尽。陈永生问了句:"老旦,你进伟华前是干什么的?"

"在家银行，负责储蓄系统。你呢？"

"我在大学当老师，那可是好日子啊！一到周末就去学校舞会，随便找个角落坐下，女同学们就排着队来请陈老师跳舞。哪像现在？整天被客户折磨完还得在公司内部和你们这帮土人扯皮。老旦，你可得做我的坚强后盾啊，不要做锋利后矛在我屁股后面捅窟窿，拜托拜托。"

光阴似箭，不纵亦逝。

钱旦即将结束在沙特的出差任务，要回埃及去了，林汉按计划与他同行。

临别前的周末，他们一堆人挤在宿舍房间里开新出现的项目的分析会，吵来吵去好不容易大家达成了一致：散会，去老皇宫散个步。

老皇宫位于利雅得西北十多公里外的哈尼法谷地，是沙特王室的发祥地。过去的都城已经在十九世纪初被奥斯曼帝国驻埃及的总督率兵摧毁，只留下些昔日用泥、石、干椰枣树筑建而成的破败房子。

他们一行十人游荡在断壁残垣间，钱旦正想着和古代中国皇帝们比，沙特国王住得也太经济适用了，就见前面废墟间缓步过来三个白巾白袍的汉子。那三条汉子见着这一堆中国人分外热络，几句寒暄，一番合影之后盛情邀请他们去家里喝咖啡。

林汉犹豫，在一旁嘀咕："不要去吧？"

钱旦兴致勃勃："去吧，我们十个人了，怕啥？我还没去过阿拉伯人家里。"

大部分兄弟站在了钱旦一边。

于是，他们的车在夕阳下跟随在沙特人的车后面出发了。

那是一个真正的大家庭，主人早已经打电话回家吩咐好接待事宜，站在院门口夹道相迎的有老老小小十多人，不过仅是可以出来见人的男性家庭成员和一个小女孩。

他们热热闹闹地进了客厅，感觉里面的布置和中国家庭并没什么太大差别，沙发围着茶几，只是没有电视机。大家坐在沙发上闲聊，孩子们进进出出忙个不停，把咖啡、红茶、椰枣、各种小甜点一一捧出。

林汉抛弃了他所有的警惕和矜持，露出了满足的笑容。钱旦则尤其喜欢小杯斟上的咖啡，喝一口，淡淡苦味之外又分明透着些椰枣香，很是特别。一问，果然有讲究，他们在咖啡壶嘴里塞了新鲜椰枣丝。

将近一个小时过去，主人起身把他们引到了隔壁房间。那个房间中没有沙发茶几等家具，只是地毯上堆满了水果。大家席地围坐，一边向香蕉、芒果、番石榴们进攻，一边开始了新话题。钱旦在心里暗自感慨土豪国果然不同凡响，中国人要在街上拉上十个陌生人回家做客，即使有足够的热情和胆量，也很难在如此短时间里准备好一切。

这时候，在老皇宫向他们发出邀请的一位大叔对着钱旦、林汉招了招手，示意他们坐得近些。他俩赶紧坐过去，竖起了耳朵。

大叔严肃地问："朋友们，能帮我个忙吗？"

林汉扭头看了眼钱旦，小声说了句："果然有阴谋。"

大叔那边稍稍犹豫了片刻，开口说道："我真是非常非常喜欢中国女孩，中国女孩真是非常非常漂亮，我想再娶个老婆，你们能帮我介绍一个中国人吗？"

钱旦和林汉面面相觑，钱旦问："再娶一个？你现在有几个老婆？"

大叔坦然地说："我有两个老婆，她们很好，但是我现在想娶第三个了。"

钱旦正想着该如何对大叔表达爱莫能助之意，林汉再次抛弃了他所有的警惕和矜持，热情地说："没问题，中国女孩好啊！不过，我俩明天要离开沙特了，而且，我俩自己连一个老婆都没有，这样，我找个人来帮助你。"

他向坐在地毯另一头的一位常驻沙特的负责产品销售的兄弟招

手:"张杰,你过来,有个重要的事情需要你负责。"

他一把把带着一脸狐疑走过来的张杰拉倒在大叔身边坐下:"他是我们长期留在利雅得的同事,他在中国认识很多漂亮女生,绝对可以帮你介绍。张杰,你一定要帮这个忙啊。"

说完他把自己的屁股向边上挪了挪,自顾自地从地毯上抓起一个番石榴,一口啃掉了一半。

大叔充满希冀的目光温柔地盯住了张杰。

……

时光如贼,悄悄在逃。

宾主尽欢,大家在沙特人的院子里留下合影之后,中国人就要告辞离去了。

林汉带着钱旦上了车,又按下车窗,伸出头叫在另一辆车上的张杰:"你记得赶紧帮人家找个好老婆过来啊,看看人家这大院子,这大房子,会有姑娘愿意的。"

钱旦乐不可支:"你牛,反应快啊,迅速把张杰拉下水了。"

林汉发动了车:"一旦不需要我交付,不需要我兜底,我就什么都敢承诺了。上次你问我们怎么老是犯同样的错误?我琢磨了几天,因为大家不同欲呗,各有各的KPI嘛。"

他这么一说,钱旦又想起了自己经历过的、见到的大小项目了。认真说道:"你回地区部后一起把我们的项目好好管理起来吧!我们从售前开始就要投入人,和产品销售、研发一起把客户需求调研清楚,把合同评审的关把住,把FRS(功能需求规格)签好,把问题和需求区别管理好。不怕有坑,关键是大家上下左右同欲,一起挖坑一起填吧。"

林汉踩了脚油门,大声回了个"OK"。

他们的车灯在利雅得的夜色中闪耀着。

| 第十九章 |

死海边上白虎堂

他俩回到开罗以后，林汉住进了钱旦和老谢的那套宿舍，曾经路文涛住过的那间房。

钱旦马不停蹄，紧跟着去了埃及东北方的邻国约旦参加地区部的市场大会。

伟华公司驻扎在中东北非的大小主管齐聚约旦。会议的第一天早上钱旦在酒店自助餐厅遇到了苏丹的领导老钟，老钟说代表处压力依然很大，因为他们呼唤的炮火还在路上，支撑这个新晋"亿元代表处"的几乎全部是新员工。但他拍拍钱旦肩膀说："你们的人不错，曹松他们几个人齐出齐进，凝聚力很强。"

开会的酒店是位于死海北岸的"Mövenpick"。

死海非海，它只是藏在东非大裂谷延伸过来的约旦裂谷里的一面湖。因为湖水里含盐量高达百分之三十左右，所以鱼虾没有办法在水里生存，岸边连花花草草都很少，不识水性的人也可以轻松漂浮在水面上，所以人们称之为"死海"。

会议的日程安排得特别，每天上午开会，晚上开会，下午休息。这样，大家就有机会去亲近死海了。

钱旦和老韩同住一个房间。吃过午饭，钱旦惦记着很多邮件没处理，早早回了房间。他刚打开电脑，老韩从外面冲了进来："走，去死海游泳去，他们说就在酒店院子里。"

"我这两天一直在路上，没来得及处理邮件，我处理下邮件再去。"

"哎呀，不用着急处理邮件，"老韩豪爽地说，"我告诉你，邮件处理不完没有关系，我昨天晚上直接杀掉了一千封邮件，没事的，真有事会打电话给你的。"

钱旦狐疑地望着老韩，确定领导不是在考验自己，他还是放心不下，说："韩总，我还是处理下邮件，万一这两天哪个代表处的老大突然问我代表处的项目，我不知道最新情况不好。"

老韩利索地换了衣服："好吧，我不管你了，这次开会特地把下午时间留出来就是为了让大家有机会去死海晒太阳。"

老韩兴冲冲走了，钱旦才发现酒店的房费里面不包括上网费，上网费每小时二十美金，他一咬牙先买了一个小时，蜗牛一般的网速，不知道谁发了一个大邮件，"Foxmail"卡在那里不动了。

那是个"Resort"类型的度假酒店，似乎是在一个阿拉伯村落里，客房是一栋一栋只有两三层的民居样的小楼。他无奈地打开房门，站在走廊上透透气，却见曾子健从楼下走过。他叫道："你咋还穿得这么整齐？干啥去啊？"

曾子健抬头看见了他，回答："去会议室。"

钱旦好奇地问："你下午还有会？"

"是啊，项目分析会，你宅在房间里干吗？"

"想收下邮件，太慢了。对了，你们是在上午那个大会议室开会？会议室网速挺快的，我可以去收个邮件吧？"

曾子健迟疑了两秒钟，然后说："你来呗，没几个人开会。我要迟到了，不等你了，开完会我们一起去死海。"

钱旦回到房间把电脑往包里一塞，兴冲冲地向着会议室而去。

他来到会议室门口，轻轻把门推开条缝，探头一看，大喜，偌大一个会议室，只有前面几排坐了十来个人，后面的座位全部空着。他悄悄走进去，在最后一排的角落坐下，想着把邮件收下来就走，急急打开了电脑，没在乎会议室里的同事们在讨论些什么。

不到五分钟，就见前面一人站起身来，快步走到他面前，一脸严肃地问："你工卡呢？哪个部门的？"

钱旦觉着那人面熟，是地区部的一个领导，但并不认识。他摸摸口袋："工卡放在房间，我软件服务部的。"

那人生硬地往门口一指："你不能坐在这里，这个会议只能相关人员参加。"

钱旦见他那么一本正经，心里不爽，说："我把邮件收下来就走。"

"不行！"那人斩钉截铁地说，"你叫什么名字？"

"钱旦。"

"钱旦？"那人怔了一下。

钱旦以为是他知道自己的大名，收拾电脑的手停了下来。谁知那人不耐烦地提高了音量："赶紧走！"

曾子健坐在前面，他听到动静扭过头来，漠然地看了一眼，又把头转了回去。

被赶走的钱旦气呼呼地离开会议室，回到房间把电脑往床上一扔，换了衣服找死海去了。

死海果然就在酒店后面，不过十分钟脚程。看见青色的湖面、白色的沙滩椅、黄色的遮阳伞、在水面上躺着的男女、在岸边用死海泥把自己涂得浑身黝黑的老少，钱旦的心情愉悦了起来。

他四下里张望，没有见到老韩，和几个熟悉的同事打了招呼，就脱了衣服直扑水里。水很滑腻，就像是混合了油在其中，但人的确被稳稳托在水面上，不会沉下去。

钱旦得意忘形，忘记了不沉的原因是水的含盐量高，翻身就往水里钻，眼睛遇到水，顿时是火辣辣的感觉，睁不开了。伸手去擦，越擦越疼，因为手也在浓盐水里泡过了。他只能眼观鼻，鼻观心，笨拙地反转身体，继续以四脚朝天的姿势躺在水面上，在随波逐流的同时保持住身体平衡，等着风吹干脸上和手上的盐水。

死海的妙处不仅是可以让人躺在水面上，得到些战胜自然的虚幻快感，它那富含矿物质的水可以医治皮肤病、风湿症等多种疾病，死海黑泥又是优质面膜的材料，所以有那么多人在岸边玩泥巴。钱旦兴起，也把自己从头到脚都糊得又黑又亮。

黄昏，他洗干净身上的黑泥，找了张沙滩椅躺下，凝望着夕阳，凝望着约旦河西岸。他正在想，对岸是以色列吧？以色列国防军的望远镜是不是正对着这边？手机响了，是老韩打来的。

老韩问："在哪里？"

"死海边上躺着了。"

"你马上回来，有事找你。"

老韩在酒店房间里打着电话，一见到钱旦回来，他挂了电话："牛总给我打电话，他们在会议室开机密会议，你钻进去干什么？"

钱旦恼了："什么意思啊？这么快就告状告到你这里来了？我去收个邮件而已，有啥啊？这也太装了吧？"

老韩示意他坐下："装？你不知道现在的信息安全形势多么严峻？马上信息安全办公室的要过来，你前段时间是不是还用网口拷贝文档到私人电脑上去了？"

钱旦有些忐忑了："我一直出差多，怕电脑坏，隔个半年一年就会做个备份的。人家说电脑的网口一天那么大数据量，监控不到，怎么？抓到我了？"

"监控不到？多大的数据量叫大？你怎么犯这种错误？公司的监控软件早升级了，你拷那么多文件出去会监控不到？他们刚把最新发现的信息安全违规的线索通报到老牛那里，老牛正记住了你的大名，你今天又被他逮住去听不该你听的会议。人家说了，重点查的就是你，你是不是友商派进来的卧底？又从工作电脑上拷文件出去，又偷听机密会议。"

"我是卧底？！"

"你们真不省心,一个老谢,莫名其妙收人家一个什么破 MP4 被举报道德遵从问题,你又搞出信息安全问题,弄得我整天又做爹又做妈,业务上的事情要操心,人的事情也是操不完的心。你电脑里有什么机密文档被拷出去了吗?"

钱旦肯定地说:"那应该不会有,也就是一些工程、维护的通用材料、学习资料。还有些项目文档,但都是技术服务相关的,应该都是内部公开的东西。"

老韩正想说话,有人敲门,地区部负责信息安全的同事如约而至。

他们详细询问了钱旦在电脑上的所作所为,擅闯会议室的所思所想,仔细检查了他的工作电脑,发现他的工作电脑上并没有涉及市场策略、价格,研发秘密的保密信息。他们盯着他删除掉了在阿布扎比拷贝进来、在开罗又拷给了路文涛和老谢的那部苍老师教学片,和他沟通好了一回开罗就去检查他的私人电脑,再决定后续的处罚。

第二天仍然是上午、晚上开会,下午休息。曾子健租了辆车,拉着钱旦去了尼泊山。

尼泊山海拔不过八百多米,山里没有奇松异石,但它是基督教颇负盛名的圣地之一。传说大约在公元前十三世纪,出埃及后的摩西就在这座山上完成了他生命中最后的守望。故事里的摩西历尽艰辛走近了耶路撒冷,却被禁止进入圣城,一直等到他生命最后时刻才登上尼泊山山顶,在上帝指引下看到流淌着牛奶与蜂蜜的应许地,然后安心死去。

从山顶的一块指示牌看到这里距离耶路撒冷的橄榄山只有四十多公里,据说晴朗日子里人们在此可以看得到圣城教堂的尖顶。

悬崖边竖立着一个巨大的钢制盘蛇神杖,那倒不是什么古迹,是二十世纪八十年代的一位意大利人怀念摩西的寄托。

天气不好,能见度不高,钱旦和曾子健仍然站在盘蛇神杖下向着耶路撒冷方向极目远眺,努力想看到圣城的样子。山风轻轻掠过肩头，它仍是三千年前与摩西相伴的那一缕吗？他站在这里守望的目光会是怎样的深邃和深情呢？

有柔软歌声从身后一座毫不起眼的小教堂里传来，他俩循着歌声走进去，一群老人围成个半圆在两位白袍牧师前，齐声吟唱圣歌。和煦日光透过绘着基督像的彩色马赛克窗洒在他们身上，一屋虔诚瞬时成画。

两个人在教堂里悄悄坐下。

等老人们唱完歌，钱旦说："真倒霉，不知道这次会被怎么处罚？"

曾子健没有回答他的问题，仿佛自言自语，又仿佛问他："如果将来有一天，公司嫌弃我们年纪大了，冲不动了，我们去干什么？摆个摊卖盗版碟？开个'7-11'超市？"

这是曾子健第二次问他同样的问题了。钱旦盯着高处明亮的彩色马赛克玻璃窗，说："我挺喜欢伟华的，还没考虑过那么远，这才干几年？"

曾子健平静地说："我是可能干不长久了。"

钱旦吃了一惊："你不是干得挺好的吗？出啥事了？诗诗要你回国了？"

曾子健笑了笑："什么叫干得挺好？现在的领导说我行，我是不行也行，下次万一换了个尿不到一个壶里去的领导说我不行，我是行也不行，这几年在别人身上这样的情况见到好几次了。我考虑将来在埃及自己干点事情，我和诗诗都喜欢埃及，阿拉伯世界的大国，文明古国，差不多九千万人口，在穆巴拉克的统治下政局又稳定。"

"你准备干什么去？"

"还没最后定。"

钱旦犹豫了下，终于发问："你是准备和旺哥一起干吗？你要小心啊，听说最近几个项目 Y 公司压着我们打，怀疑是有人窃密，他们提前掌握了我们的报价，会不会和他有关系？"

曾子健仍然是平静地说："你心里想问的是不是有人泄密，会不会和我有关系吧？现在人家可是怀疑你是内鬼。"

他站了起来，径直向前走去。钱旦也站了起来，跟在他后面。

那队老人已经出去了，白袍牧师也不见了。教堂里只剩下他们俩，只剩下他们俩的脚步声。

曾子健打破了宁静，问："我和旺哥也就是现在一起玩玩，将来我的合作伙伴不是他。建议你也好好考虑下啊，在公司始终是替别人打工，你可别打工仔打出主人翁的心态来了。"

钱旦说："我倒不是主人翁心态，只是不知道自己出去能干啥？我觉得公司平台不错，能在伟华好好干下去已经是自己的运气好了。我觉得不少人把平台能力和个人能力搞混淆了，过高地估计了自己，公司出去创业的好像也没有特别成功的。我这是在提醒我自己，不是在说你，你思维方式更外向，做人做事更有张力，我长期干技术服务，是找问题的思维模式。"

"你啊，小醉即爽，小富即安，太低估自己了，确实是做技术服务做久了，做成孙子了。"

"我就继续在公司干着吧。你还是小心点，我相信你出去自己做能行的，但别出事啊。"

钱旦突然想起了什么，问："子健，老谢是你举报的吗？他其实就拿了合作方一个 MP4，几百块钱的东西。"

曾子健不置可否，冷笑一声："那个土鳖，活该。"

| 第二十章 |

没有脚的鸟

地区部的市场会议结束在星期五,第二天早上他们不到六点就起床,凑了一辆小巴的人去了两百多公里外的佩特拉。

车沿着死海岸边向前,大家对未来充满了信心,心情如照进裂谷的阳光般明媚。

几个领导坐在前面,谈笑风生,一开始讲南征北战的往事,然后讲起了黄段子。讲得最起劲要数老钟和老牛。

钱旦和曾子健坐在后排,曾子健不时附和领导们几句,钱旦饶有兴趣地听着。所谓相由心生,境由心生,他听苏丹的老钟讲段子,觉着没想到剽悍如老钟也有嘻嘻哈哈、与工作无关的性情;他听把他当内鬼查的老牛讲段子,觉着老牛真是个道貌岸然的色鬼。

三个多小时之后,他们到了佩特拉。

佩特拉于钱旦是一个陌生名字,但其实很久以前就见过它的样子,年轻的哈里森·福特正是在此地演的电影《夺宝奇兵》。电影是差不多二十年前看的,情节早已模糊在记忆里,却在这个秋天与电影中的藏宝地相遇了。

翻开地图,佩特拉在古时人们东来西往的要道上,公元前六世纪,神秘的纳巴泰人在这里凿岩为城,开始了连接东西方的买卖,一度将此地打造成为一个耀眼繁华地。

古佩特拉的昌盛繁荣招致了罗马帝国的嫉妒,引来了连绵战争。终于,大约在公元一世纪,佩特拉被罗马大军攻克,纳巴泰人在一夜间消失，尘世里再也听不到他们的传说。

尔后，在东西方你争我夺的战乱中，佩特拉做过阿拉伯帝国一省，也做过十字军骑士要塞，一直到红海海运兴起后它才渐渐湮灭在被遗忘的时光中，取代它的正是埃及地中海边的亚历山大。

十九世纪英国诗人威廉·贝根曾经为这座红色石头城的光辉岁月赋诗："令我震惊的唯有东方大地，玫瑰红墙见证了整个历史。"

他们从 SIQ 峡谷走进玫瑰色石头城，峡谷蜿蜒一千二百多米，最宽处十多米，最窄处不过两三米，阳光被两旁刀削斧劈般的峭壁遮住，处处都是一线天。

他们徐徐前行，在路边找寻漫长岁月留下的点滴，譬如那些斑驳残缺的石刻，譬如那条引水入城的水渠。

走到峡谷尽头，眼前豁然开朗，一座仿佛是整个镶嵌在对面峭壁上的"高楼"跃入眼帘，定睛一看，那就是直接在峭壁上劈凿出来的建筑。

钱旦自觉才识疏浅，只是从六根罗马式门柱和残存浮雕上想它应该是古罗马人的杰作，却不知道它究竟是神庙，是宫殿，还是别的什么建筑？只见它大处雄伟奇壮，细节精致美巧，岩石的红褐颜色在斜阳下迷离人眼，让人以为是一不小心误入了神话里的玄幻世界。

走着走着，队伍散了，钱旦和曾子健两个人走在了一起。

继续深入佩特拉腹地，走在红色古城街市里，经过一个个凿在山壁上的房屋遗迹，经过一个古罗马圆形剧场，又来到了一座"大厦"前，这是座高大雄伟的三层石窟。提前做了功课的曾子健给钱旦介绍说这里是佩特拉历代国王的陵墓。

他俩一层一层探访，走到石窟第三层，正回过头来俯瞰蜿蜒向山后的砂石路时，钱旦的手机响了。

电话一接通，那头的秦辛哭得像个孩子，她新买的索爱 K750 手机被扒手偷了。钱旦一边柔声安慰，一边望着沧桑红城，心里泛起牵挂,遗憾自己只能远远心疼。

曾子健等他打完电话,问:"咋了?"

钱旦说:"秦辛挤公交车去华强北,手机被偷了。"

"哭得很伤心啊!"

"你听到了?"

曾子健总是懒得回答显而易见的问题,他说:"我们家诗诗是外刚内柔,表面上泼辣,实际上没太多主见,都听我的。你们家秦辛是外柔内刚,表面上温柔,跟你撒撒娇,实际上蛮有主见的,讲不结婚就一直拖着不结婚。你要小心点!"

钱旦同意:"嗯,她骨子里蛮理想主义的。她觉得结婚就是一辈子的事,不知咋的我给的安全感难道还不够?我也是想一辈子的人啊!她还怕不能够永远?"

曾子健用下巴指了指脚下的残缺古城,说:"对这个世界来说,最多活到一百岁的我们都是来出差的,匆匆过客;佩特拉古城可以算被外派到地球来常驻的了,但也到底还是会消失;死海、尼泊山才是地球真正的主人。哪里有那么多永远?唯一不变的只是变化。"

钱旦用男人赞赏男人的眼光看了一眼曾子健。两个人继续沉迷于眼前风光,各有所思。

钱旦跟着老韩在约旦多逗留了一个星期,他们与本地员工座谈,参加代表处的项目分析会,去拜访了约旦的客户。

神舟六号返回舱在内蒙古成功着陆,中国首次完成"多人多天"航天飞行的那天,他们坐在客户的会议室里等着拜访客户 CEO。

等候的时候老韩对着钱旦碎碎念:"你怎么穿了一件深色的衬衣?不好,深色衬衣容易显得人没有精神。你怎么不准备一双正装皮鞋?最好系鞋带的那种,第一次见客户高层正式一点好。你不是在沙特买了一块'百年灵'吗?怎么还戴着这块塑料表带的运动表来见客户?老外心里更讲究对等。"

钱旦被他问得心里发毛,老韩长得一副孔武有力的样子,平日在讨论业务时不拘小节，果断决策，一旦涉及到客户交流就变得特别细致、讲究。钱旦自惭形秽，决定向领导好好学习。

他一直觉得，伟华能够吸引他的一点就是总能在这里遇到各种各样有趣的人，太多的人有他可以学习的一面。

新的周末，钱旦再次回到埃及，回到他在阿拉伯半岛、北部非洲一带流窜的圆心。

他急着沉冤昭雪，从机场回宿舍的路上就开始打电话，非要信息安全管理的同事在宿舍楼下等他，第一时间去检查他的私人电脑。

他推开宿舍房门惊讶地发现客厅的气质不一样了，拉着窗帘关着灯，餐桌上居然冒出来一个烛台，燃着几支蜡烛。

两个沙发被并排放在一起，沙发上坐着林汉和几个女孩，茶几上放着一瓶红酒、几罐"SAKARA"啤酒，一面墙壁空了出来，地上放着投影仪、电脑，还有一对小音箱，白色墙壁上投影着不知道是第几部的《怪物史莱克》。

整个房间一扫理工科男宿舍的沉闷气质，变得欢快而温暖。

林汉见到钱旦连忙说："哎呀，这个星期好忙，好不容易周末了，我煲汤请美女们过来吃饭，再加上家庭影院。"

话音刚落，他看到了跟在钱旦身后的信息安全的同事，有些紧张地说："哎呀，不至于来宿舍检查信息安全吧？一起来看片不？这个，是我自己的私人电脑啊。投影仪，明天一大早要开会，星期六我怕领不到投影，先借出来了，放在办公室怕丢，拿回宿舍了，用用，没事吧？"

信息安全的同事羡慕嫉妒恨地说："你们宿舍真热闹！美女们都来了。"

钱旦也有点羡慕："首次，我来开罗几个月了，首次有女生光临。"

他心里有事，急急带着信息安全的同事进了自己房间。

他只求白上加白，看也不看就签了个自愿私人电脑被检查的隐私保护相关的协议。信息安全的同事检查完电脑，并没有什么特别的发现,也没有说会怎么处罚他,只是解释公司的原则是"处"、"罚"分离,自己只负责"处",把情况调查清楚,由领导们来决定如何"罚"。

钱旦送走他,来到客厅,正想在林汉旁边坐下,发现阳台门虚掩着,老谢身影在阳台上,就拿了罐啤酒去了阳台。

走到阳台门口才看见阳台上放了两张椅子,老谢坐着一张,严丽丽靠着阳台一角坐着,两人在窃窃私语。

这几个月一有空老谢就带着严丽丽东吃吃,西逛逛,陪着她去迈阿第俱乐部游泳,还请了个埃及人做教练学网球。

钱旦打招呼:"刚才进来得急急忙忙的,居然没发现阳台上还有人,今天真热闹!"

严丽丽显得比以前开朗多了,说:"谢国林说你们宿舍走了个川菜厨子,住进来个广东食神,今天是广东食神品鉴会,兼家庭影院首映礼。"

钱旦打趣他俩:"你俩怎么不在里面看电影呢?悄悄藏在这里谈啥心事?"

"动画片,不爱看。"老谢接着宣布,"我决定了,先不回国了,我要去西北非继续奋斗!"

老谢说当初老韩和他沟通岗位调整时给了两个建议,一个是回深圳,继续做软件产品;另一个便是留在中东北非,离开产品服务部去西北非找个代表处一线奋斗。最初老谢一直是打算回国,但心里一直没有完全否定另一个选项。

钱旦很意外:"怎么突然改变主意了?我在约旦也没听老韩说啊!"

"今天刚刚决定,我明天上班就去跟领导沟通。"

钱旦拿着啤酒罐和老谢碰了一下,说:"去西北非?回你被人用枪顶着头的乍得去?还有马里、冈比亚这些都是最艰苦的国家,还有疟疾的,你小心。"

"西北非还有突尼斯、摩洛哥这些最美的国家好不好？你要多过来支持！"老谢喝一口酒，拿起靠在墙边的他的旧红棉吉他，拨弄了两下，刚唱了几句：

轻轻地，我将离开你
请将眼角的泪拭去
漫漫长夜里，未来日子里
亲爱的你别为我哭泣

清真寺咿咿啊啊的唱经又开始了，声音越来越大。

钱旦说："怎么每次你一弹吉他，唱经就开始了？你是不是每首歌就会开头几句，根本就弹不下去？故意算好时间装逼、泡妞的？"

老谢放下吉他，风骚地说："世界上有一种鸟没有脚，生下来就不停地飞，飞得累了就睡在风里。我，就是那样的鸟人。"

钱旦瞪着那张憨厚的脸："你真是门心马又虫，闷骚得很。"

严丽丽也喝了些酒，露出小迷妹的神情："你不要怀疑谢国林同学的才艺，他当年在南邮时可是鲜衣怒马木吉他，人称谢国麟，不是树林的林，是谭咏麟的麟，人家是张国荣和谭咏麟的合体了。后来学了吉他，又常常是齐秦附体，一匹来自西南的狼。"

钱旦难以置信地说："我还曾经是布拉德·皮特的肉身了，他后来是怎么长残的，变成现在这样了？"

老谢长嘘一声，脸上又笑成了一朵花："还不是为了丰富人们的沟通与生活，进了公司之后给折磨成这样了，我容易吗？来，接下来让你听听谢国麟。"

老谢用力拨响吉他，大声唱了起来，他的声音终于盖过了咿咿啊啊的唱经声：

说再见，惘然话再见

但觉心路极迷乱

心境太混乱，感触太混乱

又似心中抑郁未曾断

说再见，回头梦已远

但觉苦闷慢慢沉淀

多少串旧事，多少个旧梦

尽变心底痴痴的怀念

唱毕，林汉在里面喊了一嗓子："老谢，唱得好！你的广东话相当标准！"

钱旦仍然想一探究竟，问："你早就拿到常驻海外满三年那十五万安家费了吧？还舍不得走？"

老谢白了他一眼："你有点出息好不？出来就图十五万？"

钱旦说："那是，老板说的，我们是主观上为个人、为家庭，客观上为公司、为国家，英雄莫问动机。你赖着不走，你老婆不收拾你？"

"滚！"老谢还是正经解释道，"我和老婆商量好了，她对多赚钱回家是支持的。你说得对，主观上为个人、为家庭，我钱还没有赚够，买了房子有还贷的压力，国内现在养娃的成本也越来越高。我拿到了十五万安家费，但在海外还有艰苦补助可以继续赚么。"

老谢站起来，把宝贝吉他小心靠在墙边："尿尿去。"

他摇摇晃晃地走回屋去。

严丽丽温柔目光在他的背上，对钱旦说："谢国林其实很理想主义的，他觉得回国去做什么呢？天天打卡，闷在总部机关那些打不开窗户、不见天日的办公室里？他是骨子里的随性。"

钱旦说："能心甘情愿到这里来的，多少有些理想吧？我们都是现实的理想主义者，理想的现实主义者。"

严丽丽心疼地补充:"老韩让他下课,他认了,你接替他,他觉得挺合适。但是他心里还是介意被下课的,不愿意在中东北非这样子画上一个句号。"

令老谢留下来的原因中还有一个是他既没有跟钱旦说,也没有告诉严丽丽的。那天白天,小玲又收拾他了。原因很简单,他打电话回去,先和爸妈聊了半小时,然后才叫他们把电话给小玲,小玲问他:"老婆就那么没有爸妈重要吗?"

老谢并不擅长精读女人心,小玲从两个人确定要结婚开始就不时小题大做。两个人天天在一起时,老谢总会认真地去讲道理,但又每次都讲不通道理。

"耙耳朵"的他下意识里觉得距离多多少少令他逃避了这些不是矛盾的矛盾。

他尿完尿出来,客厅的电影已经放完,几个姑娘准备回去,正在叫严丽丽一起走,严丽丽跟着她们要离开。

老谢酒劲上头,一屁股坐上餐桌,摇晃着身子:"两人对酌山花开,一杯一杯复一杯,我醉欲眠卿且去,明朝有意抱琴来。"

钱旦叹服:"见过门心马叉虫的,真没见过像你这样闷到极致!骚到极致!"

林汉扫兴地大声提醒:"老谢,喝多了!秋天了,花至荼蘼花事了,山花已经败完了。"

"哟,我们屋咋都这么有文化?"

"没有没有,我可不敢和谢总比风骚。我是听到菲姐有首歌叫《开到荼蘼》,我特地去查了才知道荼蘼是什么东东?"

| 第二十一章 |

严丽丽的钥匙

2005 年走了。

那一年,伟华公司海外市场的销售额首次超过了中国国内市场,这个世界开始听到了中国科技企业轻轻的、坚实的脚步声。

2006 年 1 月中旬,阿拉伯世界的重要节日,宰牲节来了,埃及放了个长假。

钱旦和老谢、严丽丽结伴而行,去西奈山上观日出、圣凯瑟琳修道院里找寻燃烧的荆棘。行程由老谢决定,算是给他钱行。

他们起了个大早,赶去开罗市中心的长途汽车站,却赶了个晚集,印着"Oasis"公司 Logo 的大巴车上午十点半钟才离开车站,在城里东兜西转直到十二点多才驶出开罗。

即使是上了路直车少的西奈半岛,大巴依旧走走停停。下午,车驶进一个加油站,钱旦从瞌睡中醒来,向窗外一瞥,竟见司机大佬嘴里叼根香烟,手上拿把油枪,一边吞云吐雾一边亲自加着油,这一幕彻底颠覆了他心中的加油站守则,惊得他瞪圆了双眼张大了嘴。

太阳将近落山时才感觉车疾驰起来,暮色里绰绰山影在公路两旁掠过。

他们到了圣凯瑟琳保护区门口时时针已经指向晚上七点,半夜还要起来登西奈山,本该赶紧找个地方睡上一觉,他们的第一站却是去了警察局。

原因是横行中东北非多年的老谢居然嫌麻烦，故意没带护照，身上只带了一纸护照复印件。

西奈半岛自古以来就是中东的交通要道，二战之后是几次阿以战争的主战场之一，近些年来屡次发生恐怖袭击，半岛上关卡重重，盘查甚严。他们三人一路上倒是畅行无阻，已经到达目的地了，最后一个哨卡的警察较了真，将老谢请下车，盘来查去，扬言要遣送回去。

三个人摆出最诚挚笑容，解释来说明去，结果还是被带进了警察局，被留置在一个空房间里。

时间滴答逝去，警察局里人越来越少，他们生怕人家遗忘了还有三个等候宽大处理的中国人，不时走出门去对来来往往的警察说声"Hello！"

终于，有人过来给老谢做签字画押之类的手续了。又是半个多小时过去，他们总算完成了"坦白从宽"的流程，重回到夜登西奈山的主题里。

乡村公路寂寞在冬夜，钱旦手里捧着本"Lonely Planet"，昏黄路灯下边走边翻开它，发现圣凯瑟琳修道院里有客舍。三个人很快有了一致意见，找到修道院，把他们的大本营建在客舍里，先恢复体力值。

走着走着，钱旦觉得有什么东西在往肩膀上落，定睛一看，竟然是小小雪花。他有好几年没有机会遇见雪花飘落了，没料到这个假期会在埃及遇见雪！

见到飘雪才觉得寒风凛冽，天地间如同只剩下他们三人般孤寂。

又走了两三公里，饥寒交迫的时候蓦然看见前方山谷里灯火阑珊，它们是如此温柔地召唤。雪，不知道在什么时候停了，抬头望见万千星星在夜空闪烁，星河清澈明亮，北斗七星灿烂夺目，这里就是书上所说的"安息谷"吧？

灯火阑珊处果然是圣凯瑟琳修道院的客舍。

幸好客舍里还有房间。他们放下背囊，直扑餐厅，那里有免费晚餐供应。钱旦平日对埃及人的汤不以为然，认为"老火靓汤"是只有中国菜才做得到的境界。但在这个寒冷冬夜，三个人坐在已经空荡荡的餐厅里，看到侍者端出热汤已经喜出望外，喝一口，从喉咙一直温暖到胃，疲乏也解去。再去凝望四壁色彩浓重的宗教绘画，钱旦真想要说一句"感谢主赐予我们食物"了。

晚餐结束时已是晚上十点多，他们赶紧回房小睡。小小客房虽然条件简陋，五十五美元一晚的价格按照国内标准来看也并不便宜，但有热水，更有两架在埃及第一次见到的电暖炉，已然超出了他们期望。

午夜两点，闹钟把他们唤醒，是时候出发去登山了。

本来有几分担心黑暗里找不到登山路，走到院子里却吓了一跳，人头攒动，那是相当热闹。登山路有两条，一条是从修道院背后山崖直上，需要征服近四千个壁立的台阶；另一条路漫长些，却是相对平缓的盘山路。他们选择的是随着大队人马沿盘山路而上。

天漆黑，每个人都摁亮了手电或者头灯，点点灯光从山脚蜿蜒而上，似一条火龙在游走。一开始他们还能在谈笑风生中健步如飞，渐渐就觉脚步沉重，开始喘着粗气盯着脚下被手电光圈住的一小块地机械迈步了。

路不宽，且曲折，还要给那些上上下下兜揽生意的高大骆驼们让路，更加让人觉得忙乱而且累。

好在一路上相隔不远就会有一座当地人的小石屋，屋内灯火照射出来，明亮了路途，给冬夜添了几分温馨。

石屋里面会卖些茶水、饮料和糖果点心什么的，屋里屋外还放些长条凳供人歇脚。他们就以这些小石屋为阶段目标，走得累了挤在长条凳上坐下来，捧一杯热红茶，吃两块巧克力，看一看路过的人。

两小时左右走到了骆驼道尽头，离山顶已经不远了。

这里有一大片空旷，当地人建了些木板屋，供人们在最后登顶前"加油充电"。

时间还早,估计日出会在一个多小时以后,黎明前寒风更加凛冽,木屋中的灯火在温柔地召唤,他们就掀开一间房的门帘走了进去。

这一夜同行的有一个以中老年妇女为主的韩国旅行团,整团人也挤在这间木屋里面,空气里弥漫着韩国泡面的牛肉香。

他们三人又累又困,懒得彼此交谈,呆坐着默读从天花板到四面墙壁上密密麻麻的来自世界各地的涂鸦。

泡面香渐渐消散,吃饱了的韩国人开始歌唱,她们的歌一首接着一首,越唱越整齐嘹亮,越唱越神情投入,唱到后来,有人已是双目紧闭,双手按胸,满脸是泪。歌声里唱的究竟是什么?是民族情怀?或者只是为自己加油?满屋的虔诚让钱旦更加不敢大声说话,只是默默打量着这群"邻居"。

登顶时候到了。一走出门寒风便迎面扑来,冻得钱旦两排牙齿直打架。木板屋主人有毛毯出租,门前的地上堆了不少,他们每个人花了两埃镑,各租一床披在身上,暖和倒是暖和些,但毯子实在太厚重了,让人又添辛苦。

最后几百米登顶路更加陡峭,虽有石阶,但年久失修,这一夜游人又多,都拥挤在狭窄的路上。他们随着人流慢慢蠕动,好不容易才登上了山顶。天地仍然笼罩在沉沉黑夜中,山顶上有座古老小教堂,他们借着手电光看到围着教堂外的地上已经躺了不少裹着毛毯的先行者,竟让他们一时间难找到落脚地。

天色渐渐明亮起来,几抹霞光出现在远山之巅,太阳却是躲藏在浓云后面不见踪影。"笃定是美丽的,但变化无常更是美丽",人生之美或许就在于其不确定性,钱旦他们想遇到的是一轮红日跃然而出,等来的却是满天雪花飘扬而下,又下雪了。

在雪中俯瞰红褐色群山,钱旦的思绪飞到圣经年代:摩西带着犹太人逃离埃及法老压迫,颠沛流离四十年来到西奈山下。一天,年迈的摩西独自上山,或许也是要在这里感触日升日落吧,忽然间一声巨响,耶和华在火光中降临,将"十诫"授予了他。所以,西奈山又名摩西山,它的名头也始终与"十诫"传诵在一起。

三个人并排站着,钱旦扭头看见老谢也在眺望群山,严丽丽却凝望着老谢的侧脸,她眸子里分明闪烁着柔柔的暖光。

下山时走得快,他们几乎是一路就着山势往下冲。冲到山下,天空已是蓝天如洗,白云似絮,圣凯瑟琳修道院的主院已经打开了院门。

这座修道院从公元六世纪以来一直是东正教的修道中心之一,保存着大量珍贵文物,包括现存最古老的圣经译本。修道院主院对公众开放的区域不大,他们几个都不懂宗教,只是走马观花。

院落里面最著名的还是圣经里的神迹"燃烧的荆棘"。那丛荆棘被石墙围住,却郁郁葱葱地从墙头伸展出来,与旁边的斑驳小石楼相映成画。钱旦怎么也看不出它会与神有关,只觉得是高墙内不甘寂寞的一丛绿。

从修道院走回客舍,他们看见路边一个小屋前有不少人在排队,以为是洗手间,也跟在后面排了个队。走进小屋只觉凉气逼人,仔细一看,一间简陋的大房间里面堆放着数不清的尸骨,一大堆头骨正整整齐齐地瞪着他们。

原来,圣凯瑟琳修道院自建立以来一直沿袭着一个奇特风俗,修道士死后先被葬入墓穴,等到肉身腐烂,再从墓穴中取出他们的尸骨集中摆放在这里。时光流转上千年,一代又一代清修的修道士们无所谓今生来世,只是在此驻守。

"变化无常是美丽的,但笃定更是美丽",摩西山上,圣凯瑟琳修道院里,他们看得见和看不见的一切,都在静默地述说着关于岁月与生命,关于信仰与永恒的故事,世道轮回,直到永远。

午后他们打了个出租车,去了宰海卜,因为那里有晚上发车回开罗的大巴。

宰海卜是红海边上的潜水圣地,虽然它名头比不上同在西奈半岛上的沙姆沙伊赫，但是小镇上消费更低廉，吸引了不少背包客。

三个人整个下午都在一家叫作"Jasmine"的餐厅里，餐厅其实是搭在海边的一个棚子，棚子只有朝海的一面有落地玻璃窗，其他三面都没有墙壁，棚顶是用草绳编织的网。冬天是淡季，餐厅里只有他们三个，中间烧了一堆篝火，他们就围着熊熊篝火在松软的沙发上枕着海浪声睡睡醒醒。

钱旦几次睁开眼睛时都看见老谢睡得香甜，严丽丽则一直凝望着红海尽头。

从西奈半岛回到开罗那天晚上他们去了那家叫"中国红"的中餐馆吃火锅，三个人都喝了不少"SAKARA"，带着几分醉意回到200街。

老谢送严丽丽回去，钱旦先回了自己宿舍。

林汉去黑白沙漠露营去了，钱旦一个人对着"Fashion TV"消磨时间。

将近十二点老谢才回宿舍，一进门就坐在餐桌旁拿着个手机翻来覆去。钱旦想着在西奈山上严丽丽的温柔眼神，满怀八卦地去和老谢搭讪，老谢却支吾着逃避话题，直到把钱旦打发进了卧室。

那个晚上，老谢一直把严丽丽送到了宿舍门口，严丽丽手在包里摸索，犹豫着说："我找不到钥匙了。"

老谢说："那怎么办？你再找找。"

严丽丽莫名其妙地慌乱："你先走吧，我等下再找。"

她的两个室友也在去黑白沙漠露营的队伍中，老谢当然不放心把喝了不少酒的她丢下。可是严丽丽靠在门上，一只手拎着包，一只手放在外套兜里，就是坚持着"找不到钥匙，打不开门""你先走，我再找找"。

直到楼梯间又传来脚步声，住在她们对面宿舍的两个伟华公司的同事回来，老谢正想说"好了，你先去她们宿舍借住一晚吧"，严丽丽却掏出放在兜里的那只手，手里正捏着钥匙。

她打开房门,闪身进去,顺手把门关到只留条缝,又拉开一点,露出红晕的脸,对老谢轻轻道了声"晚安",然后消失在了门背后。

回宿舍的路上老谢正觉得这个告别太诡异的时候收到了严丽丽的短信:"钥匙一直在我手里,我心里慌乱,怕我打开房门后你会跟着我进来,怕我会忍不住把你拉进来。"

老谢边走边没心没肺地回了句:"我还以为你真丢了钥匙。"消息发出去之后他才醍醐灌顶,从致力丰富人们沟通与生活的理工男变回了懂得风骚的"谢国麟"。

回到宿舍,他视钱旦为无物,在餐桌边瘫坐良久。

过了几天,老谢走了,赶在 2006 年春节前去西北非报到去了。

新员工王海涛住进了他的房间。这套宿舍里住着的人变成了 1975 年生的钱旦、1979 年生的林汉和 1983 年生的王海涛。也许在传统行业的一些单位,他们三人都是一样的标签,但在这个行业这家公司,他们的年龄差几乎意味着三代人了。

人来,人往,如同花开,花落,在四季轮回里发生。

| 第二十二章 |

春节快乐

黄昏，钱旦和王海涛在办公楼顶的天台聊天。

天气不错，望得见天边的大金字塔。自从老谢带他领略了这栋楼的天台风景，钱旦在办公室坐累了就会上来。

公司的业务规模仍是井喷式增长，其对国内理工科大学应届毕业生的收罗力度越来越大。王海涛2005年从西安电子科大本科毕业后加入了伟华，在深圳培训了没两个月就被呼唤炮火的钱旦给呼唤到中东北非来了。

与其他中国同事不一样，王海涛和此地的阿拉伯兄弟有着共同的信仰。

他到埃及没多久就赶上了斋月。整个斋月，有信仰的阿拉伯人在朝阳升起之后，夕阳西下之前不吃不喝，本地人每天只上半天班，中午就各自回家。每天下午，办公室里只剩下中方员工在坚守。

王海涛虔诚，他每天早上五点多就起床，赶在黎明第一抹阳光之前填饱肚子，然后严守阿拉伯人的戒律和中方员工的考勤时间，整个白天不吃不喝，直到晚上下班。他又低调，斋月快要过完了，同事们才发现他的与众不同。

伟华在伊拉克连着新签了几个软件的合同，代表处的兄弟们忙不过来了，Leader刘铁一天给钱旦打了三个电话，催着他安排人过去支持，钱旦准备赶王海涛上架。

钱旦听王海涛说自己在地区部培训中心的机房里忙了一天，随口问:"我们培训中心的机房里现在都有些什么东西了?"

王海涛如数家珍:"有两套服务器双机,四个路由器,还有防火墙。"

钱旦追问:"这些设备具体是什么产品用的?"

"不太清楚。"

"那你忙了一天目标是什么?要搭建一个什么样的环境?"

"我把网线连起来,把这些设备连接起来,以后就可以练习了,针对什么产品没关系,操作系统和数据库都是一样的。"

两个人正说话间,就见林汉在天台的门口探了下头,他一见钱旦和王海涛居然条件反射般地把头缩了回去。

钱旦大叫:"林汉,林汉!"

林汉只得走了出来,脸上挂着尬笑。他一走出来,后面一个长发、瘦瘦、长腿的漂亮女孩跟着走了出来。女孩脸上倒没有一丝尴尬,只有清新笑容,她像发现了新大陆一般:"哇!这上面风景好好哦。哇!还看得见金字塔呀。"

林汉继续尬笑,快步走到钱旦面前:"老大,你们在这抽烟?我嗓子疼,不抽了。"

钱旦说:"问你一个问题,我们培训中心的机房里现在都有些什么东西?"

林汉挠挠头:"有一套短信、一套彩信的环境。"

钱旦满意地说:"你哪只眼睛看到我们在抽烟?你一副做贼心虚的样子干嘛?泡妞呢?"

林汉紧张地瞟了一眼离得不远不近的女孩:"刚来的新员工,财经的妹子,我们的部门墙太厚了,我在打破部门墙,帮助兄弟部门的新员工熟悉环境,我先带她去食堂了。"

林汉鬼鬼祟祟地带着女孩下楼去了,女孩消失在天台门口前把手缩在胸前,朝着钱旦、王海涛轻轻挥了挥,算是打了招呼。

钱旦对王海涛说:"你看,你俩的回答有什么不同?你想到的还是机器,是实验室和放在里面的各种设备,林汉的关注点自然而然地就放在了产品上,放在了这些设备的具体应用上。你去伊拉克独立做项目,在客户的机房里不能只看到机架、服务器、操作系统和数据库了,要能够看到客户的网络、业务、解决方案,要能够看到客户的商业成功。"

钱旦和王海涛一下楼,就看见诗诗站在迪格拉广场边上的大树下。王海涛急着回宿舍收拾行李,钱旦一个人朝着诗诗走去,他有些日子没见着她了。

诗诗扶着个拉杆箱,一见到钱旦就直招手:"旦旦,好久不见了,你在哪里过年啊?"

"我就在开罗过年。"钱旦指了指拉杆箱,问,"在等子健?你们准备回去过年?"

诗诗一笑:"子健请了几天假,我们俩去南部看神庙去,先坐火车去阿斯旺,再坐尼罗河上的游轮从阿斯旺到卢克索,今天要坐一整晚火车咧。"

钱旦颇有兴致地问:"是吗?没听到有人叨叨组团去南部啊?我也想找机会去看看了,都说来了埃及一定要去南部的。"

"才不是和你们公司的土人组团了,是我们公司安排的。"

钱旦感觉到了诗诗骄傲地强调着"我们公司",他关切地问:"你还在Oasis?那个胖子经理再没骚扰你了吧?"

诗诗冷笑一声:"那个色鬼已经被赶走了。"

尽管旁边没有别人,她还是拉了下钱旦的衣袖,示意他靠近些,神秘地说:"我现在算Oasis的小半个老板娘,子健忽悠小阿里把Oasis买下来了,我们入了点股,投了一沓钱进去。我这次去南部是跟着个国内过来的上海团一起走,顺便了解下国内游客喜好的细节。将来等你去南部玩的时候,带你去坐Sisi号游轮,不是茜茜公主号,是诗诗公主号。"

钱旦吃惊地望着她,突然意识到曾子健在尼泊山上说的合作伙伴是小阿里？他忍不住问："你们和小阿里合伙在埃及做旅游？准备主打中国市场？你们投了多少钱进去？靠得住不？"

诗诗正要开口，看见曾子健从办公室的楼门里走了出来，她朝曾子健招招手，又继续对着钱旦，依旧是神秘的样子："子健不要我和你们公司的人说，你先别提啊，免得他怪我。不过，你又不是别人，有什么关系咯？秦辛什么时候来埃及看你？我讲好要带她去看各种金字塔的，你知不知道开罗旁边不止胡夫金字塔，还有红色金字塔、弯曲金字塔、阶梯金字塔？"

子健本来行色匆匆，看到钱旦，顿时笑容满面，大声说道："旦旦，哎呀，这段时间太忙了，好久没一起聚聚了！我们要去火车站，来不及了，下次请你吃饭。"

钱旦望着他俩钻进辆"黑猫警长"，消失在迪格拉的林荫路上，总觉得子健的热情变得有些刻意而夸张。

2006年1月28日，除夕。

埃及与北京时差六小时，正午时大家聚在食堂吃年夜饭。

那一年在开罗过春节的人不算多，钱旦只是出门打了个不长的电话就错过了领导发红包的时间。

钱旦家里一大家子人都在他爸妈家团年，那头有嘈杂的鞭炮声，他大声向爸爸、妈妈、叔叔、姑姑们说着春节该说的话，等到九十岁的老爷爷接过电话，听到那依旧洪亮的嗓门，听到一句"你工作忙，别挂着家里，我身体很好"，钱旦心里没有忧伤，鼻子却是一酸，差点没掉下眼泪来。

下午，宿舍的客厅里坐满了人，林汉又悄悄把办公室的投影仪拿了出来，大家把投影打在墙上看春节联欢晚会，一起等待狗年到来。

北京时间过了晚上十一点半，赵本山、宋丹丹、崔永元的"说事儿"演到了最后，屏幕上画风突变，一群穿着红肚兜、绿短裤、金皮靴的美女跳起了二人转。

钱旦脸上带着被电视里那三个人逗出来的笑走进了卧室，掩上门，又开始打电话。

游子们都在掐着点打电话回家拜年吧，手机里一直是忙音。好不容易拨通，秦辛在那头"喂"了一声，钱旦的眼泪来得毫无征兆，竟然在刹那间哽咽至无法开口说句简单的拜年话。

那头"喂"了半天，他挤出句平淡的"新年好"，不得不挂了电话。奇怪的是电话一挂断，眼泪就停下来，客厅里人们在齐声倒数，欢呼的声音变得特别大。

一直以为这一年自己风风火火，过得很充实，除旧迎新之际的眼泪让钱旦发觉原来还是有寂寞，还是会思念。

大年初一，在埃及的中方员工并不放假。

下午，路文涛给钱旦打了个电话过来："大傻×，祝你狗年旺旺！听说你信息安全违规了？你这一年真够牛的，去趟苏丹就破坏民族团结，去趟约旦就变成无间道，待在埃及还信息安全违规。"

钱旦每次一听到路文涛的声音就觉得格外轻松，自己的腔调也变了："你个天津傻×，公司真是一如既往的八卦，我这点烂事都传到也门了？"

"早就传到了！公司准备怎么罚你啊？这么长时间了还没见到处罚通报呢？我天天盼着了。"

"唉！我问老韩到底有啥后果？他反问我急啥？让我好好干活就是了。"

"我觉得吧，要么就没啥事，领导相信你情有可原，想拖一拖；要么就是你麻烦大了，还在查你是不是够得上罪不可赦？"

"没那么严重吧？又没拷什么秘密文件出去。"

"那就降薪五百吧！什么时候来也门支持下？带你去吃著名的手抓羊肉。"

"降你妹的五百！对了，你封山育林，育好了吗？"

"忙死了，育个屁！这阵子好不容易稍微有点时间，老婆春节前刚来也门。"

挂了电话，钱旦开始郁闷了，伟华对信息安全一直管理得很严格，公司公告栏上不时可以看到处罚通报，将公司文档发至外部邮箱、给工作电脑装上双操作系统、拷贝文档至私人硬盘等都是常见违规行为，而通报批评、降薪乃至除名都是常见的处罚。

尽管地区部信息安全管理的同事已经确认了他并没有拷贝密级文档出去，但正逢内鬼疑云笼罩的严打关头，他真不知道自己这次该当何罪？

他想打个电话给老谢拜年，没有打通。

老谢在西非的马里，正在和小玲通电话。

小玲带着儿子，与老谢的父母一起回成都过年了。她说："昨天先在我们家吃饭，我爸妈在姨妈、舅舅们面前不停地夸你，然后去你们家吃饭，你爸妈在你们家亲戚们面前不停地夸你了。"

老谢不觉有异："我有啥好夸的？"

小玲冷笑了一声："他们先夸孙子，说孙子多聪明，习惯多好，再夸儿子，讲孙子像儿子一样好，都是你们家遗传的功劳，一句都没有提到我。"

老谢终于感觉到了小玲的情绪，他谨慎地说："你就在身边，大家都看得到你的好，不需要夸呗。"

"大家都看得到，你爸妈看不到啊！我天天白天上班累死了，晚上还要被儿子缠着，儿子的好习惯怎么养成的？他们只知道宠溺纵容，还不是我一点一点纠过来的，他们提都不提一句我。"

"哎呀，下次我打电话给他们，提醒一下他们，我觉得真的只是表达方式的问题，不是没有看到你的功劳了，我在身边时也没有听到他们到处夸我，他们只是不习惯当面夸人吧。"

"算了，不用你提醒他们，我无所谓。你怎么样？身体、工作都还好吧？"

"我挺好的，马上要去乍得出差，时间可能会比较长。"

挂了电话，老谢心情变得郁闷，小玲的个性其实算随和，和他有很多的默契，但不知道为了什么小玲就是对老谢的爸妈心存芥蒂，不时就会因为一些不是矛盾的矛盾来找他"评理"。

春节刚过，地区部在开罗组织了几期管理培训班，试图让一些年轻的骨干提升项目管理、团队管理的能力，更好的从个人英雄向领头羊转身，以适应业务持续快速发展对"班长"的需求。

钱旦借机为软件服务的兄弟们张罗了一期专班，把地区部和代表处的骨干们召集到了开罗，还把老王从深圳总部请来指导大家。

培训结束那天，老韩作为地区部领导请客，招待老王和软件服务的骨干们，拉着大家去了"法老号"。

他们上船的时候舞台中央的埃及歌手正在用中文唱着"我爱你，爱着你，就像老鼠爱大米"，后来的游戏环节表演者用英文数完"One，Two，Three，Four"又用中文数"一、二、三、四"。

船上并没有几桌中国人，不知道什么原因这一年间中国元素变得越来越流行？过去开罗街头陌生人对着他们总是喊"Hello"或者"磨西磨西"，近半年以来"你好"越来越多了。

苏丹的曹松也来开罗参加培训了，他和林汉面对面坐着。

林汉对着曹松："听说你还是处男？"

曹松咧叫："我靠！公司忒八卦了！这事情也地球人都知道了？"

林汉举起一只手："Me too！ Give me five！我俩今年定个KPI，争取在2006年告别处男身！"

钱旦在一旁作恍然大悟状："难怪全迈阿弟的未婚中国女青年差不多都被你邀请到我们宿舍来喝过老火靓汤了，居心叵测啊！"

两位领导在钱旦的另一侧，面对面坐着，老韩对老王说："钱旦不错，从他接手以后软件服务进步很大，人力资源的满足度、客户需求的有效管理都有明显的进步，各代表处对软件服务的认可度普遍提升了。"

钱旦插话："我觉得这个进步里，老谢功不可没。"

两位领导同时看了他一眼,这个表态不合常理,常理上他这样的继任者会痛心疾首地指出前任的种种问题,慷慨激昂地说明自己是如何力挽狂澜。

钱旦继续说:"就好像一个大坑,老谢一直在吭哧吭哧地填着,填得差不多了,他牺牲了,我跳了进来,运气好,露出头来了,大家都看到我了。如果运气差,我也就填里面了,大家能看到的就是下一位了。我觉得公司在新的市场,新的业务领域从 0 到 1,从 1 到 10 的发展过程中,总是会有打基础的阶段,总是会有填坑的人。"

他是真心这么以为,凡事有因果有继承有发展,迫不及待否定前任的一切并不能显得自己多么伟大。

| 第二十三章 |

逃离乍得

2006年4月13日,钱旦正在茶水间里冲咖啡。

办公室的茶水间里只有瓶装的速溶咖啡,开罗的办公室姑娘们总是把速溶咖啡粉放入杯中后,先加一点点开水,然后用勺用力地、快速地搅拌,直搅得满屋飘香,再把水加够。

钱旦刚刚从老韩的秘书玛蒂哈那里学了师,他一个人在茶水间扎着马步,把杯子搅得噼里啪啦响,心满意足地闻着咖啡香慢慢溢了满屋。

老韩的身影从茶水间外一晃而过,立刻又退了回来:"是你在这里搅,我还以为是玛蒂哈她们,你电脑上有QQ吗?"

钱旦紧张地说:"没有啊,韩总,我电脑现在干净得很,所有非公司标准配置的软件,所有可能信息安全违规的东西全删掉了,真的,连自己的照片都没有。"

老韩着急地说:"你赶紧装个QQ,到我办公室来。"

钱旦一愣:"韩总,装QQ干什么?能不能装啊?算不算信息安全违规?我上次的事情的处罚还没出来了。"

"你怎么也变磨叽了?我让你装你就装,你上次的事情通报批评、罚款两千、下不为例,处罚已经定了,马上会发公告。你赶紧去装个QQ然后到我办公室来。"

"真的?不用降薪五百?太好了!"

"你很想降薪五百吗?"

老韩急急回了自己办公室。

钱旦不知道老韩为什么会有个如此怪异的命令？他急忙回到自己的座位上，把QQ重新装上，捧着电脑去了老韩办公室。

老韩板着脸，示意他关上门，异常严肃地说："你接上投影。"

办公室里有张小圆桌，桌上总是摆着个投影，方便老韩平日里和大家讨论业务。

钱旦一边接投影一边摸不着头脑，老韩开口了："乍得突然打仗了，反政府武装攻城，我刚和老谢打电话，他说MSN不能用了，QQ暂时还行，他们挂在QQ上，刚讲几句电话也打不通。你有老谢QQ吧？赶紧上去联络他。"

"老谢在乍得？"

"他去了一段时间了，有个项目要投标，他去支持。"

说话间钱旦已经把自己的电脑屏幕投影在了墙上，老谢的头像果然在QQ亮着。钱旦赶紧问："怎么样了？我和韩总在一起。"

"一大早被炮声吵醒的，现在远处枪声很密集，可能快打过来了。"

老韩说："你问下他我们到底有多少人在现场？你打字太慢了，我来。"

钱旦不服气地想我这还算慢啊？难道你是玩"五笔"的？他问完这个问题后把电脑让给了老韩。

老谢回复："我们加上分包商的工程师一共有十八个人在这边。"

老韩果然是玩"五笔"的，他十指如飞："公司已经通过外交部的渠道联络了法国驻乍得使馆、阿尔及利亚驻乍得使馆，阿尔及利亚驻乍得使馆已经同意在局势紧急时给你们提供庇护，我们在喀麦隆的同事和中国驻喀麦隆使馆的人也已出发去喀麦隆和乍得边境准备接应你们。"

钱旦提醒："还有中国驻乍得使馆呢？"

老韩斜了他一眼："你太不关注西北非的业务了，乍得和中国没有外交关系。"

墙壁上投影出老谢的话:"我下了,我们决定往喀麦隆边境撤,现在出发。"

QQ上老谢的头像顿时就变灰了。

从老韩办公室出来,钱旦回到自己座位上,喝一口还没有来得及喝的、已经凉了的咖啡,仍觉心神不宁。

他抓起放在桌上的工卡,下楼去"黑心超市"买了盒"万宝路",回到办公室,直接搭电梯上了顶楼。

他站在天台上,点燃一支烟,望着远方天空中缓缓划过的飞机,想起了老谢的憨厚笑容,心想:"乍得果然不是这家伙的福地啊,他说他几年前就在乍得被人用枪顶着头?怎么又跑去乍得遇上兵荒马乱了?"

把时钟往回拨一天。

乍得在非洲中部,它北接利比亚,东邻苏丹,南边是中非共和国,西边与尼日尔交界,西南边与尼日利亚、喀麦隆接壤;它是前法国殖民地,1960年独立。

公司的办事处在首都恩贾梅纳的一幢独院小楼中,办公室和宿舍合一,工作和生活搅和在一起。

4月12日下午,大家陆续从客户那边回到了办事处,新招的两个年轻的本地员工拔掉充着电的几个手机,收拾电脑回家了。恩贾梅纳动辄停电,伟华的办公室有自备的油机发电,本地员工常常把全家人的手机都带过来充电。

读完大学后加入公司即来到乍得的小强已经在此地坚守一年了。他兴冲冲地回到办公室:"很久没吃蜥蜴了,吃顿蜥蜴火锅吧!"

老谢疑惑地问:"你真有思路啊,蜥蜴没毒吗?能不能吃?"

仿佛石头投入水中,房间里一下子热闹了起来,有人嚷道:"老谢,我们今年的年夜饭就是蜥蜴火锅!"

"真的假的?"

"谁骗你啊，兄弟们想着过年吃顿好的，正好回来路上见到只大蜥蜴，就抓回来了。"

小强得意地说："兄弟们，蜥蜴已经抓回来了，老杨已经在动手了。"

老谢来了兴趣，站了起来："靠！看看去，万一今天被你们毒死了，我也要知道死在谁身上了。"

话说了一半，他的手机响了，老谢不经意地摁通电话，那头的人语速很快："小谢，我是Mary啊，你们知不知道打仗了？叛军明天要攻进城来了！"

Mary是位来自台湾的大姐，在乍得开饭店多年，伟华的一帮子人不时会去她的店里吃吃。老谢在2002年第一次来乍得时就认识了她。

老谢说："是又宵禁了吧？他们说最近几个月恩贾梅纳经常宵禁，折腾两天就好了，不用怕。"

Mary的语气从未有过的严肃："这次不一样的啦，不是骚乱，是叛军攻城，打仗了。你们要准备好，要逃命了，不要人家打进来，烧杀抢掠，没人管的啦。"

老谢挂了电话，将信将疑地对着大家说："Mary说叛军要进城了，让我们逃命。没听我们那两本地员工说啊？"

小强顿时紧张了："谁知道啊？这地方说乱就乱了的，政府军昨天说剿匪大捷，明天说不定就变成说战略转进了的。网络又不好，那两个家里都没电的小孩能知道啥消息？不过也没听客户那边说啊？"

老谢的手机又响了，一看号码，是客户CTO。客户CTO和老谢的关系源自几年前老谢第一次来乍得出差，他一直很信任老谢，认为老谢是个技术能力很强，专业素养很高，又对非洲和非洲人民充满热爱，并且能够帮助自己成功的业界专家。

老谢举着手机，脸色越来越凝重，CTO说三路反政府武装已经在城外集结，估计第二天一大早就会杀进城来，他们已经做好了紧急撤离准备，建议伟华公司也立即撤离。

老谢挂了电话，把情况告诉了大家，房间里沉默了一分钟。

小强不知道是激动还是害怕，声音有些颤抖："穷山恶水出刁民，乱起来会很恐怖的，去年我到乍得第一天就被人摁在地上打劫，现在想起来还后怕。"

老谢走到办公室的白板前，拿起一支笔，说："我来打电话向公司求助，问问怎么办？你们先头脑风暴，大家一个一个都提下我们该怎么办。小强，你来记一下。"

大家七嘴八舌。

老谢打完电话，接过小强手中的笔，看着写满了的白板，擦去了一些，又加了两条，最后留在白板上的是：

所有人留在宿舍不要外出，统一行动；
收集所有的食品、水、汽油，统一管理；
一共有二十六部手机，除五部外其他全部关机，省电省钱；
有两张邻国喀麦隆的手机卡，装入手机备用；
两人负责继续联络总部、地区部和邻近国家代表处，向中国驻周边几个国家的使馆求助；
清理公司资产，合同等重要文档打包，不能带走的笨重物品该锁好的锁好，该藏起来的藏起来；
天黑以后拉上所有窗帘，关掉所有灯，安排人轮流值班，其他人尽量早睡。
三套撤离方案备选：1、冲去机场通过航空线路撤离；2、闯入法国军队驻地寻求庇护；3、走陆路，通过最近的路线离开乍得，越过边境进入邻国喀麦隆。

老谢问："大家看看还有没有补充？"

小强说："那蜥蜴火锅还吃不吃了？"

厨子老杨突然冒了出来："吃啊，吃饱了好跑路啊。"

没有人睡得着。

第二天早上，反政府武装果然开始攻城。

打电话给机场，好不容易有人接了电话，说机场已经关闭。通过航空线路离开已是不可能任务。

两路叛军攻入城内，爆发巷战，街头抢掠开始。

枪炮声越来越近，越来越密集。

乍得全境的移动通讯终于全部中断，但互联网还没全断。

MSN已经登不上了，QQ居然还能用。

十八个人已经把该藏的东西藏好，要带走的东西装上车。

老谢坐在办公室，用QQ勉强联系着外面的世界。小强走了过来，把手一伸，递过来一个黑盒子："你给我的MP4，完璧归赵。"

老谢接过MP4，这才叹了口气："一个昙花一现的电子产品，我的受贿证据，留着，做个纪念。"

他把MP4随手放进了背包里。

中午十二点半，伟华的四辆车冲上了公路，他们确定了从陆路越过边境，前往喀麦隆。

恩贾梅纳并不大，不过二十分钟他们就冲出了城。叛军是从东边的苏丹边境一路向西杀了过来，他们是向西南的喀麦隆边境撤去，离战场渐远，枪炮声渐远。

路边有个简陋的清真寺，才一间农舍大小，宣礼塔不过两人高，土黄的外墙与荒漠浑然一体。墙外有两个小伙朝他们招着手，哇哇叫着，脚边放着行李。

前三辆车已经呼啸而过，殿后的车落了两百米距离，车上挤了五个人，老谢开车，小强在副驾驶座上。

老谢自言自语："搭顺风车的，兄弟，我们爱莫能助。"

小强却惊恐地大叫了一声。

老谢一瞟，就见清真寺里又钻出一人，手里拎着一支"AK47"枪。他一激灵，下意识地一脚油门，车一颠簸，冲过了清真寺。

后面传来"砰、砰"两声，老谢也不敢看后视镜，握紧方向盘继续向前冲，只觉得汗水从手心渗向方向盘，从前胸湿透了安全带。

小强把手伸到后背上下摸摸，大喊："打到哪里了？他们打到哪里了？"

后座的三个兄弟跟着在身上乱摸："没事，没事，没打中。"

之后，一路顺利。

伟华驻喀麦隆的同事和中国驻喀麦隆使馆的人在边境接到了他们。在使馆的协调下，喀麦隆军方同意安排他们去附近一所军营休息。

晚上十点，十八个人被护送至了避难的军营。拥挤的军营中并没有房间留给他们，他们只能在院子中间的地上过夜。

喀麦隆昼夜温差很大，老谢去车上想找件衣服。

他的背包塞在车后座的头枕后，他拿下背包，愣住了，后窗玻璃上糊满沙尘，其中赫然有一个弹孔，清冷的月光从弹孔中径直照射进来。

他翻过背包，上面有一个洞，他打开背包，下意识地掏出那个MP4，屏幕已经破碎，一个弹头嵌在里面。

老谢拿着MP4，从车里退了出来，正想大呼小叫一番，却见大家以天为被，在冰冷的沙地上酣然入睡。有人被冻醒来，一翻身抱住了旁边的兄弟。

老谢又走至车后，打开了后备箱，他的红棉吉他安然无恙。

几天之后，钱旦接到小强的电话，说叛军被击退了，老谢要他回乍得去实施原计划中的电话号码的升位操作。

钱旦有些不快："局势稳定了吗？至于这么急吗？你别回去。"

不到十分钟，老谢电话来了，钱旦依旧在坚持："你确定局势稳定了？万一出事的话怎么办？为了这么一个小屁客户，至于吗？"

电话信号不太好，老谢一字一顿地："兄弟，小屁客户也是客户啊，人家又没欠你钱。何况我们还有维护通信不中断的社会责任吧？"

"你别给我讲大道理，你这是要在乍得做酋长了？还维护社会责任？你就说如果叛军卷土重来，你们有没有应急预案？"

"当然有，我会先回去，安排妥了小强他们再进去。我们已经和法国驻军协调好了，如果再出现紧急情况，法国人承诺在他们撤侨的军机上给我们留座位。"

老谢停顿了一下，接着说："老旦，客户这张网络马上二期扩容，现在正是投标的紧要关头，如果我们拿下了扩容合同，那就离封闭这个市场近了一步，Y公司最近很多动作，我们不能功亏一篑啊。"

钱旦觉得自己不好再反对了，说："好吧，你要说'兄弟们，给我上'，我就不爽，你说'兄弟们，跟我上'，我也不好说什么了，你自己多保重。你们现在这么多人在乍得，不用像当年一样追鸡玩来打发时间了吧？"

"什么年代了？早不追鸡了，我们现在玩蜥蜴，玩腻之后下火锅吃。"

钱旦治学严谨，挂了电话转念一想，上网一查，乍得的确盛产蜥蜴，他再多打开两个网页看看，忍不住回拨电话给老谢："警告你啊，你不是跟我讲社会责任吗？悠着点吃蜥蜴，可能会被乍得警察抓的。这地方克你，你还是继续追鸡玩比较安全，别又整出什么幺蛾子出来了。"

| 第二十四章 |

红海惊魂

中午,钱旦收到秦辛的邮件,邮件里说:"五一节正好你爸六十岁生日,我准备回湖南去看看,叔叔阿姨喜欢清静,你又不在,昨天打电话过去他们说就准备两个人买只鸡吃,我去买个蛋糕买束花。"

爸妈是钱旦心底里的牵挂,老爸其实希望他留在身边,却又一直支持他越飞越远的所有决定,更让钱旦觉得心里有一份愧疚。他和秦辛还没有结婚,她惦记着专程去看望他们让钱旦觉得心里欣慰。

林汉的胖脸突然凑了过来:"老大,放假有什么计划?"

第二天是一个小长假的开始,每年4月下旬是埃及人纪念西奈半岛解放的法定假日,连着星期五和星期六有五天假期。

钱旦把电脑合上,回答道:"没计划,在宿舍看电影,睡懒觉,加班,喝你煲的老火靓汤。"

林汉说:"我这几天不在宿舍,你没汤喝,跟我们去沙姆沙伊赫不?"

钱旦有些奇怪,又顿时来了兴趣:"你昨天不还说没计划吗?变成去沙姆沙伊赫了?还有谁一起?"

林汉压低声音:"就你、我、严丽丽,还有小雨,四个人。"

"小雨是谁?"

"财经的妹子,你见过的,有一次我带她上楼顶,正好遇到你和王海涛在上面讨论我们培训中心的机房里有什么东西,还记得吧?"

长头发、瘦瘦的妹子,上海人。她去阿联酋出了两个月差,刚回来。"

钱旦记起了那个女生,他望着林汉:"我们四个人一起去沙姆沙伊赫?这个组合有点奇怪不?"

林汉说:"你去就不奇怪了。本来我的确没计划出去的,刚才吃中饭时和小雨讨论假期怎么过,她说有点想去沙姆沙伊赫。如果就我和她去那是有点奇怪,我就去找了严丽丽,严丽丽觉得就我们三个人去好像有点奇怪,老大,你不是一直想去红海吗?一起去吧。明天出发,最后一个珍藏席位,不邀别人了。"

钱旦恍然大悟:"搞半天是你泡妞要我俩做灯泡!"

林汉一副君子坦荡荡的样子:"没有,没有,哪有泡妞?我们的部门墙太厚了,我继续打破部门墙,帮助兄弟部门的新员工尽快熟悉环境、安心工作。我们四个人正好一辆车,晚上正好打个牌。那讲好了,明天一早出发,我去借车。"

他见钱旦欣然入了伙,又压低了声音:"这个妹子不错吧?我问清楚了,还没男朋友的。"

沙姆沙伊赫在埃及东部西奈半岛的南端,距离开罗有五百公里。它在中东战争时期是个军事重地,现在变成了红海边上最著名的潜水圣地。

去埃及旅游,红海是个必选项,热门的去处要么是在非洲大陆上位于红海西岸的赫尔戈达,要么就是在西奈半岛上位于红海北端的沙姆沙伊赫。

第二天早上一碰面,四个人不约而同地变成了短裤、T恤、凉鞋、墨镜。林汉非常郑重地把小雨介绍给钱旦、严丽丽认识,大家便出发了。

车一过苏伊士运河下面的隧道,林汉大声叫道:"Welcome back to Asia。"钱旦才想起这条运河恰是非洲与亚洲的分界线,他们一不小心跨过了两个大陆间的缝隙,回到了亚洲大地。

车沿着红海东岸在西奈半岛上继续驰骋,一边望去是苍凉戈壁,另一边则是蔚蓝大海。大漠与沧海似乎该是相忘于江湖,在这里它们却成了相得宜彰的风景。

最兴奋的是司机林汉,他一边把车速保持在一百四十公里左右,一边绘声绘色讲起了西奈往事,从圣经里的摩西出埃及记一直讲到埃及和以色列在西奈半岛上的数次战争。

钱旦听着,总觉得他是昨晚才背的书。两个女孩坐在后座,严丽丽安安静静,小雨则对林汉讲的一切充满了好奇,兴致勃勃。

林汉好不容易讲完故事,乘客们有些倦意了,他依旧兴奋,拧大了收音机的音量,点烟器上插着的 MP3 里是王菲的歌。钱旦觉得新鲜,问他:"你怎么变风格了,听一路上王菲了,以前没听你放她的歌啊?"

林汉赶紧说:"谁说的?我一直就是菲迷。"

听到他俩谈到王菲,本已有了倦意的小雨在后座又激动了起来:"旦哥,你喜欢菲姐不?我很喜欢她咧,林汉说他也是从读书的时候就开始迷菲姐。"

钱旦明白了,他刻意夸张地说道:"是吗?我和林汉不熟,才发现他和你的品味很像呀!"

林汉跟着收音机大声唱了起来,试图压制住钱旦企图中的胡言乱语:

>每只蚂蚁
>都有眼睛鼻子
>它美不美丽
>偏差有没有一毫厘
>有何关系

下午四点,他们到达了沙姆沙伊赫。

小城街道上明明见不到几个人影,可是当他们走进一家又一家酒店，却一次又一次被礼貌地告知"客满"。

他们从街头扫向街尾，一家酒店又一家酒店问过去，终于发现临海的假日酒店还剩着一个两房一厅的套间，正好容下四个人。

第二天醒得早，他们匆忙用完早餐就赶去海滩，计划是先占个好地方，躺在沙滩椅上晒晒太阳，补上一个回笼觉。

可是他们一见到早晨的红海，就一分钟也不想在岸上停留了。临岸的水不过半人高，海底平缓，水清澈，站着看斑斓鱼儿绕着脚边游来游去，淡蓝色水母随浪而来，几个人已是兴奋不已。

林汉消失了一会儿，再回来时手里拿了几个浮潜面罩。大家戴了，伏在水面上追看鱼群，琢磨珊瑚，一个个忍不住大呼小叫，不断的新奇体验给他们带来了不断的喜出望外。

那片海的"深"与"浅"之间隔着一大片珊瑚区。一座长长的木头栈桥由岸边跨过珊瑚区伸向海中，是亲近"深蓝"的必由之路。

钱旦虽然水性不佳，但看着人们从断桥尽头下水，不知疲倦地沿着与海岸平行的方向游来游去，心中充满了好奇。他终于不满足于在浅处嬉戏，要去那深蓝处一探究竟了。他走到断桥尽头，再习惯一下浮潜面罩后的呼吸，小心翼翼地扶着桥上铁梯走了下去。

一入水中，第一秒钟感觉是直入心底的惊恐，水面下这"浅绿"与"深蓝"的分界线竟然是一条笔直陡峭的海底悬崖。"浅"是悬崖上伸手可触的珊瑚区，"深"却是一下子就跌入数十米深的悬崖底，大家就是沿着悬崖在游来游去。第一次亲眼见到深海沧桑景象又怎么能不让人惊恐？尤其是还有一个不知哪一个年代沉入海底的大铁锚拖着长链跃入眼中。

但惊恐只是在瞬间，很快，"恐"消散去唯有"惊"留存，彻底惊叹、惊服于如此奇异美丽、他从未经历过的海里世界。他视线所及是数不清的鱼儿，它们五颜六色，它们形状各异，它们大小不一，或者成群结队，或者两两相随，或者独自隐于珊瑚缝隙里。

钱旦觉得自己就像被上天化身为鱼，跌入了一个巨大的水族箱中,不对,水族箱只是城市里的俗物,这里却是真真切切的大自然。当他情不自禁地向鱼儿们伸出手去时,竟真触到了一条明黄艳丽毫无戒备的小胖头鱼。他一次又一次在面罩后面兴奋地叫出声来。

下午,林汉和两个女孩更多的是躺在沙滩椅上,钱旦却每次在岸上休息不到半个小时就忍不住回到海中,在木头栈桥附近的水里来来回回,沉醉其中。

海水渐渐凉去,钱旦从水里回到了栈桥上,正靠在桥边栏杆上小憩,想着是不是要回到岸上去,就见一位二八年华的金发少女从海里钻出,她攀上木桥,把身上的救生衣随手往地上一抛,裸着上半身,只着一条窄窄比基尼裤和一副大大脚蹼又跃入水中,仿佛美人鱼一般。

钱旦又忍不住要回到海里去了。他看见一二百米远的地方还有一座平行的木头栈桥,就决定在夕阳西下之前远游一次,沿着海底悬崖的边沿游到那座桥上去。

他兴冲冲地回到了红海的怀抱,一个人向远处那座栈桥游去。

游着游着,他觉得呼吸不够通畅,吸一口气仿佛只进到喉咙间就停住了。动手摆弄了一下那根塑料呼吸管,咸涩海水却涌进了面罩,怎么弄也不对劲。他索性脱掉面罩继续向前游,却发现自己对两座木头栈桥之间的距离判断出了错,它们之间隔着何止一二百米?他游不动了。

此时的钱旦倒没有慌乱,他看见旁边水面下的珊瑚礁距离海面不足一人高,游了过去,打算站在礁石上休息休息。脚触到珊瑚,并没有刺痛感觉,只是站不稳,好不容易才用双腿绞住礁石,稳住了身体。

他在珊瑚礁上休息了不到一分钟就继续向前进,但很快发觉自己进退两难了。四下张望,能见到的居然都是深深海底,再没有落脚之处,水面下的悬崖不见了。

向前游到目的地已是不可能,他惊觉自己选错了方向,终于放弃了对面的桥,掉头往回游。可是,他离出发的桥也已经远了,远到看不清楚桥上人的模样。

钱旦意识到自己每一次蹬腿划臂后前进的距离越来越短,运动的方向越来越似上下扑腾。他仍然没有太惊慌,但知道自己必须做一件事情了,他开始放开嗓门喊:"Help! Help!"

他不知道有没有人听得到自己的呼救声?只知道手脚动作已经失去了协调,又一次头顶出水面望到眼前仍然空荡荡不见一个人影时,他终于感觉心随着身体在向下沉,眼前所见仿佛不是真实的存在,而是一幅玄幻的画面。以前看电影总觉得故事的角色在面临危险时还能拖拖沓沓地有各种感触是剧情太狗血,那一天那一刻他的思绪却真的在抽离出当下,秦辛的样子在他的脑海,他想起了岳麓山上的初吻,想起了云南的旅行,想起了蛇口港的告别,想起了香港的小别胜新婚。

眼前海面上仍是空荡荡一片,他清晰地感觉着这一次奋力向上之后自己的头并没有再顶出水面,就在不自觉要在水面下张开嘴的一刹那有一双手从身后把他的头托出了海面。仿佛是从天而降,他周围一下子出现了五六双关切的眼,有他认识的严丽丽,有陌生的救生员和其他游客。

钱旦闭上了眼睛,用最后的力气让自己放松身体,保持住平衡,任一个健壮的救生员把他拖回了出发的栈桥上。

一踏上坚实的桥面,他只觉得站立不稳,就向地上瘫软下去,喉咙里满是海水的苦涩味道,想吐又吐不出来。

两个救生员没有让他在栈桥上喘息,把他从桥上架到了岸上的一张椅子上,有人拿来医药箱,严丽丽拧开瓶红药水整个往他腿上倒。他纳闷地低头一看,发现虽然在海里没有任何疼痛感觉,但腿脚已被珊瑚划得伤痕累累了。

小雨出现在眼前,对严丽丽说了句什么,递过来一瓶纯净水,他有气无力地挤出句"没事",漱漱口,再大喝几口水,喉咙里清爽了一些，但仍然没有力气动弹。

林汉出现在眼前，用探寻的目光望着他，问："怎么了？"

钱旦实在没有力气说话了。严丽丽和小雨惊魂未定，赶忙告诉林汉情况，钱旦才知道刚才林汉也回到了海里。严丽丽和小雨见夕阳渐红，就去了木头栈桥上，一边欣赏落日，一边找他俩。结果，严丽丽发现了挣扎中的钱旦，她水性好，直接跳进了海里，小雨急得冲着桥上的每一个人大叫。

林汉先是恍然大悟："难怪我在水里好像听到有人叫'Help'，还以为是那帮小孩闹着玩哩。"然后又表扬道："不错不错，老大，你已经很国际化了，危急关头都不叫'救命'了，我听那'Help'发音挺标准的，真没想到是个中国人在叫。"

钱旦终于能够把自己挪回房间，瘫在床上睡了一觉。

他饿醒了，看看手机，已经夜里十二点，房间里面却只他一个人，异常安静。

他下了床，自觉差不多满血复活了，走到客厅，两个女孩住的房间开着门，亮着灯，屋里也没有人。

他找到一个苹果啃了，走到客厅的大落地玻璃门前，看到那三人在外面的露天泳池边坐着。

钱旦走了出去，几个人问候了他，林汉迫不及待地说："严姐说她要走了。"

"去哪儿？你没来埃及多久啊？就要调走了？"

严丽丽说："我已经在办离职手续了，5月份就会走。"

"是吗？这么突然？"钱旦意外，老谢去了西北非之后他和她见面并不多。

"不突然，我纠结很久了，我早就拿到加拿大移民签证了，再不去就不够时间坐移民监了。"

她接着说："你知道吗？我自己一点不喜欢加拿大，太冷了。我当初办加拿大移民目的很明确，就是想着为了将来给孩子更好的环境，准备移民过去就在那边生孩子。没想到签证拿到的时候我离婚了，完全没有生孩子的计划了，你说我还过去干什么呢？还有什么意义？但是再不走签证就废了，之前的折腾就白做了。想来想去，我仍然去吧，尽管初衷不在了。"

林汉嚷了起来："别伤感了，加拿大挺好的，你去找个老外嫁了吧，多生几个娃。哎，我发现公司喜欢加拿大的人不少啊！"

钱旦一时不知道说什么好，他突然想起了一年前老谢带着他第一次见老韩时，老韩对着他俩说"好好干，争取一年以后你俩可以轻松地躺在红海边上，因为一切皆在你们掌握中了"的那一刻。

一年之后他信了老谢当时对他说的话，信了只要在伟华公司"好好干"就会"永无宁日"。但他好歹可以在红海边上躺一躺了，遗憾的只是老谢已经在更遥远的地方。

他对着严丽丽，冒出来一句："你不等老谢了？"

严丽丽笑了，坦然地说："Timing问题，我和老谢是Timing问题，他喜欢过我，我也喜欢过他，但我们俩的'喜欢'就像坐跷跷板一样，总是一个高，一个低，始终没在同一条线上。而且，他现在有老婆，有儿子，我被人抢了老公，己所不欲，勿施于人。我们能在开罗再见面，已经很好了，老谢去西北非之前的那几个月是我这两年最开心的一段时间。"

林汉和小雨听得面面相觑。

严丽丽躺在椅子上，望着天上最亮的那颗星星，慢慢收起了笑容。一滴眼泪顺着她的脸颊缓缓滑落。

第二天中午，钱旦连着打了两个电话。

他给秦辛电话汇报了自己的遇险经历。末了，他说："昨天最后关头脑子里全是你的样子，我又确信了自己对你的爱。"

秦辛警惕地问："怎么？你到现在才确信啊？"

钱旦赶紧表白："不是才确信，是又确信、再确信。"

秦辛说："我不管你是什么确信，反正我不能想象这个世界上没有你。"

钱旦给老谢打了一个电话。
老谢先说:"听说你差点在红海被淹死?还没空安慰你了。"
钱旦说:"严丽丽这么快就给你汇报了?我也算经历过生死边缘了,但和你比还是太没面子,居然差点戴着个浮潜面罩在度假酒店里被淹死。"
他感觉到老谢在电话那头情绪不高,只是敷衍地应着他,就问:"你怎么了?严丽丽要走,你不爽啊?"
老谢长叹了一声:"不爽,我是TMD很不爽啊!我们又丢单了,我们这张网络的二期扩容合同被竞争对手全盘拿走了,我们一毛钱份额也没有拿到!"

| 第二十五章 |

又丢单了

乍得,首都恩贾梅纳,钱旦在红海里挣扎的同一天。

老谢他们忙了个通宵,把二期合同最后的投标文件定了稿。

老谢对拿到合同有信心,伟华在拿到一期合同后按时、高质量地完成了项目交付;设备割接商用之后运行稳定;他们在反政府武装叛乱甫一平定就冒着危险回到了恩贾梅纳,体现了伟华的责任感和职业精神,得到了客户上上下下的一致肯定。

并且,老谢和客户 CTO 关系良好,良好到在技术标中悄悄设置了伟华的控标点,以只有伟华的产品才具备的功能特性作为了技术标评标的打分项之一、之二。

下午两点钟要去客户那里交最后的投标文件并且开标,吃过午饭,老谢打算就在座位上靠在椅子里小憩,他闭上眼睛,却心神不宁。

他记起到了该给家里打个电话的日子了,这一天估计只有中午这段时间能有些空闲,他戴上耳机,用 Skype 呼叫小玲。

小玲的声音不冷不热,老谢敏感地问:"怎么啦?你好像不开心?"

"没什么,"小玲停顿了三秒钟,"你妈咯,跟隔壁王姐抱怨深圳的物价贵,蔬菜不好吃,带宝宝累。王姐在电梯里遇到我,说婆婆很辛苦,要我多体谅、照顾她。什么意思嘛?去跟邻居抱怨,别人还以为我有多懒,多不通情理,天天虐待老人。"

老谢一听,头又大了:"老人随口抱怨嘛,有口无心的。我上次回来在电梯遇到楼上的老头老太从老家回深圳,拖着箱子背着包,一见到我就说他们一点也不想回深圳,老家多好,蔬菜多新鲜多便宜,要带孙子没办法只能来深圳什么的。老人们都这样,嘴巴上喜欢抱怨几句,不一样是召之即来,来之即战。"

"你爸妈到底愿不愿意在深圳帮忙带宝宝?要不愿意,我还是想办法去找个保姆,不勉强他们。不过,深圳的保姆不好找,住家保姆也不方便,烦死了。"

"他们不就是想带宝宝才到深圳来的吗?你要说他们多喜欢深圳,那真不会。好了啦,我妈是抱怨深圳,又不是抱怨你,你别多心。"

"好吧,深圳不好,委屈她了。我又多心、又小心眼,更委屈你家里人了。"

"我不是这个意思。"

小玲已经挂了电话。

老谢摘下耳机,往椅背一靠。小玲依然是大多数时候都理解、体贴他,但依然总在他看来很小的一些事情上表达着对他父母的不满。他依然是大多数时候都能够包容、迁就小玲,但依然没有办法为了迎合她而说自己爸妈的不是。

老谢嘘了口气,又闭上了眼睛,他突然想起了严丽丽,她现在怎么样了?

没容他多想几分钟,手机响了,是客户CTO打过来的。老谢赶紧接了电话,对方的声音有几分沮丧:"谢,这次生意不成,我们的友谊还在,将来我们仍然会有很多合作的机会。"

老谢听了这段没头没脑的话,心头一凛,他下意识地看了看时间,问:"什么意思?不是下午开标吗?我没有记错时间吧?"

CTO支吾地说:"时间没有错,但二期扩容的这个合同不会是你们的,会给Y公司,全部份额给Y公司!"

老谢难以置信:"还有几个小时才交商务标,技术标的结果也是下午才公布,怎么可能就有结果了?你前天不是说我们的技术分最高吗？"

CTO 说："是的，你说得对。但是 CEO 确信你们在二期将会出局，那么，我认为就是如此了。谢，你们做了大量卓越的工作，甚至在最危险的状况中也和我们在一起，我本人非常感动，对这个结果也非常遗憾。作为朋友，我能想象你的沮丧，所以忍不住先给你打这个电话，表达我的歉意。你要相信我们未来仍然会有合作的机会。"

老谢有点懵，机械地答应着电话那头，等他回过神来发现 CTO 已经挂了电话。

这两天他一直是亢奋的状态，几乎是不眠不休地亢奋，和大家一起做着投标的最后工作。这一刻仿佛一个充满气的气球被针扎了一下，他突然觉得累，瘫坐在椅子上。

他脑子乱转，想："客户 CEO 被 Y 公司搞定了？但既然是招标，怎么可能在开标前定了结果呢？客户放在桌面上的理由将会是什么？既然 CTO 冒着风险，不合规矩地提前打了这个电话，伟华应该是凶多吉少了？"

他们马上就该出发了，已经来不及做什么了。

老谢从座位上站了起来，向洗手间走去。

小强正站在洗手间门口的洗手盆前，认真地对着镜子打着领带。

这边的客户并不讲究，小强只是一个技术服务工程师，平时也不讲究。老谢觉得自己似乎从来没见过他穿西装、打领带的样子。

小强从镜子里看到了身后的老谢，有些不好意思地说："以前都是销售的兄弟签好了合同之后我才会出现，现在即将首次在现场见证拿到合同的光辉时刻，我穿正式点。谢总，领带到底要怎么打？不记得了。"

老谢没有说话，示意他转过身来，慢慢地帮他理好了领带。

小强说："大学毕业时我老娘说我要去深圳，还要出国，非拉着我到镇上最好的裁缝店做了这套西装，这是我们镇的高定西装呐，花了我老娘两三百块钱了，我一直舍不得穿。"

老谢心底里突如其来一阵抽搐。他说不出话，只是转身拉开洗手间的门，把自己藏进去，轻轻合上门，锁了，眼泪在瞬间涌了出来。

这几天没怎么合过眼，眼睛干涩，泪水刺激得双眼发疼，只得用力闭上眼睛。

这是他第一次为了工作上的事情在办公室里流泪。几个月以来大家倾情投入，甚至不顾兵荒马乱给自己生命带来的威胁，到头来煮熟的鸭子真会这样不明不白地飞走了？

五分钟后，他推开了门，对着大家喊道："走啦走啦，该出发了。"

他们输得毫无争议。

技术标伟华第一，Y公司第二，但两家公司的差距并不大。

商务标很蹊跷，几千万美金的合同，Y公司很精准地比伟华少报了二十万。

而且，客户在最后关头略修订了规则，将技术标的比重从40%降到了30%，商务标的比重从60%升到了70%。

晚上，大家在台湾老板娘Mary的饭店醉了一场。

小强伏在桌子上，眼泪哗哗的。

Mary总是会在大家吃得差不多的时候进来打个招呼，用她永远热情又温柔的语调问问大家是否满意？是不是需要加几个菜？

她拍了拍小强的肩膀："怎么了？大男人怎么哭了？生意丢了而已嘛，我听到你们讲的了，有什么好哭的？下次赢回来就好了，这么年轻，有什么输不起的？"

老谢有意识地控制着自己，喝得并不多。

他叹气："这是我在公司第三次看到兄弟们哭了！"

Mary故意用夸张的语气说："是不是呀？我还说就小强没用了，怎么你们都是这样子的吗？老谢，你哭起来也是这样子的吗？"

老谢干笑两声："我哭个锤子，我从来不哭。"

他回忆道："我第一次看到兄弟哭是在埃及，有一天突然被客户叫去开会，结果去了之后被客户劈头盖脸地骂了一顿，说我们的设备出了问题，搞了一个星期了也没有定位出原因。我很纳闷，心想我们负责维护那个设备的小兄弟天天去机房，怎么就没给我提过近期有什么问题？让客户把我收拾得措手不及。回到办公室就问他到底怎么回事？我当时窝了一肚子火，声音比较大。"

他喝了一口酒，接着说："我还没说两句了，那兄弟，一米八的西北汉子，站在那里一边给我讲那几天分析问题的过程，一边眼泪哗哗地流。你们知道当时他的样子吗？"

小强抬起头："什么样子？"

"他站在那里，讲话的声音一点异常也没有，我一抬头，猛然看到他那一脸眼泪，被吓了一跳。唉，他那个星期精神压力非常大，但人太老实，不知道求助，不知道叫出来，压力全扛在自己身上。那兄弟后来没多久就离职了。"

大家沉默，小强说："还有一次呢？是谁哭？"

老谢说："靠！你听故事就不想哭了？还有一次是在阿联酋，我和一个兄弟去客户办公室汇报项目进展，那个客户很凶悍，猛怼我们，还人身攻击，那兄弟突然扭头就冲出了客户办公室。我火大了，跑什么跑？干啥呢？我和客户说了句对不起就去找他，结果发现那兄弟在外面对着墙角站着，不吭气，我叫他也不答应，我仔细一看，在默默流眼泪了，一声不吭的。过了大概五分钟吧，他擦了两把脸，也不说话，就走回客户办公室和客户继续讨论去了。"

Mary岔开了话题："哎呀，不讲这些啦，再讲我都要哭了。小强，很少见到你穿西装的样子，很帅呀！"

小强低头看了一眼自己："我老娘送给我的，一直舍不得穿。"

老谢抬起一只胳膊，指了指手肘处："我这套西装买了几年了，迪拜买的，杰尼亚，我买的最贵的一身衣服，穿了一年后我说国外的名牌西装质量也不行啊，才穿一年就磨成这样了？老韩在旁边嘲笑我，说：'哪有你这样买了件好西装就一天到晚穿着，看见别人在踢球你也穿着西装皮鞋就上去来一脚，去黑白沙漠露营也是这身西装就去了，还好意思怪西装质量不好？'"

大家笑了起来。

Mary 说："这样子就对了，大家多讲一些开心的事情，我去外面照顾下其他客人。"

小强举着杯子站了起来，撞翻了自己的椅子也不顾："Mary 姐，我敬你一杯酒！"

包房里面开始了新一轮碰杯的声音。

埃及，开罗。

钱旦连着几天心情也不好。

老谢说大家越来越确信 Y 公司数次钉着伟华报价绝不是巧合，乍得项目能知道报价信息的人的范围不大，除了当地的两三个人，就是地区部负责销售和重大项目管理的几个人，大家已经很小心了，不经意泄露的可能性几乎没有。

钱旦知道曾子健是在地区部几个有可能知道报价信息的人中间的，他心里越来越觉得曾子健不寻常，但又不知道自己该怎么办？去找子健当面求证？去向老谢甚至领导讲子健和旺哥的交往、自己的怀疑？但如果一切与子健无关呢？那是他心底里宁愿去相信的"如果"。

周末的办公室里没有几个人，钱旦累了，他又往屋顶天台走。

顶层通向天台是一扇铁门，门的转轴坏了，不灵活了，他用力一推，门"吱呀"一声开了，他跨上天台，一愣，曾子健正在不远处靠着栏杆打电话。

曾子健听到门的"吱呀"声扭过头来，看见了钱旦，他从容挂了电话，脸上挂着微笑，说："你也在加班呢？周末不休息？"

钱旦觉得自己笑得有些难看，他反问："听说我们在乍得丢单了？"

曾子健收起笑容："是啊，我们正在开会回溯，讨论问责了。"

"问责？"

"这种项目丢给竞争对手，领导肯定要收拾人。"

"要收拾谁啊？"

"丢单的责任人呗，包括你们那个土鳖谢国林。"

钱旦脱口而出："不是说是因为报价被人泄底了吗？"

曾子健冷笑一声："谁告诉你是因为报价被人泄底了？丢单了一个个赶紧甩锅呢？谢国林这种人本来做售后就做得不怎么样，被你取而代之了嘛，这次我们负责项目的客户经理被疟疾疟了，一时没有人去现场，他以为自己行，毛遂自荐顶上去做售前，他懂个屁啊！以为自己和CTO关系不错就能搞定项目？搞清楚客户的决策链了吗？项目运作得一团糟，而且，他提前几个小时就收到了CTO的消息也不及时报告，坐以待毙。"

曾子健下巴一扬："今天天气很不错，我先下去了，会还没开完了，你别老在办公室里耗着了。"

钱旦顺着他扬下巴的方向看去，天际一架飞机缓缓划过，地平线上大金字塔清晰可见。他想起了当初和老谢在楼顶打望的日子，老谢真是流年不利，简直是一代背锅侠。

| 第二十六章 |

跳广播体操的女孩

钱旦独自在办公室耗到了晚上十点半。

回宿舍路上遇到常去他们宿舍喝林记老火靓汤的几个女孩迎面走来,几个人见到他掩面而笑,正纳闷间又见后面十米开外跟着林汉。林汉一个人拖沓着走在后面,见到他尴尬地笑笑:"刚在宿舍玩完'杀人'游戏,我送送她们。"

钱旦在宿舍等到林汉回来,打趣道:"你还是处男吗?"

林汉挠挠头:"当然还是。"

"那你别总是叫一堆人来喝汤、'杀人'的,你目标不是小雨吗?多找机会私聊啊。"

林汉沮丧地说:"我刚才趁玩得高兴向她表白了。"

"哎呀,我应该早点回来见证历史的,怎么表白的?搞定没有?"

"我被'杀手'杀死了,临终遗言的时候深情地对她说'嫁给我吧!'"

"你这么猛?直接当众求洞房?"

林汉怏怏地说:"她像没有听见一样,没任何表示,然后说她困了要回去睡了,大家把我嘲笑了一把就散场了,你说我还有戏吗?"

钱旦看着他的表情,几天来终于有了忍不住想笑的时刻:"我咋知道?你咋知道她没在心里纠结两下?不过,你是正经追求的样子吗?也许她以为你是开玩笑,根本没听到心里去。"

"是哦!可能她根本没有留意到?"

"你要小心点，要表白就认真表白！好像不止你一个人在打小雨的主意吧？我看到几次早上有人给她带早饭，下班有人在楼下等她。"

"是啊！她太单纯了，遇见谁都是笑笑的，对每个人都很好。她不知道怎么去拒绝别人。"

林汉继续叨叨："我告诉你你不要告诉别人啊，她很小的时候爸妈就离婚了，妈妈一个人把她带大的，她说她妈妈很善良，总觉得被她爸抛弃是自己做得不够好。我觉得她有点原生家庭的问题，有点讨好型人格。"

钱旦惊讶："你连原生家庭、讨好型人格都来了？你真有文化！她那么信任你，什么都对你说，你还背后说人家讨好型人格？"

"我又不是说她坏话，我担心她吃亏。"

林汉解释："在沙姆沙伊赫那天晚上你在睡觉疗伤，我们三个人在游泳池边聊天时说了很多话，她讲了家里的事情。埃及狼多肉少啊！我感觉到她身边不怀好意的人越来越多，请她吃饭的，教她打网球的，约她游泳的，群狼乱舞，从沙姆沙伊赫回来后她都没空理我了。公司这帮土人，要么一辈子没见过美女对自己温柔地笑，突然来了个见面就笑的，一个个自作多情得不得了；要么就是凤凰男领导，自我感觉超级良好，以为美女们都在对自己放电。我提醒过几次让她不要见人就笑，她不信。"

"靠！你牛，泡妞泡到洞察人性、藐视群雄！她怎么不信了？"

"她说她在上海的时候跟同学们都是这么打招呼，这么相处的，不会有人误会的。但是在我心里她就是汪洋中的一条船，狼群中的一只羊，我马上要去苏丹出差了，心里不爽，实在憋不住了，我要公布恋情！"

"她又没跟你恋，你公布个锤子？怎么不单独约她呢？非要当着这么多人的面，一上来就嫁给我吧？"

"我不知道怎么开口啊！老大，你当初是怎么表白的？"

钱旦当然记得他和秦辛在岳麓山上道观前的初吻："这个，我当初是直接强吻得逞了啊。"

"强吻得逞？霸气！"

看着林汉豁然开朗的样子，钱旦赶紧说："各有各的情况，你要乱来出了问题，我概不负责。"

林汉说："当然不用你负责。智取不成就强攻，这是个思路，我再好好琢磨下。老大，我只对你说了我追小雨的事情，你千万不要跟别人说啊！"

钱旦乐了："你都当众表白了，你不知道伟华的人非常八卦吗？你这还需要我去跟别人说？"

"唉，我去苏丹出差不知道能不能按时回来。"

那段时间苏丹的项目多，业务压力大，曹松他们有些扛不住了，不仅林汉要赶过去支持，钱旦也在准备去苏丹出差。

钱旦看着林汉有些气急败坏的样子，认真地说："你们又不是没有 MSN、QQ。去了苏丹快点把工作上的事情搞定，我想办法和代表处沟通，把你早点弄回来呗。"他顿了顿，好奇地问："对了，刚才几个女生中有个没见过的，个子高高、长头发的是谁啊？"

林汉说："老大，你都有女朋友了眼睛还这么毒，一眼就注意到美女了。那个不是我们公司的，是中通社的，刚毕业的小美女哦，小雨她们在迈阿第俱乐部游泳时认识的。中通社的宿舍就在'Friday's'那个路口，她们的人经常到这边来玩。"

5月1日，埃及又放假一天。

林汉去苏丹出差了，钱旦一个人在宿舍看《越狱》第一季，他刚从别人那里拷贝了这部剧前面的十多集，越看越入迷，不知不觉近了黄昏。

他合上电脑，犹豫片刻，给曾子健打了个电话："子健，好久没一起吃饭了，去 GAYA 吃石锅拌饭去？"

曾子健在电话那头似乎是热情的："你不早说，我晚上已经约了人了，诗诗也不在，五一黄金周国内来旅游的团多，她跟着去亚历山大了。过几天等她回来，我们好好聚一次。"

"过几天我要去苏丹出差了，那得等我回来了。"

钱旦挂了电话，怅然若失。

他正在琢磨自己一个人去哪里觅食时听到有人在敲门，从猫眼里一看，是早几天见到的中通社那女孩，她一个人站在门外，长发披在肩上，白衬衣扎在牛仔裤里，手里拿着个单反照相机。

钱旦开了门，疑惑地望着女孩，女孩疑惑地往屋里瞟："林汉是住这里吧？"

"是啊，他去苏丹出差去了。"

"啊？林汉去苏丹了？他要我今天过来吃晚饭、喝汤啊！"

"什么时候说的？"

"前天打电话给我的。"

女孩名叫苏琳，成都人，2005年大学毕业，早两个月刚被中通社外派到了开罗。

林汉本来计划过两天才去苏丹，因项目急需临时改了机票提前走的，他通知了伟华公司的几个同事取消他们的聚餐，糊里糊涂地漏了通知苏琳。

钱旦义愤填膺地骂了几句林汉之后脱口而出的话是："我也正一个人不知道去哪里吃饭，要么我请你，一起吃晚饭吧。"

苏琳略一迟疑，欣然接受了他的邀请："可以呀，我们去9街？吃完了我回家近。"

钱旦独自宅了一天，从天上掉下来一个美女共进晚餐，他突然想起曾经在解放广场附近见过一家看上去很靠谱的西餐厅，就提议道："9街那几家店吃来吃去的，我们跑远点，去解放广场附近觅食去。"

"好呀！我刚到开罗来，还没怎么进过城。"

钱旦指指她手里的照相机："你来吃饭还带着个相机？"

苏琳骄傲地一笑："这是我吃饭的工具，就像你们的笔记本电脑一样。我是一边拍街景一边走过来的，很喜欢迈阿第这一带给人的感觉哩。"

解放广场又叫"El-Tahrir"广场，位于开罗市中心，之于埃及的地位算得上天安门广场之于中国。

他俩打了辆"黑猫警长"，沿着尼罗河的滨河大道到达了广场边那座立着两个狮子雕像的解放桥桥头，如果向左转过了桥就去了扎马利克岛，如果向右转穿过解放广场之后就是开罗旧城里古老的楼群。

餐厅藏在旧城老巷里，墙壁上贴满了老照片、老明信片，一张一张在柔和黄色灯光下默默述说着开罗往事。

苏琳才二十三岁，钱旦没想到两个人会聊得很投机。他们的话题从《越狱》开始，然后是她喜欢的英格兰上尉诗人 James Blunt 和他喜欢的爱尔兰民谣天才 Damien Rice，接着聊到了成都的府南河、兔头和串串香，长沙的岳麓山、剁椒鱼头和臭豆腐，聊到了彼此的大学生活，又回到了此时此地，说起了对开罗的体验。

苏琳只喝了一杯红酒，钱旦喝完一杯之后也不劝女孩的酒，给自己续了一杯，又续了一杯，不知不觉酒至微醺，兴致更浓。

苏琳突然想起了什么，看看表："哎呀，九点半了，要回去了呀。"

钱旦意犹未尽："九点半很晚吗？"

"我每天十点半准时睡觉的。"

"睡那么早？"

"是呀，早上六点十五分要起床的。"

"起那么早？"

"嗯，起来锻炼呀，在房间里做广播体操。"

"做广播体操？"钱旦心想现在的女孩貌似是做瑜伽，或者学肚皮舞、钢管舞才时髦吧。这姑娘居然是做广播体操，仍然停留在单纯的学生时代么。

他们结账，离开了餐厅。

两个人往回走，穿过解放广场，在解放桥上站了站，看了看夜色中妩媚的尼罗河，然后折回来，准备打个车回迈阿第去。

滨河路上有些招揽游客的旧式马车，钱旦有些醉意，灵机一动，走向不远处一驾马车，问车夫："能去迈阿第吗？"

车夫摇摇头："不能，只能带你们在广场附近看风景。"

钱旦不放弃，换了个方式问："多少钱能去迈阿第？"

车夫应该不算贪婪，他们付了二十埃镑就坐上了马车。马车沿着尼罗河踢踏踢踏地向着迈阿第而去。

晚风吹散了苏琳的头发，她没有用手去拢，笑着，充满好奇地打量着路边的楼、灯、人与河，不时举起手中的照相机。

微醺的钱旦半仰着头，眯缝着眼望向另一边，一年以来所认识的人，所经历的事如同街边的路灯一样在他眼前掠过。

马车一直到了"Friday's"门口，钱旦跳下了车，绕到另一边，伸出手给苏琳，苏琳用力握住他的手，也跳了下来。

苏琳的手柔软温暖，钱旦想起了秦辛的手，秦辛的手总是微凉，她总说最喜欢钱旦热乎乎的一双大手，那是她每个冬天最好的暖炉。

恰在那时，钱旦的电话响了，是路文涛打过来的。

也门，萨那。

一年前一起住在 200 街那套宿舍的另一个 1975 年出生的兄弟路文涛调动到也门快一年了。

也门周边海产资源丰富，海鲜便宜，尤其是螃蟹，当地人不吃，更是价廉物美。伟华公司在也门的人不多，食堂里每顿饭只摆三张桌子就够了。路文涛挤在餐桌旁专注啃着一只足有他几个拳头大的螃蟹，听着大家聊天。

突然，他转过头去，打断了旁边餐桌上的两位兄弟的对话："你们的短信系统是明天晚上升级吧？"

一位兄弟回答："是啊，上个星期就把升级的申请、方案提交给客户审批了，给家里的技术专家审批了，给代表处也审批了。"

路文涛指指另一位兄弟："你是研发来支持的吧？签了遵守现场服务规范的承诺书没有？"

那位兄弟爽快地说："我一到代表处就学习了，不过，还没签承诺书。"

"那不行，你虽然是研发来出差的，但是搞出来事情来我还是要负管理责任。"

他放下了手里的螃蟹腿，扯张纸巾擦擦手，站起来四处张望，终于找到了纸和笔："你现在就签，本人已经学习、理解代表处现场服务行为规范和网络维护管理规定，承诺严格遵守各项要求，如有任何违反现场服务行为规范和网络维护管理规定的行为，不管有无造成事故及客户投诉，均自愿接受处罚。"

路文涛回到宿舍，洗了个澡，泡了杯茶，从口袋里掏出那纸承诺书，仍然觉得不放心。他摸出手机拨通了钱旦的电话："傻×，你们的短信系统明天晚上升级，你知道吗？"

"知道，有个研发的专家在现场支持，风险不大。"

"有研发的支持就风险不大？你亲自审核过升级方案没有？你是清楚一年前我是怎么来的也门，你可要帮我盯着点，不要出事啊。你在干嘛呢？怎么这么吵？"

钱旦望了望旁边的苏琳，莫名心虚："我在'Friday's'那个路口，刚在外面吃完饭，回迈阿第的路上，晚上请个公司过来支持的同事吃饭。"

第二十七章

又见喀土穆

隔了一年时间,钱旦又去了苏丹首都喀土穆。

这一次是乘坐埃塞俄比亚航空公司的航班从开罗直飞喀土穆。钱旦想着一年前的疲惫旅程,在空姐送饮料时要了一小支红酒,喝完了就闭上眼睛睡觉。他要养精蓄锐,准备好了再一次遇见沙尘暴、不知备降何处、返航、重飞地折腾一番。

起落架重重砸在地上,钱旦被惊醒,睁开眼睛发现飞机已经降落在跑道上,他第一反应是这机长水平有点差,飞机落地动静太大;第二反应是问邻座这是到喀土穆了吗?

邻座的黑人大叔斩钉截铁地回答:"Of course!"钱旦看看表,不过飞行了三小时而已。

他在过苏丹海关时遇到了麻烦。

钱旦当然知道北部苏丹的规矩,知道酒肉之徒不能招摇过市,可又明明记得去年在喀土穆时陈永生带进来两瓶伏特加,大家找了家中餐馆小醉了一场。所以,尽管行李箱中已经塞满了帮大家带的、用来作为小礼物赠给客户的埃及阿斯弗的水晶制品,他还是在开罗机场匆匆去了免税店,买了瓶"芝华士"硬挤在行李箱中,准备和兄弟们小酌一番。

到了喀土穆,钱旦一边感慨重新装修过的入境大厅比一年前漂亮多了,还是要有和平才能有发展,一边心不在焉地把行李箱塞进了X光机。

海关官员一言不发，打着手势勒令他开箱检查。

他们轻松查获了行李箱中的那瓶"芝华士"。

钱旦跟着一个精瘦的海关官员走去一旁办理罚没手续。恰在此时，代表处来接机、协助办理落地签的本地员工走了过来，那位老兄和海关官员叽咕了几句，然后两个人把钱旦拉到一边，冲着他摊开双手，摇摇头："You，no problem。I，have problem。"

钱旦愣住了，什么叫"我没问题，你有问题"？自己没问题，来接机的本地人有问题？难道苏丹对于犯事的国际友人是罚没了事，但来接人的本地人需要承担什么担保责任？钱旦赶紧问他，他还是摊开手，摇摇头，重复"You，no problem。I，have problem"。

看着他无奈的表情，本来心情轻松、觉着大不了交点罚款的钱旦顿时内疚了，心里方寸乱了，觉得自己不该莽撞，给苏丹兄弟惹麻烦了。他追问到底会有什么样的"problem"？那人却嘟嘟囔囔讲不清楚。

钱旦更加困惑，那人更加无奈，一旁的海关官员的眼里却充满期待。

三个人在一起消磨了一阵子时光，海关官员终于扣下他的酒，挥挥手，放走了他的人。

钱旦怀着一颗不安的心办完手续走出机场大厅，去了办公室。一见到曹松他们就赶紧问究竟会有何后果？

曹松一听乐开了怀："那个本地员工讲英语从来是'You'和'I'分不清楚，总是用'You'来表示'我'，用'I'来表示'你'。旦哥，您知道他们其实想干什么吗？"

"想干啥？我的酒都被没收了，还想干啥？"

"海关那人可真没想没收您的酒，他想找您要个几美金，然后放您一马。没想到您被那个本地员工给绕糊涂了。"

林汉是五一节前到达苏丹出差的，已经有几天了。他补充说："老大，遇到这种事情装糊涂就对了，人家也不愿意在你身上耗太久，时间也是成本,他们与其继续在你身上浪费时间,不如赶紧找其他人找罚款去。"

钱旦反而郁闷了:"早知道我就给他们几美金,把酒带进来啊!特地带过来和大家一起喝的。"

说话间陈永生走了进来,大声叫嚷:"老旦,你这不对啊,太不关心苏丹的兄弟们了,一年才来一次。"

钱旦劈头问他:"怎么去年你两瓶伏特加都带进来了,我一瓶芝华士都被没收了?"

陈永生反问:"你把酒放在哪里?"

"放在行李箱里,过 X 光机时被翻出来了。"

"所以我一直说老旦同学是个实在人,你把酒放在行李箱里还大摇大摆地过 X 光机?不收掉你的收谁的?我那是用个装衣服的纸袋子装着,上面还放了件外套,拎在手上,故意没过 X 光机,他们没留意,以为就是件在飞机上披的衣服。"

一年之后,喀土穆的马路似乎齐整些了,路边多了些装修摩登、灯光明亮的电器店、咖啡馆。

伟华公司的代表处换了办公室,不再像一年前那样分散在几处,而是集中在一栋楼里,像个正经公司的样子了。

代表处软件产品服务的团队变得人丁兴旺,几个人占了一间独立办公室,居然还有了一个小小的实验环境。

钱旦按出差的惯例从机场直接去的办公室,和大家一起忙到凌晨一点才回宿舍。

宿舍条件也明显改善了,这次他住在"蓝房子","蓝房子"是公司租下来的一栋独立小楼,外墙面被漆成了蓝色。他们已经可以做到每个人一间卧室,停电时候有了自备的发电机来对付,尽管发电机功率不够,屋子里的灯总是暗淡地闪烁着,但夜里坐在灯下上网已是一年前不可想象的享受。

不过仍然缺水,等到凌晨两点钟水龙头还是个摆设,他依旧像一年前一样顾不得满身风尘，倒头就睡。

一年前伟华的软件产品卖给ST电信的第一个机柜刚刚竖立起来，如今他们的设备已经进入了苏丹的两家运营商，同时有三个项目在交付，每个白天大家都在客户那里忙碌着。

一年前入职的几个本地员工都在ST电信机房的操作间。大个子甘法斯坐在角落，他见到钱旦的第一眼流露出惊喜，紧接着的眼神却有些迟疑。

钱旦敏感地捕捉到了甘法斯的欲言又止，走了过去："你好吗？甘法斯。"

甘法斯声音低沉："还可以。"

"还可以？"

甘法斯耸耸肩："最近喀土穆的物价涨得飞快。"

钱旦正在想该怎么接他这样的一句话？甘法斯又说："代表处有不少本地员工离开了。Mr.Qian，爱立信在苏丹给的薪水是伟华的两倍以上，ST电信的薪水也比伟华高，而且他们的工作更轻松，不需要加班。"

钱旦问："那么，你的计划是？"

甘法斯勉强一笑："我们四个做软件产品的人都还在伟华，但是，什么时候能涨工资？"

曹松和林汉在里面的设备间，钱旦走了进去："甘法斯绕来绕去地抱怨薪水低，他说爱立信和ST电信都在挖我们的人？"

曹松说："是啊！苏丹现在和平了，我们还没把Y公司赶跑，爱立信又回来了。他们是业界老大，薪酬高，挡不住。ST电信也不地道，就地取材，直接挖乙方的人。伟华成学校了，这帮本地人啥也不懂的进来，好不容易培养起来了就被友商、客户给挖走了。"

钱旦说："去客户那边倒不怕，他们这些技术型的工程师，过去了之后的个人价值之一就是掌握伟华的设备吧？我们的设备越多这些人越受重视，我们注意好聚好散，维护好和他们的关系就行了。

爱立信要真两倍薪水挖我们的普通工程师也不怕，那他们的成本得多高？我们关键是把骨干识别出来，重点保留住，只要树干有活力，掉些叶子不怕，发新芽发得快就行。"

林汉满不在乎地说："老大说得对，我们要留住的骨干就是曹松，还有艾哈迈德·伟、穆罕默德·军，苏丹人走了就走了，本来就靠不住。"

钱旦立即表达自己的不满："我不同意，我说的骨干不等于中国人。别总说苏丹人靠不住，我问你们，西方公司在苏丹用的是什么人？难道也是一堆美国人、瑞典人在这边？凭什么别人在哪里都能用好本地人，我们就不行？"

钱旦转过身，对着外面的操作间继续说："你们看外面，中国人坐左边，讲中文，本地人坐右边，中方、本地两张皮，明明是我们自己对本地人的培养没有真正做到位。"

林汉坚持己见："老大，都在说，全世界出租车司机都是巴基斯坦人，全世界佣人都是菲律宾人，全世界程序员都是印度人，我们为什么不能把全世界电信工程师都变成中国人？这才是全球化，全球一盘棋的分工合作嘛。"

曹松发言："哎哟，汉哥您这话说的，好像格局很大嘛。"

林汉得意，钱旦更加不爽："我靠！格局大啥？第一，你考虑过成本没有？养一个常驻的中方员工的工资、补助和其他费用加起来够养几个苏丹人？对了，爱立信能用两倍薪水挖我们的苏丹人，是他们没有在这边养一堆瑞典人，整体成本未必比我们高多少！第二，中方员工迟早要回国，你们能在这里待一辈子？还不得靠本地员工扎根当地。"

林汉仍然不甘心，饶舌道："我是可以在埃及待一辈子的，不过曹松可能是不行，苏丹这地方合适的姑娘太少了，他没办法告别处男之身，老大，我们弄两个女员工过来吧？"

没等钱旦继续反驳，曹松在旁边嘿嘿笑："您现在有小雨小雪就可以在这边待一辈子了？人家小雨小雪愿意不？"

钱旦奇怪："连你都知道小雨了？林汉还要我千万不要跟别人说，我说伟华的人特别八卦吧，消息传得真快，谁告诉你的？"

"汉哥自己一到苏丹就告诉我了啊！他说要赶紧搞定赶紧回埃及去，还要我千万不要跟别人说，原来您对每个人都是说我只告诉你啊？"

林汉顾左右而言他："老大，我真佩服小伟，去年喀土穆骚乱时他一个人藏在防静电地板下面，你看看这地板下面，我是有幽闭空间恐惧症，就算能把自己塞进去也不敢把自己关在里面。"

他说着掀开了一块地板，钱旦跟着蹲下来，打量着地板下面的空间："兄弟们真是不容易啊！"

曹松在一旁嚷嚷："别转换话题啊，继续讲讲您和小雨千万不要跟别人说的故事。"

林汉义正词严地："拜托！不要在客户机房吹水了，赶紧干活。"

他又悻然补充道："我还没搞定小雨，等搞定了，随便你们八卦。"

钱旦问曹松："你呢？在网上找到姑娘没有？"

曹松说："不用在网上找，我妈急得不行，帮我在北京物色好几个了。现在已经有了短名单，资格面试和专业面试我妈都给做完了，就等我回去休假，进行综合面试，决定最终的录用者。"

"你打算啥时候回去休假？"

"不知道，这阵子指定走不开。旦哥，我去年来的时候说过来支持半个月就回去，这一晃一年多了，我现金没带够，这边信用卡又不好使，钱用完了只能借，现在苏丹代表处每个人都是我的债主。我等忙过这阵子真得回去休个假，弄点美金来还债啊！"

钱旦去拜见了代表处领导老钟。

老钟益发风风火火，凌晨一点多才从南部苏丹出差回来，回来后居然直接去办公室召集了个项目分析会，会议开到三点才散，一

206 | 与沙共舞

大早他又出现在办公室。

他的办公桌上摆了四部手机，伟华公司已经和苏丹的三家运营商有了生意往来，他在三家运营商各有一个号码。代表处几乎没有人知道他的第四部手机的号码，那是他用来谈最机密的合同信息的专用手机。

钱旦隔着张桌子坐在老钟对面，一边听他提要求，一边想他怎么能够快速分辨出电话铃声是来自哪一部手机呢？

老钟给钱旦提了两点要求：第一，软件产品必须保障对苏丹的人力投入，正在交付的项目一天也不能延误；第二，更重要的一点是一年以内不能出现任何网上的重大事故，必须保证客户有很高的满意度。

总而言之，未来一年对代表处奠定市场格局异常重要，软件产品不能掉链子。

钱旦不喜欢随便拍胸脯，他沉默着盘算如何才能支持好代表处的工作，在心里悄悄地为曹松叹了口气，老钟的两点要求都需要有人盯着才能落实，曹松的休假计划又不知何时能实现了。

很不幸，第二天他们的系统就出重大事故了。

| 第二十八章 |

重大事故

第二天中午，曹松和钱旦站在 ST 电信楼下准备打电话叫兄弟们一起去吃饭。

曹松拨着手机，越拨越紧张："旦哥，我打楼上几个人的电话打不通了。"

钱旦掏出手机："我打下林汉的电话。"

那天林汉不在 ST 电信，在伟华的办公室里。

钱旦也紧张了："打不通。"

曹松说："旦哥，我打你电话。"

说罢他拨了钱旦的电话，两个人面对面站着，尽管曹松没有用免提，钱旦还是清清楚楚听见他手机里的忙音。

两个人背上直冒汗，转身噔噔噔往楼上跑。

他俩冲进机房，就见甘法斯和两个客户围着小伟，小伟专注地盯着维护终端。曹松叫："小伟，怎么回事？"

小伟声音颤抖："不知道，好像业务全断了，我在跟踪消息、看日志。"

"你怎么不通知我们？"

"我不知道你们在哪儿，打你们电话打不通。"

曹松看了一眼维护终端，当机立断："别找原因了，你把几个业务进程重启一下，我去把交换机的几块板子倒换了。"

他俩分头操作，一个重启主机上的软件进程，一个倒换交换机上的主备板，然后，几个人焦急地等待着，几十秒的时间特别漫长。

小伟喊："哎，应该是好了，我拨测看看。"

话音未落，老钟黑着脸走了进来，陈永生紧跟在后面。

老钟大声说："怎么回事？我正在见 CEO，说业务全断了，是我们预付费系统的问题！"

曹松赶紧说："好了，好了，我们正在拨测，已经恢复了。"

老钟连着发问："断了多久？断了多少用户？什么原因？"

曹松回答："看日志断了三十分钟，还不知道原因。"

老钟很不满意："不知道原因？你们断了也不知道怎么断的？好了也不知道怎么好的？"

钱旦解释说："钟总，我们先通过重启、复位把业务恢复了，接下来再找原因。我们处理重大事故应该是优先恢复业务、然后再找原因这个顺序的。"

老钟身后的陈永生发言："不知道事故原因？那事故会不会重现？"

钱旦赶紧表态："我们守着，找到原因之前我们全部守在这里。已经向家里通报事故，拉研发的专家上来分析了。"

老钟要求："向家里哪个领导通报事故了？给你们王总打电话没有？马上安排最牛的研发专家支持，赶紧查清楚原因，我先回 CEO 那里去，有进展第一时间打电话给我。"

陈永生跟着老钟走出去又折返回来，把钱旦拉到一旁，压低声音说："最好别是伟华的原因，尤其不能是人为事故，即使是，你也要弄成不是，不然要'死人'的。"

通信网络的重大事故通常指的是因为设备故障导致电话打不通、短信发不出、上网上不了等业务中断的情况。这样的重大事故不仅会给电信运营商造成经济损失、品牌伤害，还可能带来恶劣的社会影响。

一张通信网络不可能永远是零事故，但必须能够及时恢复事故，必须避免同样的事故一再发生，伟华作为设备供应商，有理所当然的责任和义务。

伟华有严格的事故处理以及回溯的机制，在每一起重大事故处理完成后都必须先进行技术回溯，找到导致事故发生的所有原因，识别出根因，然后在技术回溯的基础上进行管理回溯，找到在业务流程、管理机制上的改进点，并且对责任人进行相应的问责。

重大事故的根因分类要么是因为客户或者网络上的第三方设备导致的非供方原因事故，要么是因为伟华的设备原因或者现场服务人员操作错误导致的供方原因事故。

最糟糕是被定性为现场服务人员操作错误导致的人为事故，当事人往往会受到严厉的处罚，例如一年多以前，也门代表处的人为重大事故之后，当事工程师被辞退，代表处服务主管被撤职、调离，连地区部的老韩、老谢都负连带责任被通报批评并被罚掉一笔"巨款"。

几个人已经不存在吃午饭这回事了，也忘记了晚饭。

他们一直忙到深夜才把事故的来龙去脉梳理清楚，ST电信的这套预付费系统的核心数据网络未与客户维护人员的维护操作网络做有效隔离，客户维护人员的网络也没有与客户办公室的办公网络做有效隔离，正是其办公室网络上的异常网络流量，也就是所谓的网络风暴导致核心系统受到影响，从而导致事故发生。

事故中断时长三十分钟，五十万用户呼叫受影响，也就是说当天中午苏丹有五十万手机用户在三十分钟内打不通电话。

事故的导火线是客户办公室网络的网络风暴，客户的维护团队也不想把账算在自己头上，和曹松他们一起写了报告，把事故原因归结在了其办公网络的管理上，再加上陈永生跑上跑下地做着几个关键客户的关系，两边的管理层对曹松他们并没有太大不满，只是责令双方技术团队完成数据网络的整改。

过了两天，曹松、钱旦召集软件服务团队的所有成员开事故总结会。

小伟讲解了事故回溯报告，他说："这次幸好是客户原因造成的事故，影响不算太大，我们要提高警惕，不能再出事故。"

曹松站起来走到门口望望外面，把门关上，等不及回到座位上就开口了："没有外人，别客户原因事故了，我一世英名差一点就毁在苏丹了！这就是人为事故，几年前在国内就发生过因为网络没有隔离，客户维护人员在维护终端上用'金山影霸'看电影把网络搞瘫了的事故。早几年公司就发过预警要求全网整改，现在都是哪一年了？亏得是在苏丹，要是在国内现在出这种事故我就死定了。都算我的错，下不为例，我明天请大家好好吃一顿去。"

钱旦说："这颗雷好歹是被我们自己踩了，没有留给后人。不仅是 ST 电信的数据网络要整改，我们要组织检查中东北非的所有数据网络，有隐患的都得整改。另外，我这两天琢磨，我们要把维护工作的要素总结出来，提高警惕，抓好三个 K，第一个 K 是 Key Network，我们把区域内需要重点保障的关键网络识别出来，重点盯防；第二个 K 是 Key Actions，明确每张网络日常维护要做的关键动作，包括日常的检查；第三个 K 是 Key Time，每张网络都要有应急预案，维护人员要熟知事故发生时的应对方法，还要不时演练。"

林汉说："三个 K，好，我现在就提一条 Key Action，今后所有兄弟都要有两个手机，而且必须是两个不同运营商的手机，万一再出这种业务全断了的事故不能再互相联系不上了。"

小伟说："我也提一条……"

既然曹松表了态要请大家好好吃一顿，大家没有理由不热烈拥护。

他们去了喀土穆新开张的一家中餐馆。曹松带着钱旦、林汉等人先到，不一会儿，陈永生带着小伟、小军，一个人抱着一箱啤酒，走进了包间。

钱旦直勾勾望着三箱啤酒："青岛啤酒，你们从哪里弄来的？"

陈永生得意地说："还惦记你那瓶芝华士不？我这反正不是放在行李箱中大摇大摆拖进来的。"

曹松在一旁说："他从中铁的人那边买过来的，珍藏一段时间了，今天居然舍得全部抱出来？"

"那当然，我的家底全在这里，你们还喝不到位我也没办法了。"

酒过几巡，钱旦觉得肚子胀了，起身去洗手间。

走到洗手间门口，他正要推门进去，门被从里面拉开，出来一人，差点没和他撞个满怀。

他定睛一看，那人却是张旺。

张旺看到他，也是意外的表情："这么巧，你也来苏丹了，来处理事故的？"

钱旦张口就问："谁告诉你我们出事故了？"

他下意识地把重音放在了"谁"字上。

张旺走到洗手盆前，低下头，慢条斯理地洗着手："还要谁告诉我吗？你们大中午的断了三十分钟，五十万人打不通电话，苏丹人民没去砸客户的营业厅算你们走狗屎运了。"

"你知道得这么清楚？"钱旦借着酒意，语气中明显流露出了不友好。

"我去 ST 电信随便找个人，就能看到你们写的事故分析报告，你以为呢？"张旺关了水龙头，把手甩了甩，仍然没有望向钱旦。

钱旦心里有话，不知道怎么说。他推开洗手间的门，又停下了脚步，突然转过身来冒出一句没头没脑的话："旺哥，你别老缠着曾子健啊。"

张旺终于转过身来，望着钱旦，仍然是慢条斯理地："兄弟，你喝多了吧？什么叫我老缠着曾子健？你是觉得我把曾子健带到沟里去了？我可以很负责地告诉你，给他带路我还不够格。看来你并不了解你的好朋友啊，他可比我厉害多了。"

钱旦一回到包间,陈永生醉意深深地叫:"老旦,跑哪里去了?兄弟们说你尿遁了,我不信,旦总是那样的人吗?再说,你要在开罗也许还能遁到哪个相好的家里去,在喀土穆你想遁也没地方遁吧?"

钱旦说:"哎,我在外面看到 Y 公司的人也在这里吃饭,大家小声点,隔墙有耳。"

陈永生说:"小什么声?我们不谈工作就行了。"

他拉着钱旦的胳膊,把他拉近一点,小声说:"苏丹下半年有个决定性的大项目,我们在引导 ST 电信重新建网,上 3G,老钟本来想作为一个保密项目悄悄运作,但是瞒不住,还是被 Y 公司知道了,要招标了。老钟志在必得,想一举把 Y 公司赶出去。"

"什么时候会出结果?我要不要提前准备交付资源?"

"不急,节奏没那么快,但年底前肯定要拿下来。所以最近非常敏感,你们千万不要再出事故了。老钟非常小心,你那天不是说他有四部手机吗?有一部就是他在运作这个项目时越想越不放心,专门又买了部手机,知道这个手机号的人加上地区部领导不超过五个人,防人知道号码后窃听他。"

钱旦说:"窃听?越来越夸张了啊!"

酒足饭饱,他们又习惯地回了办公室。

林汉戴上耳机开始打电话,钱旦和陈永生坐在一起聊天,曹松伸了个懒腰,走向后院。未几,他的嘶吼声在后院响起:

把握生命里的每一分钟
全力以赴我们心中的梦
不经历风雨
怎么见彩虹
没有人能随随便便成功

老钟从自己的小办公室里走了出来，向门外走去，他行色匆匆，听到歌声后停了停脚步，大声说道："靠！疯了一个？是曹松吧？陈永生，你请大家吃顿饭，放松下，别全疯掉了。"

办公室里的人笑了起来，陈永生回答："刚吃完，曹松今天喝好了。"

老钟又说："你们小心点，公司只看结果，看贡献。结果好，我们做的一切都是对的，结果不好，我们做的一切都是错的。公司从来只有真心英雄，不存在什么悲情英雄。"

言罢，他消失在门外。

钱旦在想，这两年很多同事从国内来到海外，有些人如自己一样做好充分准备之后才出来，有些人如曹松一样是从"出趟短差"一不小心变成了"扎根天涯"，但大家都是既来之，则安之，默默奋斗在世界每个角落，着实不容易。

陈永生在想，谁说中国人在传统上只是守着自己的黄土地，没有冒险精神？唐朝僧人千里跋涉向西域，郑和船队浩浩荡荡至非洲，清末十二岁的幼童们就组团漂洋过海去求学，今天的人们不过是追随着前人的脚步而已。尽管几百年来，中国人的一步一步走得太缓慢、太艰难。

林汉在一旁摘了耳机，神秘兮兮地走到钱旦身边："老大，我们到外面去，跟你说个事，太令人震惊了！"

钱旦莫名其妙地跟着他一直走到了院子外面，站在院门口的路边。

林汉按捺不住地用嗓子眼里发出的声音说："我靠，真的有无间道啊！地区部抓到了一个内鬼。"

钱旦觉得尾椎骨处突如其来一股凉意，顺着脊梁一路冲到头顶。他能够感觉到自己的声音的颤抖："抓到了谁？谁是内鬼？"

第二十九章

内鬼老郑

林汉没有留意到钱旦的异样,继续用嗓子眼里发出的声音说:"老郑!"

钱旦的声音更加颤抖:"哪个老曾?"

林汉放大了音量:"项目管理办公室的老郑,那么老实一个人,其实是内鬼!"

钱旦一愣,没有说话。

林汉似乎发现了他的异样:"万万没想到吧?上个星期公司安排他回深圳,说是出差,然后,警察来公司把他抓走了。他一进去被坦白从宽抗拒从严地一吓,很快就招供了,说是从前年开始给Y公司做内鬼,卖了几十份机密文档过去,收了上百万的好处费。"

林汉竹筒倒豆子,继续说:"听说他是在踢球的时候认识了Y公司的一个老乡,然后经常一起吃饭、踢球,一开始那边只是问他要了一份公司的内部发文,事后给了他两千块。然后就收不住手了,越给越多,把我们的投标策略、成本数据、报价信息,甚至不知怎么搞到的研发保密文档都发过去了。我和他比较熟,他都四十多了,在海外常驻有四五年了,儿子在上小学,老婆在深圳一边带小孩,一边还在宝安那边一个很偏远的工厂上班,很辛苦的。他老婆不知道他在做内鬼,还以为是这两年公司奖金高,看着家里条件越来越好,挺开心的,正准备辞了职专心带娃。这一下晴空霹雳,她找到公司说要变卖所有家产赔偿公司,把老郑赎回去。老郑的老爸七十多岁了,身体不好，也急急忙忙从老家赶到深圳，给公司写了一份很长的道歉信，讲他妈妈一听到消息就休克了，好不容易抢救过来，请公司看在他上有老下有小的份上，谅解他。"

钱旦问："公司会谅解吗？"

林汉说："不会谅解的，会谅解就不会报警走司法程序了。这两年公司内部卖信息的，各种贪腐多了，老板说公司就像一个大粮仓，本来有几只老鼠打几个洞偷点粮食没什么大不了的，就怕不采取措施的话有破窗效应，老鼠越来越多，洞越来越多，公司就扛不住了。老板说今后凡够得上犯罪嫌疑的，一律报案，走司法程序处理。"

林汉又说："你知道公司是怎么抓到他的吗？他怕被电脑上的监控软件监控到，都是悄悄把文档打印出来送过去，现在公司的监控软件升级了，监控到谁的电脑大量打印保密文档就会告警，提醒信息安全办公室核查权限。老大，小心啊，听说公司的监控软件是和微软合作开发的，嵌在 Windows 中的，越来越强大了。"

钱旦说："我早就很小心了，你自己小心点，别违规被抓住了要我负连带责任。公司发的电脑本来就不是私人物品，讲得很清楚是公司财产，是办公用的工具。我早就是两台电脑，用私人电脑干私人的事情了。"

他想了想，问林汉："就抓了老郑一个人？"

"是啊。"

钱旦又想了想，不解地问："你怎么知道这么多事情？不是你自己演义出来的吧？"

"这种事怎么可能是我自己演义的？我刚才在给小雨打电话，她告诉我的。"

"小雨怎么会知道这么多事？"

林汉沉默了几秒钟，悻然说："牛总告诉她的。"

牛总是地区部的一位领导，钱旦那次在约旦死海边上误闯机密会议的会场就是被他给抓住的，他确实是能够及时掌握情况的人。

钱旦仍然疑惑："他怎么会跟小雨讲那么多事？"

林汉激动了起来："TMD，他想泡小雨！"

"牛总泡小雨？不会吧？"

"怎么不会？狗改不了吃屎，他以前是在国内代表处做代表的，就是因为泡妞，东窗事发，被公司贬到中东北非来的。他在这边的代表处老实了几年，工作能力和绩效上没说的，又升上来了。他现在经常约小雨吃饭、打球、出去玩，还故意在聊天的时候透露自己的收入有多高，在深圳有几套房，自己的成功经验，公司的各种八卦内幕，就是要让小雨被洗脑，认为他是公司高管，牛闪闪，崇拜他。"

"那小雨是什么反应？"

"小雨完全没意识到危险，她在我面前惊叹牛总真有钱，牛总什么都懂。昨天又是，牛总在宿舍请客吃饭，叫了几个人，但是不知道怎么吃着吃着就只剩他们两人了，他又跟小雨吹了很多牛，讲了老郑的事。我最近给小雨打电话，经常听得胆战心惊的，很不爽，老大，你说我怎么办？"

钱旦说："要么你多提醒下小雨？"

林汉说："我提醒了，让她离牛总远点，她每次都说好，但下次牛总一叫她，她又去了。老大，我那天在网上看到一个报道，讲在深圳检察院强奸诉讼案中，有80%是熟人所为，就是在同事、同学、朋友之间发生的，这还只是撕破脸报了案的。"

钱旦安慰他："你也别想得太夸张了，牛总强奸不至于吧？顶多就是道德品质问题。"

一辆载着公司同事的车返回办公室，车灯射向他俩。

借着灯光，钱旦猛然看到林汉愤懑的眼神，吓了一跳，赶紧说："我觉得小雨也不至于那么好骗，你还是赶紧认真地向小雨表白，你先诱，诱成功了就高调一点，看着她，帮她消除身边的花花草草。"

林汉点头："我回开罗就找小雨。"

然后，他欲言又止，还是说了出来："人家都说上海人精明，你说小雨会不会也有点？故意接近领导？"

钱旦反对："你上次不是自己跟我说小雨是太善良、太单纯，不知道怎么拒绝别人的吗？何况现在是牛总那么大一个自带光环的领导。你上次跟我说完，我特别留意小雨了，发现她确实对每个人都很有礼貌，很温柔，不过我觉得就是因为她是个善良、没有心机的小女生，她并不是在对男生乱放电，不过确实有点漏电体质，有时候不小心漏漏电而已。"

"漏电体质？老大，你这个词用得！"

听到抓了内鬼老郑的消息，钱旦从心底里舒了口气，顿觉轻松。他和老郑不熟，他为自己对曾子健产生了那么大的误会而内疚。

他坐在电脑前，看着MSN的联系人们，先给曾子健留了句言："在干吗呢？"又给老谢留了句言："在干吗呢？"

他等到了老谢的回复："收拾行李。"

钱旦问："你要离开乍得了？去哪里？"

老谢答："摩洛哥。"

钱旦再问："常驻还是出差？"

老谢再答："常驻，试图转身做售前失败，回技术服务做专职项目经理。"

伟华公司从海外电信运营商手里拿到的合同越来越大，项目的规模越来越大，项目交付的压力越来越大，越来越多的技术服务骨干在转向专职项目经理。只是老谢这次是因为在乍得丢了项目，被赶回技术服务部了。

钱旦赶紧告诉他："地区部抓到内鬼了，项目管理办公室的老郑，是不是很意外？"

老谢没有在MSN上回复，钱旦的手机立刻响了。

钱旦把从林汉那里听到的话转述给老谢，末了，他说："乍得丢单肯定也是他的原因，你们不应该再背锅啊！"

老谢沉吟："乍得丢单的事情公司已经回溯完，有结论了，我确实经验不足,大意了。而且,我感觉这个项目丢单应该和老郑的事情无关。"

"为什么?"

"老郑是地区部项目管理办公室的,乍得这个项目我们已经很小心了,报价不会泄露到他那里去。"

"你以为公司的信息安全真做得很好?老郑如果刻意去偷听也没那么难吧?"

"他招供了这个事情吗?"

"那我就不知道了,这种事情公司又不会急着广而告之,得打听打听去。"

钱旦瞟了一眼电脑,曾子健仍然没有回应他,下线了。

钱旦和林汉结束了苏丹的出差任务,准备返回埃及了。

临走前一天钱旦和客户开了一整天的会,开出了身心俱疲的感觉。

那天本来只是一位软件产品销售人员去和 ST 电信的一位部门经理确认业务需求的实现方案,他谈着谈着觉得吃力就把曹松、钱旦、林汉全给叫了过去,他们几个过去后谈着谈着还是觉得不能确认的事情太多并且超出了技术服务的责任范围,就把客户经理陈永生叫了过去,中午,代表处两个兄弟产品线的同事也赶到加入了讨论。

自始至终客户只有那一位部门经理参加,伟华公司却是七个人先后被卷入,看起来像"三英战吕布",但钱旦清晰感受到了伟华公司应对类似业务场景时的效率低下。

离开 ST 电信时天色未暗,陈永生拉着钱旦去了青尼罗河和白尼罗河的交汇处。

尼罗河是由卡盖拉河、青尼罗河、白尼罗河三条河汇流而成的,其中大的两条青尼罗河发源于埃塞俄比亚高原,白尼罗河发源于布隆迪高地,它们在喀土穆汇流成一条大河,再向北奔流进入埃及境内。因为河水中携带的沉淀物不同,它们的颜色也不同,"一条青色,一条白色,汇合时泾渭分明,水色互不相混,平行奔流,犹如两条玉带"。

他俩下了车,站在路边,望着大河。陈永生说:"老旦,你现在口碑不错啊,大家都说软件服务改进很大。"

钱旦谦虚地表示:"算是开始上轨道了吧,这一年总算把各个代表处和地区部团队的能力构建成型了,然后,几个项目打下来,大家开始弄明白在中东北非的正确玩法了。"

陈永生问:"今天和客户开了一天会,什么感觉?"

钱旦长叹一声:"真累!我们一堆人围着客户一个人转,还这么累。"

陈永生再问:"你想过为什么吗?"

"为什么?因为我们是没胡子的,太年轻了,经验没人家丰富。"

"错了,是排兵布阵的问题。我们现在一线是客户经理、产品销售、技术服务三条线像青白尼罗河一样泾渭分明,然后产品销售和技术服务还按不同的产品来划分团队,进一步割裂。大家的KPI不一样,利益诉求不一致,又都能顺着各自的行业线在地区部、公司机关找到后台,部门墙很高很厚啊!一线作战团队那么高的部门墙,怎么能够高效运作?以前我们主要是在中国区卖硬件设备,卖'盒子',这个矛盾还不突出,现在我们要针对客户业务运营的痛点提供产品和服务解决方案了,继续各自为战,越来越笨拙了。"

彼时,伟华公司的普遍现象仍然是客户经理"管杀不管埋",只在意订货的数字,只在意做客户关系,不在意合同签署之后的项目交付是否顺利,甚至不顾自己签的合同能否带来合理的收入、利润和现金流。

产品销售人员只顾做设备的配置、报价等工作。

技术服务工程师则画地为牢,只负责签了合同之后的工程和维护,没精力也不愿意在签单之前做更多的售前工作。

再加上各个产品线的职责细分,又是矩阵式管理,大家貌似各司其职，实则无人对全局负责，自然效率低下。好在大的目标与方向一致，公司内部人际交往相对单纯，前进的势头还是不可阻挡。

钱旦有共鸣："我有同感，关键是怎么办？"

陈永生说："我一说你又有同感了？老钟在组织大家讨论，我们打算先不管公司和地区部的组织，在代表处做些组织变革。"

钱旦饶有兴趣地问："你们打算怎么变？"

陈永生故作神秘："我们现在还是在代表处主管层面讨论，先不跟你说细节，万一你们这些地区部行业线的主管碍手碍脚呢？看《亮剑》没有？"

"《亮剑》？电视剧吗？没看，我在看《越狱》。"

"《越狱》不错，《亮剑》也很好看，老钟迷上里面的李云龙了，在代表处向大家强力推荐中，建议你看看。"

"我对国产电视剧没啥兴趣。"

"这部真不错，现在很火，老板也在推荐。李云龙牛就牛在敢自己做主，敢承担责任，公司将来一定会给一线更大的业务决策权，会更大程度让一线听得见炮声的主管决定自己的命运的。"

两个人聊得起劲，夜色渐浓，周围越来越宁静，他们终于回到了车上，沿着尼罗河边的公路向着办公室方向驶去。

| 第三十章 |

强吻事件

钱旦和林汉离开喀土穆没几天，曹松拉着小伟来到青尼罗河和白尼罗河的交汇处。

小伟在两天前突然提出要离职，曹松和陈永生一起劝了一次，未果。于是，隔了两天拉着他来到兄弟们的老地方谈心。

他们把车停在路边，两个人坐在车上，没有下车。

曹松问："真下决心了？你这才来了一年啊，就赚够钱了？"

小伟有些拘谨地说："我考虑很久了，苏丹是补助高，赚钱快，但我回去也能慢慢赚钱。我回石家庄，房价比北京低，没有你那么大压力。"

曹松说："苏丹环境太艰苦？扛不住了？要么你先回去休个假？实在不行我和旦哥商量商量，给你换个国家？"

小伟说："也不是扛不住了，我早就习惯外部环境了。去年骚乱时我一个人藏在机房地板下面快被吓死，也没崩溃。"

曹松想了想："你在这边有发展空间啊，苏丹业务发展这么好，你更年轻，过两年我回北京娶媳妇去了，你先接替我，今后的发展空间更大。"

"松哥，我没想要那么大发展空间。"

"你找到下家了？"

"没有，我回去休息两个月再说。"

"哎，兄弟，你想清楚了自己想要的是什么没有？别一时冲动，盲目地走了，将来后悔。"

小伟不再拘谨，变得坚定起来："松哥，我不会后悔的。虽然我现在不知道我想要的究竟是什么，但是我越来越知道我不想要的是什么！"

曹松问："你不想要什么？"

小伟决然地说出了憋在心里的话："我不想要继续在海外过这样没有私人时间的生活了，就像早几天半夜两点钟你们敲门叫我去开老钟召集的会，我睡死了没醒来第二天被老钟批了一顿，问我为什么不参加会议？你们都习惯了开个会不提前发会议通知，半夜两点来敲门叫？我睡死了没听见不行啊？还有，星期六例行不休息，星期天还非要一堆人坐在一起看《亮剑》，有什么好看的？不只在苏丹，在公司哪里都是这样的吧？我能理解老板说的伟华是后来者，我们必须把别人用来喝咖啡的时间用来加班加点才可能赶得上，但是，松哥，人各有志，我不乐在其中了，这不是我想要的生活。"

曹松知道多说无益了，发动了车："走，我俩去北京餐馆弄点二锅头喝去。这样吧，你再坚持多干两个月，帮我撑过这段时间再走，怎么样？"

晚上，曹松给钱旦打电话，通报了小伟要离职的事情。

钱旦不甘心地说："我有必要给他打个电话，再劝劝他吗？"

曹松说："我觉得意义不大，旦哥，他说他特地等你们回埃及后才提离职，就是怕你们当面劝他，他会扫了你们面子。"

钱旦叹口气："好吧，在伟华工作就好像两口子过日子一样，我们喜欢公司这个调调，就能乐在其中，一直干下去。不适合公司风格的就会从骨子里觉得别扭，总是会想离开。我在苏丹的时候怎么跟你们说的？中国人迟早要走的，赶紧培养本地员工吧！"

钱旦和林汉回到开罗没几天，地区部的本地员工阿马尔邀请他们去自己家里做客。

阿马尔是个二十七岁的埃及胖小伙，在地区部软件产品服务部几个帅丑不一、性格迥异、家庭背景各不相同的开罗青年中，钱旦最喜欢的就是阿马尔，他既忠厚、实在，又敏感、聪明，还有很强的适应能力。

这一年来他先是去马尔代夫出差支持伟华在当地建设的一张 3G 网络，获得了项目组的高度评价；从马尔代夫回来以后又去了苏丹出差，去了不久钱旦就听说，在他们苍蝇纷飞、仅供应中国菜的喀土穆食堂里出现了一位忠实的阿拉伯食客，一打听名字，正是阿马尔。

地区部的埃及员工中愿意加班的很少，有一次到了下班时间满屋子中国人都在忙碌，埃及人则纷纷收拾电脑，按时离开办公位。一位忙得晕头转向的中方主管对着他的下属叹道："我为什么每天都加班？你为什么每天都走得这么早？"

他那位美女下属给出个灿烂笑容，"因为你是中国人，没有真主帮助你；我是埃及人，真主会给予我一切。"说完毫不迟疑扬长而去。

阿马尔也曾经问过"为什么中国人总是这么勤劳"之类的问题，但他很快就知道了关于中国的一切，从北京天安门到新疆广阔天地，从华强北电子产品到坂田洗脚城，从计划生育到改革开放。

他常常和中国人一起加班，甚至连中文都要难不住他了。有一次阿马尔兴奋地告诉钱旦"我解决了一个中文问题"，原来，又有代表处一线的中方工程师没心没肺地使用中文来提交问题单，向地区部求助，阿马尔接到问题单后一声不吭，借助"谷歌翻译"看懂了问题，指导中方工程师解决了技术难题。令钱旦既开心，又有几分尴尬。

年初做 PBC（个人绩效承诺）沟通时阿马尔一本正经地对钱旦说："我要加一条个人承诺，今年通过汉语考试。"

星期六晚上，阿马尔开车过来接了钱旦、林汉，林汉还叫上了小雨同行。

阿马尔兄弟姐妹三人，一个姐姐已经出嫁，一个弟弟在开罗大学念书,他还没有买自己的房子,和弟弟一起住在妈妈家。

他们家在城里一栋老旧的公寓楼中,楼前马路不宽敞也不平整,楼内有一部一次只能挤进去两三个人的旧式电梯,电梯外加了道门,门上加了把锁。

钱旦第一次看到门上挂把锁的电梯,问阿马尔,阿马尔说因为总有住户拖欠管理费,所以就把电梯上了锁,只有按时缴费的住户才能够使用。

一进门钱旦就看见客厅墙上挂着幅中国画,亭台楼阁小花园的那种,他以为是阿马尔加入伟华公司之后的布置,阿马尔却说是他妈妈一直的喜好,看来他能够迅速融入伟华公司未必是偶然。

阿马尔妈妈也是胖胖的,和蔼可亲。她虽然不会英文,但一点也不让人觉得有疏离感。

餐桌上早已准备好了丰盛的晚餐,埃及大餐当然会有胡姆斯酱、腌橄榄、大饼,主打的当然会是牛羊肉。

钱旦爱吃阿拉伯人的烤牛肉、烤羊肉,但那一桌子肉食分量太扎实,除了大块的牛羊肉还有大块的牛肝等,它们迅速填满了他的胃,尤其是一大块牛肝下肚后,钱旦觉得有些发腻了。

中国人鸣金收兵的时候埃及人还在击鼓前进,阿马尔热情地劝钱旦、林汉和小雨再吃一块肉,甚至嘲笑中国人胃太小。他们三人甘拜下风。

吃完饭从餐厅转移至客厅,吃水果。去年在沙特人家也是这般流程,不同的是在埃及人家里能看电视,电视节目还算丰富,他们可以对着电视上的歌舞女郎评头论足。

吃完水果阿马尔提议去吃冰淇淋,钱旦以为就在楼下吃,他却开车带他们去了解放广场。

解放广场附近有一家人气极旺的冰淇淋小店,时间已经是晚上十点多,店里店外人头攒动,他们好不容易挤到柜台前,三埃镑一个的冰淇淋味道一点也不输给摆在装修讲究专卖店里的"哈根达斯""PPG"。甜点可谓整个阿拉伯世界的一大爱好。

"The night is young（夜未央）",他们驱车上了木卡通山顶。

木卡通是开罗制高点，白天在上面整个城市尽收眼底，旅游书上以为高地的金字塔、阿里清真寺都在其脚下，很有一种俯瞰众生的感觉。晚上，开罗的万家灯火和天上的星星连成一片。

山崖边零散摆着一些藤椅，属于旁边那些供应阿拉伯红茶和水烟的小店。林汉和小雨先坐下了，钱旦向林汉使了个眼色，拉着阿马尔找了两个隔着好几米远的椅子坐下。小雨望了他俩一眼，笑了笑，扭回头去看着开罗的灯海。

钱旦和阿马尔一人一樽水烟，腾云驾雾。

阿马尔突然对钱旦说："如果我换个部门去做销售是不是会有更好的发展机会？"

钱旦警惕地望着他："为什么？你为什么这么想？"

阿马尔支吾了一阵子，终于直说："你知道无线产品服务部那个穆罕默德吗？他已经有头衔了，我还什么都不是。"

他脸上露出了委屈。

穆罕默德是地区部第一大产品无线产品服务部的一个本地员工，与阿马尔前后脚加入的伟华，最近被部门指定为了副部长，协助中方主管的工作。阿马尔已经度过了在伟华的最初日子，开始思考自己在这家中国人的公司的发展通道问题了。

阿马尔的委屈提醒了钱旦，他说："我们部门比无线小，之前没想到要设置个副部长。谢谢你提醒了我，我想我确实需要一个本地助手来一起带领团队了。"

他心想自己总叮嘱各代表处的团队加快培养本地员工，却只关注到了他们的技能提升，忽视了及时给予正式的组织激励。给个这样的"副部长"头衔又不需要公司任命，向老韩请示请示就行了吧？

要解决中方员工和本地员工两张皮的问题，不就是需要先在本地员工中识别出同路人，再把同路人变成领头羊么？

他望着阿马尔："我明天就和 Mr. 韩讨论此事，我们都看得到你的能力和绩效，不要急。"

阿马尔一笑，一口烟雾从嘴里喷出，升腾在他和钱旦之间。

林汉和小雨一人点了一杯阿拉伯红茶。

小雨端着茶，若有心事的一直望着远方的灯，发着呆。

林汉望着她，暗里着迷。

就在他要开口表白之际，小雨喝了口茶，转过来朝向他："我跟你讲件事情呀。"

"好呀，什么事情？"

小雨端起茶杯又喝了一口茶。

"什么事情呀？说呗。"

小雨略有迟疑，还是开了口："前天晚上牛总约我去迈阿第俱乐部游泳，我们去了那个小游泳池，游得有些晚，只剩我们两个人了。"

林汉听见自己的心跳得扑通扑通的，小雨一停顿，他就催道："然后呢？"

"然后，他突然游过来抱我，要亲我。"

"亲到了没有？！"

小雨望了一眼头上冒汗的林汉，说："后来我把他推开了，说了声对不起，就离开游泳池去更衣室换衣服了。"

林汉觉得有些不可思议："你对他说对不起？！"

小雨说："我不知道该怎么办。"

迈阿第俱乐部是个会员制的俱乐部，伟华公司办了几张卡给员工共用，大家闲暇时常结伴去游泳和打网球。

林汉更喜欢的是和兄弟们去附近的奥林匹克体育场踢足球，只是跟着小雨去过几次迈阿第俱乐部，知道里面有两个游泳池，小的那一个收费高一点，人少一些，尤其到了晚上就更安静了。

小雨的泳衣是一套很贴身的白色带蓝点的比基尼，林汉一直觉得有些暴露，此刻他脑海里浮现出小雨穿着那身性感比基尼，显露着修长的身材和挺立的胸，靠在池壁，壮硕的牛总吭哧吭哧径直游过来的画面。他觉得呼吸有些急促，又问了一次："他亲到你了没有？"

小雨低着头，望着手中的茶杯，回答他："亲到了一点。"

林汉妒火中烧，问："你穿着那套比基尼？"

"我只有那一套泳衣。"

"我早跟你说要小心老牛，你怎么还晚上单独和他游泳？还穿得那么……吸引人。"

小雨没有抬头，她鼻子有些酸，但没有让眼泪流出来。林汉这一刻的反应并不是她说出心里憋着的话时想要的。

在牛总强吻她的那一刻，她脑袋里一片空白，不知道该怎么办？她这几天很困惑，牛总在她心目中一直是个德高望重的存在，所以她在推开他的那一刻反而下意识地说了一声"对不起"。

她心里认为牛总也许只是情不自禁，也许应该被谅解？她能肯定的是自己绝对不想有下一次。那么，自己要躲开牛总吗？虽然牛总并不是她这个部门的领导，但是伟华人在开罗的圈子并不大，总是会见面的，见到了怎么办？

她忍不住告诉了林汉，希望得到帮助，但这一刻，她又不知道该说什么好了。

恰好那边的钱旦和阿马尔站了起来，钱旦大声说："很晚了，你俩谈完人生了没有？我们该回去了吧？"

| 第三十一章 |

"上天涯"

阿马尔开着他那辆古老的红色土耳其车，三个人先送了小雨，然后，钱旦和林汉回了宿舍。

一进宿舍的门，钱旦问林汉："啥情况？刚才车上气氛凝重，你在山顶上怎么表白的？又吓着人家姑娘了？"

林汉骂道："TMD，人家姑娘吓着我了好不好，老牛那个老色鬼，真的动了小雨！"

钱旦被吓着了："真的假的？他真……怎么动小雨了？"

"TMD，他借一起游泳之机，在迈阿第俱乐部的游泳池强吻小雨！"

"在迈阿第俱乐部的泳池里强吻？太嚣张了吧？不过，在那个地方吻不到哪里去吧？"

"老大，什么叫吻不到哪里去？"

钱旦赶紧解释："我是说那个地方人多，顶多揩个油。"

"顶多揩个油？碰一根头发都不行！"

"那怎么办？"钱旦不喜欢老牛，尤其是在约旦死海边上他误闯机密会议的会场被老牛抓了之后，他说，"投诉一把老牛？他整天嘴里叨叨着勿忘初心砥砺前行艰苦奋斗，一副道貌岸然的样子。"

"怎么投诉啊？她和老牛两个人一起在'中国红'吃火锅，遇到公司一堆人，吃完饭都晚上九点钟了，还去游泳，还去那个僻静的小游泳池，怎么讲得清楚？"林汉愤懑地说，"我早就叫她小心一点,她就是不当一回事。"

钱旦觉得不对,说道:"我怎么觉得你是对小雨有怨气呢?她是受害者吧?刚才在山顶上你俩讨论出啥了?"

"没讨论出啥。"林汉仍然忿忿不平,一五一十地把在木卡通山顶上小雨说了啥,他说了啥,给叙述了一遍,既是讲给钱旦听,又是再讲给他自己听。

钱旦听了,认真发表自己的观点:"小雨跟你讲,是她信任你,希望你帮她出出主意,至少你安慰安慰她吧?一个单纯的小姑娘,突然被那么大个领导偷袭,吓都吓死了。人家告诉你绝对隐私是看得起你,还要被你批评?你谁啊你?"

钱旦接着说:"小雨要是能在老牛面前应付自如那就不是她了。我知道的性骚扰的事情,包括网上看到过的各种故事大部分是这样的,老男人自我感觉良好,自以为大地在我脚下,谁人魅力高过孤家?小姑娘年幼无知,即使怀疑对方图谋不轨也会说服自己,怎么可能呢?他是有老婆孩子的?他那么大一个领导?他那么厉害一个前辈?怎么可能想弄我?是我自己想多了吧?"

林汉嘟囔:"我之前提醒她那么多次她都不当一回事,好像有个领导围着她转就很能证明自己的价值一样。"

钱旦瞪了一眼林汉:"你有什么资格不相信小雨?我睡觉去了。再说了,你怎么不想想现在美女有难,正是你献温暖、搞定她的好机会呢?"

言罢,他回了自己卧室,关上了门。

星期日是埃及每周工作日的第一天,钱旦七点钟醒来,刷了牙,洗了脸,背了电脑,打开了卧室的门。

林汉的卧室紧接着他的卧室,房门关着,里面一点动静也没有。平日这个时候他是敞着门,开着灯,人在洗手间里的状态了。

钱旦走到大门口,正要开门出去,下意识扭头,一愣,发现林汉在餐厅的餐桌前正襟危坐,对着自己的电脑。

钱旦纳闷地问："你起来了？一声不吭坐在这里干嘛呢？"

林汉说："我五点半就起来了，我要送老牛上天涯。"

钱旦又被吓着了。那一年在中文互联网世界里"天涯论坛"如日中天，论坛中有个版块叫做"IT视界"，"IT世界"中有个专区叫做"伟华专区"。

"伟华专区"本来默默无闻，直到两个月前有好事者在上面发了个长帖"伟华中东北非某代表处惊爆大事件"，帖子中用圈内人一看就知道讲的是哪个国家的"匿名"方式描述了该国的国家主管与一名女员工的婚外情，并且绘声绘色地描述着两人在办公室里的"Table Dance"，以及以权换色、以色换利的演义。帖子一出，轰动四海，"天涯论坛"顿时在伟华人及其家属圈子里火爆异常。

从此，"伟华专区"里从哪里伙食不好、哪里宿舍条件差，到哪个主管作风粗暴、哪个代表处加班太多，再到最抓人眼球的桃色事件、家庭生活中的一地鸡毛，各种异象神帖此起彼伏。大家平时也会拿"送你上天涯"互相打趣。

钱旦除了是林汉的舍友，还是他的直接主管，他紧张地说："你打算在'天涯'上发啥帖？没必要用这种方式闹大吧？"

林汉有些拿不定主意的样子，说："我已经发了。"

钱旦赶紧凑了过去，抓过他的鼠标，定睛拜读。

帖子很短，标题叫"色胆包天的中东北非地区部某领导"，写得倒没有过于情绪化："中东北非地区部的某位领导，以前在中国区做代表处代表时就色胆包天，东窗事发后逃到了中东北非。这位领导在埃及仍然不知道收敛，一心老牛吃嫩草，屡次骚扰女员工，甚至借游泳之机，在奥林匹克体育场的游泳池中强吻女员工，真是狗改不了吃屎啊！"

"不是在迈阿第俱乐部的游泳池中吗？"

林汉有些得意地说："我故意说是奥林匹克体育场的游泳池，小雨看到了，就不会认为是讲她的事，会觉得原来老牛还骚扰了别人，认为是别人发的帖,老牛看到了做贼心虚,会自己对号入座,他也不会是认为小雨发的帖子,小雨不会讲错地方。我可不是纯粹的泄愤,我要吓阻老牛。"

钱旦说:"理工男的小鸡贼,你以为别人都会按照你的严密逻辑去推理?"

林汉说:"我打死也不会跟小雨说这个帖子是我写的,我没点老牛的名,但应该能吓阻他,即使别人不知道,他自己应该知道讲的就是他。"

"唉,我反正觉得你要尊重小雨处理这个事情的方式,小雨跟你诉说衷肠,反正不是为了让你嫉妒,让你指手画脚。你多想想怎么安慰她,照顾她吧。我怀疑你到底是在爱小雨呢?还是只是在爱你自己呢?"

"我当然是在爱小雨!"

那个傍晚夕阳将至的时候,钱旦和苏琳去了尼罗河西边的大金字塔。

两个人 5 月 1 日在解放广场附近那家老西餐厅共进晚餐,然后坐着马车沿着尼罗河边的滨河路回到迈阿第之后一直没有再次见面,但常在 MSN 上愉快地聊天。

当钱旦赞苏琳新近拍摄的尼罗河落日的照片的时候,苏琳约钱旦说好久不见,星期六拿上相机,叫上林汉、小雨一起去拍摄金字塔的落日。

钱旦说已经约了去阿马尔家里做客,苏琳又约星期日的时间。

到了星期日,林汉和小雨都支吾着说要加班,没空出去玩。钱旦也忙,并且一点儿也不习惯那么早就离开办公室,但还是极其难得地在五点钟下班时间一到就悄悄地溜出了办公室。

苏琳站在办公室楼下马路对面的大树旁,淡绿色的衬衣扎在修身长裤里,两条腿特别修长,脖子上挂着照相机,正望着伟华办公楼的玻璃门，等着钱旦。

他俩叫了一辆破旧出租车，直扑金字塔而去。到了景区门口，却发现景区已经关门了，只能够隔着铁门和用作围墙的铁丝网远远望着远处的三座金字塔和它们脚下的狮身人面像。

钱旦遗憾地说："怎么办？白跑一趟了。"

话音刚落，两个穿着灰色长袍、牵着骆驼的埃及人走了过来："Hello，我的朋友，骑骆驼吗？"

钱旦摇了摇头，礼貌地问："Execuse me，金字塔每天几点钟关门？"

一个骆驼客热情地说："每天下午四点钟就关门了，不过，如果你们骑我们的骆驼，我们可以带你们进去。"

钱旦狐疑地看了他们一眼，苏琳在一旁开心地说："好呀，你们怎么带我们进去呀？"

另一个骆驼客神秘地说："这是一个秘密，一个你们只需要每人花五埃镑，骑上我们的骆驼就可以知道的秘密。"

苏琳望向钱旦，快速地吐了下舌头："好神秘的样子，我们去探探险？"

既然她说是探险，钱旦更不愿意自己表现得像个毫无情趣的理工男，他微笑着点点头："骑上去呗。"

两只骆驼早就蹲了下来，他俩骑在驼峰间，骆驼一站起来，苏琳叫到："呀，好高啊！"

骆驼客示意他们先交钱。钱旦掏出钱包，给了两个人每人五埃镑，说："OK，现在告诉我们怎么去金字塔？"

骆驼客一牵骆驼，两只骆驼一前一后走了起来。一个人指着景区的侧面说："那边的铁丝网有个洞，我们带你们过去，你们可以钻进去。"

驼铃叮叮当当，不一会儿就沿着铁丝网走到了景区侧面的清静处。

苏琳骑着骆驼走在前面，不时举起手中的相机。

牵着她的骆驼那人嘴里不住地嘀咕着，似是自言自语，终于对着苏琳说："小姐，请给我五埃镑吧！"

苏琳说："刚才那位先生已经付了两只骆驼的钱了呀！"

骆驼客理直气壮地说："是的，刚才你们付的钱是给骆驼的，每只骆驼五埃镑。可是骆驼要吃饭，我们两个人也要吃饭，你们除了给骆驼钱，还得再给我们两人每人五埃镑。"

苏琳笑了，回头对钱旦说："他说刚才的五埃镑是给骆驼的，还要五埃镑给牵骆驼的人，这都什么逻辑呀！"

钱旦一听，恼了，冲着骆驼客喊："为什么？你们刚才明明说的我们两人每个人给你们五埃镑，哪有什么给骆驼的和给人的？"

牵着他那只骆驼的埃及人发问："不好意思，先生，你出来旅行是为了什么？"

钱旦不知道他的问题从何而来？

那人不等他回答，不疾不徐地说："你们出来旅行是要寻找快乐，而不是计较小事，不要生气，再给五埃镑，我们会开心，骆驼会开心，你们也会开心。"

苏琳听了，笑得更开心了，从口袋掏出了两张五埃镑，递向骆驼客。

钱旦不爽："这宰老外了，你还这么开心？"

苏琳说："他说得对呀，我们是来寻找快乐的，别为了几块钱和他们不开心了，你看金字塔，好美啊！"

不止一个同事说金字塔是一个不去会后悔、去了也会后悔的景点，因为"就是一堆石头，没什么意思"；金字塔附近也总不缺纠缠着游客兜售阿拉伯头巾等纪念品的小贩，游客不搭腔还好，只要稍微流露出兴趣他们就会锲而不舍纠缠下去。老天爷没有洁癖，人世间总有瑕疵甚至污糟，可是，吉萨的这三座金字塔已经矗立于此四千六百多年了，它们所经历风沙无数，又岂是芸芸众生所能代言？

苏琳把镜头对准了被夕阳染得更红的金字塔,他和她一样,眼睛里面看到的远不止几座"石头堆"。

两个人坐在了胡夫金字塔塔基的大石头上,沉醉于夕阳。

景区早就关了门,四下里一片宁静。

钱旦的手机响了,是秦辛打过来的。他有一种莫名的尴尬感觉,站起来走向一旁:"Hello啊,怎么今天这么晚了给我打电话呀?"

平日里是他每个星期给秦辛打两次电话,再忙也会坚持。

秦辛慵懒的声音仿佛就在耳边:"没什么事,我今天不知怎么睡不着,有点想你了,你在做什么?"

钱旦望了一眼金字塔下的苏琳,说:"嗯,我在金字塔了,被他们拉着来看夕阳下的金字塔。"

"是不是很漂亮?我也要去金字塔!"

"来呗,我已经把开罗比较经典的一些地方探索清楚了,可以带你去不少地方了。"

"我跟我们领导说好了,10月份我应该可以休个长假,可以到埃及来看你了。对了,我才不要你带路了,我要诗诗带路,人家都在埃及开旅行社了。"

钱旦打完电话,走向独自坐在金字塔下的苏琳。

苏琳凝望着他:"和女朋友打电话呀?"

"你怎么知道?"

"看你打电话的样子就像。你女朋友是做什么的呀?"

"是个会计师,特别擅长于数字的。"

苏琳的目光又投向了远方,问:"钱旦大哥,我问你个问题,你相信爱情吗?"

钱旦觉得这个问题未免过于小女人了,仍是认真作答:"突然冒出这么文艺的一个问题?我嘛,是个现实的理想主义者,爱情婚姻沧海桑田什么的我都相信,并且,我相信自己到了七十岁还是会理想主义地相信一切。"

苏琳笑了笑:"现实的理想主义者?可能我也是。"

她给钱旦讲了她的爱情故事。她有个青梅竹马的男朋友,两个人是初中同学,高中不在一个学校,但是两人开始恋爱了。她父母早早就发现了苗头,但并没有太过干预,一是因为苏琳除了"早恋"之外,是个标准的乖乖女,生活很有规律,学习成绩也很好;二是因为并没有把那样的"Puppy Love"当回事,想着一毕业就会无疾而终的。没想到苏琳和那个男孩一直恋爱到了现在。

苏琳说:"现在我们家包括各种亲戚所有人都反对我们在一起,都劝我放开眼界不要和他在一起,我昨天晚上学人家拿了张纸一半写放弃的理由,一半写坚持的理由,'放弃'那一半写了很多,他高中毕业之后就没有正儿八经地读书了,我算是名校毕业;他现在收入没有我高;小时候我总觉得他玉树临风,后来发现他一米六九我一米七。'坚持'这一半我想了很久,最后只写了个'爱'字。"

钱旦问:"他现在在干啥呢?"

"他一直在成都,之前和人家一起开了个小饭馆,这段时间对在淘宝网上开网店热情高涨,但还没怎么赚到钱哩。"

苏琳脸上永远挂着笑:"我妈可不屑了,说他没正经工作,谁会去网上买东西?我妈还说人们是要享受逛街的原生态乐趣的,我反驳我妈,说她虽然读书多学问大但是没与时俱进,你又不是Teenagers,怎么知道未来的原生态乐趣不是逛网呢?"

听着苏琳的话,钱旦心底里有一点点释然,又有一点点失落。

他又想既然苏琳在纸上列举放弃和坚持的理由,那说明她多少还是受了周围人的影响,有得失错漏的纠结了。他嘴里却是赞许地说:"我记得去年的时候淘宝说要在未来五年为社会创造一百万个工作机会,马云说,'假如你倒过来看这个世界,很多事情是不一样的'。"

| 第三十二章 |

尼罗河畔

2006年德国世界杯渐入佳境，德国和埃及仅仅只有一个小时的时差，大家不用像在中国一样熬夜看球了。

7月1日晚上，四分之一决赛巴西队对阵法国队。

曾子健、诗诗、他们在埃及的旅游公司"Oasis"的合伙人小阿里三个人在"Casino"共进晚餐、一起看球。

这个"Casino"不是赌场的那个英文词"Casino"，而是在尼罗河对岸，距离吉萨"四季酒店"不远的一家河畔餐厅。

餐厅一半在岸上，一半在水上，他们三人选了个最靠近河水的安静位置。

球赛还没有开始，正巧有一群开罗的年轻人在开生日Party，餐厅音响里大声放起了生日歌，一个姑娘举着个生日蛋糕，蛋糕上插着正在燃放的小烟花棒，几个小伙和姑娘跟在他后面排成一列绕着露天的餐厅欢快跑着，大声叫着，整个餐厅气氛变得活泼。

半年前小阿里买下了之前诗诗去打工的那家旅游公司"Oasis"，曾子健是小股东，诗诗成了公司的中方经理。Oasis的规模不算小，除了一般的旅行社业务，还运营着自己的旅游巴士，还在南部的尼罗河上有一艘豪华游轮，就似电影"尼罗河上的惨案"里的那种船，给游客们提供从阿斯旺到卢克索两座城市之间的游轮之旅。

曾子健早早为诗诗画了饼，说要建议公司再买一艘游轮，命名为"Sisi"号，中文意思不是"茜茜公主"号，而是"诗诗公主"

号。但公司赚钱的速度没有想象中的快，他也没有说服小阿里进一步注资。

曾子健认真地把盘子里的牛排切成一小块一小块，切完了之后才叉住一块肉往嘴里塞。

他放下刀叉，对小阿里说："我仍然认为我们应该扩大'Oasis'的规模，我们应该在中国设置自己的办事处，找各个省的代理，然后，我们应该在南部再买一艘游轮，尼罗河四天三夜豪华游轮之旅对中国人会很有吸引力的。"

小阿里放下刀叉，抬起了头，说："曾，我有个建议，你们俩可以投更多的钱进'Oasis'，例如，再买一艘船的钱，这样，你们在公司的股份就增大了，你们投入更大，回报更大。我知道有个朋友正想急着卖他的船，会有个好价钱，而且我们接过那艘船可以立即投入运营。"

曾子健问："你不想增加投资了吗？你发现了更好的生意吗？"

"曾，你真是一个非常聪明的人，"小阿里望了望周围，那群过生日的年轻人正往彼此脸上涂抹着蛋糕上的奶油，他神秘地说，"我父亲的公司，Oscar 电信的股票在未来一年会有很好的涨幅，我的钱投进股市了。"

"真的吗？"

"当然，但这个涨幅并不是因为公司的经营业绩，你不要以你伟华销售人员的视角去解读，那只是一些资本的游戏。这是个秘密，我不能告诉你细节，不过，你要是感兴趣，可以考虑在埃及的股市投些钱。"

曾子健摇头："我不懂股票，我更想我们增加一艘船。"

球赛直到将近零点才结束，下半时齐达内任意球助攻亨利破门，法国队 1:0 淘汰巴西，挺进德国世界杯四强。

曾子健和诗诗在"Casino"门口与小阿里告别，然后朝着不远处的"四季酒店"走去，他俩这一天就留宿在距离尼罗河不到一百米的这间酒店里。

诗诗挽着子健的臂弯，走着，问："怎么不说话呢？你的大罗小罗被淘汰了，不爽啊？"

曾子健说："老婆，我想增加我们放在'Oasis'里的钱，把小阿里讲的那艘船买下来，你觉得怎么样？"

诗诗回答："一艘船很贵的，你藏了多少私房钱？"

曾子健说："我刚才一边看球一边在算，我们国内的房子留一套，其他三套卖掉，加上旺哥那边给过来的钱我一直存着没动，不够的话再在国内筹点钱。小阿里讲那艘船接过来马上就能用，说不定能赶上国庆黄金周开张。"

"你打算把鸡蛋都放到这一个篮子里来啊？喜欢埃及归喜欢埃及，你这是摆出移民的架势了？不至于吧？"

"移民埃及不至于，但是埃及政局稳定，旅游资源丰富，这几年中国人出来玩的越来越多，舍不得孩子套不着狼，不投入大一点怎么赚钱呢？我觉得好好运作，不会有问题的。"

"嗯，如果你想清楚了，我相信你，听你的。"

说话间两个人走进了"四季酒店"，太晚了，大堂里已经见不着别的客人，去客房的电梯却不知为何总停在上面的楼层不下来。

诗诗不耐烦地说："谁在上面搞什么鬼？电梯半天不下来，服务员跑哪里去了？"

曾子健一把握住诗诗的手："走，我们走楼梯上去。"

他们推开防火门，楼梯间的声控灯瞬间亮了，曾子健一直牵着诗诗的手，上了两层楼，走至转角处，他突然一把拉过诗诗，不容置疑地吻了过去。

诗诗推他："你干什么？吃错药了吧？"

曾子健不吭气，把诗诗推在墙上，把她反抗的两只手高举起来，两个手腕叠在一起，用自己的左手用力按在墙壁上，然后把自己的右手伸进诗诗的衣服里。

诗诗求饶："好了好了，我们先回房间去好不好？老公。"

曾子健仍然不吭气，默默地吻她。声控灯灭了，楼梯间回到漆黑中，黑暗给了诗诗隐秘感，她开始回应他。

……

事毕，诗诗的两只手搂在曾子健脖子上，在他肩膀上狠咬了一口，说："老公，其实我就喜欢你表面上斯斯文文，实际上霸道又霸蛮，整个是一个斯文败类咧。"

她松开手，边整理自己的衣服边娇嗔道："曾子健，我晓得你今天是下了决心要买船，做了人生的重大决定，这是在找我发泄心情？但是我跟你讲今天不是安全期哈。"

曾子健终于开口说话了："知我者莫若你啊！怕什么？我们老夫老妻了，也生得宝宝了吧？"

钱旦在喀土穆的中餐馆遇见张旺的时候，张旺对他说"你是觉得我把曾子健带到沟里去了？我可以很负责地告诉你，给他带路我还不够格。看来你并不了解你的好朋友啊，他可比我厉害多了"。

确实如此，没有人能够给曾子健设计人生。

伟华公司严禁员工从事第二职业，但曾子健一认定有好机会就毫不犹豫地和小阿里合伙杀入了本地的旅游业。

事实上，他才是一年以来给伟华在中东北非区域的竞争项目带来最大困扰的那个内鬼。但并不是张旺拉他下水，从一开始就是他主动向张旺提议双方合作，是他设计双方合作的方式。

曾子健很小心，他不会去做偷售保密文档、资料之类的事情，只是在重大项目投标的关键时刻把伟华公司的报价泄露给对方，或者在投标策略上点拨对方。他从来不会留下邮件、短信等文字记录，每次都是约张旺见面，或者用最简洁的电话来通知。

一年的时间，曾子健已经收到了不少钱，存在他在迪拜开设的银行账户中。

7月9日晚上，德国世界杯决赛，意大利队对阵法国队。

钱旦、苏琳、林汉、小雨在迈阿第231街的一家意大利餐厅看球。

也许是近期热点较多，也许是内容不够火爆，也许是老牛人缘并不差，林汉在"天涯论坛"发的那个"色胆包天的中东北非地区部某领导"的帖子只有几百点击量，十多个不痛不痒的回帖就迅速沉下去了。

老牛看到了帖子，他心里想应该是小雨身边的小男生们搞的鬼，不知道是谁撞见了自己那天晚上在迈阿第俱乐部的游泳池中强吻小雨？他不露声色，也没有当一回事，一个空口无凭的不点名的帖子没什么可以担心的。

他暂时没打算约小雨了，谁知道吃醋的小男生们还会搞什么鬼？没必要和他们一般见识弄得一地鸡毛，最近地区部来了一个HR的妹子似乎也不错，他决定换一个目标。

小雨也看到了帖子，她确实如林汉设想的那样不确定帖子中讲的事情和自己有没有关系。老牛强吻自己是发生在迈阿第俱乐部的游泳池中，帖子中讲的那位领导是在奥林匹克体育场的游泳池骚扰女生。她只是在心里暗自感慨领导们怎么会都这样。

林汉见帖子迅速沉了下去也无意去把它顶上来，憋在他心里的那口闷气算是出了。

那段时间林汉约小雨总是约不到，小雨天天在加班。

钱旦和苏琳同游金字塔之后彼此之间感觉更加熟稔、亲切。

这个晚上四个人终于聚在了一起。

钱旦喜欢齐达内，是法国队球迷，苏琳不是球迷，但她喜欢意大利队，喜欢意大利队的男模们，她与钱旦针锋相对地为交战双方加油。钱旦忍不住嘲笑她伪球迷真球盲，她则威胁钱旦在意大利餐厅为法国人叫好，当心被旁边的意大利大叔用披萨砸。

林汉试图给小雨讲解球场上的战术，小雨却只是跟着苏琳喊："好帅呀！"

两支球队战得天昏地暗，加时赛齐达内一头撞倒马特拉齐，点球大战中里皮的球队获得了胜利，意大利人笑到了最后。

球赛结束，四年一度的足坛盛典落幕，喧嚣归于宁静，昏黄路灯照在那家意大利餐厅的门前。

四个人在门外分手，林汉情绪仍然高涨，大声嚷嚷："老大，你打个车送苏琳回去，我送小雨，我们近，散步走回去就行了。"

林汉和小雨走在迈阿第的林荫路上，小雨突然说："我跟你讲件事情呀。"

林汉紧张地说："什么事情？你每次一跟我说'我跟你讲件事情呀'，多半不是什么好事。"

"我要去摩洛哥出个长差了，你去过摩洛哥没有呀？"

"摩洛哥？我没去过，你要去出多长的长差？"

"很长的长差，至少半年，可能更长。"

林汉张大了嘴："有没有搞错？你去摩洛哥干什么？你们部门也要出那么长的差？真是疯了。"

小雨永远是那么娇柔的声音："领导安排的呀，旦哥叫你去苏丹出差，你还不是马上就去了。我们摩洛哥的同事请产假了，缺人，领导让我过去顶一段时间。摩洛哥是法语国家，我读大学时选修过法语，正好。"

"你还会法语？那还回得来吗？你什么时候去？"

"后天就出发。"

林汉顿时忘了回味世界杯，开始各种乱想。

他想：小雨这下可以摆脱老牛了，但是也摆脱自己了啊！她这漏电体质，去摩洛哥一样可能招惹到很多花花草草吧？自己是眼不见为净？还是会有更多牵挂？她居然后天就出发今晚才告诉自己，这是对自己没心没肺没有牵挂啊？到头来一直是自己在自作多情？幸好没有认真表白，认真表白了岂不是自取其辱？

小雨心里知道自己非常爽快地接受了这次出差任务多少有逃避的下意识在里面，但并不清楚自己究竟在逃避什么？只是老牛？还是也包括了一段时间以来林汉总是停不下来的家长般的"教育"？

钱旦为了齐达内以一张红牌、一次与大力神杯的失之交臂而备觉失落。

苏琳看他垂头丧气的样子觉得好笑，说："我不想坐'黑猫警长'，你送我走回去吧。"

钱旦看看表："你不是十点半准时睡觉的吗？早就过了。"

苏琳伸伸舌头，挑衅地说："偶尔例外一次，这不是意大利的帅哥们夺冠了，我心情特别好嘛。"

"好吧，法国队输了，我心情特别坏，陪你走走，散散心。"

路灯的光打在苏琳脸上，拉长了地上的影子。

她的五官不算精致，但是很有雕塑感；她的身材说不上前突后翘，但是腰臀间有着流畅的曲线；她举手投足间总洋溢着少女才有的阳光气息。

他们俩认识不久，却似默契多年的朋友。

两个人走了很久，走到了中通社宿舍楼下。苏琳问："要不要上楼去喝杯水呀？"

钱旦有些窘迫地说："不渴，但是我想去你们宿舍借个洗手间，方便不？"

"没有问题呀。"

钱旦从洗手间里出来，苏琳站在卧室窗边，面朝着窗外。

他正想过去道个别，苏琳没有回头，先开口了："你过来呀，看看我家的河景！"

原来，苏琳的宿舍与尼罗河只隔着一条马路，她的卧室窗外正对着大河。

她望了一眼钱旦，得意地说："叫你上来就是想炫耀炫耀我的无敌河景房，漂亮不？"

钱旦望着夜幕下静静流淌着的大河，沉默了几秒钟，情不自禁地赞叹："真不错！有句埃及谚语说，'只要你喝过尼罗河的水，那么不管你将来走得多远,总有一天你要回来的。'"

苏琳点点头:"世事难料,来之前想'惨啊!我竟然被发配非洲了',没有想到这么快我就觉得自己要爱上开罗了。"

他饶舌:"人才是最好的风景,也许你站在楼上看风景,看风景的人在河上看你。"

她仿佛没有听见,其实听进了心里,快乐地离开了窗边,向门口走去,拉开房门:"好了,你该回去了,我要睡了,晚安!"

| 第三十三章 |

王海涛的眼泪

2006年8月下旬,钱旦又要出差了,这一次他要去的是伊拉克。

2003年的战争爆发后,西方电信公司撤离了伊拉克,中国人却在战事刚刚平息时逆势而为,抓住机会迅速进入伊拉克填补了欧洲人撤离后留下的空白,伟华公司更是几乎成为了伊拉克第一家移动运营商AC电信的独家供应商,伊拉克代表处也成为了伟华在中东北非最重要的收入、利润的粮仓之一。

路文涛在开罗的时候给室友钱旦讲过他去伊拉克出差,路上差一点被人用火箭筒轰掉的故事,他的故事发生在2004年,他们还只能通过危机四伏的公路进出伊拉克。

钱旦要去伊拉克的时候战事已经平息三年多了,尽管几乎每个星期都有爆炸、绑架、冲突的消息传来,尽管刚刚从电视里看到中国外交部正在告诫中国公民近期不要去伊拉克,但他已经有了一条安全路线,可以从迪拜飞向他的目的地,伊拉克北部的苏莱曼尼亚。

虽然有了一条安全路线,但仿佛特意要给他的第一次伊拉克之行增加一些紧张情绪,钱旦出师不利,一波三折。

他先从开罗飞往迪拜,在入境阿联酋时就遇到了麻烦。他在出发之前没有留意到阿联酋签证上自己的名字被拼写错了一个字母,入境时被拦了下来。他被留置在入境大厅旁一间办公室里等了一个多小时,最终破费了一百多迪拉姆才补上手续过了关。

他计划在迪拜停留,却找不到公司在迪拜新换的驻地,在机场叫了辆出租车,给那个印度司机看了当地的秘书写给他的地址,印度司机点点头,一声不吭地在暗夜里转了一个多小时然后把车停在路边说找不到目的地。钱旦只得联系上宿舍管理员在电话里为他们指路,一直折腾到凌晨三点才到达宿舍。

第二天起床之后又得到另一个坏消息,每天只有一个航班飞伊拉克,机票代理商说因为他没有伊拉克签证所以没办法帮他提前买到机票,唯一办法是早晨去机场直接找航空公司碰运气。

钱旦在迪拜又睡了一夜,翌日起了个大早直扑迪拜机场。

伊拉克航空公司把机票卖给了他,办理登机手续时又出了意外,柜台里那位小伙已经把登机牌递到他手上了,却又翻开护照找起签证来。

看着他翻来覆去的认真样子,钱旦赶紧堆出最真诚的笑容,举着一纸邀请函说自己一定可以在苏莱曼尼亚机场办理到落地签。

那小伙犹疑着起身走向旁边一位穿着笔挺制服的老头,老头应该是本次航班的机长,他看看邀请函,又看看脸上写满憨厚忠良的钱旦,义正辞严地大声宣读了一通,大意是伊拉克航空不会对他此行承担任何责任云云。

钱旦连连点头,就差没有拍着胸脯迸出一句"富贵在天,生死由命"来表达自己探访这个国家的真心诚意了。

他终于登上了伊拉克航空公司的一架波音737。飞机保养得不好,机舱里的装饰已经有了不少斑驳。

机上零零落落地坐了不到三分之一的旅客,无须对号入座,钱旦拣了个靠窗座位想欣赏沿途的地上风光,连日奔波和紧张却让他很快沉沉睡去,等到被气流造成的剧烈颠簸唤醒时飞机已经在苏莱曼尼亚上空了。

苏莱曼尼亚机场的入境厅很小,工作人员态度很友善,落地签办理得很顺利,他很快就通过海关,踏上了伊拉克共和国的领土。

一走出机场航站楼的大门,在眼前跃然而现的是广袤的原野、洁净的天空，呼吸之间弥漫着一种高原特有的阳光香，人的心胸一下子变得开阔起来，舟车劳顿和紧张情绪一扫而光。

这是一座藏在伊拉克北部群山之中的小城，与伊拉克的其他城市相比算是一个安全的世外桃源，据说城里已经有半年多没有遇到过炸弹袭击了。

钱旦住的宿舍在代表处技术服务的领导老张隔壁。

老张四十多岁，算是公司技术服务体系一个老领导，几年前钱旦在国内办事处带客户回公司交流时见过老张，那次他是以公司领导身份来陪客户吃了顿饭，吹了吹牛。

钱旦在迪拜时去中国超市买了一箱中国面条、几瓶辣椒酱扛到了苏莱曼尼亚，本来准备拿给兄弟们分一分，那天一打开门正好见到老张敞着房门在房间，就把一箱面条都给了他。老张见到那只颠沛流离后破烂不堪的纸箱里的面条，脸上顿如一朵莲花绽开，他那么灿烂的笑容出乎钱旦意料，在这里，一箱看上去来历不明的面条对于老张这样的"大款"竟会如此弥足珍贵。

不过，老张的生活趣味还是与一帮年轻人不一样，他从国内带来了整套的紫砂茶具和不止一种好茶叶，周末晚上先是就着钱旦带进来的面条做打卤面请大家吃，吃饱了之后就在他房间里围坐着品茶、听曲、讲中国传统文化。

钱旦素来口味杂乱，吃喝贯中西，却是在三十岁以后来到古巴比伦王国的边上才第一次静下心来听人讲中国茶里的学问。

从前，因为老爸爱拉二胡而熟悉《春江花月夜》的旋律，因为一套台湾电视剧而晓得《梅花三弄》的名字，这一晚他才知道原来中国人有"古典十大名曲"，仅听它们的名字就可以感受到中国的韵味之美：高山流水、梅花三弄、夕阳箫鼓、汉宫秋月、阳春白雪、渔樵问答、胡笳十八拍、广陵散、平沙落雁、十面埋伏。

喝茶喝到一半的时候，几个明显带着醉意的小兄弟从外面急匆匆地闯进来与老张道别，他们要趁夜出发，飞向安全形势最糟糕的巴格达。

钱旦宿舍的窗帘薄,他每天早上六点多就被阳光打醒,每早醒来时都听到老张在隔壁大声朗读英语。

钱旦迷迷糊糊中疑问:"他一把年纪了,又是为何来到此地呢?"

伟华人在此地的生活清贫,缺水缺电缺蔬菜,但并不单调。对口钱旦的代表处软件产品服务的 Leader 叫做刘铁,年纪比钱旦大几岁,周末的时候他带着钱旦、老张几个人去城外郊游。

往城外去首先遇着的是库尔德人对中国人的友善与热情,苏莱曼尼亚离安全形势严峻的巴格达、摩苏尔等地并不遥远,城外公路上有数不胜数的哨卡,士兵们荷枪实弹,检查着过往每一辆车每一个人。唯独他们凭着中国人的面容,只需要用库尔德语大喊一句"你好"就可以在笑脸中畅行无阻。

站在宿舍天台上眺望城外的山,看见是土黄色一大片,钱旦以为是光秃秃的戈壁荒山。离它们近了才发觉自己错了,哪里是什么戈壁荒山,明明就是"天苍苍,野茫茫,风吹草低见牛羊"的原野风光,只不过雨季已经过去,原野颜色是枯草涂成的秋天黄。

当他们的车驶离大路穿过村落往大山里去的时候,眼前画面又从广袤原野变幻成了安详田园,是弯弯小河、错落农舍,是大树下避暑的慵懒羊群和田地里蹒跚的鸭子们。

他们在大山脚下的小溪里抓螃蟹,溪水边四处散乱着果实累累的石榴树、无花果树。

一位库尔德姑娘走过来叫他们,是不远处享受周末闲暇的一家人邀请他们过去做客。

树荫下铺着那家人带来的地毯,女主人煮好红茶,大家一边品味阿拉伯红茶浓郁的味道,一边掏出相机和手机对着彼此拍个不停。

钱旦将镜头对准了一个漂亮的小女孩,她俊俏的一张脸被风吹斜的头发遮住了一半,纯净的大眼睛带着几分好奇几分矜持望过来。遇见她的如水明眸,爱怜从钱旦心底里浮现,他在为这个仍在战乱中的国家和她的孩子们心疼。

钱旦和刘铁去了趟邻近的埃尔比省首府埃尔比。

钱旦在开罗同一个宿舍的室友除了1979年生人林汉,还有一位是1983年生人王海涛。王海涛2005年从西安电子科大本科毕业后加入了伟华,在深圳培训了没两个月就被呼唤炮火的钱旦给呼唤到中东北非来了;2006年春节将至的时候,他被钱旦从埃及派到了伊拉克支持在埃尔比的项目,已经在此地奋斗半年多时间了。

埃尔比的工程现场在城郊的一座山上,条件差,手机信号不稳定,钱旦和刘铁到达之前没有联系上王海涛。他们直扑机房,一进门正好王海涛和伟华公司负责那个客户的客户经理两个人在机房。王海涛见了他们,意外而兴奋。

刘铁介绍客户经理和钱旦两人认识,客户经理说:"这个项目是客户从零开始新建的无线通信网,客户平时也不到机房来,我也很少过来,软件产品的部分平时全靠海涛在这里管着了。"

刘铁说:"海涛来了伊拉克之后成长很快,已经在帮我们挑大梁了。"

客户经理盛赞王海涛:"那是,别看海涛是个应届生,现在完全把我们的场子控住了,技术好、态度好、英语好,客户非常认可。春节的时候分包商的几个人撤回去过年,他带着两个本地人守在这边,非常辛苦非常不容易!"

王海涛站在一旁听着、笑着,突然转过身去,仿佛在打量身后整齐的机柜。等他再回首时钱旦蓦然看见他的脸上多了两道泪痕,因为天气炎热,卫生条件不好,他脸上混合着油腻、汗水和灰尘,所以眼泪流过,两道泪痕就刻在了脸颊,从眼角一直到下颌。

晚上,客户经理请客,几个人去了埃尔比城里喜来登酒店的露天餐厅吃本地餐。

酒店的高墙呵护着里面的一派太平景象,绿草茵茵、灯光柔柔、音乐曼妙,连巡逻的警卫都是一位穿着整洁的白衣黑裤、长得凹凸有致、武器吊在胯侧的美女，看上去像《古墓丽影》中劳拉。

钱旦望着坐在对面的王海涛，那两道泪痕仍然刻在他脸庞上。

钱旦本来想照例拷问项目的计划、进展、风险、困难，一时竟不忍心开口。他理解王海涛的眼泪既是对一段时间以来所承受的巨大压力的释放，又是听到大家盛赞自己，辛苦付出终于得到认可时的欣慰与激动。

王海涛主动地把话题带到了项目上，他侃侃而谈："这个客户背后是个约旦的财团，想趁着战后重建来伊拉克赚钱，在这边是建一张全新的网，但是他们在本地没有太多市场拓展和运营的经验，我们也只能帮客户建设网络，没能力帮助客户尽快赚到钱，客户的经营还没有开始进入良性循环，经营压力大。他们压力一大，就很容易传递给我们了。客户各部门之间互相甩锅，一不小心就可能有人说之所以没有赚到钱，都是因为伟华卖的设备不行，伟华的软件系统不好用，伟华的工程进度太慢什么的，我现在是体会到了战战兢兢如履薄冰的感觉，就怕哪个客户哪天反手一锅甩在我们脑袋上了。我特意找了一些中国移动、中国联通在国内拓展软件增值业务的资料，没事就和客户切磋。"

钱旦听他说完，问的是："你还记得你来之前我们在地区部办公室的天台上我问你的问题吗？"

王海涛回答："记得啊，你问我培训中心的机房里面有什么？然后发现我俩不在一个频道上。"

钱旦对着大家感慨："海涛真的是进步很大！当时我问他在培训中心的机房里面看到了什么？他讲来讲去只是服务器、路由器、防火墙，连这些设备搭建的业务环境是什么都没有关注到，还是学生在实验室的思维。这才过了半年，他现在看到的已经不仅仅是'盒子'了，已经能够看到客户的网络、业务和商业成功了。"

客户经理附和："你们要好好培养海涛啊，他绝对是个有前途的后起之秀。"

刘铁说:"我觉得我们公司真的是锻炼年轻人,一个毕业一两年的应届生就要对一个几百万美金的项目的结果负责,我们每个人在伟华公司一年走过的路也许是别人花几年时间才有机会走的路。"

钱旦说:"所以根本不需要好好培养海涛!伟华的骨干从来就不是培养出来的,是选拔制选拔出来的。公司从来不是说要把谁谁谁培养成干部,培养成专家,而是给你机会,直接在战场上往死里练你,练死了拉倒,烧不死的鸟脱颖而出,就变成了凤凰。"

| 第三十四章 |

他们

非洲大陆西北边的国家摩洛哥的首都拉巴特，MT电信的一间会议室里。

老谢、小雨和伟华的人坐在长方形会议桌的一侧，几个客户坐在桌子另一侧。

老谢在乍得折戟之后被调到了摩洛哥常驻，此刻正和同事们一起就MT电信的IPTV新建项目做着关闭剩下的有分歧条款的最后一次合同谈判。老谢是交付项目经理，他负责合同中的工期、责任矩阵、变更管理等内容。

小雨负责付款里程碑、账期等财经条款，她坐在老谢旁边的椅子上，穿着一身黑色西装套裙，脸上化着淡妆，显得比在开罗时成熟一些。

双方正在讨论预付款、到货款、验收款的比例，有分歧。伟华的几个人总有一种莫名其妙的不自在感觉，客户在谈判开始前五分钟更换了会议室，他们说这几天一直用着的那间会议室被人预定了，临时换了一间对伟华的几个人而言陌生的会议室，老谢总觉得大家这种紧张、不自在的感觉不是凭空而来，而是这间会议室有什么地方不对，可又说不出究竟蹊跷在哪里。

小雨是第一次参与客户界面的谈判，有些怯场。她一开口，老谢就听出了她声音里面的颤抖，关切地望了她一眼。

他的视线一接触到小雨的脸上，就移向了坐在对面的客户的脸上，然后抬头望向了天花板。他似乎有所发现，脸上浮现出那招牌式的憨厚笑容。

他小心地把自己的椅子往后挪了挪，轻轻站起来，走到门口的电灯开关前，故意停顿了几秒，伸手啪啪啪地换了会议室里的灯光。天花板正中间那一排射灯熄灭了，天花板四围隐藏在吊顶中的一圈灯亮了，整个房间的光线更加明亮了，伟华的几个人不知怎么就觉得自在多了。

坐在桌子另一侧中间位置的两个客户互相交换了个眼色，一个人似乎是开玩笑，又似乎是认真地对老谢说："谢，你太警觉了，我想要求你离开会议室，退出谈判。"

小雨被打断了，她扭头疑惑地看了老谢一眼。老谢回到自己的椅子上，拧开桌上的一支水，递给小雨："别紧张，喝口水，把语速放慢一点。"

然后，他对着那位客户哈哈笑了两声："没问题，我同意你的要求，我离开会议室，退出谈判。但是，我对你提出的这个要求的交换条件是你们也退出一人，你和我一起离开会议室。"

他喝了口水，接着说："真是漫长的一天！谈判就是妥协、交换，让我们加快节奏，互相妥协，尽快结束谈判吧！我们早一天签合同，项目就可以早一天开工，早一天完工，MT电信就可以早一天从IPTV上赚到钱。"

那位客户略一思索："OK.这样吧，现在我们休息片刻，大家去喝杯咖啡。回来之后加快节奏，一起向前走。"

伟华的几个人站起来，礼貌地等客户们先离开会议室。

客户们一出门，老谢说："靠！你们发现问题没有？天花板上这排射灯本来是对着会议桌正中间的，客户把桌子挪动了，让射灯正对着我们几个人的脸上，他们坐在暗处，把我们的微表情看得清清楚楚。我说怎么总觉得不自在？原来我们像被审问的犯人一样被射灯对着脸上了。"

小雨睁大眼睛看着天花板:"谢伯伯,你好细心!难怪我总觉得紧张,又不知道为什么?他们是故意的啊?这么坏?"

"这不叫坏,谈判技巧而已,谈判也是一门课。走吧,我们也出去喝杯咖啡,回来继续。"

下午五点,双方终于谈妥所有条款,只待第二天正式签约了,伟华算是顺利拿下了这个项目。

一行人如释重负,开开心心地在MT电信的停车场分别上车。没有人需要搭乘老谢的车,他独自上车,打着火,长舒一口气。他没有跟着大家向伟华办公室的方向去,而是独自驱车往城外走,这一次的辛劳换来了好结果,他想去海边公路兜兜风。

摩洛哥是一个色彩斑斓的国家,它最北端是蓝色直布罗陀海角,遥望着海那边的欧罗巴;最南部是黄色撒哈拉大沙漠,有一代文艺女青年的鼻祖三毛的足迹;南北之间有古老皇城红色马拉喀什,有属于那部好莱坞著名电影中里克和依尔莎的白色卡萨布兰卡。

老谢来到摩洛哥之后没有来得及领略撒哈拉,没有时间拜访马拉喀什,没有去感悟直布罗陀,对卡萨布兰卡也仅是匆匆经过,他只是在拉巴特住了一段时间,就认定摩洛哥是北部非洲最漂亮的国家之一。

拉巴特作为一国之都名气反不及卡萨布兰卡,它只有不到七十万人口,但这个城市貌似寂寥,骨子里却透着浪漫气质,总会在不经意间流露出来。老谢的车行驶在如洗蓝天下,马路两边是绿草苍苍,点缀于其中的黄色野菊花,路边人家铺满了白色院墙的藤藤蔓蔓,呼吸之间是那么清新的味道。他很快就出了城。

海,近在咫尺,就是非洲大陆一直向西到尽头之后的大西洋。天气并不好,他遇见是惊涛拍岸卷起千堆雪,海浪不羁地高高跃起,浪花一直飞溅到公路上。老谢觉得和他之前所见的深圳湾、波斯湾、地中海、红海相比,这里才是真正的大海风范。

公路的另外一边也是海,是花海,不是城市花坛里人工修剪出来的整齐划一，而是由着性子生长、点缀了几百公里海岸线的野菊花。

他把车拐下了海边公路，往另一边的山谷开去，一样是人在画里游。远山是松树林的苍绿，近坡是草地的嫩青，更近一点则是一直连绵到路旁的花田，遍野黄色花丛中又有点点红色虞美人在摇曳。

老谢把车停在花田边，手里抓着一罐百事可乐下了车，靠在车门上，欣赏着层次分明的原野颜色。

他的车上有一本严丽丽从加拿大寄来的书，是二十世纪二三十年代生活在非洲的英国女飞行员柏瑞尔·马卡姆的回忆录《夜航西飞》。严丽丽在书的扉页上摘抄了书中的一段话："过去的岁月看来安全无害，被轻易跨越，而未来藏在迷雾中，叫人看来胆怯。但当你踏足其中，就会云开雾散。"

老谢虽然生性宽厚，但内心并不愿轻易服输。

离开乍得之后他把工作之余的时间全部花在了学习上，研究业界视为标杆的各种方法论，琢磨公司内外各种成功与失败的案例。他认真反思着自己的来时路，有了很多新的思考。他告诫自己人生终究是条单行道，没有"U-Turn"的机会，重要的只能是聚焦当下，等待未来。

他自觉这段时间仿佛被打通了任督二脉，进步很快。

阿拉伯半岛南边的国家也门的首都萨那，伟华公司的员工宿舍里。

早晨洗漱之后的路文涛正对着衣柜上的一面镜子打领带，他要从宿舍直接去YT电信拜访客户CEO。

从卫生间里传来了女人的惊呼："哎呀，大姨妈来了！"

路文涛回应："来了就来了，没关系，我们下个月继续努力。"

女人说："我都来也门半年了，你说会不会是身体有什么毛病？"

路文涛安慰她："别瞎想，有啥毛病？我们同事干了几年才怀上的多了去了。"

"那倒也是，你们每天早出晚归，累得像狗一样，精子活力不足。"

"你别胡说八道，我哪有精子活力不足？是你情绪不够荡漾好不好。"

女人乐了，从卫生间里走出来，依靠在门框上说："那你下次倒是想办法让我情绪更加荡漾啊！"

伟华常驻海外的员工中不少人是三十岁左右年纪，把自家的"造人计划"安排在了生活在别处的日子里。路文涛的妻子在这一年春节前辞职做了全职太太，来了也门做家属，一个重要的使命就是"造人"。

路文涛走过去，在女人脸上轻轻拍了一巴掌，有些愧疚："等我忙过这阵子，我们好好休息几天，充分荡漾荡漾。今天晚上我们在 YT 电信有个重大升级，我要去现场盯着，可能明天早上才回来，你先睡，别等我。"

"拜拜！"

伊拉克北部库尔德人地盘上的重要城市埃尔比。

伟华公司在埃尔比的宿舍是一个简陋的当地民居，两层，楼顶有个天台。夜已深，钱旦和刘铁两个人仍站在天台上聊天。

刘铁绘声绘色地讲他的伊拉克故事，譬如在巴格达机场望着头顶飞着的美军"阿帕奇"直升机时生怕自己动作大了一点而招致误会，生怕炮火从天而降时的不知所措；譬如在摩苏尔大街上与汽车炸弹擦肩而过后的庆幸；譬如在睡不着的夏夜躺在巴士拉的屋顶上欣赏远处火箭弹划过夜空，像期待烟火绽放的诡异心理。

钱旦是个很好的倾听者，听入了迷。

他问刘铁："你老婆是一直在伊拉克陪着你？"

"嗯，当初我们来伊拉克的时候没有民航班机，不像现在这么方便，进出不容易，她非要来看我，来了就懒得走了。"

"你们那时候是从约旦的公路进来的吧？挺危险的。"

"不是，我们是先坐国际航班飞到伊朗，再坐伊朗的'图154'从德黑兰飞到下面的省里，再坐汽车到两伊边境，然后钻两伊边境的铁丝网过来的，路上花了几天，电话不通，家里人急死了。他们笑我怕老婆，我是对老婆有敬畏之心，走到哪里她都敢跟着。"

刘铁接着说："我们的中方员工保持现在的人数差不多了，今后业务量再大，也要慢慢依靠本地员工了。"

钱旦的记性很好，他说："我还记得我刚到中东北非的时候你说要逼着你用本地员工的话你就不干了，现在改变主意了？"

刘铁有些不好意思："那个时候想能多要几个中国人就多要几个中国人，带本地员工多麻烦？当时我看他们都是打着一个标签——伊拉克人。现在相处久了，再看他们，萨米喜欢巴塞罗那队，拉吉支持皇家马德里，哈里刚生了一对双胞胎，萨达早几天拿到了驾照，法瑞斯的弟弟进了AC电信工作，哈桑喜欢弹吉他。伊拉克人和中国人一样，都是兄弟，一样可以各司其职，各尽其才。我们明天回苏莱曼尼亚，后天我组织一下，安排你和本地员工们座谈一次，让你认识认识他们。我现在对他们很有信心。"

钱旦说："好啊！我说你们吭哧吭哧整了十多个本地员工了，原来是你换脑袋了。"

刘铁说："你前段时间给大家发过一个邮件，讲要解决中方员工和本地员工两张皮的问题，需要先在本地员工中识别出同路人，再把同路人变成领头羊，我觉得有道理。我们有个叫萨米的，很有潜质。他以前住在巴格达，是个基督徒，战争之后跑到苏莱曼尼亚来的，工作态度和技术能力都很好，将来就可以成为领头羊。其实伊拉克人的素质、教育水平不算差，可惜打仗把这个国家给毁了。"

钱旦亦有收获："我们一起多想想办法，争取把伊拉克变成我们培养、使用本地员工的标杆，我在地区部叫得再多，也不如有一两个标杆冒出来给大家作示范。你刚才叨叨每个本地员工的特点，我觉得挺有启发的，我们得欣赏个体差异，不能总是要求所有下属都非要长得和自己一模一样，其实带中国人也是一样的。"

两个人窃窃私语，直到夜里三点。

钱旦在伊拉克出差半个多月，终于到了离开那一天。

他的回程之路也不轻松，早早去了机场赶上午十一点的航班，经历了所经历过的最严苛的安全检查，被狼狗嗅过身体，被开箱翻过行李，连电脑都需要打开电源直到安检人员可以看得到"Windows"开机画面。

一切手续办理妥当后却开始了漫长等待，航班起飞时间一次又一次被推迟，吃过午饭没有动静，吃过晚饭仍然没有动静，一直等到晚上九点才开始登机。

他上了摆渡车，车到了飞机舷梯下，却看见空乘人员在飞机上摆摆手，摆渡车竟然就要掉头往回开。钱旦憋了一整天，实在忍不住大声叫嚣起来，飞机上的空乘发现了这位愤怒的国际友人，做了个手势，放他一人上了飞机。

摆渡车载着剩下的一车当地人开回了候机楼，估计他们要等到第二天才能飞了。

走进机舱，里面真的只剩下一个座位了，坐飞机竟然也会遇见差点挤不上的状况。

飞机已经在跑道上滑行了人们还在大声讲着电话，两个孩子在妈妈怀里比赛谁的哭声更加洪亮，机舱里面喧闹似集市。

钱旦对周围一切不以为然，坐定以后就沉浸在自己的心情里：六零后的老张、七零后的刘铁、八零后的王海涛，他们的欢笑、泪水、讨论业务和朗读英语时的大嗓门，一幕一幕在钱旦的脑海里回放。

| 第三十五章 |

"找到那棵树"

10月初的一个星期五,钱旦一起床就在他们位于迈阿第200街的宿舍里一丝不苟地打扫卫生。秦辛向她公司申请了休假,马上就要来开罗了。

下午两点多钟,苏琳过来了。

前些日子林汉打开客厅里一个他从未打开过的抽屉,发现了老谢传给路文涛、路文涛遗落在抽屉里有一年多时间的那本"川菜大全"。

小雨离开开罗之后,广东食神林汉一度连煲汤都觉得了无生趣,直到那天他翻开重出江湖的"川菜大全",挑战川菜的欲望油然而生。

成都姑娘苏琳拜了一个叫做摩西的埃及人为师,在迈阿第俱乐部学习打网球。

其实从迈阿第俱乐部到尼罗河边的中通社宿舍和到200街的伟华宿舍距离差不多,方向还完全不一样,但她每周末打完球之后习惯了"顺道"来200街玩一玩,尤其是在林汉开始挑战川菜之后,她下意识里觉得以美食之名来得更加天经地义了。

这天她来之前顺道去9街"龙鑫庄"楼下的肉铺买了点德国来的猪肉,打算和林汉一起挑战回锅肉。埃及是个世俗的阿拉伯国家,在开罗总有一些地方可以买得到猪肉。

她抬手准备敲门的时候门开了,钱旦背着电脑包正要往外走。苏琳见了他:"Hello啊,你要加班去?"

"Hello 啊，领导临时电话通知，说要开个短会。林汉说你们今天准备挑战回锅肉？"

"对的，你早点回来验收我们的成果呀。"

阿联酋的运营商 ES 电信是一个跨国运营商，他们新近进入了人口渐渐逼近一亿的中东北非第一人口大国埃及，并且获取了 3G 运营牌照，即将从零开始，在埃及新建一张 3G 无线通信网络，第一期项目投资达到数亿美金。

ES 电信招标选定了这张网络的设备商暨承建方，伟华和爱立信各获得了一半的份额。

埃及 ES 项目不仅金额巨大、规模巨大、交付难度巨大，而且是在一张白纸上作画的"交钥匙工程"，伟华和爱立信不仅要提供设备，还要负责挖沟、竖铁塔等所有相关基础设施的建设，网络建设完成之后还要提供"管理服务"，帮助客户运营好这张网络之后再移交。

这个项目是伟华公司全球 TOP 的超级大项目，注定将要面临甚至是没有能力预知到的种种困难，虽然距离工程开工还有两个月时间，他们还有一段大戏揭幕前的平静时光，但是老韩一得到合同中标的消息就感觉压力巨大，召集大家讨论交付准备工作。

"短会"从下午三点开到了晚上十点，中间只是在会议室里叫了"肯德基"吃。会议快结束时，钱旦看见自己被静音的手机上有一串未接来电，林汉和苏琳两人在轮流打他的电话，他以为是叫他回去吃回锅肉。

钱旦回到宿舍，只见林汉和苏琳两人沉默地坐在沙发上，用一种可怜兮兮的眼神望向他。

钱旦问："苏琳同学还没有回去？你又超过你的法定睡觉时间了。你俩咋这么一本正经的？给我留回锅肉没有？"

林汉苦着脸说："老大，我们三天之内必须换个宿舍。"

钱旦莫名其妙："啥情况？"

苏琳讨好地说："钱旦大哥，你没有闻到什么气味吧？"

"什么气味？没有啊。"

苏琳紧张地望着他："你真的没有闻到什么气味？"

钱旦吸吸鼻子："没有啊？"

林汉忍不住了："倒霉啊，这个菜谱有问题，我完全是照着上面做的回锅肉，油烟太重了！正好房东从国外回来，想过来打个招呼，他一进门就极为不爽，越看越不爽，说我们做中国菜把他的房子熏坏了，说房子不租给我们了，要我们马上立即搬家！哪有熏坏？就是油烟重了点。"

钱旦目瞪口呆："靠！马上立即搬家？上次听说有人学做菜学到隔壁的埃及人报了火警，你这老厨子了，能有多重的油烟啊？"

林汉不服气地说："她买的德国肉不行，这个菜谱要用国产肉才行。而且，什么叫油烟重？油烟重的基线是什么？对那个破房东来说，只要看到中国人炒菜就会觉得油烟重。老大，行政的老马说了，租房协议中油烟熏坏算不算我们的过错是模糊的，他不愿意和房东去打官司，说正好上个星期新找了三套宿舍，我们明天可以先挑选。"

钱旦一副生无可恋的模样："唉！难得我一大早起来打扫卫生，打扫完了你们告诉我必须马上立即搬家。"

他们第二天就搬了家，新宿舍在199街街头第一个单元的六楼，很不错的一套房子，视野开阔，天气晴朗的日子里，站在阳台上可以眺望得到城市尽头的胡夫金字塔，从厨房窗户望出去可以看见萨卡拉金字塔，而拉开卧室窗帘又会和沙漠边上的红色金字塔相见。

苏琳抱着个埃及风情的玻璃花瓶来了。她四下望望，把花瓶放在了餐桌上："送你一个礼物，祝贺乔迁之喜。你没事去迪格拉广场边上的花店买些花，你女朋友会喜欢的。"

他带着她参观新居，一一指点了远处的金字塔，最后两个人站在阳台上。

苏琳说："挺好挺好，塞翁失马，你的新宿舍比老宿舍好多了，尽管金字塔View离我的尼罗河View仍有一定的差距。有人那天跟我说人才是最好的风景，你女朋友一到，你就天天风光无限了哈。不过，你们总那么忙，她会不会很无聊？"

"不会，她待不了多久，我们在这边的家属也不少，而且，我特地和房东聊过，他会把网络装好，还有可以收得到不少中文台的卫星电视。"

苏琳似是衷心赞许："钱旦大哥，你真细心！"

秦辛如期而至，她和钱旦自然又是"小别胜新婚"。

诗诗比钱旦还要高兴，她索性请了几天假，秦辛初来那几天的节目全是她在安排。

秦辛的适应能力本来也不弱，跟着诗诗在一起更是没两天就熟悉了迈阿第的大街小巷，她今天从7街上当地人的菜市场带回只土耳其烤鸡，明天去打两大瓶鲜榨的芒果汁甘蔗汁，后天又找到家卖海鲜的店。

没等到钱旦抽出时间来陪她，她已经去了开罗城外的沙漠里寻访金字塔，把萨卡拉金字塔、红色金字塔、弯曲金字塔跑了个遍；去了开罗旧城里的哈利利市场淘宝，把脖子上的链坠从中国玉如意换成了埃及人的吉祥物圣甲虫；还去了"阿斯佛"买水晶、"City Star"淘衣服。

自从地区部抓到了内鬼老郑之后，钱旦见到曾子健时心底里的芥蒂似乎小了，但又似乎仍然有东西梗在那里。秦辛的到来令他们见面多了，他渐渐忘掉了心中的疑问。

周末晚上，钱旦、秦辛、曾子健、诗诗四个人一起去了"法老号"。看完肚皮舞、苏菲舞之后，钱旦拉着秦辛的手上了甲板，诗诗拉住曾子健留在船舱里看剩下的节目。甲板上人很少，明月把清冷的光辉洒在两个人身上，两只手紧紧地握在一起，谁也没有开口打破宁静，只是站在浪漫的异乡月下、河上，倾听着彼此心跳的声音。

"法老号"就要穿过尼罗河上一座大桥，桥上站了不少人，钱旦看到站得最近的几个十五六岁的男孩嬉笑着对他们指指点点,他怀着戒心揣测这些调皮孩子会不会乱扔东西下来。

船迅速接近大桥,果然,一个男孩手一扬,钱旦叫了声"小心",但他在刹那间就看清楚了男孩抛下来的居然是一枝玫瑰花,原来桥上是卖花的小孩。

红色玫瑰在银色月光下划出一道优美的弧线,正好落在钱旦脚边。他弯腰拾起花,递给秦辛:"借花献佛。"

秦辛没有伸手去接,思考了三秒钟,撒娇地说:"你就是这么一只手一伸的?"

钱旦赶紧把另一只手也握上,刻意地望着她,努力学习着布拉德·皮特和梁朝伟的放电眼神。

她翘翘嘴:"不说些什么吗?"

"作!"他到底是个理工男,非得要先嘟囔一句才说得出口肉麻的话,"I love you。"

她不以为意,轻轻地对他说:"我嫁给你吧!"

他瞪着她:"你说什么?"

她声音仍然不大,但更坚定:"我说我嫁给你吧,你赶紧求婚啊!"

钱旦笑了好一会儿才开口:"秦辛同学,尼罗河的明月作为见证人,你嫁给我吧!"

秦辛接过花,没有说话,把头凑上来,在他嘴唇上轻轻一吻,又害羞似的闪开了。

钱旦一把搂紧了她,开口问:"你怎么想通了呀?我还在想什么时候再向你求婚呢!"

秦辛哼了一声:"还要我先开口提醒你。我这不是年纪大了,最近还长胖了,怕再不结婚就错过穿婚纱的最好身材了嘛!"

钱旦叫道:"好啊,原来是这个原因!"

他还想继续说,她又把头凑了上来,用嘴唇封住了他的话,这一次她的舌头充满侵略性，探入了他嘴里。

秦辛说："你知不知道你第一次亲我那次，在岳麓山上讲的话，让我心里一直不舒服。"

他意识到这是她一直以来对结婚有犹疑的原因，纳闷地问："我讲什么了啊？"

"你说你不知道将来，挺纠结的，心里怕我一直在等你，你却不回来了。你那次亲我的时候很霸气，谈到未来就怂了？一副丑话说在前头的样子，都不敢作承诺。"

钱旦被直击内心，顿时内疚："哪有哪有，我那时候是辞掉在银行好好的工作，一个人去深圳，觉得整个未来都不确定了，对自己能不能好好生存下去没有信心，后来我不是去找你了么。"

秦辛不满地说："你好意思这么说？后来明明是我背井离乡去深圳找你了好不好。"

钱旦嘟囔："应该是我央求你来深圳，然后你赏脸过来的吧？搞半天你就为这句话一直耿耿于怀啊？"

"不是耿耿于怀，人家本来心里就恐婚么。"秦辛既已放下，就不想再多纠结，她温柔地说，"后来你说想去海外常驻，我觉得挺好的，一是我也乐意有机会出来看看，你肯定会带我出来玩的么；二是心里想要么就分开一下下，看看结果会怎么样。"

苏琳的样子在钱旦的脑海里一闪而过，只是一闪而过，他说："结果发现我经受住了考验吧！"

秦辛说："结果我觉得自己慢慢安心了。我最近很喜欢余光中的一首诗，叫《找到那棵树》，这段时间一个人在深圳，会想你，每次想你的时候就想起这首诗，我想，也许我们前世真的痴妄相许过吧？"

他正想开口问那首居功至伟的诗是什么样的，诗诗的声音打扰了两个人的宁静："我讲多让你们两个人待会儿，子健非要上来看看你们在做什么？没打扰你们的好事吧？"

她拉着曾子健的手出现在甲板的楼梯口。

钱旦说："好事刚刚做完了。"

曾子健和诗诗暧昧地笑了起来，秦辛赶紧说："尼罗河上好漂亮啊！有人刚才向我求婚了，我陶醉在风景里，一不小心就答应了。"

诗诗尖叫了一声："哎呀，错过大戏了！太好了，我刚才还和子健讲你们两个谈爱谈了六七年不结婚，再谈下去就怕习惯了，没有结婚的热情了。"

钱旦表白道："那怎么可能？我永远焚心似火。"

曾子健说："要不秦辛别回去了，就在埃及把婚礼办了。"

诗诗激动地跟着他说："对啊对啊，我陪你们拍婚纱照去，金字塔来一组，尼罗河来一组，再去南部来一组神庙的。"

秦辛认真地回答："不可能咯，那还是要回去办。"

"那我们的时间又不一定凑得上不？先在埃及办一次，马上开斋节假期了，讲了一起去南部的，正好算蜜月旅行。"

"哪个没扯证先蜜月旅行的？"

诗诗望了一眼曾子健，说："我们两个也有好消息要宣布！"

"什么好消息？"

"我有 Baby 了！"

"啊！什么时候发现的？"

"有三个月了！"

"三个月了！你才告诉我？"

"人家讲前三个月要低调一点，不能讲的。我这不是第一个就告诉你了嘛！"

四个人一起激动，一起开心，仿佛回到了上个世纪的最后一个晚上的岳麓山上。

回到宿舍，秦辛在浴室洗澡的时候，钱旦在网上找到了余光中的那首《找到那棵树》：

苏家的子瞻和子由，你说
来世依然想结成兄弟
让我们来世仍旧做夫妻
那是有一天凌晨你醒来
惺忪之际喃喃的痴语
说你在昨晚恍惚的梦里
和我同靠在一棵树下
前世的事，一翻身都忘了
只记得树荫密得好深
而我对你说过一句话
"我会等你"，在树荫下
树影在窗，鸟声未起
半昧不明的曙色里，我说
或许那就是我们的前世了
一过奈何桥就已忘记
至于细节，早就该依稀
此刻的我们，或许正是
那时痴妄相许的来生
你叹了一口气说
要找到那棵树就好了
或许当时
遗落了什么在树根

| 第三十六章 |

南部之旅

10月24日，开斋节到了，埃及放假五天。

钱旦、秦辛、曾子健、诗诗一起去南部度假。

钱旦很开心，终于可以暂时把工作抛开，好好陪秦辛几天了。

几千年的埃及可不仅仅是浓缩于开罗边上的几座金字塔中，如果想要更深入地了解这个古老国度的前世今生，那么就一定得安排一趟南部之旅。

他们计划的行程是先坐一夜火车去埃及最南边的城市阿斯旺，再搭乘游轮顺尼罗河而下至卢克索，然后从卢克索坐火车回开罗。

出发的那天晚上，他们早早到了吉萨火车站站台上，女人们叽叽喳喳，兴奋得似去秋游的学生，男人们对着铁轨望穿秋水，一直等到凌晨一点才看见该是晚上十一点就出现的火车徐徐开来。

天亮以后，火车载着他们沿尼罗河岸继续前行，车窗如画框，窗外经过就像是框在其中的一幅幅风景画，在轰隆隆的节奏里变幻。

尼罗河是埃及人名副其实的母亲河，视线所及仅河两岸的狭长地带是肥沃土地，是秋天阳光照耀下的稻田、椰枣树、甘蔗林、玉米地、翻飞的琵鹭和成群的牛羊，稍稍远一点的地方就只剩下茫茫戈壁了。埃及要是离开了这条大河又怎么可能写就千年浮华呢？

下午四点半，到了阿斯旺。阿斯旺在开罗以南九百多公里处，是传说中埃及人的起源地，也是古代埃及的南方重镇。城里尼罗河沿岸停着不少专门为在埃及南部沿着尼罗河观光旅行的游客们服务的豪华游轮,就似电影"尼罗河上的惨案"里的那种船。

诗诗冲在前面,兴奋地指点着:"我们就是这艘船,SISI 号。"

钱旦记起来诗诗跟他提到过这个名字,说:"诗诗公主?你们公司的船吧?秦辛,这艘船是以诗诗命名的。"

秦辛羡慕地说:"可以啊,诗诗,你是大股东了吧?"

诗诗开心地说:"小股东咧,不过,这艘船是我们出钱买的。"

秦辛打量着船,叹道:"这要花多少钱啊?"

说话间一行人已经走到了游轮的跳板处,工作人员认得诗诗,热情地迎了上来。

第二天,凌晨三点起床,他们要再向南行两百八十公里,去拜访阿布辛贝神庙。

阿布辛贝在埃及与苏丹边境,是个暗藏危险的区域,过去几年发生过不止一次针对游客的袭击。当地政府要求从阿斯旺去阿布辛贝的旅行者必须结队而行,他们的车到了城边集结地,等到凌晨四点,近百辆大巴、中巴、小巴组成的浩荡车队在军警护卫下披星戴月地飞驰入埃及最南部的大漠当中。

将近七点时车队到达了阿布辛贝,阿布辛贝神庙该是埃及最神秘的神庙了吧?它有三千多年历史,是最伟大的法老、最狂热的雕像爱好者拉姆西斯二世的杰作。

他们久久背对浩渺的纳赛尔湖,面朝峭壁上那四座二十多米高的拉姆西斯二世雕像浮想联翩。

据说这神庙之所以被建在此地,是为了向从更南方来的异族宣示威仪。不知道古时人们是一叶孤帆下埃及?还是在驼铃声中顶着风沙而来?三千多年前的人们在长途跋涉后一抬头蓦然见到悬崖上板着脸的四位拉姆西斯二世,应该是会对这位古埃及最鼎盛时代的法老王心生崇敬的吧?

千年以后,拉姆西斯二世努力想留在人世间的威权就像路旁那棵小花树一样,更多时候只是人们摆弄照相机的背景而已。

神庙还有其闻名于世的奇妙之处，从四尊巨大雕像中间的小小庙门走进去，神庙里面纵深达到六十米，平日里光线幽暗，只是肃穆，每年2月22日、10月22日这两天阳光会在某一个时刻从庙门射入，穿越黑暗，一直照耀到神庙最深处中间的那尊神像上，金光闪烁，威严尽现。

遗憾的是他们此行晚了几天，不能够在此亲身叹服古埃及人在天文、地理、数学和建筑学上的高深造诣。

而且，现在的神庙和阿斯旺以南大量古迹一样都已经不是原迹了，阿斯旺大坝修建起来以后解决了现代埃及的电力供应问题，也淹没了古代埃及遗留于此的一切。眼前的阿布辛贝神庙是在联合国教科文组织发起下，集合了来自数十个国家的专家们的努力后被切割、搬移的再造。

离开阿布辛贝之后他们去了阿斯旺大坝和费莱岛。

阿斯旺大坝是现代水利工程的杰作，也是埃及南部法老时期遗迹的命运改变者，古时的费莱岛就是随着大坝的耸立沉入了纳赛尔湖。考古学家们把费莱神庙的每一块石头都搬迁到了附近的阿吉尔卡岛上按原样重建，还依照费莱岛的样子重新布置了这个岛上的一切。

十九世纪初期活动范围还局限在地中海附近的欧洲人说："在一位旅行家的记忆中有四大景色会使他终生难忘，君士坦丁堡的海上风光，月光下的古罗马圆形剧场，维苏威火山顶上看到日出的景象，以及晚霞映照下的费莱岛。"

他们拜访费莱岛是在正午时分，虽然没有看到红霞漫天，但是水光荡漾之上，绿树红花簇拥之中的小岛依然向他们展现了在阿布辛贝所未见的浪漫风情。

费莱岛不大，岛即神庙，神庙即岛，神庙里的壁刻线条更加精细，与阿布辛贝显然不是一个时代的作品。

那个中午游客寥寥，钱旦和秦辛，曾子健和诗诗，俩俩手牵着手在因为断壁残垣遮挡而形成的光影变幻中徘徊了一个多小时，然后，他们搭乘小艇驶入纳赛尔湖，告别了波光粼粼里的费莱岛，也准备告别阿斯旺了。

SISI 号游轮在下午三点半钟准时启锚，顺尼罗河向北航行。

傍晚时船在孔翁伯停靠。孔翁伯在埃及语里是"黄金之城"的意思，他们上岸之后没有看见黄金却发现了"鳄鱼"。船停孔翁伯的原因是看神庙，被灯火衬托得金碧辉煌的神庙就在码头边上，游客摩肩接踵，他们随着人流往前走，一不小心就见着了庙里藏着的几只鳄鱼木乃伊。

回到船舱再翻开旅行书补课，原来附近的尼罗河滩曾经是鳄鱼的出没之地，所以这座神庙中祭祀着的是鳄鱼神和老鹰神。

船再启航，夜更深。

钱旦和秦辛站在房间里的舷窗边，拉开落地窗，任河风掀起窗帘，月光倾泻入房间。他们紧紧相拥，凝望着岸上灯火忽明忽灭，沉默地沉醉着。

钱旦总觉着风中弥漫着一种神秘莫测，自己与此地莫名生出些暧昧，仿佛几千年前曾经来过，又怅然离开过。

隔壁房间，曾子健和诗诗也伫立在窗边，窗户关着，两个人窃窃私语。

第三天，早上六点，船在埃德福靠了岸。埃德福是古埃及天神何露斯的故乡，有保存最完美的古埃及神庙，四个人却都不想起床，一直睡到九点多钟才一起上了甲板。

他们在甲板上打了一上午牌，下来去餐厅吃了午餐，然后又回到甲板，坐成一排，蜷缩在椅子里，八只脚整齐搭在船舷栏杆上，慵懒的看河上偶遇的白色风帆，看绕着船头飞翔的水鸟，看日落大河，看风吹椰枣林，无聊地等着天黑、等着吃晚饭。

风越来越大，吹得夜色越来越浓。晚上七点半，在尼罗河顺流而下两百公里后他们终于从阿斯旺来到了卢克索。

卢克索是古埃及文明鼎盛时期的都城底比斯所在，是当年令古希腊人羡慕不已的"百门之都"，也曾经是世界上最大的城市。尼罗河从城中穿过，因为太阳东升西落，所以这座城市和开罗一样，河东是生命的繁华喧嚣，河西则是逝者安息的"死者之城"，有埃及人说："没有到过卢克索，就不算到过埃及。"

船停靠在卢克索神庙旁边的码头，他们上了岸，沿着河边那排旅游纪念品商店在人群里走了很远，然后找了间河边安静的餐厅吃晚餐。

烛光摇曳，阿拉伯的烤肉烤鱼、埃及的红酒、尼罗河的明月清风，陪着他们四张东方面容度过了一个温柔夜晚。

第四天，他们分秒必争，去领略超过四千岁的卢克索的风采。

上午先去了河西的国王谷，那条狭长河谷看上去一点也不起眼，像某个穷乡僻壤里的采石场，既孤寂又闷热。但是它的地底下埋葬了数十位古埃及法老王，也出土了大量珍贵文物，包括现在藏在埃及国家博物馆里的图坦卡蒙黄金面罩。

走出国王谷后去了哈特谢普苏特神庙，他们见识了女法老与众不同的优雅。

正午时分他们路过了曼农神像，那是两座将近二十米高的巨大石头雕像，它们被风化得面目全非，却仍然正襟危坐在路边的空旷地里。据说那里曾经是一座神庙入口，历尽岁月后只留下了这两尊"门神"而已。

一天之中的高潮是午后去拜访的卡纳克神庙。在那几天他们所遇见的古埃及神庙中，如果说阿布辛贝显得神秘，费莱满是浪漫，孔翁伯透着诡异，哈特谢普苏特有些优雅，那么卡纳克神庙该是最宏伟壮丽，也是故事最多的一座了。

今天的人们能够参观的其实只是卡纳克神庙群中的一个，供奉太阳神的阿蒙神庙，并且残存下来的仅是古时卡纳克神庙的不到十分之一而已。在古埃及的历史长河里，前前后后有五十多位法老唯恐太阳神阿蒙怪罪自己不够虔诚，不庇护自己的王道尊严，前赴后继地在这里建神殿、竖方尖碑、打造各种雕像。

午后三点，阳光正好，在卡纳克神庙门外迎接他们的是两列狮身羊面像，狮身象征威权，羊是阿蒙神的最爱。每颗羊头之下，狮爪之间都站立着法老们的小雕像，是寄托着他们希望"上头有人"的美好心愿吗？

他们走过两列狮身羊面像中间的甬道，穿过厚厚城墙中间的窄门，进了卡纳克神庙。他们首先看见的是宽敞中庭里一根二十多米高、四五人才能环抱的大圆石柱，据说那是公元前六百多年时建造的一座"凉亭"留存下来的立柱。立柱后面有一尊八米高的拉姆西斯二世雕像，法老的脚掌上站着的是一尊真人大小的他妻子的雕像。从阿布辛贝到卢克索，拉姆西斯二世的模样早已通过一尊尊雕像被他记在心里。

再往前走，穿过又一道城墙，就进入到著名的多柱厅了。这个大厅在他们小时候看的电影"尼罗河上的惨案"中见过，大厅里整齐地排列着一百三十四根二十多米高、直径三四米的大石柱，石柱上面刻满了这片土地上曾经的故事。

阳光迷离了双眼，在古老石柱间穿行，他们是小心而虔诚的，仿佛自己一不小心就会穿越时空，坠入到那些战场杀戮、宫廷争斗，那些田园温馨、河上浪漫，那些法老和神灵们的虚虚实实中去。

继续往神庙深处走，废墟间两座方尖碑傲然指向天空，它们是女法老哈特谢普苏特所建。她兴师动众地从阿斯旺采来上好石材，立起了这两座当时最高的方尖碑，并在碑上刻下铭文，称自己是太阳神阿蒙的女儿，希望向世人宣示一切皆是天注定，不要因为她是女人就去怀疑她作为法老的权威。

太阳落山的时候他们离开了卡纳克神庙，去了尼罗河边的卢克索神庙。

卢克索神庙是他们此行最后的打卡地，它的规模比卡纳克神庙小，布局显得更加紧凑，夜色里人头攒动。四个人走马观花了一圈就走出庙门，并肩坐在门外广场的一棵大树下，两个女人坐在中间，两个男人坐在两侧。

射灯打出魅惑光线，渲染着神庙门口一个孤独的方尖碑，曾子健指着说："这里本来是一对方尖碑，另外一个在十九世纪被当时的埃及总督作为礼物送给了法国人，现在矗立在巴黎协和广场上。"

秦辛说："我们什么时候一起去巴黎看另外那一个方尖碑呀？"

诗诗迅速附和："好啊好啊，我要去巴黎！"

钱旦那平时二十四小时开机、总是响个不停的手机难得清静了几天，令他彻底放松了几天，他对美好的南部之旅意犹未尽："巴黎要去的，伦敦要去的，纽约也要去的，不过这几天日子过得真放松，我都不想回开罗了，我们能不能换个船，再从卢克索坐回阿斯旺去？"

秦辛把一只手搂在他肩上，撒娇道："我也不想走了。"

曾子健问："你是哪天回国啊？"

秦辛翘了翘嘴："过完开斋节，10月30日就走了。"

诗诗一把把秦辛从钱旦那边拉过来，搂住她："哎呀，时间过得太快了，我一点也不想你走，在埃及陪我嘛！"

秦辛摸了摸诗诗的肚子，问："你打算什么时候回国生宝宝？"

诗诗说："还没想好了，想好了告诉你。不过，万一我就在开罗生宝宝也说不定。"

钱旦惊讶地插话："不会吧？在开罗生？我知道我们有在沙特生宝宝的家属，还没有人在开罗生吧？"

诗诗的脸上闪过一丝不安，有些不确定地说："我们刚把这边的生意做大，回国生宝宝一来一去起码不止半年不在埃及吧？"

曾子健似是在回答钱旦的惊讶，似是在安慰诗诗，说："开罗也能找到不错的私人医院的，医生都是从英国法国回来的，水平不差。"

秦辛说："你们居然真有在开罗生宝宝的想法？我真佩服你们！

诗诗来了一年多,现在都在尼罗河上有艘游轮了,你们这日子过得太不一样了!"

诗诗自豪地叹了一口气:"压力山大了,我们买这艘船差不多把全部身家都押进去了,还借了钱。"

曾子健不想在这个话题上深入了,他站了起来:"时间不早了,我们要差不多回船上去了。那边路上有给游客坐的马车,我们坐马车回去吧。"

"好呀好呀。"诗诗松开秦辛,跟着站了起来。

四个中国人步履轻快,并肩向着马路边走去,把几千年的埃及神庙和他们短暂而美好的南部时光留在了身后。

| 第三十七章 |

老钟的陷阱

秦辛依依不舍地回国了。

钱旦送走秦辛,从机场回到宿舍,关上卧室门,坐在床沿发呆。

房间仿佛是在瞬间被抽成了真空,一点人气也没有。钱旦心情沮丧,无精打采,不知道自己该干些什么?

终于,他站起来,抓起秦辛留在门口的一双旧运动鞋,把它们扔进了垃圾袋中,然后拎着垃圾袋出了门。

他以为把秦辛留下的痕迹清除干净自己就不至于睹物思人,走出门去迈阿第的街巷却到处是秦辛的影子。他一直走到了7街,买了只土耳其烤鸡,打了两瓶芒果汁,又往回走。对于他,整个7街都是秦辛发现的新大陆。

钱旦的寂寞空虚没有能够持续多久,一个充满意外的冬天来了。

老莫的到来是那个冬天的第一个意外。

老莫就是钱旦初来中东北非时与老王一起在阿联酋的ES电信拜访的那位大名叫做穆罕默德的刁钻客户。埃及ES电信3G新牌照项目终于要开工的时候,老莫被ES电信集团调动到了其在埃及的子公司,仍然负责电信软件产品,又是与钱旦的团队开练。

埃及ES项目是伟华公司全球TOP的重大格局项目,老韩非常重视,钱旦不敢怠慢,他抽调精兵强将,把林汉安排在项目中担任软件产品的项目经理,又急忙把王海涛从伊拉克调回来担任软件产品的技术总负责。

他本想把他的本地副手阿马尔也投入项目，只是伟华的战场越铺越广阔，新近又攻陷了地中海上的岛国塞浦路斯的电信市场，塞浦路斯的首战项目也在向钱旦呼唤炮火，阿马尔去了那里出差。

钱旦、林汉、王海涛和一位销售的同事一起去位于开罗"智慧村"产业园区里的埃及 ES 电信参加软件产品的项目开工会，客户侧参加会议的只有老莫和他的一个助手。

双方寒暄了两句，坐定之后林汉开始对着投影出来的 PPT 讲解项目计划、项目组的组成、变更管理机制等，老莫一言不发地听着，钱旦想起一年多以前他制止伟华的项目经理讲 PPT 时的粗暴，心里稍稍舒了口气。

林汉讲完 PPT，老莫说："请回到第 5 页。"

"第 5 页是什么？"钱旦正在脑子里回忆，林汉已经翻了回去，第 5 页是项目组的组成结构和人员。

老莫数到："你们这一页上写了这么多人，人呢？到今天我才看到你们四个人，一个项目经理，一个部门经理，一个销售，只有一个工程师？"

林汉解释："穆罕默德先生，我们的其他工程师会依据项目计划及时进场的。"

老莫面无表情："我要求你们明天至少有十个工程师在现场。"

钱旦心里暗骂："怎么还是这个破毛病？一上来就数人头？"

林汉满脸堆笑地说："穆罕默德先生，作为项目经理，我会保证现场有足够的人力资源，保证项目按计划进行，现在这个阶段并不需要十个人在现场。"

他用手指了指王海涛："王海涛经验丰富，他会作为这个项目的技术总负责和我一起始终在现场把关。"

老莫打量了一下王海涛，加强了语气："这个项目非常重要，我一天也不能耽误，你们必须确保足够的人力，不能偷懒，明天早上我将去机房，你们应该有十个工程师在那里。"

钱旦挤出笑容:"穆罕默德先生,这个世界上怎么会有人担心中国人偷懒呢?我们在埃及常驻的软件工程师加起来不到十个人,所有的项目都是根据项目计划及时调配中国、印度的工程师来出差支持。请你不要担心,保证项目的人力资源不出问题是我本人最重要的工作职责。"

林汉补充说:"我们来支持的工程师会提前准备好签证,适时从中国、印度飞过来。现在他们还没有拿到签证,确实没有办法明天早上就出现在机房。"

老莫说:"中国人、印度人一拿到签证就得过来,明天先把你们所有的埃及人投入进来,如果明天早上我在机房见不到五个人,我就向管理层投诉你们。"

开完会,钱旦、林汉、王海涛回了他们三人的宿舍。

林汉说:"老大,明天让地区部的哈桑、巴哈和埃及代表处的两个本地新员工都到项目组来?"

王海涛说:"明天分包商都没有把硬件装完,他们到现场没事做啊!"

钱旦说:"让他们几个都去,没事做就看着分包商硬件安装。能哄老莫开心就哄老莫开心吧。"

他心里有疑惑,说道:"虽然是著名的老莫,但我总感觉他这次一来就要数人头挺奇怪。去年在阿联酋见他,他是一副胸有成竹、有备而来的样子,非要研发人员到现场。今天好像有些心不在焉、若有所思的样子,要我们把所有埃及人投入进来?他明明知道现在硬件还没有安装好,离软件调测还早,我觉得他有什么企图。"

林汉立刻问道:"什么企图?"

钱旦直觉有异,但说不出个所以然,他冲着广东人林汉冒出一句粤语:"你问我,我问边个?"

林汉及时表扬到:"老大,这句广东话发音不错。"

钱旦不想讨论老莫了,他对林汉说:"那是,许你学上海话，不许我学几句广东话？你和那个上海小妹妹怎么样了？还有联系不？"

林汉骄傲地说："当然有联系！怎么可能不联系？我俩常常在MSN上促膝谈心。"

钱旦打听："她在摩洛哥仍然是追求者众吗？不过，你现在眼不见为净了吧？"

林汉似乎是思考过人生了，他认真地说："你不是说小雨是漏电体质么？总会有各种乱七八糟的奇花异草在她身边的。不过有就有，我无所谓，只要她开心，我努力让自己做到是最Special的，得之我幸，失之我命！"

"哟，没想到啊！你现在境界这么高了？"

"那是，她还是什么话都愿意跟我说，越来越愿意。"

是夜，三个人各自回房间之后，钱旦坐在写字桌前例行审视他的《中东北非软件服务人力资源表》，王海涛半躺在床头研究即将要在埃及ES项目中安装的产品的资料，从林汉的屋里隐约传来了王菲的歌声：

> 回头看，当时的月亮
> 曾经代表谁的心
> 结果都一样
> 看，当时的月亮
> 一夜之间化做今天的阳光
> 当时如果没有什么
> 当时如果拥有什么
> 又会怎样？

老钟在苏丹进行代表处的组织变革快半年了。

伟华公司在各个国家的代表处长期以来是客户经理、产品销售、技术服务三条线割裂，客户经理负责做客户关系，隶属于不同产品线的产品销售专注地卖自己的产品，技术服务负责工程交付和网络维护。大家的 KPI 不一样，利益诉求不一致，又都能顺着各自的行业线在地区部、公司总部找到后台，部门墙厚重。

过去，伟华以在中国区卖硬件设备，卖"盒子"为主，这个矛盾并不突出，如今，在海外针对客户业务运营的痛点去销售解决方案的场景越来越多，组织运作益显笨拙。

但伟华公司之所以能够从胜利走向胜利，与其刻在骨子里的自我批判精神、强大的学习纠错能力分不开。从机关到一线，伟华的各级主管们总是追求变化，甚至有些"变革原教旨主义"。老钟一旦意识到排兵布阵影响了攻城拔寨的效率，就自行在代表处进行组织变革了。

苏丹代表处针对三个不同的运营商设置了三个系统部，在公司的标准组织设计中系统部里只有客户经理，老钟把产品销售、技术服务的人员注入了系统部，针对每个客户设置了以系统部主任、产品销售主管、技术服务主管为核心管理团队的"铁三角"，三方紧紧耦合在同一个作战团队中，承接同样的 KPI，力出一孔，利出一孔，整个代表处的作战效率得以大大提升，业务运作顺畅了很多。

既已解决内部矛盾，老钟对在 ST 电信的"山头项目"更是志在必得。

ST 电信本来是伟华公司和 Y 公司各占有一半份额，伟华从上半年开始引导客户重新建一张网，上 3G。系统部的"铁三角"带客户回国参观样板点、做高层交流和专家交流；细致地分析客户网络、分析客户痛点；引导客户的预算、引导客户的标书；再加上技术服务团队高质量的服务保障，一步一个脚印，终于到了投标的最后阶段。

那个下午，曾子健正在办公位上"杀邮件"，手机响了，电话那一头是老钟："曾子健，老牛在办公室吗？"

曾子健的办公位在老牛的小办公室门外，他起身透过玻璃门看了看，回答："在啊，钟总。"

老钟急匆匆地说："他在搞什么鬼？我打他电话一直打不通，你把你电话给他，ST项目报价的事情我要最后和他对一下。"

"好的，钟总你别挂电话，我马上把电话给他。"曾子健向老牛的办公室走去，用拇指快速地把手机的音量按到了最大。

他走进老牛的办公室，把手机递了过去："牛总，钟总有急事找你。"

老牛伸手接过了手机，大着嗓门说话："是吗？怎么可能打不通？哎呀，我手机没电了，我没留意到。"

手机里老钟的声音也很大，曾子健刻意退了两步，仍能够听得见："……我认为最后一轮报1.4亿还是高了啊，1.35亿更保险，刚问领导，领导说让我和你再算一下盈利情况，我给你算下……"

老牛看了眼曾子健，没有示意他回避，只是压低了嗓门："嗯，嗯，嗯，我认为1.35亿没问题，最后一轮了，就这么定了。"

他挂了电话，把手机递回曾子健："子健，苏丹这个项目拿下来之后，我们去好好喝个酒。"

曾子健上了办公室楼顶的天台，他拨通了Y公司张旺的手机："旺哥，你们ST电信最后一轮报价定了吗？"

电话那头有些惊讶："怎么？你不是说金盘洗手，不跟我玩了吗？改变主意了？"

"老规矩吧？"

"没问题。"

"1.35亿。"

星期五上午，冬日暖阳总是令人慵懒，钱旦睡到将近十点钟才起床。起床后他先给秦辛电话，两个人讨论着结婚的事情，盘算着等钱旦来年春天回国休假，把婚给结了。

打完电话，钱旦愉快地走出卧室，看见林汉和王海涛站在厨房里，守着电饭煲聊天。林汉见到他："老大，煮了一锅饭，蒸了点香肠，一起吃个 Brunch？我和海涛吃完去 ES 电信机房加班。"

钱旦挤进了厨房："好啊，我今天事不多，等下去 7 街买只鸡，煲汤等你们晚上回来喝。"

林汉说："老大，我和海涛觉得这几天老莫有些诡异。"

钱旦警惕地问："怎么了？"

王海涛说："他这几天老拉着我们的几个埃及员工聊天，不是一起聊，而是一个一个私聊，我昨天去他办公室找他，看到巴哈一个人坐在他办公室，前天看到他和哈桑两个人在喝咖啡，不知道有什么阴谋？"

"什么阴谋？你没问问巴哈和哈桑他们聊了什么？"

"问了，这两哥们说老莫了解了解埃及的情况而已，但我俩觉得有妖气。"

"你俩多注意下他的动向，看他到底想干啥？不过，他一直在阿联酋，刚调动过来，对埃及是不熟，也许真的就是在找本地人了解埃及吧？"

曾子健和诗诗也起得晚。

曾子健在卫生间里认真地刷牙，诗诗靠在床头大声叫他："子健，旺哥电话找你。"

他不急不忙地洗了脸，把手擦干了，这才走出来接过电话："旺哥，这么早什么事？"

张旺很气恼："你知道你们在 ST 电信最后一轮报了多少吗？"

"不是 1.35 亿吗？"

"不是！贵司报了 1.25 亿，我司报了 1.3 亿，恭喜，结果是贵司独家中标！"

"怎么可能？！"

"怎么不可能？是你在给我下套呢？还是你被人下套了？"

曾子健很意外，顿时感觉一股寒意在后背，白净的脸变得更加白，他直觉不是领导们在最后关头改了主意，而是故意针对他挖了一个坑，而他，竟然一不小心掉坑里去了。

但是他迅速地恢复了冷静："旺哥，你那边还有没有别人知道我？"

"没有。"

"那好，项目的事情你们自己想办法看能不能扳回来。从现在开始，随便哪个问，我们两个不熟。"

他挂了电话，诗诗关切地问："怎么了？出什么事了？"

曾子健淡定地说："没什么，我应该是掉到老钟和老牛故意挖的坑里去了，公司应该察觉到我和旺哥的事情了。"

她很紧张："那怎么办啊？"

他的手轻轻抚摸着她隆起的小腹："你别紧张，没事的，不会有任何证据能够去告我。任何人问你我工作上的事情，你都说不清楚；任何人问你你工作的事情，你都小心别扯多了。"

| 第三十八章 |

那个冬天有点冷

曾子健的直觉很准确,他确实掉到老钟和老牛挖的坑里去了。

伟华在与 Y 公司的竞争中丢了几个标,每一次 Y 公司的最后一轮报价都是不多不少,刚刚好可以在报价的评分中赢定伟华。地区部管理层认定不是巧合,而是有内鬼泄了底牌,他们慢慢地将怀疑对象锁定在了曾子健身上。

老钟打给老牛的电话,正是他们精心的设计,一来试试曾子健,再来如果曾子健真是内鬼,那就将计就计,让他报个假消息给 Y 公司,把 Y 公司也带到坑里去。

但他们没有任何证据可以证实一切。曾子健心思缜密,从来不会留下不该留下的邮件、短信等文字记录,他每次交易都是约张旺见面,或者用最简洁的电话来通知。老牛申请了公司信息安全办公室悄悄地通过网络来审计曾子健的办公电脑,却发现他的电脑异常干净,甚至从来没有外发过一封私人邮件。

曾子健一切如常,完全是什么也不曾发生过的样子,当伟华在 ST 电信独家中标的消息正式传至开罗,他在人前激动、欢呼,真诚又不过火,令老牛几乎要认为一切真的只是巧合。

老牛约曾子健单独去了"四季酒店"里那家港式餐厅喝午茶。

他俩聊着,曾子健主动提到了 ST 电信的项目:"牛总,ST 电信这一把独家中标,我们算是在苏丹奠定格局了!我还担心 Y 公司又会来个跳水价了。"

老牛盯着他："我们在最后一天两次决定降报价，一是一定要拿下这个项目，二是怕出鬼啊！"

曾子健给老牛的杯子里添了茶，赞美道："领导英明。"

老牛问："你老婆什么时候预产期？"

"3月20日。"

"那没几个月了啊！再不回去后面坐飞机会不会有问题？这样吧，我安排你回国出个差，顺便把你老婆送回去。"

"谢谢牛总，不过，我们打算不回去了，就在开罗生。"

"就在开罗生？搞得定吗？"

"没问题的，我们已经约了很好的产科医生。她爸妈计划过来过春节，然后在这边住一段时间，照顾她。"

"你总是出人意料啊！"老牛感慨，问道，"子健，你是哪一年来中东北非的？"

曾子健答道："2003年初，快要四年了。"

老牛心里其实清楚答案，他说："你也差不多可以算我们第一拨来中东北非打拼的拓荒者了，战功赫赫，不容易。机关有个岗位，我觉得机会不错，要不把你调回去吧！"

曾子健没有问一句是什么岗位，他夹起一个虾饺，咬了一口，似乎在犹豫，却又是笃定地说："谢谢领导。我这段时间考虑了很久，决定了明年初离职，本来是计划过两天再跟你汇报的。"

老牛又出乎意料了。领导们一方面几乎认定了曾子健有问题，另一方面却找不到他一丝破绽，本来计划先把他调回深圳，一方面是让他远离中东北非的竞争环境，另一方面是在国内的环境中想办法继续调查。没想到他主动提出了离职。

老牛脑子转得也快，心里想："他要真离职了倒是扫除了隐患，但他要真是内鬼，就这么让他给跑了？"

他故作惋惜状："离职？你干得好好的离职干什么？"

曾子健意味深长地笑了笑，说："领导，我考虑很久了，在伟华终究是一颗螺丝钉,我们有自己的独特价值吗?好像有,突破一个客户,打下一个项目的时候觉得自己很重要,又好像没有,我们谁是不可或缺的?很多人自我感觉很好,以为自己在公司的成功全是个人的能力,忽视了伟华这个大平台的能力。等有一天我们老了,冲不动了,你就会发现自己什么都不是,公司有大把嗷嗷叫的年轻人可以取代你。我想趁着年轻,出去做些自己的事情,做不可或缺的自己。"

老牛问:"你打算出去做什么?"

曾子健没有回答这个问题,他判定自己中了圈套之后就决定赶紧逃。虽然自信没有证据可以证明他是内鬼,但是夜长梦多,万一自己算错了哪一着呢?甚至,万一百密一疏留下了什么自己没想到的证据,哪天被公司弄回国,直接给报警拘了呢?

他说:"牛总,我的劳动合同明年3月底到期,最晚等到合同到期就不续签了。我老婆现在的情况我也不放心离开,能不能就在埃及把离职手续办完?流程要怎么走?我想先休息一段时间,陪老婆在开罗生娃。"

老牛叹道:"你如果一心一意地在伟华踏踏实实地干,前途和钱途都不会差,何必自毁前程呢?"

曾子健平静地说:"领导,人各有志,各安天命。"

ST电信项目背后的故事隐秘在几个人的范围里,没有传至街头巷尾,钱旦并不知道曾子健的事情。他听到伟华独家中标的消息之后兴冲冲地打电话向陈永生、曹松祝贺。他打完电话一回头,赫然发现本地员工巴哈正站在他身后。

巴哈是2005年和阿马尔一批加入伟华的埃及人,二十多岁,平素言谈举止总透着机灵,此刻一脸忧伤。钱旦有些奇怪:"你怎么了?今天怎么没有去ES电信的项目现场?"

巴哈说:"Mr. Qian,我们能找个安静的地方说话吗?"

钱旦站起来,跟着他走到了角落的那间会议室。

会议室里面没有人，钱旦找了张椅子坐下，巴哈小心地把门关上，坐在钱旦对面。

钱旦纳闷地望着他："So？"

巴哈说："Mr. Qian，我很遗憾，我们全家要移民去澳大利亚了，我必须离职，跟他们走。"

钱旦觉得很突然，在他的心里巴哈比阿马尔逊色不少，但老莫正天天点着伟华在工程现场的人数了，他问："你计划什么时候去澳大利亚？"

"下个月，所以我会马上申请离职。"

"这么快？之前从来没有听你提过要走？"

"是我父母的决定，我之前不想去，但终于向他们妥协了，"巴哈满脸写着诚挚，"Mr. Qian，我很喜欢伟华，我去了澳大利亚之后想去找伟华驻澳大利亚的代表处求职，所以，你能否为我写一封推荐信？"

钱旦认了真，晚上在宿舍一边看 Fashion TV 频道的维密模特，一边止不住想怎样才能为巴哈写一封好推荐信。

没过几天，林汉和王海涛晚上从 ES 电信回到办公室，一见到钱旦就嚷嚷开了："老大，你知道巴哈去哪里了吗？他根本就不是要移民澳大利亚，他是被老莫挖去 ES 电信做甲方了。"

钱旦觉得不可思议："真的假的？"

林汉言之凿凿："真的，我今天在客户的办公区看到一个座位上都贴出巴哈的名字了，我认识他的杯子，放在桌上。然后我问他怎么回事？他说他还是爱埃及，不去澳大利亚了。"

王海涛说："鬼澳大利亚，肯定根本就没有那回事。难怪老莫前段时间鬼鬼祟祟地找本地员工聊天，我终于知道他在干什么了，在撬我们的墙角了！"

这个行业跳槽本是平常事，脚踏两只船也罢了，巴哈竟编出个如此生动的故事，并且，这个故事是一定会太快被拆穿的，他只是为了离开时委婉一些吗？这算埃及式的含蓄吗？

受到愚弄的钱旦又好气又好笑，他悻悻然说："我正在一本正经想怎么帮他写推荐信，幸好这几天忙，还没来得及写，被他严重调戏了一把！老莫也真是个野路子，从来没听说过甲方在工程期间就挖乙方投入在项目中的人，真 TMD 的傻 × ！"

林汉说："他们刚来埃及，急着招兵买马，和我们对接的计费系统不是爱立信的吗？我今天和爱立信的项目经理聊，他从我们这里挖了巴哈，还从爱立信那边挖了一个做计费的工程师，就地取材，解决他自己的组队问题。爱立信的人也烦死他了。"

"我们要盯紧其他几个人啊！尤其哈桑，现在项目中的本地熟手就他了，别再被老莫挖走了。"

"那应该不会了吧？他继续这样搞我们就罢工！"

"罢工？你敢吗？我不敢，防火防盗防偷人，我们管好自己的人吧！"

确实，伟华公司的核心价值观第一条就是"以客户为中心"，尽管"以客户为中心"的内涵并不肤浅，但伟华的文化中完全没有对客户翻脸的基因。

同样被老莫火线挖走一个人的爱立信迅速地用高薪把哈桑挖走了。ES 电信集团在埃及的新牌照项目带动了此地电信运营商的军备竞赛，也把电信人才市场搅得风生水起。伟华在此地的人才争夺中并不是强势的那一方。

所幸经过两年悉心建设，伟华的海外服务资源已经具备了一定的弹性。钱旦赶紧向深圳总部呼唤炮火，一名新的中方工程师会在春节前赶到埃及常驻，他又紧急从利比亚、突尼斯、沙特各调配了一名本地员工，预计在元旦后出差到埃及来支持项目。

2007 年 1 月 1 日，钱旦的三十二岁生日，他去了老莫办公室。

老莫正舒展在他的大班椅里，一见到钱旦他先发制人："你们人手又不够了,今天才四个人在机房。"

钱旦轻描淡写地说:"项目进度正常,四个人足够了。"

老莫把两只手往桌上一拍,坐直了:"项目进度暂时可以认为是亮绿灯的,但是你们员工的身体亮红灯了,大家天天加班,王海涛都累病了,你们不尊重人权。"

头一天王海涛的确因为身体不适被扶出了机房,但这不恰是老莫给整出来的事情吗?伟华损失了两名熟手之后,他更是天天蹲守在机房监工,连大家中午出去吃个午餐都要啰嗦。现在居然把这笔账全反过来算在了伟华头上,连"人权"的大旗都搬了出来。

钱旦反诘:"我们本来有更多的人手,但一个人现在变成了你的工程师,一个人变成了爱立信的工程师,你能不能帮助我把队伍稳定住?"

老莫慢条斯理地说:"员工离开伟华是你自己要解决的问题,你们的薪水低,工作累,你应该为他们争取更好的薪水,还应该赶紧求助,走了多少人补充多少人过来。"

他接着讲了自己真实的关切,当然不是"人权":"你们这几个人很努力,王海涛很优秀,但是这么干下去累倒了怎么办?那接下来还不是没人干活了?我的项目就会亮红灯了。你们得再准备一组人,两组人轮流干,二十四小时轮流干。"

老莫理直气壮的一番话讲得钱旦简直无力反驳,他满怀郁闷而不失礼貌地告辞了。

那个冬天最大的意外是钱旦的领导老韩突然"下课"了。

从前的伟华只是单纯设备供应商,只负责电信设备的安装、维护,从2006年开始海外像埃及ES项目这样的"交钥匙"大项目此起彼伏。此类项目往往是电信运营商从政府获取到新的运营牌照之后开始建设一张全新无线通信网络,设备厂商不仅要提供设备,还要负责包括土建、铁塔、光缆等在内的相关基础设施的建设。"交钥匙"大项目给伟华带来了动辄上亿美元的合同订货,对奠定市场格局亦是影响深远，但是空前复杂的交付给公司带来了极大压力，中东北非恰是"交钥匙"项目的主战场，整个技术服务团队的压力巨大。在埃及，尽管钱旦他们的软件产品的项目进度是亮绿灯的，但 ES 项目从总体来看困难重重，尤其是无线通信基站的建站进度不如人意。

伟华公司的老板一年四季总在全世界飞来飞去，这个冬天他去了在阿联酋的 ES 电信集团总部拜访客户高层，客户老大对埃及 ES 项目的交付颇多抱怨。老板见了客户之后回到酒店，立即召集地区部总裁、副总裁们开会。

会议开到一半，大家正在倾听老板训话，负责销售的副总裁见到临时安排的会议室里没有水，他戳戳更靠近门口的老韩："你去给老板倒杯水吧。"

老韩见老头激动地讲了半个多小时，喉咙有些嘶哑，就起身出门去找水。没有料到他甫一出门，老板就开始训斥项目交付存在的问题，一拍桌子："你们谁是负责项目交付的？技术服务的主管是谁？"

销售副总裁小心翼翼地说："他出去找水去了。"

老韩在门外花了些时间才找到个饮水机和杯子，倒了两杯水，小心翼翼地端着走了进来，轻轻放在老板的桌子上。

老板勃然大怒："你工作干不好，不老老实实在这里讨论业务，只知道端茶送水拍马屁？我要你们把脸对着客户，把屁股对着领导，你为什么不听？"

第二天早上，老韩在酒店自助餐厅遇见老板，他脸上挤出笑容走过去问早，老板又怒了："昨天刚骂了你，你怎么还能够嬉皮笑脸的？你一点压力都没有！"

他扭头问身旁的地区部总裁："中东北非最艰苦的代表处是哪里？"

地区部总裁答："现在马里最艰苦。"

老板指着老韩："你马上把他调到马里去常驻！到最前线去体会什么是把脸对着客户，屁股对着领导！"

老韩倒没有被流放至马里，他迅速地被贬去了伊拉克，接替老张做代表处的技术服务主管去了。

钱旦听到"一杯水引发的血案"之后唏嘘不已。

作为下属，他对老韩的成败得失无从置评，但他认为老韩的为人、工作作风一点问题都没有。老韩对工作充满了热情，脑袋里始终在琢磨如何达成业务目标，如何找到业务持续改进的方向，如何把业务计划有效落实。他作风泼辣又关注细节，不唯上，对下充分授权，最大限度地给了钱旦他们自由发挥的空间。尽管说"人在江湖漂，哪能不挨刀"，钱旦仍是为老韩被"诛心"而暗自鸣不平。

钱旦在办公室与老韩的秘书玛蒂哈擦肩而过，玛蒂哈叫住了钱旦："Qian，你怎么了？出什么事了？"

他心不在焉地回答："一切都好，你为什么这样问？"

"因为过去你脸上总是有笑容，最近，你的笑容不见了。"

钱旦一愣，既没有想到在埃及同事眼里他的标签是笑容，也没有想到这个冬天自己忧形于色，连玛蒂哈都看得出来。

| 第三十九章 |

"天涯"热帖

2月初,钱旦在深圳总部的行业线的领导老王踌躇满志。

这个世界上唯一不变的就是变化,过去两年海外业务做得艰难,但三军用命,老王隐约看见自己所负责的业务已经走上了正轨,他亦前瞻性地看到仍然需要做进一步的策略调整。

这一天,他带着自己部门的骨干们在深圳"青青世界"酒店的会议室里研讨新的一年的业务规划,大家全情投入,一个上午忘记了课间休息。

午饭时老王刚在餐厅的一张圆桌边坐下,手机响了,那头是个老兄弟:"老王,什么时候去埃及?"

他感到莫名其妙:"去什么埃及?我下个星期去趟马来,参加亚太地区部的年会。"

"你还去参加亚太的年会?你不是要调去中东北非吗?"

"你把我调去中东北非了吗?我怎么不知道?"

"哎,你的任命公示都发布在公告栏上了,还保密呢?"

老王挂了电话没有回餐厅,他急急走至会议室,把电脑连进公司网络,打开浏览器,登上公告栏,果然,他的任命公示新鲜出炉,他将被公司任命至中东北非去顶老韩的缺,负责地区部的交付与服务。

伟华公司不允许中高层干部自己设计人生,公司一声令下,你就得卷起铺盖奔赴最需要你的战场。老王一点也不知道自己要被任命去中东北非，但他只有三分钟的意外和震惊，海外已经成为了伟华的主战场，非洲、亚太、拉美均是硝烟滚滚，财源滚滚，自己出去常驻，补上海外成功经验的课只是时间问题。

在摩洛哥的那个老谢又在打点行装，他将要杀个回马枪，重返埃及。

为了尽快将埃及 ES 项目的交付带上正轨，伟华组织了"埃及 ES 项目会战"，针对暴露出来的项目管理上的短板，机关安排了全公司 TOP1 的资深项目经理来担任项目 PD（项目总监），地区部更是抽调了各代表处的骨干补充至项目中承担重任，老谢也被点将回来加入项目管理团队。

尽管与整个项目的困难比较，软件产品的交付还算顺利，几个重要业务已经顺利割接上线，林汉仍是如履薄冰。

那天早上，他匆匆从食堂拿了两个包子、两个茶叶蛋就往埃及 ES 的机房赶，路上电话不断，没能顾得上他的早饭。

到了机房，他不能把食物带进去吃，正站在门口准备几口咽下的时候，老莫来了。

软件产品的几个业务割接上线时间比原计划提前了一周，客户 CTO 表扬了老莫，他心情不错，望着林汉："你在这里吃早餐？"

林汉堆出笑脸："今天晚了点，我不会把食物带进机房吃的，吃完再进去。你要不要尝下？中国早餐。"

老莫饶有兴趣地审视着他："我正好没吃早餐。"

林汉本来只是随口一说，这下只能递过茶叶蛋："Come on，我分享给你，试试！"

心情不错的老莫接过鸡蛋，剥了壳，一口咬了一半："味道不错！这是用什么煮的？"

"茶叶，中国茶叶，"林汉乐不可支地看他吃完，又递过包子，"这是中国的，对了，中国的三明治，里面是羊肉。"

老莫犹豫了两秒钟，接过了包子，小心翼翼地吃了一口："嗯，美味！"

从此之后，林汉每天起得更早了，他总是赶到食堂打包两个人的早餐往 ES 电信赶，到了之后直扑老莫办公室。

王海涛每天被他早早叫醒一起出发，终于受不了了："你现在每天都给老莫带早饭？他吃吗？"

林汉说："我看他有时候爱吃，有时候放在那里没吃，你管他呢？他又没赶我走。传说以前国内办事处的兄弟还要帮客户扛煤气罐，辅导客户小孩做功课呢。"

王海涛笑："你小心点，天天送早饭这么殷勤的事情，别把老莫掰弯了，为了项目成功而献身老莫，嘿嘿，你太拼了。"

林汉一惊："你不要吓我！他现在是弯的还是直的？"

钱旦在埃及北部地中海边上的亚历山大城里参加中东北非地区部的年会。

他上台领了个奖，中东北非的软件项目交付在过去的一年进步显著，内外部满意度不断提升，他的团队获得了地区部颁发的优秀集体奖。

他们得到一万块人民币奖金，大家一商量，把奖金分成了两部分，一部分直接分给了放弃休假连续工作最长时间的三个人，另一部分他买了些书送给大家。

连续工作时间最长的是在苏丹的曹松，他已经有二十个月没回国了，终于可以计划回去过个春节了。

钱旦买的书是"Lonely Planet"系列中关于中东北非这些国家的几本，他希望未来大家能够有时间、有机会多去了解自己奋斗过的这片土地。

那段时间钱旦每晚上床前都会怀着忐忑的心情上网，去"天涯论坛"的"伟华专区"观察他老爸的新动向。

老爸在一家国企干了一辈子，刚刚退休。钱旦担心他退休后无聊，就把自己一台用旧了的笔记本电脑给了他。老爸小时候没学过汉语拼音，因此钱旦又买了个手写板方便他输入汉字。老爸迅速学会了上网，迅速活跃于"天涯论坛"，迅速发现了上面的"伟华专区"。

钱旦每次打电话回去，老爸总是兴致勃勃地说："我在网上看到你们公司如何如何。"

钱旦总是强调："你不要信网上那些东西，上面尽是见着风就是雨的。"

那天又打电话回去，老爸得意地说："我在你们的专区里发了个帖子，很多人回复，不少人说我是你们公司的老专家，还有人说我是你们的老板呐！"

钱旦紧张了："你发什么帖子了啊？"

老爸呵呵一笑："我劝劝年轻人，你放心，绝对不会暴露你的。"

"网上很多人讲话很脏的，你别太认真，到时候生气，人家都说在网上你一认真就输了。"

他赶紧去了"天涯论坛"的"伟华专区"，不看不知道，一看吓一跳，他老爸的帖子叫"一个关注伟华专区的老头儿想说两句"，已经点击上万，跟帖近百了。

帖子有一千多字：

因为特殊的原故，让我这个退休的老头每天上网必浏览一下"伟华专区"。日子久了，有些话不由得想一吐为快。

学习过伟华公司的"天道酬勤"的文章，老一辈人不禁为之拍手叫好。我们的社会如今缺失的正是艰苦奋斗的精神。我们的祖国是靠艰苦奋斗起家的，我们的民族是靠艰苦奋斗振兴的，伟华也是靠艰苦奋斗才有今天的业绩的。

在当今物欲横流、世风日下的暗流中，伟华又举起这面大旗，对青年知识分子们进行传统教育，使局外人看到了伟华的辉煌前景，打消了对伟华这面红旗到底能打多久的疑虑。

读"伟华专区"的帖，让我对伟华的管理模式、薪酬制度、绩效考核办法有了一些了解。我想说，相比国有企业而言，都应该是先进的、科学的。国有企业存在的政府干预、政企不分、为官腐败以及干部能上不能下、站着干的不如躺着看的、"铁饭碗"终身制等弊端，在伟华没有市场。当然伟华仍在学习，仍在不断摸索改进。相信今后会更加科学合理。

读"伟华专区"的帖，感到发帖者普遍抱怨两个问题：一是太累，二是付出与得到不公。我也想说：作为青年人，该把企业也同时看作是一所学校。你付出得多了，你学到的知识也就多了。完成了知识的积累过程，你干工作不就会得心应手吗？我只想说，要让自己不累，只有在学习中不断提升自己的能力。

付出与得到公不公的事是很难说清的。一个人的能力再好，没有一个让你施展才华的平台，你又能有什么作为呢？想想中国十三亿人口中的大多数，想想贫困地区的孩子，想想你一个月的收入也许比你父母一年的收入还多，我们还会抱怨吗？

还感觉"伟华专区"发牢骚的多，骂人的帖子多。网络提供了言论自由的场所，但让我感觉奇怪的是，这里却并不自由。谁说伟华好了，那你就是"干部的马甲"，就是枪手，是托儿。而且有的人骂脏话、粗话、痞话之水平，恐怕会让成就他们的大学汗颜，会让他们的父母蒙羞的。对公司有看法、有意见，善意地批评并提出合理的建议不是很好吗？谩骂于事无补！在抱怨压力大，抱怨加班多的同时，却有这闲功夫在这儿自寻烦恼，只会让人觉得在这里的是否真是伟华的员工了。上过"天涯"的不少版块，如此嘈杂恐怕也就此一家了。

我不是谁的"马甲"，不是什么枪手，只是一个年过花甲，希望伟华好、希望大家好的老头儿。

春节快到了，祝伟华的孩子们能与家人团聚！祝大家新年吉祥！

钱旦舒了一口气，帖子后面有人称赞，有人反思，有人委屈，有人反感，有人争辩，但难得没有看到脏话谩骂的，大家都是在说自己心里的想法，或者猜测楼主的身份。

他又打电话给老爸，叮嘱他不要和人家争论，别因为争论而生气。老爸依旧兴致勃勃："我能不能去你们公司做老专家？"

"老专家"是伟华公司从一些研究院所、高校聘请的退休老专家、老教授，他们负责在员工遇到工作、生活上的困难时，利用自己丰富的人生阅历，向员工提供建议、帮助。钱旦认为他们类似美军的随军牧师。

他认真地想了想，告诉老爸："我不知道老专家是不是对外招聘来的，不过，你是高中文凭，学历好像低了一点。"

老爸自己又跟了条帖：

再次感谢看帖和跟帖的年轻朋友！感谢你们对一个老年人的尊重！大家平和地探讨问题，改变了我对"伟华专区"不怎么和谐的看法。让我知道了你们真实的一面。"说归说，闹归闹，下了线还不是一样死守伟华"，你们才真正是伟华的希望！

我到过深圳，也去伟华基地略看了一下。深圳的繁荣、深圳的高消费，让我知道你们所面对的生活压力；我曾拜读过伟华的"基本法"，再看到伟华基地的气派和规模，我心想年轻人在这里应该是可以有所作为的。

在深圳的那些日子，每天早上刚七点多，孩子就得出发赶班车去上班，最早也要到晚上八点才能回家。站在阳台上，远看着孩子拖着疲惫的步伐回来了，进门却又是一脸阳光，做父母的真的忍不住要流泪。如果加班，孩子回家时我们都真的要睡了。想想你们，真的不容易！

伟华作为一个民族工业的代表，冲出了国门。伟华骄傲，中国人都骄傲。许多的伟华员工在海外辛苦打拼,像放飞的风筝,却总有一根细线系在父母的心中。工作再忙、再辛苦,请不要忘了给父母打个电话、发条短信,报个平安。到了该有电话的时候没来电话,哪怕只是迟到了一天,家里的亲人也会坐立不安的。

版块内抱怨工资太低的人很多。我不希望年轻人和我们一样安于现状,享受清贫。但是我认为一个人对回报的期望值,首先还得取决于对自身能力的定位。能力提升了,回报自然会高。只要想通了,新老员工工资上的差异也就不会那么让你不平衡了。何况你也会步入老员工之列呢!深圳的工资比内地高,伟华的工资在深圳又属偏高,这也许是不争的事实。你们进入了大城市生活,房子、车子很有必要,但我觉得财富的积累总得有一个过程的。我相信你们的能力一定会让你们如愿以偿。

伟华是个民营企业,我无意为某个资本家唱赞歌,获取最大利润必然是每个投资者的最终目的。平心而论,伟华在遵守国家法律法规、注重员工培训、让员工持股、提高员工福利待遇、参与社会保障等方面,与同样性质的企业来比较,还是做得比较好的。

我的确不了解伟华,说错了,请大家只当是一个老头儿在瞎说罢了。我只是一个退休了没事干、在家用手写板学着上网的老工人。我希望大家好,希望伟华好。

不再回帖。再见了!

老爸在深圳短暂住过一段时间,钱旦完全没有发现他每天在阳台上守望的身影,不曾想到他会为自己的晚归而心疼。每个年轻的生命背后又有多少双这样默默守望的眼呢?

帖子最后被点击了六万多次,跟帖三百多条,是"伟华专区"那段时间难得的理性讨论热帖。

| 第四十章 |

婚假

伟华的年度财务报告出炉，2006年公司的全球合同销售额达到了110亿美金，提前两年实现了2004年制定的"2008年合同销售额达到100亿美金"的"801规划"。

2007年的春节来得特别晚，2月快要过完了猪年才姗姗来到。

春节之后，趁着老莫情绪稳定，各个代表处的业务风平浪静，钱旦回国休了个假，他和秦辛要去领证、结婚。

钱旦到达深圳的那天，两个人去蛇口一家地道意大利餐厅吃了顿烛光晚餐，手拖着手在"海上世界"附近散步。

秦辛遗憾地说："可惜诗诗和曾子健回不来，诗诗3月份就要做妈妈了，好快呀！不知道她在开罗生宝宝会不会很辛苦？"

钱旦说："我这段时间忙死了，和他们见面不多，就过年的时候到他们宿舍去吃了顿火锅。诗诗的爸妈都去开罗了，照顾上应该没问题，不过我那天去吃饭的时候总觉得诗诗情绪不太好，有心事的样子。"

"诗诗一直开开心心的，应该是快要生了，紧张吧？"

"可能吧，前天曾子健到我宿舍来送纸莎草画，讲是诗诗挺着肚子到处去挑选的，要我们找个地方裱好，挂新房里，下次她要回来检查。他也是急急忙忙的，没讲几句话就走了。"

"希望她顺顺利利的。"

夜里钱旦做了个梦，梦见自己和秦辛在尼罗河帆船上看日落，风很大，船迎着夕阳飞驰，正惬意时有轮船汽笛不住地在催促，却怎么也看不见轮船是从哪个方向来？

他惊醒，原来是自己放在床头柜的手机在响，瞟一眼时间，北京时间午夜两点。

电话是林汉打来的，他急匆匆地说："老大，埃及 ES 的 WAP 网关出事故了，现在所有用户不能用手机上网。"

按照公司要求，钱旦的手机是每年 365 天、每天 24 小时开机，中东北非范围内软件产品的所有重大事故必须在半小时内通报给他。

他怕吵着秦辛，披了件衣服往客厅走："业务断了多久？客户反应怎么样？"

"中断时间还不确定，3G 业务上线不久，用手机上网的用户还不多，对最终用户的影响不是太大。不过现在是晚忙时，老莫很生气，不停地骂我们是垃圾。"

"你和海涛都到现场了吧？机关的专家有谁在处理？"

"我和海涛都赶到机房了，研发的专家远程登录上来了，拉了个电话会议，我把电话会议接入号发给你。"

钱旦马上给他的领导老王通报了事故，然后拨进了林汉发给他的电话会议中。

他自己并不是这个产品的专家，只是静静地听着，煎熬了二十分钟，结果伟华的设备没有问题，是与他们对接的爱立信设备出了故障，爱立信的工程师处理好之后业务就恢复了。

虚惊一场，钱旦松了口气，才感觉到双脚被冻得冰凉，他又爬上了床。

第二天，他和秦辛坐火车回湖南老家举办婚礼。

火车刚刚开动，他的手机又响了，仍然是林汉："老大，老莫又开始折腾了，今天一大早他连发了两个传真，正式投诉到地区部，投诉昨天的事故。"

钱旦意外："搞啥呢？不是爱立信的问题吗？"

林汉无奈地说:"是爱立信的问题,不过我们的设备确实土,系统告警的指示性很差,业务中断后一直没有任何告警。现在埃及ES用手机上网的用户不多,等到他们的客服中心接到几个投诉,业务已经中断一个多小时了。"

"老莫想干啥?有啥诉求?"

"他揪着我们业务中断后长时间没有告警,提了两个诉求:一是满足他提出来的定制几张报表的需求,二是要我们把几台伟华的防火墙、路由器全换成思科的。"

"他这两个诉求和事故有毛关系啊?!"

钱旦知道老莫在借题发挥了,他老早就提出来需要伟华给他定制几张用于统计、分析业务的报表,但伟华这两年一直在努力建立规则,把需求和问题区分开,需求的满足是需要另行收费的,双方没有达成一致。

另外,老莫一直对伟华的软件产品在埃及ES电信使用的伟华自己的路由器、防火墙不满,提了几次要求把伟华的"廉价货"换成思科的产品。

他的两个诉求和这次事故没有什么关系,但地区部和项目组的领导不希望节外生枝,要他们哄好老莫。钱旦和林汉商量着更换路由器、防火墙的事情是不能答应的,免费做几张报表看来是难免了。

林汉一早去拜访老莫。

老莫算是有技术情结的,办公桌上除了他的笔记本电脑外还放了个台式机,台式机接入了埃及ES电信的维护网络,他随时可以监控设备的运行情况。林汉进门时老莫正在专注地望着他的台式机的屏幕。

林汉殷勤地说:"穆罕默德先生,注意休息眼睛。"

老莫的视线没有离开屏幕,冷冷地说:"如果你们把告警系统做得更好些,大家就能轻松些了,你们的东西就是一堆垃圾。"

"我们的产品还是很好的。"林汉说,"不过你说得对,系统的可维护性是差了一点，我已经把事故的回溯报告发给公司领导了，钱旦在深圳休假，他也去公司找研发的领导了，公司很重视，一定会改进我们系统的监控和告警能力。"

"什么时候改进？一个星期之后？一个月之后？一年之后？"

"穆罕默德先生，你是专家，知道对硬件的监控和告警要容易些，对业务本身的监控和告警要难些，尤其这次伟华的系统是完全正常的，故障点在对端。爱立信怎么也没告警？他们出了事故你应该去踢他们的屁股啊！"

老莫仍然没有正眼看他："你不用管爱立信怎么样，我当然会去踢他们的屁股。"

林汉想让老莫专注和自己交流，他的手往办公室墙壁上一指："穆罕默德先生，你办公室这么大，别把东西都挤在办公桌上了，换个大显示屏，液晶、超薄的，可以挂在墙上。"

老莫的视线终于离开了屏幕，他望着林汉："换个大显示屏？好建议！那就由伟华提供一个给我吧，你们系统的告警做得太差，只能先这么弥补了。"

林汉略一迟疑："没问题，我来处理。不过，别换我们的防火墙、路由器了，我们的设备运行得好好的，你别迷信思科了。以前提出来的报表需求我们可以讨论，我推动研发去开发，但今后还是要明确双方的需求管理机制，需求不能总是敞着口么。"

老莫终于作出体谅状："我可以暂时不换你们那些廉价的防火墙、路由器，我给了你们那么大的理解和帮助，定制几张报表你们还要视为新需求来收费？你们怎么想的？愚蠢！"

林汉心里想我真不觉得你给了我"那么大的理解和帮助"，嘴里附和了他两句，坐了下来，和他讨论起报表的需求，以及事故和投诉的闭环计划来。

中午的时候老莫去了机房，只有王海涛一个人在。

他走过去拍了拍王海涛的肩膀，得意地说："我太知道怎么对付你们公司了，总是能找到办法让你们乖乖满足我的要求。"

王海涛不解："什么要求？我们一直就会满足你的要求啊！"

"定制报表的需求，之前让你们做你们还要谈钱，现在找个机会一投诉就答应解决了，愚蠢！"老莫想了想，问道，"你是穆斯林？"

王海涛回答："是的。"

老莫望望周围："你们其他人去哪里了？"

王海涛解释："林汉带大家去麦当劳了，很快回来，我今天不饿，不想吃午饭。"

老莫突然问："你有没有兴趣离开伟华，加入 ES 电信？"

王海涛一愣："加入 ES 电信？你不是把巴哈招聘过去了吗？"

"他只是一个工程师，我还需要一个专家，你是这一屋子人里面最好的。你可以做他们的 Leader，协助我对付伟华和爱立信。"

王海涛半开玩笑半认真地说："我对付好这些硬件、软件、业务就好了，为什么要对付伟华和爱立信呢？"

"为了钱！伟华给你多少薪水？你问问巴哈，他在埃及 ES 的薪水可比在伟华高了 30% 以上。"

王海涛没有一口回绝，他沉吟着："那你能给我多少薪水？"

钱旦和秦辛在湖南老家摆了喜酒，他已离家多年，宾客中以爸妈的同事、朋友为多。钱旦对大家不是很熟悉，对婚礼本身没有太大感觉，他老爸却难得地喝多了。

酒席散了刚回到家里，他那手机又刺耳地响了。

这次是苏丹的陈永生："老旦，后天晚上 ST 电信的新版本割接上线，我们一定要一次成功，你要协调家里的专家把把关啊！"

钱旦纳闷了："怎么？曹松不是休完假回到苏丹了吗？他把关就行了，还有两个研发的兄弟在现场支持，还有小军，人够了吧？要求助也应该是曹松打电话向我求助啊！你咋突然对他没信心了？"

陈永生说："曹松同学病了，发烧，硬撑着在干。生活上兄弟们会想办法照顾他，但项目停不下来，我怕这两天他撑不住。我和研发那两个兄弟聊过，他们只懂各自的模块，本来小伟不错，但他干得好好的年前离职走掉了，小军比起来还是稍嫩了一点。客户CTO亲自盯着这次割接了，我们要严防Y公司反扑，关键时候你一定要支持，必须万无一失。"

"曹松怎么了？不是疟疾吧？"

"应该不是，我们在北苏丹还没人得过疟疾。你老一定要协调研发真正的专家参与进来，好好审核方案，做好远程支持的准备。"

钱旦接完陈永生的电话，对着秦辛抱歉地笑笑："苏丹有些急事，我还要打几个电话。"

他先打电话给曹松问候、了解情况，然后给总部的主管、专家们电话，和他们讨论远程支持的安排。

夜里等秦辛睡着了之后，他忍不住还是打开了电脑，收了用邮件发过来的苏丹割接方案，仔细地审视着。

两天以后，苏丹ST电信的新版本割接准备得充分，过程也就顺利，客户CTO在机房大声宣布了割接成功，带领大家鼓掌欢呼完，就和他的几个手下离开了机房。

陈永生陪客户CTO离开，片刻又回到了机房。

已经是凌晨四点多，割接的收尾工作也做得差不多了。曹松离开了电脑，和陈永生下楼透气。他的烧已经退了，人还虚弱，他俩靠在楼下墙根聊着下一步计划。

一起参与割接的小军带着一个研发兄弟也下了楼。ST电信的院子里在搞基建，机房大楼的门外杂乱的堆放着建筑材料，他俩蹲在一堆砖头前抽烟，没有留意到靠在墙根的曹松和陈永生。

陈永生指了指小军，对曹松说："像不像建筑工地的农民工？"

他嘘了口气，接着说："挺不容易。有时候觉得我们在这地方没日没夜地干，主观上各有各的原因，客观上真的如公司说的，在丰富人们的沟通和生活，也算是为这个世界做了贡献了。你是为什么来到苏丹的？"

曹松望着在砖头前抽烟的两个兄弟："我是被领导骗来的啊，和我沟通说让我来苏丹支持半个月，结果来了就被旦哥扣下了，直到这个春节才回趟北京。您呢？怎么来的？将来什么打算？"

陈永生说："我主动申请来海外，主动申请来苏丹的。我挺喜欢这种日子的，有成就感，又能多赚点钱。不是说公司在欧洲的业务量要起来了吗？我打算将来申请去欧洲常驻几年，和英国人德国人法国人练练去。对了，你这次回去相亲了没有？"

"当然相了。"

"搞定没？"

"我觉得差不多了，有个姑娘应该算是已经在谈着了。"

"姑娘是干啥的？"

"在宝洁公司上班。"

钱旦离了家乡，先回深圳，再赴开罗。

火车缓缓开动，他望着站台上挥手相送的父母，记起了不知道谁说过的一句话，"年少时总想去远方，去了远方才发现最远的远方是故乡。"

他妈妈的膝盖有了毛病，每次见到她腿疼时有些瘸拐的步伐，钱旦总是在记忆深处找寻年轻时的妈妈。那时候的妈妈高大，现在的妈妈瘦小；那时候的妈妈时髦，烫了一头卷发，现在的妈妈朴素，白发苍苍；那时候的妈妈风风火火，偶尔呵斥钱旦的磨磨叽叽，现在的妈妈步履蹒跚。

身旁的秦辛懂得他的沉默，伸出手紧紧握住了他的手。

他的手机又响了，这一次是王海涛，王海涛嚷道："老大，林汉和老莫一起出车祸了！"

第四十一章

因祸得福

林汉常常在老莫的办公室和他共进从伟华食堂带来的包子稀饭茶叶蛋，又推动公司帮老莫满足他的各种软件定制的需求，还送了一个大液晶显示屏挂在老莫办公室的墙上，两个人的关系至少在表面上热乎了。

那天下班的时候伟华来ES电信接人回宿舍的车安排出了差池，坐不下那么多人。林汉让其他同事先走，自己站在园区门口，打算叫个"黑猫警长"回迈阿第。

老莫坐着辆ES电信的车出来了，他主动叫停了车，和林汉寒暄了两句，说可以捎带他一段路。

林汉上了车，两个人坐后排，前面是ES电信的一个埃及司机开着车。埃及人做什么事情都节奏舒缓，唯独一开车就飞快，车一上大路，司机就开始了速度与激情。没开出去多远，斜刺里冲出一辆同样上演速度与激情的车把他们的车给撞了。

撞车前一瞬间，林汉居然大叫一声"小心"，然后朝着旁边的老莫身上一扑。结果，老莫只是有些挫伤，林汉的头被撞破了，一条胳膊骨折。

所幸及时去了医院，医生说没有大碍，痊愈后不会留下后遗症。

钱旦回到开罗是个星期五，埃及的双休日。

他打开宿舍门，看见林汉因为受伤剃了个光头，胳膊打着石膏，瘫靠在沙发上，电脑放在他前面的茶几上，正在看《亮剑》。

没等钱旦亲切问候，一个女声从厨房里传来："鸡汤好喽！"

小雨从厨房走了出来，双手端着一锅汤。

她见到钱旦脸一红："旦哥，回来得正是时候，喝汤。"

钱旦惊讶："你调回来了吗？"

"没有啦，我来开罗参加部门的年会，星期天回摩洛哥。"

"你这出差出得够久的，什么时候能调回来？"

"不知道呀，领导说了三个月，结果过了三个月又三个月，过了三个月又三个月，说不定要等到明年了。"

林汉伸出那只能活动的手把电脑合上，志得意满地终于开了腔："小雨一大早就去7街买了鸡，煲了一天了，我口述，她动手的老火靓汤。"

钱旦问他："海涛呢？又去加班了？"

林汉回答："今天晚上有操作，他估计要在机房待到明天早上才回来了。"

小雨说："谢伯伯调回埃及了哦，今天他也在加班，明天他过来主厨，做回锅肉，然后林汉继续口述，我来挑战双皮奶、姜汁撞奶。"

林汉补充："苏琳也过来，加上王海涛，明天六个人吃。"

钱旦说："那我明天上午去免税店买红酒去。老谢变成谢伯伯了？他在摩洛哥又被折磨老了？"

小雨快乐地说："没有老没有老，老谢人特别好，我们一到星期天就喜欢去他宿舍吃他做的菜，都叫他谢伯伯。"

小雨走了以后，钱旦对着林汉："不错呀，因祸得福了。"

林汉洋洋自得："这是安拉帮我安排的苦肉计！你不知道她本来计划昨天开完会今天就回摩洛哥，特意改了票多留两天，星期天才走。"

"是不是啊？为你改的票？"

"那当然，她那天过来看我，一看到我这样子，都要哭了，然后就说多留两天，陪陪我。"

林汉突然收起了得意，哭丧着脸："好景不长，她还是要回摩洛哥。老大，等我伤好了，你安排我去摩洛哥出差。"

"伤筋动骨一百天，你早着了，要不明天我们集体回避一下？你趁热打铁。"

"那她还是要回摩洛哥啊！我头天表白，第二天就异地恋，有啥意思？我问了老谢，摩洛哥IPTV项目还有二期，让我去做项目经理！"

钱旦见他认了真，也认真地说："你走不掉吧？你又天天给老莫带早饭，又英雄救美了一次，他舍得你走吗？你走了他又投诉我们怎么办？"

"哎呀，ES项目都转维护了，项目管理的事情真的不多了，有王海涛盯着就行了，老莫现在更喜欢海涛。"林汉想起了什么，迟疑了一下，说，"老大，有个事情要小心，老莫想挖王海涛去ES电信。"

钱旦心里咯噔一下："靠！真的假的？又来了？中方员工他也挖？"

林汉说："巴哈透露给我的，我问海涛了，他说他应该不会去。"

"什么叫应该不会去？要必须不会去啊！"

"你别直接问海涛，到时候还说你一回来我就打小报告，将来不和我讲这些了。"

"那你得盯着，肯定不能让王海涛被挖走啊！我也多和他交流，他为什么只是应该不会去？"

"老大，我们很久没加薪了！"

林汉说的没错，伟华的业务持续井喷式发展，人力资源管理已经滞后，薪酬框架僵化。整个中东北非的电信市场被石油大亨们搅得风生水起，对行业人才的需求激增，伟华的薪酬在人才争夺战并不占优，不仅本地员工流失率高，在多个国家也出现了客户挖走伟华中方员工的情况。

星期六，几个人欢聚一堂。

最活跃的是吊着一只胳膊的林汉，他一会儿用另一只手捧着那本已经变得油腻的"川菜大全"，不服气地审视着老谢做的回锅肉和菜谱上有什么不同，一会儿大声指点着尝试做双皮奶姜汁撞奶的小雨，一会儿又哼唧着头疼、胳膊疼，来到客厅来和等着吃饭的闲人们聊天。

小雨是兴奋的，一会儿专注于学习林氏甜点的制作，一会儿拉着苏琳，叽叽喳喳说个不停。

老谢是当日主厨，乐呵呵地沉醉在自己突飞猛进的厨艺展示中。

钱旦和王海涛两个闲人坐在客厅的沙发上谈心，他拐弯抹角地试探王海涛会不会被老莫挖走？直截了当地反复强调王海涛在伟华的未来可期。

他自从去年10月秦辛来到开罗，两个人把结婚提上议程后，就慢慢地"忘记"了苏琳，偶尔在MSN上聊天也简洁。这一天她再次出现在眼前，他的心里莫名其妙地不自然，总在回避她的视线。

苏琳和每个人聊天，有意无意地略过钱旦，只是不时眼神在钱旦身上一扫而过。

饭菜上桌，红酒斟好，六人餐桌正好坐满，言笑晏晏。

王海涛说："林汉天天给老莫带早餐照顾他的胃，又英雄救美，两个人越来越基情满满了。"

钱旦说："嗯，这下我们放心了，尽快把项目验收搞定，我们要慢慢把人撤出来了。"

林汉说："没用的，我现在太了解老莫这个人了，他的追求根本就不是双赢，而是把乙方压榨到极致，为ES电信获取最大利益，在管理层面前充分表现自己与众不同的能力。上次我跟他提到过验收的事情，你们猜他怎么说？他说验收了就要给你们公司付验收款，急什么？我如此出卖色相，换来的顶多是他现在对我说话温柔些了，他的职场哲学是毫不动摇的。"

老谢说："当年他在阿联酋就把我们折磨得一点脾气都没有，

老旦刚来中东北非时不是带老王去见过他吗？老王已经在埃及了，你们要不要带王总去和他过过招？"

钱旦说："不急吧，老王现在见他身份不对等了，王总是要去和客户CXO们练的。"

林汉大声叹气："唉！那还是我不入地狱谁入地狱？等拿到项目的验收报告了我就可以全身而退吧？"

"好！"钱旦应承他，举起了酒杯，"一起干一个！"

大家碰了个杯，林汉立马后悔了："哎呀，不行，我后悔了，今年拿不拿得到验收报告？爱立信的人也烦死了老莫，谁都搞不定他。"

王海涛有他的信仰，不喝酒，他喝了口可乐，说："老莫是有压力的，我听说CTO认可他，但是CEO不喜欢他，他就想拼命压榨我们和爱立信，体现他的超强能力，稳固自己的位置。我在机房和爱立信的人聊，他们更恨他，说老莫提了一堆软件定制需求过去，害得他们的系统现在还没稳定下来。"

老谢说："有一个办法也许可以试试。"

林汉赶紧问："什么办法？"

老谢仍是他标志性的忠厚笑容："做掉他！"

林汉以为他开玩笑，大声说道："好！我们几个集资，去买个杀手，我出一千埃及镑。"

老谢已经有了几分醉意，他看了眼苏琳，说："都是自己人哈？我没跟你们开玩笑，既然CEO不认可他，你们想办法把他弄走！我知道在其他地方有过类似的成功案例，我们和客户高层关系好，想办法把中间胡搅蛮缠的人给调走了。"

钱旦想了想，说："你这是歪招吧？我们和CEO又对不上话，领导们为了大项目的事情已经够烦的了，肯定不愿意为我们小小的软件出马搞这种事情。而且这么搞风险大，万一真把他从埃及弄走，结果是调回阿联酋，到ES集团总部去了，他不得找一切机会弄死我们？"

老谢嘿嘿笑："不一定我们直接动手啊，海涛不是说有人更恨他吗？爱立信强势，想办法让爱立信的人去搞呗，我们负责煽风点火，添油加醋。"

林汉将信将疑："谢总，还能这么操作？你太阴险了，我敬你一个。"

钱旦也举起了杯："靠！老谢去了一趟西北非，变得脑洞大开、心狠手辣、判若两人了。"

小雨说："谢伯伯在摩洛哥的爱好一是博览群书，研究各种案例，二是一个人抱着吉他去大西洋边沉思，越来越睿智了。"

老谢略有不满："讲得好像我不带你们玩一样，咋不说你们一到星期天就来我宿舍吃吃喝喝呢？"

苏琳更多的时候在饶有兴趣地倾听，她的眼神仍然回避着钱旦。

钱旦决定打破两个人之间一个晚上的疏离，他对着苏琳："别老是老莫老莫了，聊点别的，苏琳MM还坚持去迈阿第俱乐部打网球不？"

"去啊，下次一起去不？你们公司不少人在里面活动的。"

筵席终于要散场。

两位姑娘忙着收拾了桌子，洗了碗筷。

老谢拍拍屁股："走！明天又是新的一个星期。"

林汉说："我送小雨回去，老大，你送苏琳？"

从前苏琳过来吃晚饭，总是钱旦送她回去，他俩正默契地彼此靠近了一点，拉开房门要出去的老谢扭过头来："林汉，你啥思路？安排个老男人送美女？拍马屁也不是这么拍的，海涛，你送美女回去啊！主动点。"

苏琳似乎有些害羞："不用送了，我在楼下打个车就行了，这一带挺安全的。"

钱旦表态："还是海涛送一下吧，晚上小心一点好。"

小雨温柔地对林汉说："我就住200街，谢伯伯也是住200街，我们一起走就行了，你伤还没好，别出去了。"

林汉大声说道："我是断了手，又不是断了腿，必须送你！"

眨眼的工夫，房间里只留下了钱旦一个人，瞬间安静了。

他坐在沙发上，又看起了Fashion TV。

手机有短信进来，他拿起来，看到苏琳说："Hello啊，今天过得很开心！"

他回过去："你回到宿舍了？这么快？"

"是啊，你那小兄弟挺可爱的，一路上都不怎么说话。"

"他是被美女的气场震慑住了吧？"

"你们是不是最近压力小些？没那么忙了？"

"没前段时间那么忙，但压力还是很大，客户不好打交道么。"

"下个星期六跟我一起去打网球吧，游泳也行，周末还是要放松下，像今天。"

"我不会打网球。"

"我请了个埃及教练，带上你，一起学。"

"OK。"

过了不多久，王海涛回到了宿舍。

过了很久，林汉终于回来了，他一打开门，就粗着嗓子高声唱："忘掉天地，仿佛也想不起自己，仍未忘相约看漫天黄叶远飞。"

王海涛斜眼望他："骚气逼人！"

林汉更加大声地又唱了一句："就算会与你分离，凄绝的戏，要决心忘记我便记不起。"然后得意地说："搞定！小雨答应做我女朋友了！"

钱旦和王海涛异口同声："真的假的？！"

"当然是真的！"

钱旦八卦心顿起，兴致勃勃地问："怎么搞定的？你不是说头天表白，第二天就异地恋没啥意思吗？"

"我刚才和小雨一起在'黑心超市'旁边新开的那家咖啡店里喝牛奶，喝完牛奶送她到宿舍楼下，我想都没想就问她做我女朋友好不好？"

"她就这样答应了？"

"她想都没想就点了点头，坚定地'嗯'了一声。哎呀，真是水到渠成，再不成天理难容！"

"然后呢？"

"然后她就跑上楼了啊！我倒是想还有别的，吻个别之类的，但是吊着一只手，脑袋还这样，行动不方便，她跑得太快了！"

| 第四十二章 |

尼罗河论剑

伟华战车继续在海外滚滚向前,势如破竹。

公司终于启动了薪酬制度的变革,以"以岗定级、以级定薪、人岗匹配、易岗易薪"作为原则,刷新了工资框架,明确了例行的工资调整机制。

抛开管理理论上的玄机,海外的中方员工和本地员工普遍得到了加薪,绩效优良者获得的加薪幅度不小。每个人都离不开人间烟火,工资普调算是在各家对通信人才争夺正激烈时下了一场及时雨,稳定了伟华的军心。钱旦亦是长长地舒了一口气。

公司开始在全球范围内推广苏丹的"铁三角"经验,全球各个代表处围绕特定客户的核心团队更加同心同德,更加高效有力,并且初步打破了过去烟囱式的业务管控机制,为将来把业务责任、权力和能力进一步下沉、前移埋下了伏笔。

公司亦调整了地区部的组织架构,把技术服务主管的岗位升了级,变成了交付副总裁。交付副总裁把技术服务、采购、供应链等几个部门拉通管理了起来,一切只为了更高效率地协同作战,支撑更多、更复杂的大合同、大项目。

星期五下午,钱旦的新领导,地区部交付副总裁老王召集他麾下的部门主管们在尼罗河的帆船上讨论业务。

数百年来,这种叫作 Feluccas 的帆船一直是尼罗河上最重要的交通工具,如今虽然已经不再需要它们运粮送人,但从上游的阿斯旺、卢克索直到下游的开罗，依然到处可见白帆点点，它们是去埃及旅行的人们重要的异域体验。

离 Friday's 餐厅不远就有一处帆船码头，整齐排列着供游人用的白色帆船。

风很大，老王领着众人上了船，船夫扯起风帆，帆船在河上乘风破浪。

他们之前已经在会议室里唾沫横飞地讨论了两天，已经得出了 2007 年要做的最重要的三件事，这个下午算是最后的总结和务虚。

从会议室来到大河上，大家的心情放松了不少。钱旦往船帮的软垫上一靠："哎呀，废寝忘食地讨论了两天，TOP3 的还是这三件事，和老韩去伊拉克之前得出的结论一模一样。"

话脱口而出，他顿时后悔。在始终推崇变革的伟华，一个不否定前任的领导需要更大的勇气，一个强调继承的变革者并不多见，自己没心没肺地感慨新领导在炒下了课的旧领导的旧饭，是不是有些不敬？

老王不是第一天认识钱旦，他不以为忤："谁说我们每年必须从零开始？既然大家早有共识，那今年就实实在在地把这三件事情做深做透！"

他顿了顿，接着说："我们是既要苟且，又要远方，这两天算是讨论清楚了苟且，定了今年的 TOP3，今天大家可以务务虚，展望远方。"

众人开始了七嘴八舌、高谈阔论。

船至中流，人们更加意气风发。

有人感慨："这两年我们的业务发展得太快了！前年一个国家的销售额能上亿元算了不起，地区部亿元代表处也没几个，现在动不动一个项目就是上亿！我们从游击战变成阵地战了。"

有人附和："是啊，现在埃及 ES 项目组的、代表处的、地区部的中方员工加起来都有好几百了吧？算上本地、分包商，有一两千人了不？这两年眼看着业务呼啦啦地起来了，人呼啦啦地多了。"

有人展望："听说公司在欧洲快要大突破了，在美国也很有希望，老板说的通信设备商三分天下我们有其一，快成了！"

老王也激动，他说："我一直有个观点，这个世纪中国必将受益于全球化而快速发展。其中说到人的因素，我认为中国先是农民工红利，世界工厂，这个大家好理解。然后是工程师红利，什么叫工程师红利？就是我们这拨人，就是1990年代大学扩招之后，源源不断的、自小家境一般、加班熬夜无所谓、哪个鸟不拉屎的地儿都愿意去、经济又耐操的理工科毕业生们带来的红利。"

钱旦顿时觉得老王讲得很有道理："真是这样啊！我偶尔在飞机上和坐在旁边的老外聊天，介绍到自己的职业是工程师时，遇到两三次人家感叹怎么中国人个个是Engineer？老外还真没有这么多工程师！"

有人进一步说："我们还便宜！工作时间比西方公司的长得多，工资比他们低，的确是成本优势，工程师红利！"

老王说："你们有没有想过将来这个工程师红利是会慢慢被削弱的？"

钱旦想到了："嗯，如果我们不加工资，人都被友商、客户挖光了，这次公司普调一把，大家很开心，但成本慢慢上去了。"

老王说："我们的人力成本会越来越高的，你们看到国内的房价这两年是怎么涨的了吗？大家都会被丈母娘逼着买房，薪酬一定会跟着房价持续往上走，人力成本会越来越高的。"

"所以我们必须加大本地化，更多地依靠本地员工。"

"不仅是要本地化，应该是要全球化。全球化和本地化有什么不一样？我们要在全球范围内寻找能力的高地、成本的洼地。比如你们做软件，全球的能力高地、成本洼地在哪里？在印度！我们是不是可以在印度建设软件服务的资源中心，招聘一堆印度的软件工程师来为我所用？再加上远程交付，我们将来做埃及的软件项目的说不定是以印度人为主呢？其他产品也要有一样的全球化视野。"

老王是越讲越发散："农民工红利、工程师红利背后是中国劳动力的数量，以及越来越高的平均质量，更深层次是一个时期中国教育的结果的输出。中国是适合发展大产业的，但是，我们是有风险的，风险在于原创性发明不够、持续创新不足。我们将来能不能掌握头部话语权？会不会有一天被人牵着鼻子走？面向未来，我们需要什么样的教育的结果输出？……"

老王的嗓门越来越大，钱旦又开始佩服领导了，老王一如既往地比大家先想了一步，真正是既有苟且，又有远方。

大家在帆船上挥斥方遒，直至夕阳映红了大河，才让船夫将帆船靠了岸。

老王招呼着去隔壁的Friday's共进晚餐，唯独钱旦鬼鬼祟祟地请假："王总，我晚上还有点事，先走了。"

老王狐疑地望了他一眼："你老婆没来吧？有什么事连饭都不吃了？"

钱旦含糊地说："我一个本地骨干出差回来，我约了他吃饭。"

他说了谎，他并没有约什么本地骨干。

钱旦急匆匆赶回宿舍，林汉和王海涛两个人都在厨房。他们见到钱旦，惊讶地说："老大，你这么早回来了？老王不请你们吃饭吗？"

钱旦支吾："我还有事，先回来了。"

王海涛说："回来得早不如回来得巧，我的大盘鸡正好新鲜出炉。"

钱旦看了看手机，和两位兄弟一起来到餐厅坐下，他匆匆尝了王海涛的得意之作，扒了几口饭，把碗筷一放："我约了人，得先走了。"

他进自己卧室换了身运动服，穿上球鞋，就往门外跑。

林汉在背后叫："你今天约了谁啊？我怎么觉得好诡异啊！"

钱旦直扑迈阿第俱乐部，苏琳在俱乐部门口的街边等着他。她把头发高高扎起一个短马尾，穿着一身专业的网球服，短裙，既洋溢着小女生的活力，又在昏黄路灯下显出几分妩媚。

这一天是苏琳约了钱旦学网球。迈阿第俱乐部里有七八块红土地球场，每个小时场地费四十埃镑，教练费四十埃镑，合计折人民币一百块钱左右，比起国内算便宜多了。钱旦初学，苏琳请的那个叫摩西的埃及教练带着他练。她则在球场旁边又跳又叫，夸张地为他喊着加油。

钱旦认为自己确实是对学网球产生了兴趣，却不能解释自己为何是一副做贼心虚的模样……

钱旦团队的本地骨干阿马尔确实也是在那一天结束了在塞浦路斯的出差任务，顺利回到了开罗。

新的一个星期，从塞浦路斯归来的阿马尔总在问钱旦有没有机会把他调动去深圳总部工作，他说的不是短期轮训，而是定居深圳。

他第一次问时钱旦没放在心上，只是觉得难得有个埃及人如此认可公司，认可中国，倍感欣慰。

他第二次问时钱旦认真了，一本正经地和总部同事讨论了可行性。最大的问题是阿马尔算不上"业界高端"，不能以顾问、专家身份和公司另签合同，公司现有的人力资源政策保障不了他常驻深圳之后的个人利益。

钱旦问阿马尔为什么惦记着去中国常驻？阿马尔说因为他喜欢中国。钱旦隐约觉得他另有所图。

周末的时候钱旦请同宿舍的两位和老谢在231街的"上海人家"吃腌笃鲜、红烧肉、生煎包。他提到了阿马尔对伟华和中国的强烈认同感。

长期"包打听"、掌握各种最新江湖八卦的林汉在一旁嘿嘿笑了："阿马尔不仅仅对伟华和中国有强烈的认同感，他对中国姑娘也有强烈的认同感。"

原来，阿马尔在塞浦路斯时爱上了公司研发去支持同一个项目的一个中国姑娘，两个人在维纳斯的故乡共同度过了一段美好时光，只是那时光对于阿马尔来说是朝夕相处，对于研发姑娘来说只是并肩战斗，是一段剃头挑子一头热的爱情。

过了几天，阿马尔约钱旦去尼罗河对岸那家叫做 Casino 的河畔餐厅抽水烟。

路上，阿马尔沉默地开车，音响音量调得很大。钱旦兀自望着一侧的尼罗河发呆，没有留意到同一首歌被放了一遍又一遍，直到阿马尔跟着大声唱了起来："I can't take my eyes off you, I can't take my eyes off you……"

钱旦欣赏地说："我也很喜欢 Damien Rice，他的歌总是诚挚、忧郁。虽然我不忧郁，但忧郁的歌往往容易打动人心。"

阿马尔把音量稍稍调小了一点："我在塞浦路斯时经常听这首歌，我忧郁。"

钱旦敏感："听说你在塞浦路斯爱上了一个中国姑娘？所以，这是你喜欢的歌，还是她喜欢的歌？"

阿马尔忧伤地说："这是我推荐给她听的歌，她很喜欢这首歌。但是，她不像我喜欢她那么喜欢我。"

他又告诉钱旦："我买自己的房子了，在离大金字塔不远的地方。从我的房子里可以天天看见金字塔的早晨，我要为我的房子找一个女主人。"

又是夕阳坠入尼罗河的时候，钱旦望一眼他被染成金色的忧伤的脸，认定他新换的怪异油头十有八九也是因为那姑娘。

他心里嘀咕：这么认真的单恋？我向总部呼唤个研发专家去塞浦路斯支持项目，没想到是个女工程师，更没想到你心心念念要把人给拐到埃及来做你的女主人……

钱旦小心翼翼地说："我希望你房子的女主人早日出现，但是，我想那应该会是个漂亮、聪明的埃及姑娘。"

阿马尔伸手又把音响的音量调大了，大声说："所以，你不支持我？"

钱旦不知道怎么接话了，他想了想，说道："这件事情上我是否支持你不重要。重要的是时间，时间会证明一切。要么我们把这件事情暂时放一放，三个月之后再讨论？"

阿马尔皮笑肉不笑："No problem。"

跟随伟华走遍万水千山的年轻人越来越多，兄弟姐妹们不仅奋斗在别处，往往还爱恋在别处。在巴西、俄罗斯、泰国、马来西亚、土耳其、伊朗都有钱旦认识的小伙娶了当地姑娘，亦有中国姑娘嫁给了当地小伙的例子。

不知不觉中，中国和中国人越来越外向，越来越与这个世界紧密融合在一体。

诗诗如期在尼罗河边上生了一个胖小子。

她分娩的时候很辛苦，大出血，几乎是去鬼门关走了一遭，所幸还是母子平安。

曾子健在自己的劳动合同到期之后没有续签，离职了。

他们搬出了伟华的宿舍，但是并没有走得太远，就在热闹的9街旁边找了套不错的房子住，一楼，带了一个小小的花园。

心思缜密的曾子健始终没有让人找到自己做内鬼的任何证据，领导们不甘心他逃之夭夭，但毕竟一切只是推断，又不能把劳动合同到期后拒绝续签的他强行扣下，只能同意他安静地离开，对他内鬼身份的怀疑也控制在了很小的范围内，没有扩散。

钱旦对曾子健的离职并不觉得多意外，但他仍然不知道背后的故事，只以为曾子健是像跟他聊天时说起过的那样，要在变老之前去专心开创属于自己的事业。

| 第四十三章 |

苏莱曼尼亚郊外的晚上

2007年6月，钱旦离开开罗，第二次去伊拉克出差。

他依旧在迪拜转机，距离上次去伊拉克将近一年，伊拉克离过去的战争又远了将近一年，进去的航班多了，他这一次已经不需要入境阿联酋，可以直接转机了。

飞往苏莱曼尼亚的航班一再晚点，他时而枕着电脑包蜷在墙角小睡，时而推着行李车东游西逛，从零点等到中午十二点多才开始登机。

钱旦在闲逛的时候想起买一支手电以应付伊拉克可怜的电力供应，结账时发现收银台里的女孩是个中国人。那姑娘说自己来自济南，那一年迪拜机场从山东招聘过来了一批人在几个航站楼免税店工作。走出国门，走南闯北的中国人越来越多，迪拜机场作为亚洲和非洲、亚洲和欧洲之间的航空枢纽，中文在这里变得越来越流行。

钱旦在登机口遇见几个中国男人，穿一样红色短袖衫，背后印着"Beijing"。

他以为他们穿的是第二年北京奥运会的宣传衫，攀谈了几句才知道他们的带头大哥居然曾经是Y公司在伊拉克北部的负责人，离职单飞后先是谋划修建水电站，最终做实的是整体橱柜生意，创业公司名字就叫做"Beijing"。另外几个人是其从国内招聘到的熟手，正准备去苏莱曼尼亚开张大吉。

钱旦衷心祝福他们起步顺利、生意兴隆，希望将来整个伊拉克北部只要有人计划装修房子就会想起这队中国红衣客，希望他们像在巴格达卖盒饭给美军发了财的那两位中国人一样成为此间传奇。

到了伊拉克，苏莱曼尼亚还是老样子，城里依旧缺电。

虽然伟华的宿舍和办公室都配备了油机发电，但每天中午办公室必然停电。停电之后房间里顿时变成蒸笼，大家只能乖乖回宿舍午休。

这里畅销一款打火机，大小外观都与常见的一次性打火机一样，但里面只有一半空间装的是油，另一半空间塞进了三个钮扣电池和一个小灯泡，成了一支小手电筒，算是因地制宜小发明了。

城郊公路边依旧有那么多拿着白色塑料油壶卖汽油的孩子，他们的汽油有两种颜色，据说粉红色的是从土耳其过来的走私油，黄色的则是私炼的劣质油。曾经的石油大国在战火平息四年之后竟然变成了一个贫油的国家。

库尔德人依旧友善，伟华办公楼下是个家具店，那天中午钱旦从店里穿过时遇到两个正在午餐的库尔德兄弟，他们热情洋溢，非要把已经放在嘴里的烤肉咬一半分给钱旦。钱旦实在不想与两个陌生汉子交换唾液，但一时竟然不知道该如何拒绝他们的款待。

伊拉克安全形式依旧谈不上乐观，爆炸、绑架是电视里固定的新闻。已经来到伊拉克快半年的老韩说，不久前一个月黑风高夜里他睡得正香，突然被急促敲门声惊醒，一群荷枪实弹的军警冲入楼内，令他在黑洞洞枪口下好不惶恐。吵闹了半夜才知道那个晚上住在他隔壁楼的女孩有男友过来约会，男人停在路边的陌生车辆令邻居们警惕，害怕是汽车炸弹，果断报了警……

几度夕阳红，青山依旧在，钱旦到了没几天，有幸又赶上了同事们郊游，度过了一个令他念念不忘的苏莱曼尼亚郊外的晚上。

聚会在城外小河边，六月的河道有一半干涸着，他们在河道里建起了烧烤场。

到达时候天色尚明，大家七手八脚把烧烤炉、木炭、食材从车上卸下,又把啤酒、饮料、西瓜往河水里放,用原始办法令它们冰一冰,等到晚上再享用。

虽然是在伊拉克,他们的烧烤架可是中国制造的专业装备,上面还带着一个手摇吹风机。他们的木炭、铁钎、烧烤汁也是讲究的,看得出来烧烤是此间同事们传统节目。

一切准备就绪,"带头大哥"一声吆喝,大家烧火的烧火,刷汁的刷汁,烤肉的烤肉,好几个人都颇有夜市烧烤摊上新疆大叔的风范,一会儿就可以在烟熏火燎中大快朵颐了。

夜色愈来愈深沉,大家吃着烤肉,喝着啤酒,讲着身边故事。

有人说他有一天去埃尔比出差,随身带了一把钳子,办完事后匆匆去喜来登酒店晚餐,酒店门口的 X 光机发现了钳子,安全人员就要求他去办理寄存。他走到存包处,只见排着长队的男女老少们纷纷淡定地从身上掏出各式枪支匕首,只有他从怀里摸出来的是一把破旧钳子,不禁自惭形秽。

有人展示了手机里全副武装的美国大兵特写照片,前不久伟华在巴格达驻地的二楼厨房不幸钻进了一枚迫击炮弹,所幸不是吃饭时间,爆炸之后无人伤亡。几个同事没心没肺嚷着"炸了炸了"直扑现场,正好赶上美军杀到,他们又快乐地对着美国大兵们照个不停。

讲完故事,他们把两辆越野车大灯打开了来做照明灯,在河道里铺上阿拉伯地毯,围坐一圈玩起了"杀人"游戏。

钱旦上一次玩"杀人"游戏还是 2005 年早春在乍暖还寒的上海,在新天地酒吧里一边看楼下衣着暴露的舞者跳康康舞,一边与几个朋友藏在二楼角落的摇曳烛光下玩这游戏。

这一次在苏莱曼尼亚郊外深夜里,在星光和车灯照亮下,在小河流水与郊野虫鸣伴奏中来玩伊拉克乡村版"杀人"游戏自然又是完全不同的心情。

大家越玩越投入,甚至为了彼此间配合的失误有了争执,钱旦却越玩越松弛,他不再在乎游戏的逻辑,总是找机会开开小差,望望洁净星河，享受宁静、从容的夏夜。

终于决定打道回府了。不幸是一辆开着大灯做照明的越野车因为引擎没有被发动所以蓄电池没电了，幸运是后备箱里有电缆，他们在蚊飞虫鸣中借助另一辆车的电池把它发动了起来。

子夜山间公路显得格外孤寂，钱旦和刘铁两个人一台车，越往前开越感觉不对劲，来的时候一共才经过三个哨卡，这已经开到第四个哨卡了怎么还在山里？

他们竟然一不小心走错了方向，越开离城越远了，这可是在战乱尚未平息的伊拉克啊！好在醒悟得及时，来得及调头回到正途，车里又是两张忠厚中国人的脸，哨卡里那些荷枪实弹的士兵们也没有因为他们深更半夜的莫名徘徊而多加盘问。

近了苏莱曼尼亚，钱旦以为其他同事早就回了宿舍，电话一联络才发现发生意外的不止他们。有一辆车在路上熄火后怎么也发动不起来了，想是在路边加了劣质油的原因，同事们只得挤上另外的车回城，故障车就弃在路边等到天亮以后再去处置了。

青山依旧在，几度夕阳红，软件服务的伊拉克本地员工不知不觉间就可以独当一面了。

总部在苏莱曼尼亚的 AC 电信是伟华在中东北非最慷慨的主顾之一，他们的预付费软件系统要做一次重大升级，钱旦跟着刘铁去了现场。

刘铁拎着两大袋饮料、零食，一副胸有成竹的样子对钱旦说："你放心，不用我们动手，萨米他们就搞得定！"

萨米不仅成了伊拉克本地员工的领头羊，还和阿马尔一样被钱旦当做了中东北非本地员工的标杆之一。

钱旦认为想要驱动那些具有挑战性的业务改进，再多的培训、牵引、推动、呼吁都不如树立标杆，让大家朝着标杆的大旗努力。他一有机会就向着各个国家的团队宣传萨米的事迹和伊拉克团队用好本地员工的心得。

那个晚上钱旦和刘铁基本上就是待在外间的运维办公室和一帮客户维护人员吃吃喝喝，萨米带着几个伊拉克人在里间的机房中忙碌。

凌晨三点，萨米从里间走了出来，拉开一罐可乐："差不多了，他们几个再拨测一阵子就可以宣布升级成功了。"

他喝两口可乐，补充到："今天晚上升级三套双机，我们三个人一个人操作一套，看谁快。结果最快的四十分钟完成，最慢的花了两个小时。"

刘铁骄傲的拍拍萨米肩膀，对钱旦说："萨米很牛的，前段时间我们出了一次匪夷所思的重大事故，客户安排清洁工打扫机房卫生，清洁工居然拿着吸尘器对着机柜后门一蹭，就听见噼啪两声，短信中心的两台服务器的电源模块报销了。萨米正好在机房，迅速另外找了台服务器，两三个小时就临时装了套系统，把业务恢复了起来。今后伊拉克就靠他们了，我可以多些时间陪老婆孩子了。"

钱旦敏感地察觉到刘铁语气里的得意不仅是为了萨米，他问："孩子？你搞定了？"

"嗯，老婆刚怀上，我准备过两个月休个假，送老婆回广州去待产，这边条件还是太差了。"

他半开玩笑半认真地说："我要生两个，生一个儿子叫刘苏莱，生一个女儿叫刘曼尼，纪念我们在苏莱曼尼亚这几年。"

钱旦由衷地为他们高兴，举起罐可乐和刘铁轻轻碰了一下。

老韩被调到伊拉克做服务主管基本上是一把牛刀在杀鸡。

他请他的足球队吃烤鱼，邀请钱旦做嘉宾。钱旦心想，在埃及从来没见过老韩有时间踢球啊？

老韩的球队几乎全是伊拉克本地人，他坐在中间谈笑风生，钱旦则抓紧时间吃鱼。

苏莱曼尼亚的鱼来自附近的杜坎湖，厨师把它们从背上剖开，去除内脏但不刮鱼鳞，然后用铁架夹好，竖立在柴火边烤。烤鱼只烤一面，慢慢熟透后加些西红柿、洋葱片什么的做佐料，入口香嫩，肥而不腻，算是伊拉克一道名菜。

钱旦来了两次苏莱曼尼亚，吃过几次烤鱼了，每次好不容易等到它们被大铁盘盛着端上了桌，他都是脸上淡定，心里雀跃，食指大动。

他以为工作压力小了，老韩是轻松、快乐的。

一天黄昏他们去了阿兹马山，阿兹马是苏莱曼尼亚郊外的大山，在山顶可以俯瞰城里渺小的建筑和人。老韩站在旱季枯黄里，忽然对钱旦说："我准备过完今年就离开公司，离职报告已经写好了。"

不等钱旦反应过来，他轻轻叹口气，问道："钱旦，我问你，你说人生的意义到底是什么？"

钱旦想老韩是被调动到伊拉克以后有了彷徨的时间吧？人生的意义究竟是什么呢？他知道老韩心里一定已经有了自己的答案。

钱旦始终对老韩充满尊重和佩服，他知道老韩终究还是因为被贬到此地而意难平，他为老韩的意难平而意难平。

他望着眼前连绵大山和山下饱经沧桑的苏莱曼尼亚，只觉得人何其渺小，生何其短暂，纵使有再多精彩或者无奈，人们终究只是这个蓝色星球上的匆匆过客，赤条条来，终会赤条条去。

他终于开口说："韩总，套用一个兄弟跟我说过的话，对这个世界来说，最多活到一百岁的我们都是来出差的，匆匆过客；苏莱曼尼亚城可以算外派到地球来常驻的了，但也到底还是会消失；阿兹马山才是地球真正的主人。韩总，我觉得人生的意义就在于我们曾经来过吧！"

| 第四十四章 |

"做掉"老莫

林汉的伤已经痊愈，他天天惦记着尽快拿到 ES 项目中软件子项目的验收报告，好让自己从项目中全身而退，说不定可以找机会去摩洛哥出差或者休假，一解他和小雨异地恋的相思之苦。

他又带着包子、茶叶蛋、皮蛋粥去了老莫办公室，两个人愉快地共进了早餐。

趁着其乐融融，林汉对老莫说："亲爱的穆罕默德先生，我们的系统已经商用半年了，遗留问题早已收敛，我是不是可以拿到验收报告了？"

老莫笑笑："你不用着急，现在整个大项目还没有给出一个验收报告，爱立信也没有拿到任何报告，我不会做第一个给验收报告的人。"

林汉着急："大项目是大项目，爱立信是爱立信，我们这个部分没有理由不验收啊！"

自从林汉车祸归来，老莫对他温柔了不少，他给了林汉温柔一刀："林，请你不要再推动我，现在想要验收报告？没门！"

林汉悻然离开了老莫办公室，一个人气呼呼地在产业园里走了一圈。

"智慧村"产业园启用的时间并不久，里面道路、绿化和景观的面积占比很大，园区幽静，林汉这一圈走出了寂寞感觉。他回到 ES 电信的大楼下，懒得再进去，就站在楼下等公司的司机过来接他回迈阿第。

他正准备打电话催司机,就见爱立信的一位项目经理气冲冲地从楼里走出来,朝停在路边的一辆车走过去。林汉望着他,突然记起那天吃晚饭时老谢支的招,心里一动,喊到:"Hello!约翰!"

ES项目的计费系统是爱立信提供的,正是这位约翰负责项目管理。约翰是个英国籍埃及人,样子也长成了典型英国秃头汉子的模样,他俩不时在机房遇见,偶尔会聊聊。约翰回头看见是林汉,勉强回了一句:"Hello!林。"

林汉凑过去:"坏心情?"

约翰气呼呼地说:"Fuck!穆罕默德又给我们提了几个新的定制需求,要求我们在验收之前实现他那些愚蠢的需求。"

林汉一副同病相怜的样子:"是合同中没有的新需求吧?"

约翰说:"当然!"

林汉忿忿不平:"我以为他只为难伟华,你们是业界第一,比我们强大啊!合同中没有承诺的需求不用满足他吧?"

约翰说:"当然!但是他一直找各种借口不验收,你知道,软件系统不像无线基站,有些东西并没有标准,他故意曲解合同中的描述,非常非常不专业!"

林汉左右望望,轻声说:"我认为你得想想办法,只要老莫在这个位置上,我们就别想验收。他的不专业导致了我的项目也在延误,拿不到验收报告,现在我的老板一见到我就想杀了我!"

那天之后,林汉继续隔三差五就去ES电信。

他和爱立信的约翰越来越臭味相投,两个人常常一起去园区里的咖啡店,喝杯咖啡,吐槽老莫。

某个星期四,埃及人一周的最后一个工作日,林汉和王海涛带着两个本地员工正坐在机房,老莫进来了。

他们赶紧殷勤地站了起来,老莫却不似往日一样过来下达各种指示,而是完全无视他们,一言不发地走进了里间的设备区。

林汉戳戳王海涛："没什么事惹到他吧？"

"没有啊？最近我们这边风调雨顺，他好像和爱立信那边有些别扭。"

老莫在里间绕了一圈，出来对着他们，无视林汉和王海涛的笑容，默默站了两分钟，转身走到门口，似乎要离开，却折了回来，对着伟华的几个人说："我下个月将要离开埃及。"

王海涛说："去阿联酋出差吗？什么时候回来？"

老莫耸耸肩："不回来了，我要调去我们在巴基斯坦的子网工作了。"

"啊！"林汉和王海涛同时意外地惊呼。

老莫见到他俩惊讶的表情，动了点真感情："我对ES电信的这个安排也很意外，我舍不得这里。这一年我在埃及给了你们很多的帮助，今后你们应该会很感激我，很想念我。"

林汉说："当然。你才来了一年，怎么突然要被调走了？"

老莫没有回答他的问题，又耸耸肩，径自走了。

等老莫走出去，林汉如释重负："幸福来得这么突然？一不小心就要解放了？老莫居然觉得自己给了我们很多的帮助？我们应该很感激他、想念他？我晕！"

王海涛来了句："要感激他啊！被他这么练了快一年了，确实感觉自己又有进步。"

两个人唏嘘起来，无论老莫主观上为何，他的精明、执拗、不近人情的确在客观上促进了伟华的几个人的进步。

既然伟华将"以客户为中心"视为公司核心价值观的第一条，那伟华人的痛并快乐当然就是这样和各式各样的客户们纠结在一起了。

下班的时候他们在走廊上遇见了约翰，林汉凑近约翰："好消息，穆罕默德要走了。"

约翰淡定地说："我知道，我把他弄走的。"

"真的？怎么做的？"

"他不专业，无视合同承诺，导致项目延误，我的老板和他的CEO打高尔夫球的时候投诉了几次，然后，上个星期我们的一位大老板来埃及了，高层拜访的时候再次投诉穆罕默德阻碍了项目的进展。"

约翰耸耸肩："然后，为了双方更好地合作，老板们决定踢走不专业的人。"

钱旦已经从伊拉克回到了埃及。

晚上，三个人在宿舍里翻出苏琳上一次来吃饭时留下的半瓶百利甜酒，钱旦和林汉加了冰块慢慢喝酒，王海涛喝可乐，林汉回顾了这段时间他和约翰勾搭成奸的经过。

钱旦说："靠！你们现在一个个套路都很深啊！你一声不吭地借刀杀人，我一点没听你提过这事？"

林汉赶紧解释："没有没有，我没有借刀杀人，只是顺水推舟。我只是想着老谢的话，试一试，没敢想真能有这个效果，所以没提前给你汇报。"

王海涛感慨："还是爱立信强势啊！我们有公司高层来见客户好像都是神神秘秘地去见，见完了回来责成地区部领导开会，根据从客户那里听到的一面之辞把我们痛骂一顿，勒令整风。爱立信的高层过来好像是先在自己内部开大会，了解项目组的痛苦，然后去向客户抱怨、求助、推动解决问题。"

钱旦跟着感慨："没想到爱立信的高层居然会帮助项目经理去投诉客户，真是江湖地位不一样啊！他们可以以理服人，我们只能以德服人，没办法没办法。"

接替老莫的客户叫做艾哈迈德，大家心里真的在想念老莫，就称呼他为老艾。

老艾刚到开罗没几天，伟华的设备出事故了，这一次是伟华自己的软件有 Bug 导致了事故，业务中断了十分钟。

老艾要求伟华必须查明根因，限期改进，但他表示事故恢复及时，并没有打破合同承诺的 SLA（服务等级协议），所以无须进一步发酵。

大家如沐春风地议论老艾的通情达理，钱旦留意到他对 SLA 的重视以及体现出来的契约精神，伟华和 ES 的合同中 SLA 承诺的重大事故恢复时间是九十分钟。

钱旦做了个测试，他给各个代表处软件服务的 Leader 以及几张关键网络的责任人打电话，一一询问他们在和客户签订的维保合同中承诺的维保 SLA 是什么？

结果问到十个人有七个回答是"不知道"，甚至有人反问他"什么是 SLA？"

他追问大家："不知道 SLA，那依据什么给客户提供服务呢？"
答案要么是"越快越好"，要么是"拼尽全力"。

这两年伟华已经有了大进步，在工程交付前已经有了仔细阅读合同的习惯，但网络维护仍然是中国人"微笑服务"的精神，缺乏契约化交付的意识和能力。钱旦又发现了驱动业务持续改进的方向。

不知道是公司跑得太快令大家的灵魂跟不上，还是国内从房价到猪肉价格的莫名暴涨令年轻人对未来彷徨，总之在那一年，伟华员工中出现忧郁、焦虑症状的人不断增多。

公司安排了个心理医生来开罗和大家座谈。钱旦认真听了专家讲座，记住了医生对精神疾病症状、治疗的介绍，也记住了医生说的一些话。

譬如医生说人生到了中年就像长江流到了下游，虽然不再有上游的跌宕起伏，中游的九曲回肠，但是可以欣赏沉静的美，何况沉静的表面之下往往蕴藏着更大力量。

譬如医生说人生动量守恒，有失就有得，自己从医几十年从来没有遇见过又懒又蠢的病人，心理有毛病的大多是聪明人勤快人。

譬如医生说别看你们现在坚强，绷得久了总有一天会出毛病。

钱旦自觉距离中年尚远，他对照了一下医生所说，认为自己除掉偶尔关了房门下了楼之后仍会惦记着门到底是不是关上了之外没有其他心理疾病的蛛丝马迹，团队的兄弟似乎也都很耐操。钱旦觉得自己最大的健康隐患还是锻炼不足，他决定坚持每周去迈阿第俱乐部打网球、游泳。

他在网球场的红土地上挥汗如雨，球场的那一头是苏琳。

人来，人往，如花开，花落。

林汉终于拿回了 ES 项目的验收报告。但是他放弃了去一趟摩洛哥的念想，因为小雨即将被调回埃及了。

软件服务在沙特的团队 Leader 突然要离职回国，钱旦决定把王海涛调动去沙特接替他。

尽管沙特是区域内最重要的代表处之一，王海涛很年轻，但是年轻人在伟华从来不会缺乏机会。何况王海涛经历过伊拉克埃尔比项目、埃及 ES 项目两场硬仗的洗礼，已经从那个初出茅庐的应届生变成了上过战场、开过枪、受过伤的老兵。

钱旦认准他最大的优点是心态开放，总是在观察、在学习、在提高。钱旦认为在伟华最重要的就是开放和学习，因为公司很大，业务覆盖很广，很多难题其实都有前人或者旁人探索过、实践过，能够举一反三是一个好 Leader 最基本的素质。

迈阿第新近开张了一家叫做"金库"的湘菜馆，迅速被伟华人发现，成为了大家的新"周末食堂"。几个人在那里欢送王海涛。信安拉的王海涛只喝可乐，送他的人一个个都多喝了几杯酒。

钱旦忍不住问王海涛："我一直有句话憋在心里，当初老莫挖你去 ES 电信，你到底动过心没有？"

王海涛没喝酒也吐出真言："我真动过心，不过，老莫开的价是一个月六千美金，少了点，他要是能给到八千美金，我就去了，他太小气了，不肯多给。然后，我们不是又加工资了么？我就没想了。"

钱旦被他的坦率吓了一大跳:"我靠!好险!"

林汉在一旁说:"老大,今年公司的工资普调真是及时啊!让兄弟们不至于为了谈感情而伤钱,谈钱而伤感情了。"

钱旦说:"那是,任何公司要只谈艰苦奋斗不谈钱就是耍流氓。老板说他最擅长的就是分钱,财散人聚,公司在分钱上从来没有亏待大家,我是一直相信只要水涨,船一定会高。"

林汉调侃王海涛:"海涛爽了,沙特是可以娶四个老婆的国家,他又是穆斯林,一听说要去沙特常驻,兴奋得天天失眠,三妻四妾不是梦啊!"

王海涛故意给了林汉一个鄙视的眼神,说:"你以为都像你骚气十足?将来如果一个女人就让我快乐了,我为什么还会想要第二个女人来画蛇添足呢?如果一个女人就让我不快乐了,我又为什么还会想要第二个女人来让我愁上加愁呢?"

钱旦听了,蓦然心虚,这段时间他发现自己想念秦辛,却开始惦记苏琳。

秦辛更加文静、文艺、严谨,而苏琳更加时尚、活泼、爱运动,两个女孩真如旧小说里写的红玫瑰和白玫瑰?和秦辛在一起令他觉得安心、满足,可这段时间和苏琳在一起打网球、逛街、吃吃喝喝也令他感到轻松而快乐啊!

王海涛举着可乐找钱旦:"老大,敬你一个。"

"呸,渣男!"钱旦在心里骂了自己一句,举起了酒杯。

第四十五章

哈吉保障

　　一个虔诚的穆斯林一生中该去位于沙特阿拉伯的圣城麦加朝觐至少一次，这是念、礼、斋、课、朝五功之一，也是世界各个角落虔诚信徒们的人生终极目标之一。

　　朝觐时间通常在每年教历第十二个月的哈吉节期间，信徒们从四面八方而来，聚集在麦加附近，搭建帐篷而居。

　　等到吉日，他们入麦加城，拥挤进位于城中心的禁寺，观瞻黑石，绕天房行走。

　　然后，离开麦加，去城东的阿拉法特山，在那里宿夜"守祖"、诉经、默祷。第二天午后他们举行礼拜等仪式，直至日落。

　　告别阿拉法特山后，他们从路上捡起四十九颗石子，来到米纳山谷的亚克巴巨石之间，向着三座象征恶魔的石柱投射，驱除心中魔鬼。

　　整个朝觐过程延续三五天，直到哈吉节结束他们才依依不舍地离开麦加附近，踏上归途。

　　每年哈吉节从各地蜂拥而至的信徒数以百万计，麦加城里城外基础设施建设不足，隔个几年就会在朝觐期间发生悲剧。1997年麦加宿营地一场大火烧死了三百多位远道而来的朝觐者；2004年因混乱拥挤造成两百多人丧生；2006年又有三百多人死于踩踏事故。

　　人的突发拥塞还带来了通信网络的突发拥塞，每年哈吉期间沙特的几家电信运营商、设备商压力巨大，惟恐一不小心就会发生通信中断的重大事故。

而重大事故仍然一再在哈吉期间出现：2003年诺基亚在麦加地区的移动通信网络全网瘫痪；2004年爱立信的移动通信网络全网阻塞；2006年爱立信的移动通信网络再次大面积阻塞。

伟华的网络在2005年首次为哈吉期间来朝觐的人们提供通信服务。伟华的设备争气，再加上研发、技术服务工程师们的悉心保障，他们的网络奇迹般地全程稳定运行。

不怕不识货，就怕货比货，伟华的网络给客户贡献了节日期间的巨大收入，营造了良好的社会形象，也树立了自己的品牌，促进了伟华在沙特获取更大市场份额。

从那以后，每年的哈吉节通信保障是伟华中东北非地区部的年度大戏。

头两年软件产品在沙特没有规模商用，哈吉节对于钱旦他们只是意味着一次令人期待的大假期。日历翻到2007年末，在代表处、地区部和总部联合召集的哈吉节通信保障开工会上，沙特代表处提出的困难和求助中第一条就是："软件产品线现场人力资源紧张，不能够满足工程和保障的需求，而且首次面对如此大话务量的冲击，没有经验可寻。需要组织进行全方位的评估和风险预测，并派出专家到现场保障。"

钱旦对每个代表处的情况都很清楚，他在11月刚去过沙特协助王海涛的工作交接，同时特地检查了各系统的运行情况。他相信软件产品能够平稳度过哈吉节日期间，自信满满地在开工会上率先发言："大家不用担心，软件产品的问题不大，因为……"

老王粗暴地打断了他："什么叫问题不大？你这个态度就不对，不出问题才怪！你把手上别的事情都放下来，马上去沙特亲自负责你们软件产品的哈吉保障。地区部的各产品服务的主管一样，全部去沙特保障，不成功便成仁！"

这一年钱旦的工作继续取得了不错的结果，上下左右都满意，他多少有些春风得意。毫无心理准备地被老王当众教训了一顿，他有些不服气，但忍着没有去争辩。

开完会，他闷着头正要走，老王叫住了他："钱旦，你到我办公室来一下。"

钱旦跟着老王进了他的办公室，钱旦赶紧解释："王总，我不是不重视哈吉保障，我上个月刚去过沙特，打算这段时间留在地区部组织软件产品的年度收入冲刺。"

老王斥道："还解释什么？你怎么一点不懂政治？机关、地区部、代表处一堆领导在会上，你抢着表态问题不大、不用担心？"

钱旦说："我认真分析过……"

老王再次打断他："你怎么还想不明白？全公司最重要的保障项目，各方领导们都盯着，我们要证明伟华设备的稳定、可靠、高性能，我们要进一步树立伟华专业服务的品牌，你怎么一副满不在乎的样子？如果哈吉期间出了问题，正好落下口实，说你态度上就不重视，出事是必然的；如果哈吉期间没有出问题，别人是高度重视、重兵投入、专业服务的必然，你是因为太容易了？还是走狗屎运了？"

钱旦不傻，他领悟了老王的意思，人们总是喜欢歌颂救火英雄，排除万难取得的胜利总是比平淡从容来到的收获更加鼓舞人心，该包装的时候还是得去包装。

他告诉老王："王总，我明白了。"

老王说："真弄明白了？现在外头有些人习惯先放火再救火，没有困难要先创造困难然后再上，会讲故事会炒作自己。我们不学他们，但是你也不能太实在了。"

2007年12月中旬，钱旦又打了个"波音的"，飞到了沙特阿拉伯首都利雅得。

伟华的宿舍小区门口仍然是戒备森严，但钱旦穿过两道围墙进到院子里面之后感觉比以前热闹多了，中国人随处可见。伟华在沙特的生意越做越大，人员规模越来越大。除了员工，住在此地的家属也越来越多。

小区中间有个会所，里面网球场、健身房、游泳池一应俱全，还有桌上足球、台球等室内游戏可玩，会所二楼天台上可以喝咖啡、果汁，抽阿拉伯水烟，是大家在单调利雅得拥有的休闲一角。

钱旦觉得出人意料的是一个一年多前从埃及调到沙特的单身汉做爸爸了。那位兄弟也算少小离家，走遍万水千山，却在最难见到女人的利雅得找到了自己的另一半。

原来，一次超市偶遇让兄弟们发现离住处不远的一家医院里有一群中国来的女护士，一回生二回熟，花花草草的故事得以在利雅得的黑纱背后上演。所以说不管在什么地方，办法总是会比困难多。

也有运气差的兄弟，不止一位伟华帅哥在此地遭遇过同性的骚扰。有坐出租车被司机乱摸揩油的，有晚上加完班回宿舍路上被人拦住当街调戏的，最离奇是一位仁兄见到小区警卫架着挺机枪威风凛凛的样子，走过去一边闲聊一边摸那挺机枪，摸着那挺机枪还冒出来一句"Best Gun？"警卫问他的房间号他也说了。结果，夜里传来敲门声，一开门，白天那位警卫摆出一副心有灵犀的样子就往他卧室里去，幸好是集体宿舍，房间里正好还有几个兄弟才保住了那位仁兄的贞洁。

钱旦不敢再说"问题不大"了，他张口闭口都是"风险非常大"，哭着喊着从深圳总部申请了十多个研发工程师来沙特现场支持，加上地区部和代表处的投入，软件产品线聚集了二十多人在哈吉通信保障现场。

保障项目组设置了作战室，项目经理、技术负责人、各产品线的技术骨干集中坐在里面办公，以方便大家及时、顺畅地沟通。

老王来到了利雅得督战，他走进作战室，逐个过问各产品的准备情况，轮到钱旦，他问："软件产品风险最大的就是彩铃吧？你们准备怎么确保万无一失？"

钱旦沉吟道："要万无一失的话，干脆建议客户如果撑不住就把彩铃业务放通、停用得了。"

伟华的软件产品在沙特已经突破了 SC 电信和 ES 电信两家运营商，在 SC 电信部署的彩铃系统是他们在沙特商用最好的业务，也是此次哈吉保障对软件产品线挑战最大的任务。不过，彩铃业务只是在等待接通被叫方的手机时给主叫方播放音乐听，主动停用它不会影响基本通话功能，被动地出了事故却可能连累基本通话功能，导致打不通电话。

有人在旁边笑钱旦："难得钱老板认怂啊！你们彩铃的保障策略就是卸载掉，不让人听彩铃了？"

老王却和他一拍即合："可以，你们制定好业务应急放通的预案，我们在紧急情况下可以停掉彩铃业务，降低全网的负荷，优先保障正常的电话呼叫不受影响。我同意聚焦主要矛盾，但是必须提前和客户各层级达成一致，沟通上不能出问题。"

钱旦得到鼓励，继续发言："我们会把逻辑梳理清楚，写几页沟通材料，这两天去和客户沟通好，就说哈吉节日期间优先保障基本的通话业务，对彩铃这样的增值业务会尽力保障，但是做好丢车保帅、主动停用的预案，提前让客户有个心理预期。"

老王走到作战室前面的一块白板前，下笔如飞，写下"客户满意度 = 客户感知 – 客户期望"，然后对大家说："要提升客户满意度，除了实实在在地提升客户感知之外，有技巧地降低客户期望值也是个办法。但是要注意，仅限于确实没把握的产品，我们的基本目标还是要帮助客户商业成功，赚到更多的钱。"

节日如期而至，朝觐的人潮如期而至。

钱旦嘴里说压力巨大，彩铃系统会被停用，心里并不情愿认怂。他带着兄弟们在节前反复检查了设备，协调客户做了部分扩容，把该更换的硬件提前更换了，该打补丁的软件提前打了补丁，反复推敲、制订了严密的现场值守计划，把人力分成了 A、B 两班，二十四小时有人在机房盯着。

网络负荷最大的那天晚上,钱旦和王海涛守在SC电信的运维中心。眼看忙时就要过去,网络负荷在往下走了,他俩走下楼,在空旷里透透气。王海涛接到电话:"ES电信的WAP网关中断了!"

ES电信是阿联酋ES集团的子网,它新进入沙特不久,网络规模比SC电信小,软件产品线的网上设备也不多,钱旦把重兵聚集在SC电信,ES电信那边投入的资源要少得多。

他俩赶紧往ES电信去。利雅得的深夜很冷清,车开得飞快,很快就到达了目的地。

等他俩跑上了楼,业务已经恢复了。现场值守的工程师说只是闪断了两分钟,最终用户不会有什么感知。

他们正在监控、分析系统的现状,客户当班的组长走过来把手一挥:"为什么要有这么多人挤在这里?你们回去睡觉,有我在这里足够了!"

钱旦有些意外,通常情况下设备刚刚出了故障,客户会揪着伟华的人不放,绝对不会嫌弃伟华在现场的人多。

王海涛轻声说:"要么我们走吧,应该没事,我们节前一直在和客户反复确认、演练应急预案,客户的期望也不是一点问题不出,而是出了能及时处理好。"

出了门,他又说:"刚才那个客户知道伟华在和ES电信谈管理服务合同,老想着将来自己会不会失业,会不会被转移到伟华来变成我们的小弟?最近在我们面前态度温柔,表现积极。"

管理服务是指电信运营商把整个网络的运维责任交给设备商或者第三方,伟华在沙特的江湖地位越来越高,客户越来越信任,SC电信和ES电信都在和伟华谈管理服务合同,计划把网络的运维外包给伟华,并且计划把自己的部分维护人员转移给伟华。

软件产品线的第一次哈吉保障有惊无险地结束了。SC电信对彩铃始终没有按照应急预案放通、停用感到满意,ES电信的WAP网关闪断也没有引起客户管理层的关注。第一次哈吉保障仿佛一场遭遇战，打赢了这关键一仗，大家如释重负。

代表处例行组织了声势浩大的庆功宴，上百号人去本地餐厅吃了一顿骆驼肉。

过了两天，软件服务的一群人又在宿舍吃了顿火锅。

一堆人挤在宿舍里开心地吃着、说着、欢笑着，有人问王海涛怎么不在？钱旦笑而不答。王海涛是一个虔诚的穆斯林，哈吉保障成功结束之后，他独自去了麦加。

钱旦脑海里浮现出大漠孤烟直，海涛同学一袭白袍踽踽独行在沙漠公路，走向曲终人散的圣城的场景。他想，此刻王海涛的心中会为自己过去一段时间废寝忘食的哈吉保障而自豪吗？

| 第四十六章 |
也门之门

伟华在2007年的全球销售额突破了160亿美元，同比增长达45%，其中超过70%的收入来自中国以外的市场。

公司已经与全球五十强运营商中的三十五家建立了合作伙伴关系；在拉美、亚太、中东北非、南部非洲等市场的市场份额稳步提高，奠定了优势格局；在欧洲和日本树立了品牌并不断取得了新的认可。

伟华在全球的员工人数超过了七万人，大家正意气风发，和公司一起在痛并快乐中披荆斩棘，分享着全球业务快速发展的成果。

钱旦睁开眼睛，2008年第一缕阳光正穿透窗帘，轻轻打在身上。他在号称"阿拉伯福地"的也门，在号称"也门之门"的萨那送别了属于2007年的昨夜，醒在了崭新的一年里。

他从前甚至不知道也门的首都是叫萨那，订机票的时候老是不记得将要去的城市的名字。别人告诉他也门才是阿拉伯世界的起源和中心，也门人才是血统最纯正的阿拉伯人。

萨那古城早在1986年就被列入了世界文化遗产，因为"它位于海拔两千二百米的山谷里，当地居民已居住了两千五百余年。在七世纪和八世纪期间，此城变成了伊斯兰教的重要传播中心。其中的政治和文化遗产包括一百零六座清真寺、十二座哈玛姆寺和六千五百间会所，全部建于公元十一世纪前。"

钱旦又赖了一会儿床才起来拉开窗帘，这是一个静谧早晨，阳光和煦，窗下窄巷里见不着人影，巷子两边的房子都是方方正正的形状,褐色墙面,再把房、窗、门的轮廓用夺目的白色勾勒,别致而耀眼。

他是在哈吉保障结束之后从利雅得飞到萨那的,住了几日,起居行走间总觉得这座城市是孤独、倔强的性格。

他在一个周末去了萨那城外的石头城,过去从来没有见到过那样长在风化而成的大石头柱子上的城堡,完全是一副拒人于千里之外的气质。

从石头城回来后去了萨那古城,古老的城门令钱旦想起电影《大话西游》结尾时的那个城门。坐在城墙上晒夕阳,心里感觉不再停留在今世,而是穿越回去了几千年。

萨那给他留下的最深刻印象还是住在城里的人。来的那天航班满员,同机的多是在麦加朝圣后返家的人。他随着人流一走出机场就被吓了一跳,路旁挤满迎接亲友的人,多是面相粗犷、皮肤黝黑、身材精壮的汉子,每个人腰间都是一条宽大腰带,腰带里别一把带鞘弯刀。

刀的尺寸大概是砍柴刀大小,刀锋从刀柄处直直下来,过了中间位置忽然弯了个近一百八十度的弧,末端尖尖上翘,看上去仿佛一件工艺品。

进了萨那城,他发现街头男人们最普遍的装束是一袭白袍,白袍外面罩一件西装,脖子上松垮垮一条围巾,腰上一条宽大腰带,腰带里一把带鞘弯刀。原来,弯刀只是也门男子传统服饰中最重要的一个部分,是也门文化的重要象征,据说在公元前,这种英文名字叫 Jambiyah 的腰刀就开始与也门男人如影随形了。

全世界男人的传统里都好宝刀名剑,不过,如今大多数男人只是摸着手机的伪金属外壳,再捏支纤细的手写笔在屏幕上点点划划,世上像也门男人这样在街市里佩刀而行的不多了吧?

也门男人的"个性"不止于此,街头巷尾常有一边腮帮突出,鼓出一个小肉球的当地人。钱旦第一次见到时以为是先天长得畸形的人，怕有冒犯而不敢多看，后来发现那竟是城中最流行的脸庞模样。他们是正在咀嚼卡特树叶的人。

钱旦在古老石头城边见过生长着的卡特树，细细直直弱不禁风一般的树干，椭圆的小树叶，看上去和普通绿化树没什么两样。它却是也门最重要的经济作物，产值占到了全国农作物产值的三分之一强，以种植卡特为生的也门人超过一百万。

咀嚼卡特树叶是大多数也门男人的美丽人生，他们常常在午后开始把卡特树叶一片片放入嘴中，慢慢嚼碎，吸其汁液，并用舌头把嚼过的残渣卷在一边腮帮处，残渣越积越多，腮帮越鼓越高，终于鼓出个怪异小肉球。

卡特中富含的麻黄碱类物质能刺激神经，让人产生快感，据说嚼到后来，人会口里干渴，浑身发热，却又欲罢不能。不少国家把卡特列入了违禁品，它的风行只是在也门。

钱旦是被萨那第一气质男路文涛呼唤到也门来的。

路文涛在春节后亦要调回地区部，重返开罗了。

他早就抱怨钱旦没有来也门出个差，钱旦总说有他路文涛在，自己完全不担心也门的业务。终于，也门YT电信的短信系统因为软件Bug出了次小事故，路文涛逼着钱旦到也门来给客户道歉。

他俩去拜访YT电信的CEO，约好的时间是晚上八点，他们早到了三十分钟，把车停在YT电信的停车场就在车上等。路文涛前几天去了厄立特里亚出差，当天才回到也门。

路文涛介绍说："CEO很年轻，在伊拉克巴格达大学读的书，现在才三十多岁。人不错，挺好打交道。他在YT电信的官僚中算是兢兢业业、很辛苦的一个，我们经常在晚上八九点到他办公室来开会。等下见了他，你打算怎么说？"

钱旦扭头看了眼路文涛认真的样子："不是吧？现在临时抱佛脚，考我打算怎么说？你不是说不用准备材料，让气氛轻松一点吗？我打算就是多听他讲，我俩由你来主导，我就表示表示我们的诚意和重视么。"

路文涛说:"是不用准备材料,现在不是有时间吗?我还是要检查检查你的思路,万一你乱说话呢?"

钱旦一板一眼地汇报:"第一,我会说非常抱歉这次事故给YT电信带来的影响,非常感谢YT电信对这次事故的不满和投诉,并表达对CEO本人长期支持伟华的诚挚谢意;第二,我会阐明伟华的质量原则,告诉他产品质量一直是伟华公司的自尊心,这次事故是一次非常不幸的、偶然的、孤立的故障,并非共性问题;第三,我会请他确认这次事故是否已经可以闭环、成为往事了,并且请教他对伟华还有没有什么诉求。我就讲这三点,怎么样?路总满意不?"

路文涛满意地说:"不错,道歉经验丰富,看来你们软件三天两头出事故把你练出来了。"

"我呸!谁说我们软件三天两头出事故?"钱旦又有些心虚,"不过,软件产品嘛,特点就是变更多,没事就升级,变更一多确实要容易出事故一些。"

八点差两分,他俩走进了CEO的办公室。

房间宽敞,CEO的办公桌放在一端,中间则是一张长方形的会议桌。CEO的确待人谦逊,也没有叫上其他手下,三个人在会议桌一端坐下,说话的声音都不大,安静得可以听见头顶上日光灯嗡嗡的声音。

虽然拜访的主题是"道歉",但是CEO并没有任何的借题发挥,他静静地听钱旦讲完他的第一、第二、第三,温和地表示对伟华的处理过程满意,事故已经可以闭环了,然后开始不疾不徐地讲述着YT电信的一些新业务诉求。

钱旦听着,记着,偶尔走神去看桌上出现的一只小蚂蚁。

告别的时候CEO走到自己办公桌旁,不知从哪里拿出来一个塑料袋让钱旦带走,里面居然是满满一袋花生、瓜子和水果糖。

回到宿舍,他俩坐在床边弓着腰对着垃圾筐嗑花生、瓜子,回顾着刚才的交流过程，钱旦错觉自己是回到八十年代，去走了一趟亲戚。

第二天下午，钱旦坐在办公室里"杀邮件"，代表处软件服务的五个也门本地员工出现在他面前，为首的哈立德比其他人站得更靠近一大步，礼貌地问："Boss，你有时间和我们交流吗？"

软件服务在也门一共有七个常驻员工，两个中方，五个本地。钱旦本来和他们在也门的中方 Leader 商量好过两天和本地员工们交流一次，没想到他们等不及了。他在心里嘀咕："这是自己这么多次出差中第一次遇到代表处的本地员工主动、集体来找他交流，他们有什么不满和诉求？"

钱旦跟着他们去了一个小会议室，坐定之后哈立德起了头，问："Boss，你觉得也门怎么样？"

"我认为也门是一个非常有魅力的古老国家，石头城、古城、弯刀，还有……"钱旦鼓起自己的一边腮帮子，模仿嚼卡特叶的人们。

几个本地员工笑了，气氛变得融洽一些。

钱旦接着说："我昨天晚上拜访了 YT 电信的 CEO，他是个勤劳、温和、专业的人，令我对也门人的印象更好了。"

哈立德的表情很快又变得严肃起来："但是，我们觉得中国人不信任也门人，我们并没有机会发挥更大的作用。"

钱旦有几分意外："你们怎么会这样认为？"

哈立德说："我们总是被安排做简单的工作，重要的操作总是会由中国人去做，你们宁愿向总部求助中国人来出差支持，也不愿意把更多的责任交给我们。"

其他几个人纷纷补充："我们的例会总是被分成两部分，中国人会在我们走了之后继续用中文开会，有几次我们发现最后的结论和我们离开时的结论不一样。"

"我们团队有两个中方员工，五个本地员工，虽然也门人更多、更熟悉客户，但两个中国人总是习惯命令我们做什么，很少让我们一起讨论为什么这么做。"

"我们喜欢在伟华的工作,我们都不是新员工了,希望能够做更多更有挑战性的事情。"

钱旦心里生出几分自责几分恼怒,自责是自己去每个代表处出差都会第一时间和本地员工交流,这次来也门却拖沓了,恼怒是他们在也门的 Leader 居然到如今还让本地员工有如此不被重视的感受。

他说:"我惊讶你们有这样的感受,我们一直很重视本地团队的建设,相信本地员工的能力。事实上,在地区部、在伊拉克、阿联酋、突尼斯等国家本地员工不但能够独立完成所有重要的技术操作,而且已经开始承担了一些业务管理的工作了。"

哈立德说:"是的,我们读到了地区部的阿马尔、伊拉克的萨米等人分享的成长故事,所以,我们更希望自己能够有机会。"

钱旦一边安抚、鼓励几个本地员工,一边在心里想:这几年公司在海外的本地化建设取得了很大的进步,但这个进步更多地是寄托在人上,而不是机制上。例如当伊拉克的刘铁先入为主地认为本地员工的培养周期至少需要一年时,他的本地员工就成长缓慢,后来,当他转变了思路,认为伊拉克人和中国人一样时,他的团队就迅速涌现出一批像萨米那样的骨干。

又例如自己第一次去沙特时当时的代表处领导要求所有人在办公区域必须讲英语,听到有人讲中文就罚款,沙特的本地团队就体现出了强悍的战斗力,等到自己这一次去沙特新的代表处领导对工作语言没有了强制要求,办公室就回到中文英文各自聊,他就能感觉到本地化多少有些退步。

虽然伟华正在成为全球化最成功的中国公司之一,但仍然底蕴不足,距离西方那些百年老店仍有差距。钱旦的心里又生出了几分使命感、责任感。

晚上,钱旦搭路文涛的车从办公室回宿舍,他讲了下午和本地员工交流的情况。

路文涛说："我对'不出事'的要求高，虽然我有本地副手，但是确实没有在本地化上去逼所有的中方 Leader，有些 Leader 在本地化上胆子比较大，效果比较好，你们软件的 Leader 确实最谨慎、保守。我是最怕你们出事故，没逼他。"

钱旦说："今后还是要敢用他们。以前我去代表处出差，一和本地员工交流他们问的就是什么时候加薪，现在已经更关注有没有更大的机会？这几个兄弟还是有追求的，和我聊了快两个小时，居然没有提到一句什么时候加薪。"

路文涛说："那是刚给他们加过薪。我们确实要更加重用本地人了，尤其是客户粘性强的岗位，中国人总是会流动的。"

他转换了话题，说："不聊工作了，你后天回埃及吧？我明天带你去买点也门特产。"

"也门有啥特产？"

"也门的咖啡和蜂蜜都很不错，摩卡咖啡的摩卡就是也门的一个城市，这边有种蜂蜜据说壮阳的，你可以多买点。"

"壮阳？我买了没用。你自己多吃点，咋造人造了两年还没搞定？"

路文涛长嘘一声："唉！我咋知道啊？也没少喝蜂蜜水。现在不是听说埃及是风水宝地，去年好几个同事在埃及造人成功的吗？我春节后调回开罗造人去。"

这些天钱旦一直觉得路文涛和以前有些不一样，又讲不出究竟哪里不一样，这一刻突然悟到："哎，我总觉得你有些异常，总算想起来了，你现在怎么不说'傻×'了？来也门之后变斯文了？"

路文涛斯文地说："你就不许我与时俱进？现在我们好歹是全球化大公司了，我变得讲究一点了行不？"

他俩的车继续前行，一轮明月照着车前的路，萨那的夜晚格外宁静。

| 第四十七章 |

友与敌

1月9日,伊斯兰新年,埃及人民放假一天。

回到开罗的钱旦请地区部软件服务的几个兄弟在那家叫"金库"的湘菜馆吃"散伙饭"。

伟华在中东北非的生意越做越大,公司决定在新的一年将中东北非地区部一分为三,分别是总部设在埃及的北非地区部、总部设在巴林的中东地区部、总部设在摩洛哥的西北非地区部。

钱旦在地区部的几个人也要被一分为三,大家各奔东西,去向不同的未来。

钱旦和林汉会留在开罗,只负责埃及、苏丹、伊拉克、利比亚、也门、叙利亚、约旦等几个国家的业务了。

有几个被安排去中东、西北非的兄弟订了第二天的机票离开,钱旦咬咬牙点了两瓶茅台酒,他衷心感谢兄弟们又在一起奋斗了一年,地区部刚刚通报表彰了一批交付项目,其中软件的项目不少,他们的组织绩效也在各个部门间名列前茅。

铁打的营盘流水的兵,他们并没有太多离愁别绪,而是热烈讨论着公司将在2008年2月1日生效的新的"海外补助管理制度"。新制度很复杂,又是离家补助,又是艰苦补助,还增加了伙食补助,算来算去,每个人每个月可以比以前多拿几千块钱。

伊斯兰新年之后,中国新年到了。

应钱旦、林汉的盛情邀请,老谢在春节前搬进了王海涛之前的房间,山不转水转,他们三人在两年之后再次成为舍友。

老谢和林汉都回国过年去了,春节留下钱旦独守空闺。

苏琳也留在开罗过年,她的男朋友过来了。

她的男朋友是个战争历史迷,对埃及最感兴趣的除了金字塔就是蒙哥马利与隆美尔一决雌雄的战场阿拉曼。大年初二恰好是星期五,他让苏琳带着去北部的亚历山大、阿拉曼一线游览。苏琳居然邀钱旦同行,钱旦居然欣然接受了邀请。

到了出发的前一天晚上,钱旦越想越觉得有些怪,他发了条短信给苏琳:"我跟你俩去阿拉曼,是不是很怪?"

苏琳回了条短信:"好像是哦!"

"我这两天吃东西吃杂了,肚子不舒服,不去了。"

"OK。"

于是,星期五钱旦继续独守空闺。

他起床后给秦辛打了个电话,然后坐在房间里打上网,看"新浪""天涯""文学城""倍可亲"上的春节。

2008年一开头,极其罕见的冰冻雪灾袭击着中国南方,很多回家的人被堵在了回家的路上。有人故作深沉地评论说之所以有拥挤不堪的"春运",是因为城市太冷漠,没有给外来工们真正意义上的家。

钱旦不以为然,他以为"春运"是因为中国人的传统里始终在温馨小家的后面有一个长久互相守望的大家庭。即使在他乡有多么奢华的窝,到了这个时节仍然会有钱没钱回家过年,雪灾冰冻回家过年。

终于肚子饿了,钱旦决定去 Grand Mall 旁边的那家 Costa 以一片奶酪蛋糕、一份金枪鱼沙拉、一杯美式咖啡为午餐,那是他偶尔在周末独自享受 Brunch 的老地方。

他出了门,穿过迪格拉广场,沿着铁路旁的马路朝着 Costa 的方向走。一辆黑色的宝马 X5 迎面驶来,他隔着老远就注意到了这辆在开罗并不多见的豪车，不自觉地盯着它看。车驶近后减慢了速度，停在了前方的路边。

车窗被放了下来，曾子健探头问候："新年好！"

钱旦回道："新年好！换豪车了，土豪！"

曾子健淡然地说："刚换，去年生意还不错，我们家领导奖励我的！"

诗诗坐在副驾驶位上，灿烂地笑着，挥了挥手，却没有说话。

曾子健问："你一个人往哪里走？"

钱旦说："去 Costa 吃点东西，你们儿子呢？"

曾子健说："她爸妈在家里看着，我俩去 Grand Mall 买点东西。"

诗诗开了口："宝宝在家闹得很，没叫你来家里吃饭了。"

钱旦说："我也想你们忙得很，没找你们。"

"我们走了，拜拜！"

"拜拜！"

自从曾子健离开公司，诗诗做了妈妈之后，忙忙碌碌的钱旦和他俩联络少了。

偶尔遇见，诗诗撞见旧友总会在刹那间绽放出灿烂笑容，话却变得少了。钱旦觉着自己和他俩之间似乎生出了隔阂，却又讲不出所以然。

2008 年 3 月，路文涛调回埃及，和老谢、钱旦在开罗重逢。

尽管过去的中东北非地区部变成了北非地区部，但那栋朗讯的旧楼仍然显得拥挤了。他们的办公室从迪格拉广场边上搬去了离热闹 9 街不远的 11 街。

那天晚上钱旦加完班下楼正好遇见老谢，他建议："我们去喝点东西，抽抽水烟吧，带你去个新地方，55 号。"

"55 号"是 9 街上一家阿拉伯式的 Bar，可以抽水烟、喝果汁、吃冰淇淋，还有大屏幕放足球赛。他们打了电话叫路文涛，两个人在"55 号"坐了二十分钟，路文涛才浑身是汗地跑了过来。

他往桌子上一趴，哀叹道："累死我了，要跑到吐了！"

老谢憨笑着说："来杯芒果汁？叫你来，你也不用跑着来见我们嘛！"

路文涛说："芒果汁加个冰淇淋！谁说我是跑着来见你们两个土人？我是刚跑了十分钟就接到你们的电话，一路跑过来才跑够半小时，总算完成了今天的锻炼计划，累死了！"

钱旦取笑他："跑半小时没用，减不了肥，至少要连续运动四十分钟才能够燃烧脂肪。"

路文涛不屑地说："谁说我是减肥？你们两个烂身材都不减肥我减什么肥？我这是为了提升精子质量！"

路文涛的老婆很快就要过来，两口子下了决心在开罗冲刺造人。

钱旦继续取笑他："你这整个是人生悖论，你年轻、精子质量好的时候干嘛去了？那时候就担心这次不会怀孕吧？这次不会闹出人命吧？现在老了，又天天担心是不是精子质量下降了？何必来着？何苦来着？"

5月12日，开罗阳光明媚，云淡风轻。

钱旦早上一到公司就坐在会议室里参加一个电话会议，眼看过了十二点会议还没有结束的迹象，他觉得头晕脑涨，悄悄溜出会议室在办公室里兜圈。

路文涛正襟危坐在他的座位上，钱旦悄悄走到他身后，猛地在他肩膀上一拍："还不去食堂？吃饭不准时，工作肯定有问题，说明一个上午没动脑筋，消耗不够，不觉得饿。"

路文涛头也不回地说："四川地震了。"

钱旦凑了过去，看着他电脑上的新浪新闻："有没有人员伤亡？几级地震啊？"

路文涛合上电脑："走，吃饭！"

"我会还没开完了。"

钱旦的会议开完了一个，又接着一个，直到晚上九点多才回到宿舍。

林汉和已经调回开罗的小雨仍在办公室"加班"未归，老谢沉默地独坐在沙发上对着电视机。

钱旦瞟一眼，是中央四台，他说："四川地震的新闻？几级地震？"

"七点八级！"

"这么大？"

钱旦赶紧坐了下来，和老谢一起盯着电视："你家里没事吧？"

老谢说："成都还好，我家里没事，震中在汶川。"

钱旦想起了开罗还有一个熟悉的成都人，他拨通了苏琳的电话。

苏琳的消息更加灵通，她告诉钱旦这次地震造成的灾难很不容乐观，她说："我家里还好，我妈有点吓着了，我男朋友今天两边家里跑，累坏了。"

第二天，大家时刻关注着网上来的消息，到13日晚上统计的死亡人数已经超过了一万二。

钱旦和两个舍友每晚回到宿舍都会打开电视机，不再看"Fashion TV"，而是守着国内来的报道，沉默无言，各自默默擦着自己的眼泪。

秦辛在深圳，从帐篷到女性卫生用品都买了找途径往四川寄。她和钱旦商量要捐款，要报名资助孤儿。

钱旦马不停蹄去了苏旦、叙利亚和伊拉克出差。

苏丹代表处的变化很大，食堂变得窗明几净，不再有苍蝇横飞，连续几十天只吃一道土豆烧牛肉的日子一去不复返，大家吃得到魔芋豆腐，喝得到王老吉。

晚上回宿舍竟然没有停水，洗澡洗得从容，还可以和几个同事坐在客厅沙发上看凤凰卫视。房间里面网络速度也比以前快。

比其他代表处更胜一筹的是公司出钱请了清洁公司，员工可以享受免费的洗衣服务。办公室门口还摆了台自动擦鞋机。

曹松将在年底调回北京，和去年春节相亲时一见钟情那姑娘结婚；小军将接替他负责软件服务团队的工作；甘法斯等几个本地骨干越来越强，一切井井有条。

钱旦住的宿舍在陈永生宿舍隔壁。是夜，两个人坐在陈永生的房间里，钱旦关切地问："你长胖些了，不过脸色不好？"

陈永生呵呵一乐："虚胖，最近这段时间不知道怎么搞的，容易累。"

"你们把竞争对手公司赶走了，现在应该压力小些了吧？"

陈永生找出两个一次性纸杯，又从墙角拎出个塑料油壶放在桌子上："椰枣酿的酒，喀土穆的生活越来越好了。"

他满上两杯酒："终于把他们打跑了！我跟领导申请换个地方，想去欧洲见识见识，领导还没同意。我还记得刚到中东北非的时候去见客户，客户瞧不起我们，放话说伟华的人一律不见。"

"然后呢？"

"然后我每天在地下停车场等客户下班，他再晚总要回家，第一次没理我，第二次说了句 Hello，第三次还是 Hello，第四次终于和我聊了三分钟，然后让我和秘书约时间，去他办公室聊。"

"你怎么聊那三分钟的？"

"那肯定不能聊伟华的产品好，聊我认为客户的网络有什么痛点呗！今非昔比，现在我们在这个区域总算是有一点江湖地位，算主流玩家了！我该去挑战欧洲、美国了。"

钱旦感慨道："不容易啊！你是天天守停车场，我刚来的时候听曾子健说他当时为了和客户高层建立联结是天天守在客户茶水间的饮水机旁边。"

"曾子健？不要提他，野心太大、欲望太强、心机太深。"

"你咋会不爽曾子健呢？他都离职一年多了。"

陈永生干了杯里的酒，又满上一杯："你不知道他的事情吧？"

"什么事情？"

"曾子健就是我们地区部这两年最大的内鬼，太阴了，还好被老钟试出来了……"

陈永生趁着酒意侃侃而谈,钱旦只觉得房间里越来越安静,陈永生讲的一字一句越来越重,扎进他的心里。

这三年来他对曾子健的担忧、怀疑、重又信任在这一刻被陈永生的话串了起来,得到了最后的答案。

他恨曾子健对公司的背叛吗?似乎自己并没有那样的强烈情感?

只是,自己、此刻坐在对面的陈永生、被骗过来出差结果扎根苏丹三年的曹松、屡败屡战的老谢、曾经一天到晚"傻×"个不停的路文涛、莫名其妙下课的老韩,等等等等,身边每个人倾注了太多心血在这个战场上,大家痛并快乐着,渴望所付出的一切有回报,曾子健却把大家的彼此信任,以及并肩追求、共同珍惜的一切弃若敝履。

钱旦终于看见自己心里最欣赏、最亲近的那个朋友走至十字路口,决绝地分道扬镳,心里说不出是什么滋味。

他不知道自己该如何再面对曾子健?愤怒地质问、责骂?他并不情愿。继续装糊涂?他没有办法做到。

盛酒的油壶见了底,变得沉默的钱旦离开的时候走到门外又转了回来:"我上次回去体检检出高血脂、脂肪肝了,你体检没问题吧?"

陈永生答道:"我有两年没体检了,懒得去医院。"

那一天曾子健和他的新朋友小阿里在深圳,两个人希望在中国和埃及之间找到更多的生意。

白天他们去观澜湖打了高尔夫,晚上推杯换盏、春风得意。

小阿里的信仰里不能饮酒,曾子健给他满上了一杯啤酒,狡黠地说:"Pepsi(百事可乐)!"

小阿里会意地一笑,举起了杯子:"Pepsi,干杯!"

两个人一饮而尽。

| 第四十八章 |

北京奥运夜

钱旦从苏丹首都喀土穆飞向叙利亚首都大马士革。

喀土穆机场没有与时俱进，人家可以通过互联网网上值机了它还没有用上电脑，仍然是人工办理登机手续。

人工办理不是问题，问题是工作人员怎么也找不到钱旦的机票记录，他只能站在柜台前面忐忑地等，第一次手上明明拿着确认了的机票却在机场被"Waiting List"。

等待时间如此漫长，好在所有人都登机了以后还是剩了个机位给他。

航班在凌晨四点降落在大马士革，叙利亚边检人员拿到的乘客名单上没有钱旦的大名，这该是喀土穆机场种的因在大马士革机场结了果。他再次被晾在一旁，呆呆望着办理入境手续的队伍从长到短，到只剩他一人，一直等到天亮才被放行进入了阿拉伯叙利亚共和国的领土。

晨曦带来了一个星期六，钱旦补睡了一个上午，醒来之后和一帮同在叙利亚出差的同事去了老城里逛。

他住的酒店就在老城城墙边上。他们从哈密地亚市场走进去，在曲曲折折巷子里细致逛了一圈，眼里所见和三年前没什么两样，阳光下倭马亚清真寺还是宁静、肃穆模样，冰激凌老店Bakdash里依旧人头攒动。

三年时光对这家一百多岁的冰激凌店来说不过是白驹过隙，

对钱旦而言却不一样，三年前初到海外，一切新奇，如今走过了一座又一座阿拉伯人的城市，习惯了他们的红茶和水烟，甚至，心情烦闷时听到清真寺里传来咿咿啊啊祷告声已经可以让他的身心舒缓开来。

钱旦不再似游客走在风景里，更像星期六午后和兴趣相投的朋友们在熟悉环境里散散步，随意聊聊现在和以后。

"散步"一直延续到了晚上，他和三个同事登上了城外卡秀山，站在山上俯瞰大马士革，天空黑沉沉一片，人间灯火如繁星，仿佛天与地换了个位置。和所有阿拉伯城市一样，每间清真寺点亮的都是绿色灯光，提醒他遥望着的是一千零一夜里的城市。

他们找了间餐厅，选了落地窗边的位置坐下，继续凝望万家灯火。

同行有位女生突然感叹："好浪漫，好 TVB 呀！"

钱旦则记起了认定大马士革是人间天堂而不敢进城的先知穆罕默德，当初先知所见的大马士革和今天人们所见的有多少不一样呢？他会永远庇护虔诚信仰了他几千年的人民么？

那是 2008 年 5 月的最后一天，过去二十多天里他们在远方为汶川，为四川，为他们同样饱经沧桑的故土和故土上懂得互相守望的同胞们流下了太多眼泪。

今非昔比，叙利亚的客户早已不再嫌弃伟华的员工年轻到"没有胡子"，钱旦在大马士革住了两个星期，工作任务完成得很顺利，SY 电信和他们签订了新的升级、扩容合同。

钱旦回开罗停留了几日，然后是他那一轮出差的第三站，伊拉克。

伊拉克之旅终于不用绕道迪拜，可以搭乘从开罗直飞苏莱曼尼亚的航班了。他中午十二点从开罗准点起飞，下午两点在苏莱曼尼亚按时降落，与前两次曲折、漫长的旅程相比，体验是云泥之别。

每次到达伊拉克之后都得去验血，办理暂住手续。这一次移民局发现他有良好的出入境记录，免去了按手印的程序，还对他说三个月以后再来,就可以拿居住证了。

钱旦不知道果真如此还是伊拉克人在拿他寻开心,他心里想:"我是不是该三个月内再来一次?然后坚持下去,直到拿到伊拉克绿卡?"

他总是会轻易爱上自己去过的每一个城市。

他住在一个刚刚调离伊拉克的同事房间,那位同事或者是告别得匆忙,或者是离开得洒脱,房间没有清理彻底。

钱旦望望墙上钉着的他和她的照片,摸摸柜子里挂着的几件旧衣服,吃了两片遗留在床头柜里的感冒药,心想不知道这位兄弟属于哪个部门?在此地住了几年?房间里明显有女人的痕迹,他的爱人在此地可习惯?尽管他的一切对钱旦而言都是未知,但铁打的营盘流水的兵,钱旦认为他们也算是在古巴比伦外擦肩而过,缘分一场了。

做了爸爸的刘铁已经在春节后调动回国了,代表处软件产品服务的 Leader 变成了本地员工萨米。

萨米见到钱旦分外开心,把他拉到自己电脑前,指着一封邮件连声说"谢谢"。

不久前萨米获得了公司金牌员工奖,钱旦发了个邮件祝贺,奉承他是产品线的"TOP GUN"。萨米说他把邮件拿去给新结识的做牙科医生的女友分享,告诉她自己是公司的"TOP GUN",女孩很开心,很为他骄傲。

钱旦没有想到一封邮件两句赞美不但鼓励了萨米,还帮助他在心爱女孩那里获得了加分,他反思大多数人的习惯里还是太吝啬赞美了。

代表处交付与服务的主管老韩走了,他离开了伟华,离开了通信行业,做化妆品生意去了。他的第一步是签了约旦的一家死海泥面膜的中国代理权。

钱旦想起了那年在死海边上意气风发的老韩,想起了在阿兹马山上问他"人生的意义到底是什么"的老韩。

正逢伟华公司和伊拉克最大的移动运营商 AC 电信的合作年会，大会收集了过去几年合作过程中的经典照片，做成"Slides"在会场前面的大银幕上放。

伟华是在战争结束后第一时间进入的伊拉克，和此间的客户算患难之交。其实，不管是在国内，还是在海外，伟华走的都是"农村包围城市"的道路，都是先进入西方友商看不上的偏远市场，再一城一池突破主流市场的主流客户。

也正因为此，伟华在一线从事销售和服务的年轻人们比同行付出得更多，他们在世界各地的艰苦环境中流下了太多的汗水，也留下了一个个坚实的脚印。

跑完苏丹、叙利亚、伊拉克三个国家，钱旦终于回到了开罗。

2008 年对于大部分中国人的情感而言，是先抑后扬的一年。

8 月 8 日下午，钱旦和老谢、路文涛等一帮超过三十岁的老男人在 231 街那家意大利餐厅看北京奥运会开幕式。

三十多岁在不少地方只能算年轻人，在埃及的伟华人中却可以算老男人了。伟华是个年轻的公司，他们身边有太多初生牛犊。

8 月 8 日正好是路文涛的生日，他们分了蛋糕。钱旦问："你老婆怎么还不来？你跑步跑了快半年了吧？精子活力应该够用了吧？"

老谢嘴里塞着一大块蛋糕，吐词不清地说："你出差出太久了，没空关心兄弟们，他早就不跑步了，他老婆也不来了。小路，你向钱总汇报得太少啊！"

钱旦奇怪了："咋了？婚变了？"

路文涛踹了他一脚，得意洋洋地说："婚变你个头！老子搞定了，我老婆怀上了，来不了啦！"

钱旦没想明白："你老婆是 3 月份从也门回国的，你是 3 月份从也门来埃及的，今天是 8 月 8 日，谁帮你搞定的？"

大家哄堂大笑，路文涛咬牙切齿地说："谁告诉你是现在怀上的？就是3月份从也门走的时候怀上的，四五个月了。"

一帮兄弟在一起闲聊时最经常的话题之一就是各种各样关于"造人"的段子，一起聚餐时总会遇到有人上一场豪情万丈，这一顿就倒扣酒杯，声明"封山育林中"。

路文涛为了生个健美宝宝听从各方"专家"教诲，戒酒戒了两年多，每次聚餐大家都会放他一马。此间客户因为信仰而不喝酒，他也不需要以酒来应酬。不过，他们两口子却一直没能如愿以偿，老谢戏谑说他俩是长期搞混淆了安全期和排卵期。

告别也门的前夜，代表处同事欢送他，有人拿出了私藏的五粮液，他一时兴起，开戒喝了好几杯。回到宿舍酒后乱性，却是一击即中。小两口心里有些担心，不知道喝下的五粮液会不会对宝贝的健康有影响，但随着时间的推移，期盼和欣喜已经替代了担心。

奥运圣火熊熊燃起，开幕式结束，钱旦接到苏琳的电话，她约他共进晚餐，去新发现的一家兰州拉面馆吃拉面。

钱旦开着辆黑色的雷诺车去中通社的宿舍接了苏琳，两个人去了离开罗"死人城"不远的那家兰州拉面馆。

老谢在西北非期间学会了开车，钱旦刚刚拜老谢为师学会了开车，他又找人办了个埃及驾照，终于不用每次外出都靠"黑猫警长"了。

两个人各点了一碗面，又加了一份大盘鸡。钱旦还在回味开幕式，苏琳却对这个话题提不起兴趣，她问钱旦："你恋爱七八年才结婚，一直坚持着没有放弃，是因为确实很爱你老婆？还是因为很爱你自己？"

钱旦不知如何作答："你这是什么怪问题？"

苏琳的脸上没有了一贯的浅笑，微翘着嘴："我这段时间在想我不顾家里人的反对坚持了这么久，究竟是因为确实爱他，还是其实是爱我自己？"

钱旦仍然不知如何作答，反问她："什么意思？"

苏琳说："他来开罗过年，我们两个人天天在一起，天高爸妈远，没有人念叨，我却突然产生了疑问。我想自己与全家人作对，坚持要和他在一起，到底是因为太爱他，还是因为太爱自己？要给自己这么多年的坚持一个交代。我从小到大事事顺利，从来没有输过什么。"

钱旦听懂了，说："王子和公主的故事常常演到公主坐上王子的马车就结束了，不敢继续交代之后的故事，得到之前的追求确实也许只是在追求'得到'，得到之后的继续更是考验。不过，你别纠结在这些挑战人性的问题上了！"

苏琳点头，说："我爸妈开始接受他咯，一个原因是地震以来他表现优秀，老往我家里跑，我妈说发现他已经成长为一个有担当的男人了；另一个原因是他在淘宝上卖卤味卖得有声有色，算有点自己的小事业了。"

钱旦奇怪："在淘宝上还能卖卤味？"

"你 Out 了，万能的淘宝，上面什么都有。他收入终于高过我了，我妈还爱吃他们家的卤味哩。"

苏琳突然又笑了："你说刘欢今天唱主题歌穿的那身衣服，也太随意了吧！"

钱旦想这姑娘思维跳跃真快，也乐得把话题转回奥运会。

聊了一会儿奥运会，苏琳望着他，带着点调皮，又似乎是认真地再次换了频道，说："也许我在拿他和你比吧！春节我们去亚历山大、阿拉曼，我心里总忍不住想如果是和你一起去玩会是怎么样的？他对我很好，希望我回成都。不过，我喜欢这里的工作，喜欢开罗和开罗的人，不想走。"

钱旦故作淡定："他催你回成都才正常，谁放心把个如花似玉的你放这么远？"

吃完饭，上车回迈阿第，新司机钱旦一不小心迷路了。

两个人在开罗昏暗的街道上兜兜转转，前面的路越来越陌生，钱旦变得紧张起来。平日里满街的警察，真到了需要的时候好不容易才找到一个哨卡。

钱旦问："打扰，请问去迈阿第怎么走？"

一个警察打量着车里，莫名其妙地指着苏琳："这是你妻子吗？"

钱旦略一思考，没听说过埃及不允许和异性出行吧？他说："不是，请问去迈阿第怎么走？"

苏琳脸稍微一红。

警察这才开始指路，噼里啪啦说了一通，看来他俩已经南辕北辙太远，钱旦根本搞不清楚警察嘴里的复杂路线。

苏琳问："请问去尼罗河怎么走？"

警察朝车后一指："调头，一直往前走，不要拐弯，你们就会看到尼罗河。"

苏琳得意地对钱旦说："走吧，先去河边，沿着尼罗河就能找到迈阿第，我聪明吧？"

终于回到了迈阿第，两个人回到了各自宿舍。

两个室友已经在各自的卧室中，老谢房里安安静静，林汉房里隐约传来王菲的歌声。

钱旦刚从冰箱里翻出罐"SAKARA"啤酒，手机响了，是短信提示，苏琳说："如果有下辈子，我希望可以早点认识你。"

钱旦心里扑通扑通的，苏琳把手指放在了隔在他们之间的那层玻璃纸上，也许是一时的情绪，也许真的是在思考纠结。

他确信自己多年的坚持是因为爱秦辛，而不是为了自己的"得到"。但是，他心底里清楚自己和苏琳的交往已经难用"朋友"来自欺欺人。

他没有伸出手去回应，在玻璃纸的这一面用力。只是回了条平淡无味的消息："很晚了，早点睡，晚安！"

| 第四十九章 |

同舟与狭路

那天晚上之后,苏琳和钱旦仍然像以前一样不时见个面,吃个饭、喝杯咖啡、打场球。她常兴致勃勃地介绍她男朋友的卤味新品给钱旦听,再也没有去探讨爱情的道理。

她请了年休假回成都去过中秋和国庆。

到达成都的第二天,男朋友在锦江宾馆开了个房间,约她前去。

她到了酒店,敲门,男朋友打开门,房间里面却是气球、蜡烛、玫瑰花,还有一枚钻戒,男朋友向她求婚。

苏琳还没有把时差倒过来,昏昏欲睡,但没有犹豫地说了"我愿意",一切是这么多年以来的顺理成章。

中秋节,钱旦约了老谢、路文涛去尼罗河的帆船上赏月。

在开罗几年,钱旦记不清楚自己经历过多少次帆船之旅了,为了看风景,为了吹吹风,为了招待祖国来宾,还参加过在帆船上召集的 Workshop。

他们三人从 Friday's 旁边上了船,订了两小时,也没提任何要求,就让船夫在河上随意漂流。

老谢和路文涛在船中央,一人躺在一边的坐垫上,钱旦则躺在船头甲板上。风很大,船夫张满了帆,哗哗的水声贴着他耳边奏响,偶尔浪花飞溅上脸庞。

钱旦说:"机关给我打电话了,觉得现在北非地区部管的国家少了,我只负责以前三分之一的业务,挑战不够了,问我什么时候能回去。我觉得回去没啥意思，你俩呢？都还没有回去的意思？准备拿公司的'天道酬勤奖'？"

"天道酬勤奖"是伟华公司从2008年开始颁发给长期在海外常驻员工的奖励，常驻时间达到十年即可获得，老谢和路文涛都是2001年就奔赴海外常驻的。

路文涛说："我无所谓，回去不知道能干啥？"

老谢斩钉截铁地说："我向领导提了，我一定要回去了。"

"Why？"

"我儿子六岁了，现在感觉完全不一样了。"

"有什么不一样？"

"儿子刚出来时，我想着自己顶多是错过了他第一步走路、第一句说话，心里有一点遗憾而已。三四岁的时候他只能在电脑里看照片、视频聊天时才看得到我，经常指着家里电脑叫'爸爸'，说爸爸住在里面，我当时也只是感觉很可爱。这次春节回家，我一进门他就拉着我的手要下楼，走到楼下找到院子里的小朋友一个一个地介绍，'这是我爸爸，我是有爸爸的'。我当时就忍不住泪奔了。"

路文涛问："你老婆现在还和你'作'吗？以前不是老收拾你吗？"

"以前是让我很烦，这次休假时间长些，我们有天晚上一不小心谈得很深。她妹妹嫁了个有钱人，比我会做人，妹夫的爸妈也是整天亲家长亲家短的，我爸妈没那么会做人，我又长期在外面，对家里问候得少，我老婆心里总在暗暗比较，希望在她父母面前我和我们家能强过妹夫和妹夫家，一直有心结。这次两个人讲开了，互相理解了，她心里没那么纠结了，我也觉得自己真的做得不够啊！这也是我决心回国的原因之一。"

钱旦打趣："那你是决定全身心回归，彻底忘掉你那个红颜知己严丽丽同学了？"

老谢又是一脸憨笑："滚！你自己和那个中通社的小姑娘是怎

么回事？经常背着我们和她单独活动。"

路文涛也来了兴趣："哎，我遇到几次，觉得你俩很可疑！兄弟们觉得你长期以来人品尚可，一直是看破没说破，你现在比老谢还要门心马叉虫，小心点！"

"滚！我要小心啥？"

船夫收起了风帆，船在河中央随波起伏。

夜像黑色丝绒包裹着他们，月亮是上天温柔的眼，三个人归于沉默，想着各自心事。

苏琳回开罗后约钱旦吃饭，两个人决定吃日本料理。

钱旦自从学会了开车，活动范围大了，他们去了扎马利克岛上的日本小餐馆。

小餐馆是当初张旺、曾子健、诗诗和钱旦一起去的，后来他再也没有去过。这一次说到日本料理突然记起了那一家很不错，就带着苏琳去找。

两个人坐下，点了餐，苏琳说："这次回去我男朋友向我求婚，我答应了。"

钱旦说："好呀，你爸妈同意不？"

"他们不反对，女大不中留么。而且，我男朋友对我很好，他们也看得见。"

餐馆的玻璃门被拉开，走进来三个人，所谓人生何处不相逢，Y公司的张旺走在前面，曾子健和诗诗跟在后面。

张旺见了钱旦愣一愣，然后既似热情，又似嘲讽地说："这么巧！在这卿卿我我呢？"

曾子健对着钱旦笑了笑，诗诗板着脸，钱旦急忙解释："她刚从国内休假回来，一起吃个饭。"

说完这一句，钱旦也不多说了，他心里尴尬，一是见到曾子健，心中有很大怨气，却又发作不起来；二是被秦辛的闺蜜诗诗撞见他和苏琳跑这么老远来私会，心虚。

那三人识趣地选了离他俩最远的桌子坐下，开始看单、点菜。

一会儿，曾子健起身走了过来，对钱旦说："出去抽根烟？"

钱旦坐着没动，说："我现在不抽烟了。"

他眼看着曾子健到了门外，还是对苏琳说了一声，走了出去。

两个人靠着墙根，无言。

曾子健递过一支烟，钱旦接了。

曾子健说："旺哥后天离开埃及，被他们公司调去尼日利亚常驻。我们很久没见面了，今天出来吃个饭，送他。"

餐馆门前的窄路上没有人走过，钱旦半仰着头，望着对面路边的灯，说："你真做得出！"

曾子健望了他一眼，心有灵犀，知道他说的是什么，深深地吸了一口烟，说："我没有做对不起你的事，你不是做销售的，那些项目丢不丢，对你个人没有任何影响。"

玻璃门吱的一声，诗诗走了出来，她故意用屋里听得见的声音大声说："钱旦，你真做得出，你才结婚好久？就和小妹妹幽会？"

钱旦说："你别乱讲，朋友而已，她刚从国内过来。"

"反正你好自为之，我听你们家属讲你经常和个小姑娘在迈阿第俱乐部打球，就是她吧？"

2008年10月底，中国中央歌剧院在开罗歌剧院上演《图兰朵》。

小雨在张罗去看歌剧，钱旦表示了兴趣，老谢表示没兴趣，她买了四张票，拿了两张给钱旦："旦哥，你再约个人哈，一起去。"

钱旦非拖着老谢同行。

歌剧院在扎马利克岛上，距离开罗塔不远，是埃及的最高音乐殿堂，经常有埃及顶尖艺术家及国际优秀艺术团体的演出，并且，票价很便宜，很少会超过人民币一百块。

四个人一本正经地穿着礼服，端坐在歌剧院，欣赏着这个中国人在埃及演出的、意大利人想象中的中国传奇故事，心里有不少的新鲜感觉。

中场休息的时候小雨和林汉站在大厅的衣帽镜前，小雨往林汉身边靠紧，说："嗯，我们俩还蛮般配的，应该可以地久天长。"

林汉打量着镜子里面两个人，得意地说："本来就很般配，你还让我辛辛苦苦追了那么久？"

小雨说："切！你有意见吗？谁叫你一开始时没有个正经样子，后来又一天到晚像个婆婆般说教。而且，你还是个外地人，嫁给你很麻烦的。"

"什么叫嫁给外地人很麻烦？你这真的是上海人的劣根性！"

林汉嚷嚷完这句，突然想到："你在考虑嫁给我啦？"

小雨用力挽着他的胳膊："走啦，进去了，下半场要开始了。"

"你还没回答我的问题了。"

"不回答！"

歌剧结束，《今夜无人入睡》和《茉莉花》的经典旋律、艺术家们的精湛演出，令他们回味良久。他们挤在乐池前为祖国来的演员们鼓掌、欢呼，男主角把手里一束鲜花抛向观众席，正好被小雨接到。

钱旦开车，老谢坐在副驾驶位上，林汉和小雨在后排，四个人沿着尼罗河边的河滨大道回迈阿第。

车刚过 HSBC 的大楼，钱旦蓦然发现前面一辆车停了下来。他的车跟得不紧，应该来得及刹车，他紧张地先轻点了两脚刹车，再一脚踩死，车在距离前车一米的地方平稳地停了下来。

钱旦刚舒口气，就听"嘭"一声闷响，他的头猛的向前一点，后来的车没刹住，把他们的车推到前车上，三车连环撞了。

最惨的是后面那辆车，前盖翻了起来，地上一摊不知道是水还是机油，他们的车还好，碎了两个灯，前面瘪了一块。

小雨穿了一件露出半个背的小礼服，站在路中间引人注目，晚上河风又有些凉意，他们决定让林汉和小雨打车先回去，老谢陪着钱旦等交警来处理。

过了将近一小时，交警处理完事故，钱旦重新发动车，离开了现场。

他们在 Friday's 前面转了弯，却看见不远处路边有两个中国人手牵手走着，女孩身上披了件男士西服，男孩一只手捧着大束花，正是林汉和小雨。

钱旦把车放慢速度，老谢探出头："你俩怎么才到这里啊？"

林汉回答："我们去 Friday's 坐了坐。"

老谢又说："上车吧！"

小雨抢着回答："不用了，你们先回吧，林汉送我就行了，我们散步。"

老谢还想劝他们上车，钱旦赶忙说："那我们走了，你们注意安全啊。"然后对着林汉补上一句："不用给你留门留灯了吧？"

林汉彻夜未归，他和小雨难舍难分，两个人在小雨房间久久缠绵，说着地久天长的计划。

一年又过去了。

苏丹软件服务团队获得了公司产品线的"奋斗贡献奖"，那是个有十万块奖金的大奖，奖励的不是当年的优异表现，而是几年来的成就。

颁奖词里说："苏丹软件服务团队不畏艰苦，以客户为导向，善于竞争，一年一个新台阶：2005年从零起步；2006年以优势服务支撑公司封闭客户软件产品市场，竞争对手彻底出局；2007年服务单签管理服务合同，优势服务获取利润回报；2008年，ST电信客户满意度高，第五次扩容，并支撑突破MT电信、ZI电信两个新的客户。"

他们安排了两个本地员工骨干专程去深圳参加颁奖晚会。

在地区部的新年晚会上，老谢和路文涛获得了地区部的"天道酬勤"奖，北非地区部在公司"天道酬勤"奖的同时，给所有在这片土地上常驻满五年的中方员工，以及加入伟华公司满五年的本地员工颁发了三十克的纯金金牌一枚。

路文涛得到的不仅仅是一枚金牌,他还收获了一个健康、漂亮的女儿。

他是幸运的,赶回国去迎接女儿诞生,刚刚走到家的楼下,正好遇见妻子被搀扶着往医院赶。他连家门都没有进,拖着行李就去了医院。

两口子本来准备顺产,结果却不顺利,淘气的孩子一直赖在妈妈肚子里不出来,打了催产针也没有用,医生开始动员剖腹。

第一次作为家属听手术前的那些声明,在同意手术的那张纸上签字,路文涛心里很忐忑。

妻子被推进了手术室,里面同时做着两台手术,门外很安静,两家人在等待。路文涛一家人在等待新生命的诞生;另外一家是老人被车撞了,子女们焦急地等待着生命被挽救。医院是个矛盾的地方,温情和冷酷纠缠不休。

不知道等了多久,手术室门开了,两家人同时望了过去,一个护士抱着个小人儿出现在门口,路文涛赶紧迎了上去。他心里在牵挂里头的妻子,先问:"大人怎么样?"

护士说:"很好很顺利,是个女孩。"

他的目光才拉回到孩子身上,总感觉和想象中的情景不一样,电影里好像不是这样的?他很快明白了过来:"她怎么不哭啊?"

话音未落,孩子"哇"地大声哭了起来,哭得那么响亮,生怕这个世界会忽略她的到来,生怕爸爸不知道她的活力。

安顿下来之后他给朋友们发了条短信报喜:"我的余生从此多了一个使命,铲除天下色狼,为女儿保驾护航!"

老谢回复说:"女儿好,女儿是爸爸前世的情人。"

路文涛第一次听到这个说法,心里想这个小人儿真是因为上辈子没有被疼爱够,今生又来到身边要他接着宠爱吗?那这辈子可要连本带息还清楚这笔债了!

| 第五十章 |

少年子弟江湖老

2009年，5月的一个星期五，技术服务部的 Team Building，大家去了艾因苏赫拉。

艾因苏赫拉在红海西岸，距离开罗一百多公里，距离苏伊士运河四十公里左右，在那里沿着海边修建了许多度假酒店，算是离开罗最近的海滨度假地了。

钱旦在海里游，他钻出海浪的时候看见路文涛站在更靠近岸边的水里望着他的身后发愣，扭过头一看，只见远处几个黑鳍在游动，黑鳍下面的躯体跃出了海面，他俩异口同声："海豚！"

十多只海豚正你追我赶地向着苏伊士运河方向游去，它们此起彼伏地跳跃起来，划出一道道漂亮弧线。他俩激动地朝着岸上的同事们大叫起来，想告诉他们海上来了不速之客。

同事们有些躺在沙滩椅上小憩，有些沉迷于沙滩排球赛。倒是一位西方游客听到了他们的叫声，顺着他们手指看过去，顿时满脸惊恐："Shark？It's shark！（鲨鱼？是鲨鱼！）"

钱旦被他咋呼得一惊，定睛再看，仍是海豚。

海豚们渐渐游远，消失在视线中。钱旦乐颠颠地跑去了不远处伸向海中的一座木头栈桥上，希望能够有更多海豚到来。

可是，直到天光暗淡下去也没有再看到它们了，眼前只是夕阳渲染的红海和远处等着通过苏伊士运河的几艘大船。

他感慨这个奇妙的世界，那一秒钟之前他绝不会想到回头会看见成群的海豚，有时候人们以为眼前了无生趣，有趣的东西却正从身后悄悄溜走。有些时候错过还是相逢只在于那一个瞬间你所选择的方向。

回到沙滩椅旁，手机上有两个未接来电，是在利比亚的陈永生。

最近两年利比亚的市场竞争日趋激烈，伟华并不占上风。陈永生从 2008 年夏天开始申请去欧洲常驻，领导说利比亚竞争压力大，他的竞争经验丰富，让他去利比亚支持一年就放他去欧洲，所以他在 2009 年初的时候怀着欧洲梦去了利比亚。

软件产品在利比亚 LA 电信的一个 BSS 项目交付遇到了麻烦，客户抱怨不断，代表处有诸多不满。钱旦回了电话过去："干嘛干嘛？不是安排好人支持了吗？你咋还是邮件满天飞，到处叫呢？"

电话那头也很不爽："兄弟，我当年在阿联酋遇到你们软件的烂项目，在苏丹几次帮你们软件的重大事故擦屁股，这一到利比亚又遇到你们的烂项目，我这是和你们软件有仇？客户又在借题发挥，我容易吗我？"

"好了好了，别叽歪了，我马上办签证到利比亚来。你别满世界发邮件了，尤其别再发那种什么'裸跪撒哈拉，吐血求助！！！'的邮件了。"

2009 年 6 月初，钱旦飞去了利比亚首都的黎波里。北部非洲的几个国家中他只剩下埃及西边的利比亚没有去过了。

钱旦的中华人民共和国护照上有中文有英文，这几年没听说哪个国家的大使馆看不懂，唯独办理利比亚签证非要他先把护照信息翻译成阿拉伯文，还得去中国使馆盖章证明后贴在护照上，耽误了不少时间。

等签证拿到手上，他发现与护照上其他十多个国家签证不一样的是，上面全是阿拉伯文字，见不着一个英文。他只得找埃及员工帮忙确认有效期等签证信息。

降落在的黎波里的那个晚上，排队等待入境时他打量四周，借大的入境大厅愣是找不到一个英文指引。不过，边检官员态度倒是比想象中要友好得多，他瞟一眼签证，啪地盖个章，不到一分钟就把钱旦放进了利比亚。

钱旦到达的黎波里之后没几天，就又记起了2005年初到埃及时老谢对他说的话："好好干，你要相信我们永无宁日。"

因为，他从他们项目交付的困难中看到伟华的软件项目交付又有了新的特点，未来又将面临新的挑战。新的项目涉及的解决方案更复杂，集成的产品更多，根据客户需求的定制更多。

他们投入在项目中的人不少，来自分属于研发、服务的七八个部门，却缺乏既有一线客户服务经验，又理解软件开发客观规律的项目经理，还缺乏具备系统和业务视野的专家，大家心里只想着自己负责的模块，在各自为政地"拼积木"。

钱旦首先带着大家坚持做着项目管理最基本的动作，每天晚上开个或长或短的项目分析会，审视项目计划和进展，刷新遗留问题和风险跟踪表，努力把来自各个山头的项目组成员同步在一个频道上。

项目涉及的客户部门也很多，陈永生经常来参加项目分析会。他告诉钱旦："客户以前使用的系统是本地一家软件公司做的，那家公司和客户的一些主管有各种利益关系，再加上老系统其实挺稳定的，客户也用得很习惯，所以对用我们的东西来完全替换老系统很排斥。"

钱旦对他说了实话："我们这个产品还不成熟，我觉得现在去替换人家的是不是冒进了？"

陈永生不同意"冒进"的说法："那我们可得有'小三'心态才行。什么叫'小三'心态？我们要坚信客户现在过得不幸福，坚信原配是不适合客户未来发展的，坚信虽然自己也有毛病，但怎么也会比原配好，并且能够努力做到比可能出现的'小四'要好，坚信我们才是真正以客户为中心的，客户只有和我们在一起才会过上幸福生活。"

钱旦瞪着他:"好吧,我别的都不坚信,最坚信就是你能搞定客户关系,让客户情人眼里出西施。"

一忙起来时间就过得快,钱旦白天和项目组一起去 LA 电信,晚上在伟华办公室加班,工作时间远不止所谓的"996"。他只是在每个中午可以在客户办公楼顶的餐厅里一边午餐一边遥望远处的蓝色地中海,每个晚上从办公室走回宿舍时可以经过火红的凤凰木、青涩的柠檬树、熟透在地上的无花果、淡香的槐花。

一个月的时光很快就过去了,他们的项目已经渐渐上了轨道,但钱旦认为只是暂时回到了轨道上,距离项目彻底成功还有很多工作要做。他有别的工作需要回埃及去,就安排林汉过来帮他继续盯着项目。同时,他们又需要思考、总结面向新场景的可复制的打法了。

北部非洲有不少名城是沿地中海而建。因为隔岸相望的是意大利,所以海这边走到哪里都会有古罗马遗迹,动辄就在世界文化遗产之列。的黎波里附近也有一处,它不是人们说起罗马遗迹时常会想起的一个圆形剧场或者一座孤独城堡,而是紧靠在海边的一个城镇。

钱旦走之前的星期五中午,开完项目分析会后陈永生带着大家去了那处遗迹,让大家放松半天。

城镇早已荒芜,从断壁残垣的宏大,从罗马柱的挺拔仍然可以看得到昔日繁华,据说这里还曾经诞生过一位罗马皇帝。

刚下车的时候大家从身体到心情都还没有远离办公室,身上穿戴整齐,脸上一本正经,但很快就被微咸的海风和浓烈的色彩带入了风景里。风景里只有两种颜色,废墟的土黄和海天一色的深蓝,浓烈的色彩令钱旦觉得此地仿佛是被张艺谋装修过一样。

走到海边,大家忍不住甩掉鞋子、除去衣裤,跳进了地中海的怀抱中。陈永生是最开心的一个,他在海水里钻来钻去,欢乐地大笑,不时和同伴们开着玩笑。

他呼唤岸上的钱旦:"老旦,你真的不下来?好爽啊!好久没有这么爽过了!"

"我腰疼,不下来了。"

钱旦真是头天在机房搬桌子时扭了腰,他一个人坐在礁石上看海的广阔蔚蓝、人的生动活泼,心里也满是轻松愉悦。

陈永生上了岸,一屁股坐在钱旦旁边:"好累,不游了。"

"你现在虚成这样?才游多久,就好累了?"

"确实有点虚,爽是真爽,但是耐力不行了,胸闷。我是不是老了?干不动了?"

"老个屁啊?你比我还小一岁。"

钱旦回开罗后,林汉按计划来到的黎波里继续盯着他们的项目。

7月中旬的一个晚上,他们从客户那里回到了伟华办公室,开他们每日的项目分析会。

大家就客户最新提出的两个需求的应对策略产生了争执,研发来的同事坚持应该拒绝客户,把新需求遗留至项目下一期再实现,陈永生坚持这两个需求是从客户高层过来的关键需求,必须推动家里给出一个实现方案,在本期满足客户。

会议室里气氛热烈,空气有些闷。大家先搁置分歧,把其他问题讨论完后,最后又回到了分歧点上。

陈永生站起来,走到白板前,拿了支笔正准备写些什么,却身子一歪,靠在白板上,再慢慢滑倒在了地上。离他最近的林汉赶忙站了起来:"老陈,叫你去吃晚饭你不去,这下饿晕了?"

他走过去扶陈永生:"真晕了!"

"中暑了吧?房间空气太差了,把窗户都打开。"

陈永生紧闭着双眼,仿佛叹息般地呼了两口气,完全宁静了下来。林汉心头一紧:"靠!不对!找医生!谁知道医院在哪?谁知道急救电话?"

钱旦在开罗的宿舍里,他坐在卧室的写字台前,瞪着上午收到的陈永生的邮件。

陈永生的邮件标题又是"裸跪撒哈拉,吐血求助!!!"不过邮件只发给了钱旦一个人。他要钱旦协助推动公司满足客户新提出的两个需求。

钱旦看看手机,十点了,他的习惯是不在晚上十点之后打工作电话骚扰别人,但那天犹豫了一下,还是拨了陈永生的电话。

回铃音响了好一阵子电话才接通,他刚要开口却听见那头是个老外叽哩哇啦的用阿拉伯语讲了几句就把电话挂了。钱旦一愣,等了几分钟再拨电话,这次电话那头是林汉。

林汉在医院。

陈永生没有被抢救回来,他在 2009 年盛夏的那个晚上永远离开了阿拉伯人的世界,离开了伟华的兄弟姐妹们,离开了远方的亲人,离开了他所热爱的一切。医生说是心肌缺血导致的不幸。

钱旦呆坐桌前怔了很久,突然觉得房间里闷得慌,他走出了自己的卧室。

老谢也不在,去亚历山大出差了。客厅没有开灯,特别静寂。

他去了阳台,无力地俯在阳台栏杆上。

199 街的马路两边是一幢接着一幢的公寓楼,隐约可以看见对面楼里开罗人家的日子,这一家几个男人在客厅对着电视欢呼,是有什么球赛吗?那一家的母女俩在阳台用力拍打着白天晒的被子。正对着的阳台上有个小伙俯在栏杆上讲电话,他使用的是伟华建设起来的网络吗?信号还好吗?

两个背着电脑包的年轻中国人穿过小巷从 200 街走到了 199 街,他们在地上的影子被路灯拉得长长的,那是加班晚归的伟华人。

凌晨,好不容易才迷糊睡着的钱旦被电话吵醒,是一个新员工从深圳打过来的。

那位新人激动地告诉钱旦:"我马上要调到埃及来了,听说您是主管,先打个电话问候您。"

他显然没有想到时差问题，钱旦没有提醒他，说了几句欢迎的话，等他那边挂了电话。刚闭上眼睛，电话又响了，还是那位新人，他激动地告诉钱旦自己弄错了，要去的是尼日利亚不是埃及。钱旦还是没有提醒他注意时差，只是祝福他："一路顺利！"

每年，一拨又一拨伟华的年轻人就是这样懵懂地走向海外，勇敢地走向未知的新世界。

钱旦索性起床，又去了阳台。

隔壁的清真寺传来咿咿啊啊的祷告声，那是一天之中的第一次。

钱旦扭过头，望着宣礼塔上幽幽的绿色灯光，突然想起了2005年在阿联酋第一次听到拂晓的祷告声时向他解释的陈永生。他不能自已，眼泪夺眶而出，刹那间就泪流满面。

他伏在阳台栏杆上，放肆地抽泣起来。

| 第五十一章 |

天空没有翅膀的痕迹

全球金融危机,通信设备商的江湖里几家欢喜几家愁。

受全球信贷紧缩状况和销售下滑的影响,北电网络于2009年1月向美国特拉华州威尔明顿破产法庭申请破产保护。这是全球经济危机下第一家申请破产保护的主要科技企业。

据总部位于加拿大多伦多的北电网络提交的破产申请文件称,该公司资产净负债为10亿美元以上。北电及其下属的多家分公司已经按照美国破产法第11章的规定,向特拉华州威尔明顿破产法庭申请了破产保护,并表示旗下几家加拿大分公司也将申请破产保护。

摩托罗拉宣布继2008年裁员3000人之后,2009年将再度裁减4000名员工。

摩托罗拉表示,此举将从2009年起为该公司每年节省约7亿美元成本,再加上2008年的裁员活动,每年节省的成本总额将达15亿美元。这一裁员活动是摩托罗拉为削减成本而采取的最新措施。此前,该公司曾于2008年12月宣布冻结养老金计划,同时下调高管薪酬。

诺基亚西门子网络希望到2009年年底,企业重组能够带来每年25.5亿美元的成本节省。据悉,诺基亚西门子将裁减芬兰公司750名员工,德国公司会有2300名员工受影响,另外,为了完成企业重组以及应对电信市场的挑战，公司还将关闭慕尼黑的一家工厂，此举会多裁减500名员工。

诺基亚西门子还说，目前已经裁减了6000人，相信最终的裁员人数会在9000左右，约占该公司全球员工人数的10%到15%。

阿尔卡特朗讯已经将拥有46年历史的贝尔实验室大楼出售，房地产商Somerset购得了这座失去昔日荣耀的建筑，计划将其改建为商场和住宅楼。

贝尔实验室大楼的出售也折射出阿尔卡特朗讯当前的窘况，在连续六个季度亏损后，CEO陆思博和非执行董事长瑟奇·谢瑞克宣布辞职。自2006年11月合并以来，从未盈利过的阿朗市值已蒸发62%，并裁减了16200名员工。

来自中国的伟华公司却继续在全球市场上攻城拔寨、高歌猛进，一不小心就成为了全球领先的通信设备商。

公司的海外产粮区从亚太、中东北非扩展到了欧洲、拉美，经历过早期海外市场厮杀的一拨中方骨干们纷纷有了新的任务，被调动去了新的战场。

钱旦要在2009年秋天告别埃及，告别中东北非了。

他独自驾着车在迈阿第的林荫路上兜了一圈又一圈。iPod连在车载收音机上，收音机里传出的是王菲的歌：

  一路上与一些人拥抱
  一边想与一些人绝交
  有人背影不断膨胀
  而有些情境不断缩小
  ……
  每个人都是单行道上的跳蚤

> 每个人皈依自己的宗教
> 每个人都在单行道上寻找
> 没有人相信其实不用找

他受到林汉、小雨的影响，越来越喜欢王菲。

他亦喜欢晴朗日子里穿行在这样的林荫下，阳光透过树叶间隙照射在行驶的车上，令车内光影变幻，忽明忽暗，仿佛暗示着光阴的流转。

他记起某次回国一位长辈关切地慰问："埃及是不是很荒凉啊？见得到树吗？生活一定很枯燥吧！"

那位长辈没有想到迈阿第会有这般清凉的树下，路旁会有一间连一间盛开着温馨的花店。

那些日子钱旦常在嘴边念叨那句埃及谚语："只要你喝过尼罗河的水，那么不管你将来走得多远，总有一天你要回来的。"

他相信这句谚语，相信有一天自己会再回来看看开罗，再在迈阿第的大街小巷上走来走去。

但是现在他得离开了，埃及的工作已经交接完毕，到了说再见的时候了。

离开开罗的前一天清晨，阿马尔在宿舍楼下打电话给钱旦。

他站在那辆老旧但是拾掇得很整洁的红色土耳其小车旁，一望见钱旦走出楼梯口就打开后备厢，从里面拿出一副水烟壶和一些烟料送给钱旦当作临别礼物。

阿马尔认真地给钱旦讲解着如何使用这副精致烟具。钱旦并没有用心去记，他想自己回到深圳后应该不会独自坐在阳台的摇椅上抽阿拉伯水烟，但是一定会珍藏好这份礼物，把水迷烟醉的开罗时光在心底慢慢沉淀，深深雕刻。

他抽水烟完全是被眼前这个埃及人给带出来的，最初是在尼罗河旁的Friday's，他在几个埃及员工的鼓动下第一次识到了水烟味道。

后来，在阿马尔家附近的小巷里享受星期六午后慵懒的时候，在木卡通山顶俯瞰万家灯火的时候，在尼罗河上那家叫作 Casino 的露天咖啡馆里和那些快乐的埃及年轻人在一起的时候，他们身旁都会放着一樽咕咕嘟嘟的水烟壶。

钱旦熟悉的几个本地年轻人都赶在阿马尔前面告别了单身生活。嫁给伊拉克的萨米的就是那位做牙科医生的女孩，婚礼前萨米通过邮件传递来他的喜悦心情，钱旦遗憾没有机会去伊拉克参加他和她的婚礼，只是托人捎去了礼物，一面镶嵌着中国蝴蝶标本的镜框。

会讲中文的部门秘书玛蒂哈也嫁了，曾经开玩笑说中国人也有机会的她最终嫁了个同样会讲中文、还常去天津出差的埃及男人。钱旦又去买了面镶嵌着中国蝴蝶标本的镜框做婚礼的礼物。

阿马尔偶尔还会思念他的中国女神，但已经慢慢放下。

告别的前夕，钱旦在宿舍又吃了一顿伟华海外员工宿舍特色的火锅宴，大家围坐桌边，不想结束，直到把冰箱里的所有鸡蛋都打进了火锅，直到喝尽最后一杯酒。

最后的晚餐陪着他的是老谢、路文涛、林汉、小雨和苏琳。这些天钱旦一直没去和苏琳告别，这个晚上特地邀请了她来吃火锅。

正是一天之中最后一次祷告时间，隔壁清真寺的广播又响了，钱旦走上了阳台。

他转过身对大家说："现在每次听到清真寺的声音，我都觉得心里特别沉静，甚至觉得我的灵魂在被召唤着，真的是爱上了这里啊！"

路文涛喝了不少酒，摇摇晃晃站起来，问钱旦："那你急着走什么？再过半年就可以拿到了中东北非的'天道酬勤奖'金牌了，地区部也有意给你安排更重要的岗位，回去又没有位置给你。"

钱旦动情地说："半年前我完全没有想过要走。陈永生出事那天晚上我站在这里听着晨礼的祷告声，想起了老韩在伊拉克的大山上问我的一个问题，人生的意义到底是什么？跟着回去休了个假，看到我妈又老了些，她身体不太好，准备过完年动个手术。我在爸妈家住了几天，那天站在妈妈房间望着墙壁上的世界地图，那是我来海外后她为了琢磨我的位置买的地图，我突然觉得自己很幸运，这么多年来爸妈一直任我没心没肺地自由生长着，从来没提过什么要求，我知道他们其实是有多牵挂我，多希望我多回家看看啊！还有，秦辛怀孕了，这次休假的意外。我想我该回去了，要回去守着老娘手术，陪着老婆生娃去。我这算是惰怠了不？"

老谢站了起来："算！你当然叫惰怠了。我去年就坚决申请回国，还要等到明年春节后才能走，你居然走得这么快？太惰怠了！"

路文涛嚷嚷："我说你们别叽歪了，我们去金字塔看看吧！"

"这时候去金字塔？你喝多了吧？"

"你俩刚才不是说还没去看过金字塔晚上的声光表演吗？我也没去过，走啊，我请你们看。"

小雨认真地看看表："几点了？早演完了吧？"

"万一有午夜场呢？"

钱旦来了兴致："走！去看金字塔去！都去不？"

林汉说："你们三个老男人去吧，正好一辆车，现在就老谢喝得少，还能开车，也只能开得动一辆车了。小雨今天喝得有点多，我陪她早点休息。"

"你俩好好过你俩的二人世界。"钱旦转向一直沉默的苏琳，"一起去不？回来正好把你送回宿舍。"

四个人真的去了金字塔。每晚在狮身人面像前举行的声光表演早就散场了，铁栅栏拦住了进园的路，四下里冷冷清清，有些寒意，几个人在栅栏外看着月光下的狮身人面像和金字塔。

钱旦一直记得2005年在约旦佩特拉古城时曾子健讲的话，他亦感慨："对这个世界来说，最多活到一百岁的我们都是来出差的，匆匆过客；金字塔和狮身人面像可以算是派到地球上来常驻的员工了，但到底有一天还是会消失的；只有红海、西奈山、撒哈拉才是地球的主人啊！"

苏琳望着他，眼睛里闪烁着光，什么也没有说。

从金字塔回到迈阿第，车在Friday's对面的路口停了，苏琳下了车，和大家挥手道别。

等车又开出几米，钱旦突然叫老谢："太晚了，她们这栋楼下怎么黑乎乎的？灯坏了？我送苏琳上楼。"

他下了车。

路文涛大声叫道："人家本来是安全的，别被你送出危险来了！"

老谢暧昧地笑笑："自己打车回来，不等你了。"

说罢，真的扬长而去。

迈阿第的夜晚依然宁静，野猫悄无声息地游荡，蓝色牵牛花静静地绽放。

走到苏琳宿舍门口，钱旦心里想着不要有太多伤感和暧昧，但还是脱口而出："好了，有些人兜兜转转总会遇上，有些人一经告别就不见，我们不知道什么时候再见了？"

苏琳仍是熟悉的笑容："明年就见呀！我答应我男朋友明年结婚，到时候把请柬寄给你，欢迎你来参加我的婚礼。"

钱旦爽快承诺："好啊！我有十年没去过成都了。"

苏琳凝望着他眼睛，然后，走近了一步，微微低下头，用额头轻轻顶在他胸前："在我的生活里，你已经不是一个观众，不是一个路人，算是一个神父吧？请你来见证我的幸福，见证我一生的幸福吧！"

钱旦下了楼，走在路上时下意识地回头一望，却看见苏琳一动不动地站在她房间的窗边，窗户开着，尼罗河的风吹起窗帘，令她的影子若隐若现。

他停下了脚步，只不过几秒钟，又加快了脚步，不再回头。

回到宿舍，室友们都已关上了卧室的门。

他独自站在阳台上发呆，掏出手机，却意外看见了秦辛发过来的短信:"一路顺利!把你的航班号发给我,我到香港机场来接你。我们去卡地亚买俩戒指戴上吧,不求钻多大,但求取不下。"

秦辛对奢侈品并无爱好,他俩结婚时没有买钻戒。钱旦回道:"好的,我们也戴上戒指,套牢。"

送钱旦的车在从迈阿第去开罗国际机场的公路上疾驰,多么熟悉的一路啊!

阿里清真寺又远远出现在左前方,它孑然矗立在开罗高处俯瞰众生已经上千年,有多少人如今天的钱旦在它脚下匆匆而过呢?他们和她们都来自何方,去向哪里呢?走了还会再回来吗?

光阴总是似箭,日月永远如梭,到了离开的时候钱旦仍然觉得有太多事情没有来得及去做,譬如,和此间的朋友们再抽一壶水烟,喝一杯红茶,吃一顿火锅;再一起加个班、熬个夜,开一场没完没了的会议;再去尼罗河帆船上漫无目标地随波逐流。

手机上突然收到曾子健的短信,他说:"诗诗在 QQ 上和秦辛聊才知道你今天要回去了,怎么不说一声呢?"

他们彼此之间很久没有联络,有些破镜可以尝试着重圆,有些裂缝却无法弥补。

钱旦把手机放回裤兜,片刻重新掏出来,回复:"你我好自为之,问诗诗好!"

开罗国际机场阿联酋航空公司的柜台前,里面的金发女子用中文问他:"你有行李要托运吗?"

钱旦遇见她好几次了,一开始她只讲英文,后来会用中文问:"你到哪里去?"现在显然在练习她学会的新句子,谁都看得见钱旦拖着两个大皮箱、背着两台电脑,还提着个水烟壶。

他早已养成挑选走道边座位的习惯,为的是长途飞行中的活动方便,但这一次特地要了个靠窗的位置。飞机昂首冲离大地,他凝望窗外,如洗的天空没有翅膀的痕迹,而他已飞过。

钱旦走了之后，老谢和路文涛相继离开了埃及。老谢回国了，路文涛调动去了西欧地区部继续他的海外征程。欧洲正在成为伟华公司海外收入来源的TOP1。

林汉和小雨结婚了，他俩决定继续留在埃及，携手把南部的神庙、北部的海岸线、西奈半岛那些登山和潜水的热门景点再走一遍。

伟华2009年的全球销售额超过了三百亿美元，销售收入达到二百一十五亿美元。

根据美国《财富》杂志的数据，伟华公司在2009年成为了继联想集团之后，成功闯入世界五百强的又一家中国民营科技企业。

一切过往，皆为序章。

图书在版编目（CIP）数据

与沙共舞/令狐与无忌著. -- 上海：上海文艺出版社，2023
ISBN 978-7-5321-8517-7

Ⅰ.①与… Ⅱ.①令… Ⅲ.①长篇小说－中国－当代
Ⅳ.①I247.5

中国版本图书馆CIP数据核字(2022)第226361号

发 行 人：毕　胜
策 划 人：李伟长
项目统筹：冯　凌
责任编辑：李　霞
美术编辑：钱　祯

书　　名：与沙共舞
作　　者：令狐与无忌
出　　版：上海世纪出版集团　　上海文艺出版社
地　　址：上海市闵行区号景路159弄A座2楼　201101
发　　行：上海文艺出版社发行中心
　　　　　上海市闵行区号景路159弄A座2楼206室　201101　www.ewen.co
印　　刷：上海盛通时代印刷有限公司
开　　本：890×1240　1/32
印　　张：12.125
插　　页：2
字　　数：315,000
印　　次：2023年3月第1版　2023年3月第1次印刷
I S B N：978-7-5321-8517-7/I.6715
定　　价：68.00元
告 读 者：如发现本书有质量问题请与印刷厂质量科联系　T：021-37910000